하루 만에 끝내는 논술
✚ 자기소개서

하루 만에 끝내는 **논술+자기소개서**

초판 1쇄 인쇄 2013년 5월 31일 ╲**개정판 1쇄 발행** 2015년 8월 24일
지은이 김흥식 ╲**펴낸이** 이영선 ╲**편집 이사** 강영선 ╲**주간** 김선정
편집장 김문정 ╲**편집** 김종훈 김경란 하선정 김정희 유선╲**디자인** 김회량 정경아 이주연
마케팅 김일신 이호석 김연수 ╲**관리** 박정래 손미경

펴낸곳 서해문집 ╲**출판등록** 1989년 3월 16일(제406-2005-000047호)
주소 경기도 파주시 광인사길 217(파주출판도시) ╲**전화** (031)955-7470 ╲**팩스** (031)955-7469
홈페이지 www.booksea.co.kr ╲**이메일** shmj21@hanmail.net

ⓒ 김흥식, 2015
ISBN 978-89-7483-739-6 53800
값 12,000원

이 도서의 국립중앙도서관 출판시도서목록(CIP)은 e-CIP 홈페이지(http://www.nl.go.kr/ecip)에서
이용하실 수 있습니다.(CIP제어번호: CIP2015021426)

하루 만에 끝내는 논술 + 자기소개서

여러분이 잘 알다시피 대한민국 대학입시는 이제 논술과 자기소개서로 결정된다.
물론 내신 성적과 수학능력시험 성적이 기본이 되지만 그보다 더 중요한 것이 논술과 자기소개서다.
이 두 가지 요소는 최근 대학입시의 주류로 자리 잡은 수시 모집의 필수 요소가 되었기 때문이다.
난 얼렁뚱땅 그럴듯하게 거짓으로 넘어가는 걸 무척 싫어한다. 아니 혐오한다. 그래서 말하는 것이다.

김흥식 지음

서해문집

대한민국 고딩 친구들에게!

논술과 자기소개서! 정말 여러분에게 만만한 존재인가?

여러분이 잘 알다시피 대한민국 대학입시는 이제 논술과 자기소개서로 결정된다.

물론 내신 성적과 수학능력시험 성적이 기본이 되지만 그보다 더 중요한 것이 논술과 자기소개서다. 이 두 가지 요소는 최근 대학입시의 주류로 자리 잡은 수시 모집의 필수 요소가 되었기 때문이다.

난 얼렁뚱땅 그럴듯하게 거짓으로 넘어가는 걸 무척 싫어한다. 아니 혐오한다. 그래서 말하는 것이다.

"논술과 자기소개서, 정말 대한민국 고3들에게 만만한 존재인가? 누구든 해낼 수 있는 것인가?"

적어도 내가 만나본 고딩들, 그리고 학부모들에게 있어서 논술과 자기소개서는 결코, 절대 학생 혼자의 힘으로 해결할 수 있는 문제가 아니었다.

물론 이제 10대를 넘어 20대로 넘어가는 순간에 자리한 여러분이라면 당연히 이 정도 문제는 해결할 능력을 갖추고 있을 것이다.

그러나 오늘날 우리나라 고등교육은 여러분이 갖추고 있는 논술과 자기소개서 작성 능력을 발휘할 수 있는 기회를 제공해주지 않는다. 그렇기에 여러분 또래라면 당연히 갖추고 있어야 할 능력을 발휘하지 못하는 것이다.

그렇지만 대학이 제공하는 심도 있는 학문을 이해하기 위해서는 이러한 능력이 필수적이다. 그래서 대학입시 방식이 논술과 자기소개서, 면접 같은 방식으로 발전되는 것은 학문 발전 과정상 당연한 것이다.

다만 우리 사회에서 이루어지고 있는 강제적 학습, 사교육 중심 학습으로 인해 사고력·창의력·비판력 증진을 위한 독서와 논술 중심 교육이 이루어지지 않고 있다는 것이 문제일 뿐이다.

그런 오도된 교육 시스템에 길들여진 여러분에게 갑자기 합리적인 방식의 입시 방식이 주어졌으니 어찌 자연스럽게 문제를 해결할 수 있겠는가.

여러분 책임이 아니다

결국 논술과 자기소개서, 면접에 여러분이 어려움을 겪는 것은 여러분 책임이 아니다. 여러분은 대한민국에 만연한 잘못된 학습 시스템의 희생양일 뿐이다.

이 책은 희생양이 된 여러분의 절망과 고통을 확인한 내가 여러분에게 제공할 수 있는 최소한의 선물이다.

나 또한 기성세대에 속하기 때문에 여러분이 겪어야 할 절망과 고통에 책임이 있다. 그러하기에 우연히 알게 된 여러분의 고통을 조금이라도 감소시키기 위해 이 책을 쓰게 된 것이다.

사실 이 책은 우연히 탄생하였다.

난 논술강사도 아니요, 전문가도 아니며, 학원을 운영하는 사람도 아니다.

다만 여러 권의 책을 썼고, 수많은 학교, 선생님, 학부모 들을 상대로 독서와 교육 관련 강연을 다니며, 출판사를 운영하기도 하는 평범한 사람이다.

그러다 우연히 한 고3 친구로부터 논술 지도를 부탁받았고, 생전 처음 보는 논술 문제의 놀라운 난이도에 잠시 정신을 잃었다 깨어난 직후 대한민국 대학 입시의 논술 문제에 담긴 온갖 모순을 해결해야 한다고 다짐했다.

그 결과물이 이 책인 셈이다. 덧붙여 여러분이 고통을 겪는 또 다른 문제, 자기소개서 작성법도 함께 수록하였다.

논술의 본질을 알려주마!

논술은 처음과 끝이 모두 글쓰기다. 아직도 수많은 논술 강사들이 논술을 어렴디어려운 지문을 이해하는 것으로 가르치고 주장하는데, 이건 완전히 틀린 것이다.

논술은 글쓰기다. 자기소개서 또한 글쓰기다.

이 사실을 잊지 말라.

이 책에는 처음부터 끝까지 논술을 실제로 어떻게 써야 하는지에 대한 구체적인 방법이 수록되어 있다. 그저 페이지를 채우기 위한 이런저런 이론은 없다.

나는 논술 전문가가 아니기 때문에 그런 이론으로 여러분을 설득할 능력도 필요도 없다.

다만 글 쓰는 사람으로서 파악한 바를 실천에 옮겼을 뿐이다.

여러분은 이 책을 펴는 순간 다른 논술 강의, 관련 참고서, 학원의 가르침과는 달라도 너무 다른 내용을 확인하게 될 것이다.

그리고 어떤 방식이 옳은지를 깨닫는 데는 10분 이상이 필요치 않을 것이다.

지금까지 내 논술 강의를 들은 여러분 또래 친구들은 5분이면 모두 입을 벌렸다.

"처음이에요. 이런 강의는."

당연하지. 나는 논술로 돈을 벌 일도 없고 여러분을 학원에 몇 달씩 잡아두며 수강료를 받을 필요도 없다.

대신 나는 여러 일을 하는 관계로 무척 바쁘다. 따라서 가능하면 짧은 시간 내에 여러분이 논술을 해결할 수 있도록 최선을 다해 노력했을 뿐이다.

내가 이 책에 투여한 시간은 고작 10일,

문제를 푸는 데 투여한 시간 또한 2시간을 넘지 않는다

내가 이 책을 쓰는 데 투여한 시간은 10일 정도였고, 한 문제 한 문제를 푸는 데 투여한 시간 또한 여러분이 논술시험장에서 쓸 시간, 즉 2시간에서 5시간을 넘은 적이 없다.

내 말을 듣고 이렇게 생각하는 친구들도 있을 것이다.

"이렇게 성의 없이 만든 책을 어떻게 믿어요?"

그럼 내가 여러분에게 묻겠다.

"그렇다면 적어도 10권 이상의 책을 집필하고(그 가운데 여러 권이 문광부 추천 도서부터 청소년 권장도서 등 권위 있는 기관으로부터 인정을 받았다), 독서 교육과 관련된 강연으로 바쁜 내가, 여러분이 몇 시간 만에 풀어야 하는 문제를 며칠씩 고민하고 몇 달씩 고민해서 풀었다면 그 해결 방법을 여러분이 실제로 적용시킬 수 있다고 믿는가? 내가 며칠씩 고민해서 푼 답안이 여러분에게 현실적으로 와 닿겠는가?"

그건 정답은 될 수 있지만 여러분이 현실적으로 활용할 수는 없다.

물론 시중에 나와 있는 여러 논술 책들은 그렇게 집필되었을지 모른다. 그러니 더 완벽한 논술 책이 필요한 친구들은 그 책을 참고하면 될 것이다.

그러나 나는 그렇게 하지 않았다.

여러분은 논술시험장에 들어가서 생전 처음 보는 지문,

그것도 동서고금의 철학, 사회학, 과학, 문학 등을 대표하는

엄청 어려운 몇 개의 지문을 재빨리 읽은 다음,

여러 지문 사이의 연관성을 파악한 후,

문제가 요구하듯 몇 글자 내의 글을 써야 한다.

그리고 이 작업은 수많은 여러분의 선배, 동료, 그리고 선생님들이 확인한 바와 같이 거의 불가능에 가까운 일이다.

부탁하노니, 논술시험 하루 전에라도 이 책만은 읽어라!

그러나 여러분은 걱정하지 않아도 된다. 왜? 내가 그 걱정을 해소해줄 테니까.

없는 시간 쪼개어 이 책을 쓴 까닭이 여러분의 고통을 씻어주기 위해서라고 앞서 이야기하지 않았는가 말이다.

나는 여러분이 웃으며 논술 시험장에 들어가 자신 있게 풀고 나올 수 있게 하기 위해 최선을 다했다. 그러니 논술시험 하루 전에라도 이 책만은 읽고 시험장에 들어가길 진심으로 빈다.

돈이 아까우면 책을 사지 않아도 좋다. 서점에 서서라도 이 책만은 읽고 가라!

결코 후회하지 않을 것이다.

그리고 주위 친구들에게도 전해주어라.

여러분의 미래는 친구들과 함께 만들어나가야 한다.

따라서 여러분 친구들은 물리쳐야 할 경쟁자가 아니라 함께 나아가야 할 동지다.

내가 이 책을 쓴 것은 여러분 모두 이런 존재가 되어 이 세상을 한 뼘이라도
더 나은 세상으로 끌고 나아가는 지도자가 되길 바라는 마음에서다.
단지 여러분이 이 책을 통해 경쟁에서 이겨 혼자 잘 먹고 잘사는 존재가 되는
것은 내가 바라는 바가 아니다.

진정으로 여러분이 행복하길 바란다.
논술시험이건 자기소개서건 면접이건 여러분이 진정 세상을 더 나은 곳으로
만드는 지도자로 성장하는 데 필요한 과정임을 명심하고 즐겨라.
그리고 그 즐기는 방식은 이 책에 있다.
확신을 가져라.
그 누가 뭐래도 이 책은 여러분의 논술, 자기소개서 문제를 해결해줄 수 있다.

여러분의 미래가 더욱 높고 밝게 빛나기를 바라며.

2013년 여름의 입구에서
김홍식

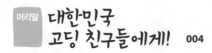

형식별 논술 문제 풀기

다 끝 났다!

자기소개서도 글쓰기다!

부록

음,

이게

논술
이구나

사실 나는 논술 강사도 아니요, 고등학교 국어
교사도 아니며, 학원사업을 하는 사람도 아니다.
그저 몇 권의 책을 내고 이곳저곳에 글을 쓰며,
학교와 도서관 등에서 학생, 학부모, 교사를
상대로 강연을 다니기도 하지만, 근본은 평생 책을
내겠다고 다짐하고 20대부터 출판을 준비하고
40대에 출판사를 본격적으로 운영하기 시작한
출판인이다. 아, 더 중요한 것이 있다. 세상에서
가장 즐거운 일이 책 읽는 일인 사람이구나!
안타깝게도 요즘에는 바빠도 너 ˜무 바빠서
내가 좋아하는 책 읽을 시간이 부족한 것이 가장
고통스럽기는 하지만.

00
출발!

논술은 진짜 어렵다.

처음 논술 문제를 접하는 친구들 입장에서는 도대체 무슨 말을 하는지조차 모를 정도다. 오죽하면 이런 신문기사가 있겠는가.

신년 기획 – 대학입시 현장보고서 2013 (3)   송현숙 · 이혜리 기자

한탕 승부 논술

교수인 내가 봐도 논제 어려워…
솔직히 10명 중 8명은 당락 애매

대학별 논술고사가 치러지던 지난해 11월 중하순 입시현장에서는 "한탕으로 승부를 가르는 게 논술"이라는 소리가 많이 들렸다. "학교에서의 체계적인 교육은 없고, 테크닉과 족집게식 사교육만 판치고 있다"는 공감이 너나없이 컸던 것이다.

논술전형을 준비해온 학생과 학부모들은 "최소한 학교에서는 가르쳐야

할 것 아니냐", "논술학원비가 너무 비싸다"고 목소리를 높였다. 일선 교사들은 "학교에서 논술을 제대로 가르칠 수 없는 구조"라고 했고, 논술 채점 교수들도 "이렇게 출제하고 채점하는 게 맞는지" 의문을 제기했다.

독서에 바탕을 둔 고등사고능력을 키운다는 취지로 도입된 논술시험의 포장과 현실은 달랐다. 제대로 배울 수 있는 교육과정과 환경의 변화 없이, 사교육에 방치된 채 방향을 잃었다는 비판이 무성했다.

교육과정 벗어난 출제, 채점 기준도 모호 …
교수들도 '이렇게 해도 되나'

서울 중위권 대학 인문계 논술 채점 교수　　실제 채점을 해보니 비용은 엄청나게 드는데 변별력 있는 시험으로 작용할 것인지 의심스럽다. 10명 중 2명 정도는 아주 뛰어난 대답을 하는 아이들이 있다. 그런데 8명은 합격과 불합격을 말하기가 아주 애매하다. 몇 점을 더 받고 덜 받았다고 사고력과 수학능력에 차이가 있다고 볼 수 있는지 확실하게 얘기하기 어렵다. 내가 봐도 잘 모를 만큼 문제가 어려웠다. 학교에서 실제 배웠던 개념과 내용인가, 그 내용으로 쉽게 풀 수 있는 문제인가를 물으면, 아니다. 좁은 의미의 교육과정은 확실히 벗어난 문제들이었다. 내가 맡은 인문사회 부문은 일주일간 세 명이 한 조로 같은 문제를 세 번 보는 방법으로 채점했다. 채점자 간 점수 편차가 크면 재채점을 했고, 결국 다른 교수와 편차를 줄이기 위해 어중간한 점수를 주게 되는 것 같다. 채점 과정에서도 변별력이 줄어드는 셈이다. 채점을 시작하기 전에 채점 기준에 대해서 회의는 했지만 주로 출제 의도 설명에 그쳤다. 채점의 형평성을 확보했다고 보긴 어렵다. 채점관(채점조)이 누구냐에 따라 점수가 짜게 매겨질 수도, 후하게 매겨질 수도 있다는 거다. 대학들로서는 채점 기준을 명확히 밝히고 왜 떨어졌는지 설명하기 쉽지 않을 것이다.

자연계 논술 채점 교수 모두 3개 문제였는데, 일주일 동안 한 문제를 채점했다. 응시자가 많아 2,000개 정도를 채점했다. 일주일이라고는 하지만 강의, 회의 등 다른 일정으로 채점에 쓸 수 있는 실제 시간은 하루 남짓(10여 시간)밖에 안 됐다. 시험지를 집에 가지고 갈 수도 없고 채점장에서 해야 하기 때문에 시간이 촉박하게 느껴졌다. 나는 그나마 단답형 문제였기 때문에 이 정도 시간으로 가능했지만 좀 복잡한 문제를 맡은 교수들은 정말 고생했다더라. 수험생 절반 정도가 결시했기 때문에 2,000개 정도인데 수험생이 다 왔다고 생각하면 아찔하다. 아무리 채점 기준에 대한 설명을 들었어도 채점 초반에는 들쭉날쭉할 수밖에 없다. 30~40명 정도 소위 '튜닝' 과정을 거쳐야 채점이 안정화되는 것 같다. 어떤 교수는 200~300개쯤 채점을 하면서 생각이 바뀌어 채점한 문제들을 다시 고쳤다고 얘기하더라.

대치동 학부모 자기 학교의 논술 문제를 못 푸는 대학교수들도 있다고 하던데, 제대로 채점이나 하는지도 잘 모르겠다. 엄마들 사이에서는 애가 시험 볼 때가 아니라 교수들이 채점할 때 기도해야 한다는 말도 있다.

일산 학부모 논술 기출문제들을 읽어봤는데 너무 어렵더라. 대학들이 왜 이런 문제를 내는 것인지 모르겠다. 결국 대학에서 원하는 우수한 학생은 고액 사교육을 받은 학생이 아닐까 하는 의심이 들 정도였다.

안성 재수생 이번 인문계 논술이 대체적으로 쉬웠다고 하더라. 작년 거는 풀지도 못했는데 이번에는 풀긴 풀었다. 논술선생님 말로는 30%만 맞히면 합격선이라고 했다. 그런데 사실 논술을 제대로 배운 적이 없어서 뭐가 잘 쓴 글인지도 모르겠고 어려웠는지 쉬웠는지조차 모르겠다. 논술 준비했다고 남는 건 별로 없는 것 같다.

– 2013. 1. 9. 경향신문 기사에서 발췌

사실 이런 내용의 기사가 이번이 처음은 아니다. 과거에도 '교수나 교사도 못
푸는 문제'라느니 '문제를 낸 사람도 이해할 수 없을 만큼 어려운 지문'이라느
니 하는 따위 이야기가 심심찮게 돈 게 사실이다.

위 기사를 통해 우리가 알 수 있는 사실이 몇 개 있다.

첫째, 논술 문제는 교수들도 풀기 힘들 만큼 어렵다.

둘째, 시험 보는 친구들도 대부분 무슨 말인지 모르면서 시험을 치른다.

셋째, 사전에 논술 준비를 한다 해도 크게 도움이 된다고 확신하기 힘들다.

넷째, 평가하는 사람에 따라 점수의 차이가 날 가능성이 농후하다.

다섯째, 평가하는 교수에게 주어지는 답안지가 무척 많다.

그런데 위 사실은 그저 보아 넘길 이야기가 아니다. 이게 현실이기 때문에 논
술을 준비하는 친구들은 위 내용을 신중하게 파악해야 한다.

이 책에서는 논술과 관련해서 실제로 벌어지는 현실들을 모두 감안했다. 물론
위 기사를 보고 감안한 것은 아니다. 원래 감안했는데, 위 기사로 재차 확인한
것뿐이다. 사실 논술 문제를 유심히 살펴보면 위 내용 정도는 충분히 예측할
수 있는 것이니까.

그렇다면 논술 준비를 하는 게
맞기는 맞는 걸까?

어차피 그렇게 어려울 뿐 아니라 현실적으로도 논술로 학생을 선발하는 수시
선발의 경우 100대 1에 가까운 살인적인 경쟁률을 보이는 상황에서 논술을
준비해야 할까?

지방 고등학교의 경우, 논술 지도를 아예 포기하는 경우도 많다는 게 중론衆論
이다. 하기야 논술로 대학 갈 친구가 고작해야 한 자릿수밖에 안 될 텐데 수백

명을 상대로 논술 수업을 하는 게 비효율적이라는 판단을 하는 것도 무리가
아니다.

내가 이 책을 쓰게 된 것 또한 매우 우연한 사건이었다.

사실 나는 논술 강사도 아니요, 고등학교 국어 교사도 아니며, 학원사업을 하
는 사람도 아니다. 그저 몇 권의 책을 내고 이곳저곳에 글을 쓰며, 학교와 도서
관 등에서 학생, 학부모, 교사를 상대로 강연을 다니기도 하지만, 근본은 평생
책을 내겠다고 다짐하고 20대부터 출판을 준비하고 40대에 출판사를 본격적
으로 운영하기 시작한 출판인이다. 아, 더 중요한 것이 있다. 세상에서 가장 즐
거운 일이 책 읽는 일인 사람이구나!

내가 하루에 마음먹고 책을 읽으면 요즘 책으로 약 500쪽을 읽는다. 소설은
더 읽을 수도 있다. 다만 내가 인문학, 즉 문사철文史哲이라고 불리는 책들을 좋
아하다 보니 그렇다는 말이다. 그러다 보니 나는 글자가 큰 책보다 작은 책을
좋아한다. 글자가 작아야 한눈에 많은 글자가 들어오고 빨리 읽을 수 있으니.

그런데 왜 논술 책을 쓰게 되었을까?

2년 전 여름이었다.

"선배가 혹시 아이 논술 좀 봐줄 수 있냐고 묻는데?"

집사람이 뜬금없이 묻는 것이었다.

"나? 논술 문제가 어떻게 생겼는지도 모르는데."

"그럼 안 된다고 할까?"

"근데 왜 나한테 묻는대?"

"당신이 책도 내고 독서 강연도 하고 그랬다니까."

"그럼 모르쇠 하는 것도 예의가 아니네. 근데 그 선배가 친한 분이야? 꼭 해드
려야 하는 거야?"

"그럼 좋지. 좋은 선배거든."

"좋아. 그럼 피자나 한 판 사라고 해. 한번 보지 뭐."

그래서 며칠 후 일요일, 고등학교 3학년인 한 친구를 피자가게에서 처음 만났다.

일요일 날 본 것도 우연이 아니다. 그 친구가 다니는 외고에서는 일주일 내내 기숙을 시키고 있기 때문에 시간이 오직 일요일밖에 나지 않아서란다.

그렇게 열심히 공부를 시키다니! 그럼 논술도 잘 가르쳤을 텐데, 내가 할 일이 있을까?

게다가 그 전까지 나는 이런저런 일로 워낙 바빠서 대입 논술 문제라는 것을 한 번도 본 적이 없었을 뿐 아니라, 무책임하게도 논술에 대해 뭐라도 이야기해주겠다고 약속을 하고서도 인터넷으로 논술 문제 한 번 검색해보지 않았다. 왜?

"고등학생들이 보는 시험이잖아."

그렇다. 고등학생들이 읽고 쓰는 시험문제를, 여러 권의 책을 낸 경험도 있고, 글을 써서 상도 여러 번 받은 내가 풀지 못할 까닭이 없을 거라는 확신이 들었기 때문이었다.

이렇게 말하면 많은 독자들이 의문을 품을 것이다.

"그래도 논술은 전문 영역이잖아요. 그러니 늘 논술만을 연구하면서 그것을 직업으로 삼는 논술강사 분들이 계신데, 논술이나 입시에 대해서는 완전히 아마추어인 분이 너무 자신만만하시는 것 아닌가요?"

맞다. 나는 논술에 대해서는 피자집에 나가기 전까지 단 한 번도, 단 한 학교의 문제도 구경한 적이 없는 아마추어다.

그러나 내가 이 책을 쓰게 된 까닭은 그날 피자집에서 처음 싹을 내밀었다고 해도 지나치지 않다. 왜?

피자가게에서
고3 친구가 땅을 쳤다!

처음 만난 그 친구는 수도권의 한 외고 3학년에 재학중인 어여쁜 여학생이었
다. 첫눈에도 공부 엄청 잘하게 생겼을 뿐 아니라 실제로도 총명 그 자체였다.
그렇지만 나는 피자를 먹으러 나갔기 때문에 그 전에는 비싸서 먹어본 적이
없는 피자를 시키기에 바빴다.

그리고 피자가 나오기 전에는 처음 만나는 집사람 선배분과 인사를 나누고 어
쩌고 했다.

얼마 후 피자가 나오자 한 손에는 피자를 들고 다른 손으로는 여학생으로부터
난생 처음으로 받은 Y대 수시 사회계 논술 문제를 훑어보았다.

그러니까 그게 내가 우리나라를 휩쓸고 있는 수시 대학입시 논술 문제를 처음
접한 순간인 셈이다.

그리고 피자를 먹는 30여 분 정도(도 채 안 되었을 것이다. 왜냐하면 앞에 여학생
이 앉아 있고, 나만 피자를 먹고 있는데, 어떻게 오래오래 피자를 썹을 수 있겠는가. 게
다가 눈으로는 처음 보는 논술 문제를 읽어야 하니 정신이 하나도 없었던 기억이 난
다) 문제를 읽어보았다.

그 문제가 바로 이것이다.

(그런데 이 문제는 읽지 않아도 된다. 나중에 설명할 거니까. 지금은 그런 일이 있었다
는 정도만 알고 넘어가시길.)

2011학년도 연세대학교 논술(사회계열) 입학시험 문제지

지원 전형		모집 단위		수험 번호		성 명		좌석 번호	

※ 아래 제시문을 읽고 문제에 답하시오.

제시문 〈가〉

최고의 탁월한 이성과 반성 능력을 지니고 있는 사람이 어느날 갑자기 이 세상에 던져졌다고 상상해 보자. 그는 어떤 일들이 연달아 발생하는 것을 직접 관찰하게 된다. 그렇지만 그 이상의 어떤 것도 발견해낼 수 없을 것이다. 그는 이성적으로 추론해서 원인과 결과의 관념에 도달할 수는 없을 것이다. 왜냐하면 모든 자연의 작용을 이끌어가는 특별한 힘은 감각에 의해서는 결코 포착되지 않기 때문이다. 또한 한 사건이 다른 사건에 앞서서 일어났다고 해서 앞의 사건이 원인이고 뒤의 사건은 결과라고 결론짓는 것도 합당하지 않다. 그 두 사건의 결합은 임의적이고 우연적일 수 있다. 뒤의 사건이 일어나는 것을 보고 앞의 사건이 실제로 일어났다고 추론할 만한 근거가 없을 수도 있다. 요컨대 앞에 예로 든 그 사람이 계속 경험을 쌓아나가지 않는다면, 그는 어떠한 사태에 관해 추측할 수도 추론할 수도 없을 것이며, 그의 기억이나 감각에 직접 주어진 것을 넘어선 그 어떤 것에 대해서도 결코 확신할 수 없을 것이다.

이제 방금 말한 그 사람이 이 세상에서 좀 더 경험을 쌓고 오래 살아서 유사한 대상들 혹은 사건들이 연달아 일어나고 있음을 관찰했다고 상상해 보자. 이 경험으로부터 그가 얻게 되는 바는 무엇인가? 그는 한 대상이 드러나는 것을 보고 그것의 원인이 되는 다른 대상의 존재를 즉각 추리한다. 그러나 그가 경험을 종동원한다고 해도 그는 한 대상이 다른 대상을 산출하는 비밀스러운 힘에 대한 관념이나 지식은 전혀 가질 수 없다. 또한 어떠한 논리적 과정을 통해서도 원인이 되는 대상을 추리해내지 못할 것이다. 그럼에도 그는 고집스럽게 두 대상이 원인과 결과의 관계로 결합되어 있는 것처럼 생각한다. 그리고 비록 자신의 이해력이 이렇게 추리하는 데 아무런 역할을 하지 않는다는 것을 누군가 그에게 확신시켜주더라도, 그는 동일한 사고 과정을 계속해나갈 것이다. 그에게는 이런 결론을 내리게 하는 어떤 다른 원리가 있다.

제시문 〈나〉

'페타바이트' 시대에는 정보가 단순히 3, 4차원의 분류 체계를 넘어서서 차원이 무의미해지는 통계의 영역에 들어선다. 과거에는 데이터의 총체를 가시화할 수 있다는 통념에 사로잡혀 있었다면, 이제는 그러한 통념의 속박에서 벗어나는 원천히 다른 접근방식이 가능해졌다. 구글(Google)의 창업 이념은 "이 웹 페이지가 다른 웹 페이지보다 왜 더 좋은지 모른다."는 것이다. 통계 수치가 그렇다고 한다면 그것으로 충분하며, 의미론적이거나 인과론적인 분석은 필요 없다. 그렇기 때문에 광고나 웹 페이지의 내용에 대한 아무런 사전지식이나 가정을 하지 않고도 광고와 웹 페이지의 내용을 짝지어 줄 수 있다. 구글의 연구개발 책임자는 "모든 모델은 틀렸다. 그리고 점점 그것 없이도 성공할 수 있게 된다."고 말했다.

이와 같은 사고가 광고계에 끼치는 영향도 크지만, 정말로 큰 변화는 과학계에서 일어나고 있다. 과학적인 방법이라는 것은 실험가능한 가설의 토대 위에 세워진다. 이런 모델은 대체적으로 과학자 자신의 상상 속에서 가시화된 체계이다. 그리고 과학자는 실험을 통해서 이런 이론적인 모델들을 확인하거나 부정한다. 이것이 바로 과학이 수백 년 동안 수행되어 온 방식이다.

과학자들은 상관관계를 인과관계와 동일시하지 않도록 훈련받는다. 단순히 X와 Y의 상관관계만을 토대로 그 어떠한 결론도 내려서는 안 된다고 생각한다. 대신 둘 사이를 연결시키는 근본적인 원리를 이해하려고 한다. 그리고 일단 모델이 형성되면 조금 더 확신을 갖고 데이터 군(群)들을 연결시킬 수 있게 된다. 그들에게 모델 없는 데이터는 무의미한 잡음일 뿐이다.

그러나 페타바이트 시대에 엄청난 데이터 앞에서는 '가설→모델→실험'과 같은 과학적인 접근은 구시대의 것이 된다. 페타바이트는 우리로 하여금 상관관계로도 충분하다고 말할 수 있게 해주며 우리는 더 이상 모델을 찾지 않아도 된다. 어떤 결과가 나올 것인가에 대한 가설 없이도 데이터 분석이 가능하다. 시시각각으로 빨라지고 커지고 있는 컴퓨터 클러스터(cluster)에 데이터를 입력시키면 과학이 지금까지 발견하지 못한 패턴을 통계 알고리듬(algorithm)이 발견해낸다.

* 1 Petabyte = 1,000,000,000 Megabyte

(뒷장에 계속)

제시문 〈다〉

우리가 원인이라고 부르는 것은 어떤 과정 속에서 재단 가능한 원인들 가운데 하나에 불과하다. 또한 재단 가능한 원인들의 수는 무한하며, 재단은 담론의 수준에서만 가치를 지닌다. "기차가 만원이어서 자크는 기차를 탈 수 없었다."는 문장 안에서 우리는 원인과 조건을 어떻게 분해할 수 있을 것인가? 그것은 이 작은 사건을 이야기할 수 있는 수많은 방식을 늘어놓는 일이 될 것이다. 그런데 기차를 타지 못하게 한 조건들을 어떻게 모두 열거할 수 있겠는가? 루이 14세는 세금 때문에 인기가 떨어졌다. 하지만 당시 프랑스가 침략 당했더라면, 농민층이 더 애국적이었더라면, 혹은 루이 14세의 명치가 더 크고 위풍당당했더라면, 그의 인기는 떨어지지 않았을는지도 모른다. 마찬가지로 우리는 모든 왕들이 루이 14세의 경우와 같은 단순한 이유로 인기가 떨어질 것이라는 단언을 경계한다.

역사가는 어떤 왕이 세금 때문에 인기가 떨어질 것이라고 확실하게 예측할 수는 없다. 반면 거기에 관해 샘터쥠을 잡아 사실들이 존재하지 않는 척할 필요도 없다. 과거에 대한 우리의 지식에는 언제나 공백이 있기에, 역사가는 종종 아주 다른 문제에 직면하기도 한다. 그는 왕이 인기가 없었다는 사실만을 확인할 뿐 어떠한 자료를 통해서도 그 이유를 알 수가 없다. 만일 그가 그 원인이 세금 탓이었다고 결론을 내린다면, 그는 가설적 원인으로 거슬러 올라가고 있는 셈이다. 그런데 그는 과연 좋은 설명에로 거슬러 올라간 것일까? 세금이 원인이었을까, 아니면 왕의 패전이라든지 역사가가 상상 못하는 제 3의 원인이 있었을까? 세금은 불만의 그럴듯한 원인이기는 하지만, 다른 것들이라고 그만하지 않을 것인가? 농민들의 영혼 속에서 애국심의 힘은 어떠했던가? 패전 역시 세금 못지않게 왕의 인기 하락에 영향을 미치지 않았을까?

제시문 〈라〉

교육 수준이 높을수록 건강 상태가 더 좋다는 주장이 있다. 그런데 교육 수준과 건강 상태 사이의 이러한 관계가 소득 수준에 따라 다를 수 있다는 보완적 주장이 제기되었다. 이러한 두 주장을 검증하기 위해 조사를 수행하여 다음과 같은 결과를 얻었다.

[표 1] 교육 수준에 따른 건강 상태 분포(%)*

건강 상태	교육 수준			전체
	고졸 미만	고졸	대학 이상	
상	10.2	15.8	27.0	17.4
중	48.1	65.8	50.4	59.4
하	41.7	18.4	22.7	23.2
총계	187명	691명	256명	1,134명

[표 2] 소득 수준별 교육 수준에 따른 건강 상태 분포(%)*

소득 수준	건강 상태	교육 수준		
		고졸 미만	고졸	대학 이상
상	상	12.0	16.6	27.2
	중	42.7	66.8	47.2
	하	45.3	16.6	25.6
	소계	117명	428명	195명
중	상	8.0	17.4	27.3
	중	69.2	62.1	59.1
	하	23.1	20.5	13.6
	소계	13명	132명	44명
하	상	7.0	11.5	23.5
	중	54.4	66.4	64.7
	하	38.6	22.1	11.8
	소계	57명	131명	17명
총계		187명	691명	256명

* 소수점 둘째 자리에서 반올림했음.

〈문제 1〉 제시문 〈가〉, 〈나〉, 〈다〉는 과학적 탐구에 대한 여러 관점을 나타낸다. 이 관점들의 공통점과 차이점을 논하시오. (1,000자 안팎, 50점)

〈문제 2〉 제시문 〈라〉의 두 주장에 근거하여 [표 1], [표 2]에 나타난 중요한 점들을 기술하고, 제시문 〈나〉, 〈다〉의 관점 중 하나를 택하여 연구 전체(주장 및 결과)를 평가하시오. (1,000자 안팎, 50점)

이 문제를 처음 읽었을 때 내 심경이 어땠는지 아시는가?

'휴, 이런 문제를 어떻게 풀지? 근데 피자는 이미 얻어먹었고, 뭐라고 말을
해야 할까?'
'아니, 근데 대학교에서는 이렇게 어려운 문제를 왜 내는 거야? 교수도 모를
것 같은데.'

사실 나는 출판사를 운영하기 때문에 수많은 교수들을 만나본 경험이 있다.
그래서 절친한 교수도 많고 나의 형님 또한 국문과 교수다. 국문과! 그러니까
논술과는 밀접한 연관이 있는 과의 교수! 게다가 형님은 입시 출제위원도 역
임한 적이 있다. 그러니 교수에 대해 나는 여러분보다는 조금 더 안다고 자부
한다.
그런데 피자를 먹으며 읽어본 문제는 정말 장난이 아니었다.
나는 아무리 대학 입시라고 해도 이 정도 문제가 나오리라고는 상상도 하지
못했다.
내가 쑤욱 훑어보면 금세 이해할 수 있는 문제가 나올 것이라고 상상했지.
그러나 어쩌랴! 엎질러진 물인데.

"자, 다 먹었으니 피자를 치우자!"

마음이 급해진 나는 피자 그릇을 치운 후 다시 한 번 문제를 천천히 읽어보았
다. 그동안 내 곁에 앉아 있던 예쁜 친구는 '그럴 줄 알았다'는 듯이 체념한 표
정으로 나를 물끄러미 바라보고만 있었다.
이윽고 내가 말했다.

"음, 이게 논술이구나."

이 말은 논술의 핵심을 파악했다는 말이다.

여러분! 놀랍지 않은가?

피자 한 판, 아니 반 판을 먹는 동안 나는 Y대학교 사회계열 논술 문제의 핵심을 파악해버렸단 말이다. 그리고 이후 다른 친구들 때문에 이 대학 저 대학 논술 문제를 접하다 알게 된 사실은 Y대학교 논술 문제 난이도가 가장 어려운 수준이라는 것이다.(이에 대해서는 동의하는 친구들도 있고 동의하지 않는 친구들도 있을 것이다. 그러나 잠깐만 기다리시라. 곧 확인시켜 드릴 것이니까.)

그러니까 나는 우리나라 논술 문제 가운데 가장 어려운 수준의 문제를 고작 한 시간도 채 못 되어 핵심을 파악한 것이다.

"쳇, 말이 돼요? 아저씨, 거짓말 하셔도 너무하신 것 아니에요?"

그렇게 말하는 것이 당연하다. 그 예쁜 친구도 그렇게 말했으니까.

"저희 학교 애들은 전부 수시를 쓰거든요. 외고니까. 그래서 학교에서 한 달 전부터 논술 특강을 시작했어요. 저도 한 달 동안 들었어요."

"그런데 왜 나 같은 사람에게 도움을 청하는 거니? 난 논술에 대해 아무것도 모르는데."

"음, 한 달 내내 들었는데도 무슨 말인지 모르겠어요."

"그래? 한 달 동안 뭘 배웠는데?"

"기출문제에 대해 강사님이 설명해주시고, 써보고. 그래도 새 문제가 나오면 또 백지 상태가 되는 거예요."

"그렇구나."

나는 그 예쁜 친구 말에 고개를 끄덕이면서 물었다.

"혹시 학교에서 공부한 자료 가지고 있니?"

"네."

그러면서 학교 논술 특강 시간에 사용하는 교재를 내놓는 것이었다.

우와! 나는 놀라고 또 놀랐다.

수많은 지문을 모아놓은 유인물, 그리고 그 지문의 처음부터 끝까지 빼곡히 채워진 해설문. 게다가 한 줄도 빠뜨리면 안 된다는 성실성으로 읽었음을 한눈에도 알아볼 정도로 일일이 줄이 그어진 문장들. 그리고 그 순간 깨달았다.

'이건 아니다. 이건 절대 아니다. 이건 젊고 예쁜 친구들 죽이는 길이다.'

그렇게 판단한 나는 그 친구 한 명을 상대로 피자가게에서 강의를 시작했다.

첫날 강의는 약 한 시간.

그리고 한 시간이 끝날 무렵, 그 예쁜 친구가 말했다.

"아저씨, 저희 학교에 와서 논술 강연 한 번 해주시면 안 돼요? 정말 놀라워요. 논술이 뭔지 감이 잡혀요."

여러분은 이 말을 거짓말로 들을지 모른다.

"에이, 아무리 잘난 체를 하셔도 그렇지 어떻게 한 시간 만에 고3이 논술의 감을 잡아요?"

글쎄 말이다. 나도 어안이 벙벙했다.

왜 이 친구는 한 달 내내, 아니 그건 특강이 그 기간이었고, 그 전부터 논술 준비를 했을 텐데, 그동안 뭘 배웠기에 내가 한 시간 강의한 것을 가지고 이렇게 놀라지?

"정말 아저씨께서 말씀하시는 걸 들으니까 전혀 달라요. 그런데 알겠어요. 그렇게 어렵게 느껴지던 논술이 눈앞에 오는 느낌이에요. 다시 한 번

해주세요. 아니면 학교에 와서 강연을 해주시거나."

그러나 나는 학생들 대상으로 돈벌이 절대 안 한다. 그래서 말했다.
"내가 왜 부잣집 친구들이 대부분인 외고에 가서 강연을 하니? 혹시 논술 강의를 필요로 하지만 돈이 없어 들을 수 없는 친구들이라면 모를까."
그렇게 거절했다.

<u>그럼 이 책에는 어떤 내용이 실려 있을까?</u>
그날 내가 강연한 내용으로부터 시작해서 정말 시간과 돈 때문에 대치동 학원 못 가는 친구들, 아무리 들어도 논술이 뭔지 모르는 친구들을 위해 내가 금쪽같은 시간을 내서 쓴 것이다.

<u>게다가 더 중요한 것이 있으니 이 책은 대부분 여러분이 문제 풀듯이 설명하고 있다는 사실을 기억하라!</u>
<u>무슨 말이냐고?</u>
<u>나도 여러분과 똑같은 시간, 즉 실제 시험 시간에 맞추어 읽고 쓰고 풀었다는 것이다.</u>

사실 여러분을 가르치려면 사전에 오랜 기간 준비해서 정답을 낸 다음 설명하는 것이 온당하다. 그리고 다른 문제의 경우에는 그렇게 하는 것이 당연하다고 나도 느낀다. 그런데 논술은 좀 다르다.
왜?

내가(학원 선생님이, 교재 저자가, 선생님이) 열 시간 동안 고민해서 여러분에게 설명하면 여러분은 이해하기 힘들다.
여러분은 이 문제를 고작 두 시간이나 네 시간, 즉 주어진 시간 동안 풀어야 하기 때문이다.

그런데 이 문제를 설명하는 선생님들은 오랜 시간 고민하고 주위 사람들과 협의하며 참고서를 보고 정답이 무언지 확인한 다음 여러분 앞에 서서 마치 다 안다는 듯이 설명한다.

그러니 여러분은 점점 겁을 먹게 되어 있다.

"선생님은 저렇게 쉽다고 설명하시는데, 난 왜 이리 어렵지? 무슨 말인지 도통 모르겠는걸."

당연하다.

그분들도 어려워서 잘 모르는 것이 태반이고, 그래서 오랜 시간 고민한 끝에 여러분 앞에 서는 것이다. 그런데 여러분 앞에서 잘 모르는 듯하면 무시당하고 여러분이 믿지 않을 것이 뻔하지 않은가? 그러니까 쉽게 이해한 듯, 아주 쉬운 듯 말하는 것이다.

그러나 나는 그렇게 하지 않을 것이다.

<u>나 또한 여러분처럼 문제 처음 보고 내 방식대로 풀어나갈 것이다.</u>
<u>그렇게 해야 여러분과 같은 입장에서 설명할 수 있고, 여러분 또한 제한된 시간 내에 제한된 방식으로 푸는 방법을 습득하지 않겠는가.</u>

그러므로 이 책에 나오는 모든 문제는 내가 처음 풀어보는 것이고, 제한 시간 내에 풀었고, 그래서 혹시라도 틀렸을 수도 있다.

그러나 나는 확신한다.

나와 함께 논술 여행을 하는 친구들은 이 책을 다 읽을 즈음에는 논술 문제를 푸는 데 확고한 태도를 갖게 될 것임을.

"자신 있어!"

이 한마디가 절로 나올 것임을.

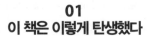

01
이 책은 이렇게 탄생했다

"음, 내 판단에는 말이다. 논술이란 참으로 어려운 것이야. 혹시 너 이 지문 읽고 이해했니?"

"아니요."

"당연하다. 이해하면 그게 기적이네. 이렇게 어려운 지문을 너희가 어떻게 이해하겠니?"

"그럼 어떻게 풀어요?"

"아, 그렇지. 그런데 풀 수 있단다. 아저씨가 읽어보니 논술 문제가 무엇인지 알겠거든."

이게 무슨 말이냐고?

읽어도 읽어도 알 수 없는 지문 몇 개를 놓고, 그걸 단순히 이해하는 것이 아니라 연관성을 찾고 비교 분석한 후 자신의 판단을 기술記述하는 논술 문제를 풀 수 있다고?

누군가는 말할 것이다.

"완전 사기꾼이군."

그렇다. 대학의 논술고사를 이용해 돈을 버는 사람 가운데 많은 숫자가 사기꾼임을 그날 그 순간 나는 깨달았다.

우리나라에서 공부 깨나 한다는 아이들이 모여 있는 외고 학생들이 한 달 내내 특강을 들어도 무슨 소리인지 전혀 모르는 것이 논술인데, 초등학생부터 고등학생까지 수십만 명의 아이들을 상대로 논술을 해결해주겠다면서 돈을 버는 사람들이 사기꾼이 아니면 누가 사기꾼이란 말인가!

아, 사기꾼이 아닌 사람들도 꽤 많다. 바로 이런 분들!

논술이란 하루아침에 해결될 수 있는 게 아닙니다. 어려서부터 수많은 책을 읽고 글을 쓰고 토론하면서 합리적이며 비판적인 사고력을 키워야 합니다. 그렇게 하지 않으면 논술은 족집게 과외도 불가능하고 1년 가지고 해결되지도 않습니다. 그러니 우선 독서를 시작하십시오. 그리고 토론하고 비판하고 대안을 제시하는 훈련을 하십시오.

그러나 이런 양심적인 분들이 아무리 많아도 우리 사회에서 살아남기는 힘들다. 왜? 부모님들이 그런 말을 들을 리가 없으니까.

"지금 우리 아이 논술시험이 두 달 앞으로 다가왔는데, 뭐요? 독서? 이 사람이 실력이 없으면 없다고 말하지 무슨 소리야? 야, 족집게 과외 선생 찾아보자. 없으면 강남 가보자고."

내 말이 틀렸으면 틀렸다고 하시라. 아마 그렇게 하시기 힘들 것이다.

그러니 꽤 많은 사람들이 아이들과 학부형을 상대로 거짓 장사를 하고 있다고 해도 그리 틀린 말은 아니라는 것이 내 주장이다.

사실 이렇게 확신하게 된 데는 또 다른 경험이 큰 역할을 했다.

그날 강의를 마친 후 나와 같은 병원에 다니는 한 여학생을 만났다. 그런데 그 여학생 또한 고3으로 서울 인문계 고등학교를 다니는데, 곧 수시를 본다는 것이었다. 내가 먼저 물어본 게 아니라 의사 선생님께서 말씀하셨다.

"그러니? 혹시 논술 준비도 하니?"

나는 갑자기 관심이 많아진 논술 시험이 떠올라 그 학생에게 물었다.

"네. 지금 학원 다녀요."

"그렇구나. 그럼 혹시 논술에 대해 자신감이 생겼니?"

내가 예쁜 여학생에게 알려주는 정보가 옳은 것인지 확인해볼 요량으로 물었다. 그런데 의외의 대답이 돌아오는 게 아닌가.

"아니요. 몇 달째 다니는데 전혀 모르겠어요."

으잉? 그럼 학원엘 왜 다니지?

"사실 다녀도 별 도움이 되지 않는 것 같은데, 그렇다고 학교에서 가르쳐 주는 것도 아니고 해서 그냥 다녀요."

값도 엄청 비싸단다. 하기야 학교에서도 준비해주지 않는 것을 단기간에 가르쳐주어야 하니 비쌀 수밖에.

"그럼 혹시 아저씨가 잠깐 이야기해주면 듣겠니?"

나는 어차피 예쁜 여학생을 한 번 더 만나기로 했기 때문에 이렇게 말했다. 사실 한 친구만 앉혀놓고 이야기하는 것은 비능률적이니까. 그렇지만 처음 보는 내 말을 들으리라고는 별로 믿지 않았다. 비싼 돈 주고 배우는 학원에서도 해결해주지 못하는 것을 처음 보는 어수룩한 사람이 해결해준다고? 내가 생각해도 말이 안 되는 듯했다.

"정말요? 그렇게 해주시면 당연히 듣고 싶죠."

그런데 대답이 전혀 의외였던 것이다.

그때 나는 또 다른 사실을 깨달았다.

<u>우리 친구들이 논술 때문에 얼마나 고통을 받고 있는지. 얼마나 괴로우면</u>

<u>물에 빠진 지푸라기라도 잡으려 하는지 말이다.</u>

그 친구에게 나는 지푸라기 외에 아무것도 아니었다. 처음 보는 사람이지, 직업이 뭔지도 모르지, 돈을 달라고 할지도 모르지, 더더욱 실력이 있는지는 전혀 모르지.

그런데도 주저하지 않고 듣겠다고 할 만큼 그 친구는 다급했던 것이다.

"그래? 그럼 이번 주 일요일에 ○○에서 한 시에 보자꾸나. 다른 친구 하나와 함께 듣게 될 거야."

그렇게 해서 나는 두 번째 주 일요일에는 두 친구를 앞에 두고 논술 강의를 했다. 그리고 그게 끝이었다. 그 다음 주에 시험이 있었기 때문이다.

결국 두 친구는 너무 늦게 나를 만난 셈이었다.

왜 이리 자신만만하냐고?

"정말 달라요. 지금까지 배운 것과는 너무 달라서 신기하기까지 해요."

"그럼 둘 가운데 하나를 고르라고 하면 누굴 고를래?"

이런 질문을 하는 나도 참, 누가 이런 상황에서 솔직히 대답하겠는가.

"당연히 아저씨죠. 정말 쉬운데요."

그러나 나는 이 말이 형식적인 인사말이 아니라고 확신한다. 두 시간 강의하는 동안 두 친구는 눈을 동그랗게 뜨고 신나서 들었으니까. 그리고 이렇게 말했다.

"아저씨를 너무 늦게 만났어요. 일찍 만났으면 좋았을 텐데."

맞다. 너무 늦게 만났다.

그래서 내가 많은 친구들을 고통으로부터 구해주고 소중한 돈을 아낄 기회를 버린 셈이 된 것이다.

이 책을 쓰는 것은 바로 이로부터 유래한다. 많은 친구들을 고통으로부터
구해주고, 학부모들의 가벼운 지갑의 부담을 덜어드리기 위한 목적!
그것밖에 없다.

2013년 입시에서도 몇몇 친구들에게 우연히 논술 강의를 해주었는데 모두들
정신을 못 차렸다.

"아저씨. 정말 놀라워요. 제발 우리 학교에 와서 강연 좀 해 주세요."

"야, 내가 국어 선생님도 아니고, 전문가도 아닌데 어떻게 강의를 해?"
"아저씨 논술 강의는 정말 달라요. 안갯속을 헤매다 등대를 만난 느낌이에요.
아저씨 논술 강의하시면 재벌 되실 거예요."
"싫다. 나는 그런 걸로 돈 벌고 싶은 생각 전혀 없다."
"그럼 유튜브에 강의 동영상 한 번만 올리세요. 그럼 인강 업체들이 벌떼처럼
몰려올 거예요."
"그것도 싫다. 난 아무도 없는 데서 강의하는 것 체질에 안 맞는다. 너희가 예
뻐서 그냥 알려주는 거야. 그걸로 만족해. 내 직업은 다른 것이거든."

"정말 아깝다. 모두들 아저씨 강의를 들으면 좋을 텐데."

자, 그럼 도대체 내가 어떻게 이야기를 했기에 여러 친구들이 이토록 열광했는
지 궁금하지 않으신가?
지금부터 그 보따리를 풀어놓겠다.
그런데 보따리를 열어보기 전에 몇 가지 주의사항을 알려드리겠다.

02
주의사항

1) 이 책은 논술 준비 지침서다. 훈련서, 학습서가 절대 아니다.

그러니까 이 책을 통해서 논술 준비를 끝내려거나 뭐든 다 알려줄 것이라 믿지 마시라. 내가 알려드릴 내용은 논술의 본질이 무엇인지, 그래서 그놈의 논술이란 녀석을 상대로 싸우려면 어떻게 해야 하는지일 뿐이다. 반복, 반복, 훈련, 훈련, 강의, 강의로 이어지는 쓸데없는 훈련소를 나는 가장 싫어한다. 반복훈련은 개돼지나 하는 것이다. 논술은 인간의 가장 뛰어난 지성과 비판력, 창의력을 발현시키는 일이다. 그런데 반복훈련이라니! 이런 아이러니가 어디 있단 말인가. 논술은 절대 반복훈련으로 가능한 것이 아니다.

2) 이 책에는 꼭 필요한 몇 종류의 문제와 내가 작성한 해답이 있다.

수많은 문제를 풀어보고 싶은 사람은 그런 책을 읽어보실 일이다. 그리고 이런 저런 원칙과 이론을 배우고 싶은 사람은 그런 책이나 강의를 들으실 일이다.

이 책에는 그런 것이 전혀 없다. 대신 여러분에게 논술이 무엇인지, 그리고 논술을 대할 때 어떤 태도를 갖추어야 하는지, 중요한 것이 무엇인지 등에 대한 몇 가지 사례와 방식, 그리고 이를 이해하기 위해 필요한 몇몇 기출 문제가 실려 있다. 물론 답안은 모두 내가 직접 작성한 것이다.

여러분은 내가 작성한 답안을 다른 책 또는 강의 내용과 비교해볼 수 있다. 그리고 결과는 여러분이 직접 판단할 일이다.

3) 이 책은 오로지 여러분의 논술 스트레스, 논술 부담감, 논술 두려움을 타파해주기 위해 태어났다.

도대체 이제는 일반화된 논술이란 시험 방식이 온 수험생, 온 학교, 온 선생님을 괴롭힌다면 말이 되느냐 말이다. 아, 대학교 교수님들도 무척 괴롭다고 하신다.(이건 몇몇 논술 출제 교수님으로부터 내가 직접 들은 이야기다.)

그러니까 논술 시험과 관련한 모든 당사자들은 괴로운데 오직 한 사람, 논술 학원과 논술 전문 강사만이 신난다. 그러면서 말한다.

"논술? 그까짓 것 아무것도 아닙니다. 내 강의만 들으면 끝입니다. 우리 학원에 등록만 하세요. 끝내드립니다. 한 달이면 충분합니다."

이런 말 절대 믿지 마시라.

논술, 정말 어려운 것이다. 오죽하면 시중에 나와 있는 논술 참고서들 사이에서도 같은 문제에 답이 서로 달랐을까!

그 결과 나는 각 참고서들의 다른 점, 책들 사이에 정답이 다른 사실을 지적할 수도 있다. 그러나 그런 짓은 하지 않겠다. 그 저자들이 실력이 부족해서일 수는 있지만 불성실한 것은 아니니까. 그만큼 논술은 어렵고, 보기에 따라서 해석하는 사람에 따라서 달라질 만큼 복잡하다.

따라서 논술을 쉽게 해결해주겠다는 말은 대부분 논술 장사치들의 주장이라고 보면 맞을 것이다.

"논술, 정말 어렵습니다. 우리도 모든 것을 해결해드릴 수는 없습니다. 다만 최선을 다할 뿐입니다."

이렇게 말하는 강사, 학원이 오히려 도움이 될 것이다.

그러나 겁먹을 필요는 전혀 없다. 왜?

내가 있으니까. 그리고 내 강의는 여러분이 지금까지 접한 강의와는 완전히 다르니까.

나는 오직 여러분의 논술 공포증, 논술 불안감, 절망감, 의욕 상실, 그리고 마지못해 선택해야 했던 수많은 논술 강의의 지루함과 답답함을 제거해주기 위해 이 글을 쓰니까.

내 강의는 여러분의 눈높이에서 출발한다. 읽어도 읽어도 제시문의 뜻을 모르겠다는 친구들은 기대해도 좋다.

단, 이 책으로 모든 논술 준비를 끝내겠다는 허황된 욕심은 버려라.

세상 이치는 뿌린 만큼 거두는 것이다. 족집게니 하는 따위의 일확천금식 사고를 갖는 한 그 사람은 세상에 이로운 인간이 되기는 힘들다.

물론 논술 또한 일확천금식 사고를 지양하고, 합리적 사고, 논리적 사고, 그로부터 유래한 창의적이고 비판적인 사고를 가진 사람을 선발하기 위한 과정으로 만들어진 시험이다.

자, 그럼 즐거운 논술의 세계로 들어가 보자!

논술은 글 쓰기다

지금부터 논술 강의를 시작한다.
이 책은 참고서가 아니라 내가 논술 강의한 바를
그대로 옮겨 적은 책이다. 따라서 읽는 데 연필 잡고
머리 싸맬 필요 전혀 없다.
그냥 소설 읽듯이 읽어 가면 된다.
그렇게 두 번만 읽으면 논술이란 녀석이 어떤
녀석인지 알 수 있을 것이다.
"지피지기백전불태"
모르는 분이 안 계신 유명한 말이다. 어디에
나온다고? 《손자병법》에.
"적을 알고 나를 알면 백 번 싸워도 위태로움이
없다."

!

03
강의 시작!

지금부터 논술 강의를 시작한다.

이 책은 참고서가 아니라 내가 논술 강의한 바를 그대로 옮겨 적은 책이다. 따라서 읽는 데 연필 잡고 머리 싸맬 필요 전혀 없다.

그냥 소설 읽듯이 읽어가면 된다.

그렇게 두 번만 읽으면 논술이란 녀석이 어떤 녀석인지 알 수 있을 것이다.

"지피지기백전불태知彼知己百戰不殆"

모르는 분이 안 계신 유명한 말이다. 어디에 나온다고?《손자병법》에.

"적을 알고 나를 알면 백 번 싸워도 위태로움이 없다."

그렇다.

논술이 무엇인지도 모르면서 수많은 논술 문제를 푸는 친구들을 보면서,

논술이 뭔지도 모르면서 수많은 논술 문제를 해석하면서,

전문가인 양 하는 분들에게 드리고 싶은 말이 바로 이것이다.

"논술이 뭔지 아십니까?"

논술을 풀기 전에 논술이 뭔지 알아야 풀든가 포기하든가 할 것 아닌가?
그래서 내 강의는 논술이 무엇인지로부터 시작한다.

논술論述은 글쓰기다.
논술을 사전에서 찾아보면 이렇다.
어떤 것에 관하여 의견을 논리적으로 서술함.(국립국어원 표준국어대사전 참조)
알겠는가? 서술하는 것, 즉 글로 표현하는 것이 논술이다.
읽는 게 논술이 아니란 말이다.
"그걸 모르는 사람이 어디 있어요?"

그렇게 질문할 줄 알았다. 그렇다면 다시 묻는다.

"그런데 논술 시간에는 왜 읽다가 끝나지? 왜 그렇게 읽는 데 시간을 할애
하지? 수많은 논술 참고서를 보아도 문장 해설은 무척 긴 데 비해 실제로 쓴
글, 아니 글 쓰는 방식을 알려주는 내용은 거의 없던데."

그렇다. 내가 본 수많은 책들은 대부분 문장을 어떻게 이해하는지에 대한 설명
이 주를 이루었다. 그뿐이랴?
이 대학의 논술 시험 경향은 어떻고 하는 내용이 대부분이다. 대학별 논술고사
해설을 실은 책들을 찾아보라. 이 대학의 논술 시험 경향은 이렇고 저 대학은
저렇고 그 대학은 그렇고 하는 따위의 해설이 빠지지 않는다.
덧붙여 각 대학은 자신들의 대학이 논술 시험을 어떤 목적으로 어떤 방식을
채택하는지 발표한다. 사례를 한번 볼까.

I. 출제 의도와 문제 해설

1. 2013학년도 논술고사 출제와 기본 방향

2013학년도 고려대학교 인문계 논술고사의 기본 방향을 제시하기 위해 모의 논술고사를 실시했다. 모의 논술고사는 고려대학교 수시 전형의 논술고사에 응시하려는 학생들이 시험의 개괄적 형식과 방향을 파악하는데 도움을 주기 위해 실시되었다.

실제 논술고사는 본 모의 논술고사의 기본 방향을 유지하되 제시문과 논제의 유형과 배점에는 다소 차이가 있을 수 있음을 알려둔다.

2013년 모의 논술고사를 통해 제시된 본 논술고사의 기본 방향은 다음과 같다.

가) 고등학교 내신과 수능시험의 평가요소를 보정하기 위해 다음과 같은 세 가지 요소를 평가하는 것을 목적으로 한다.

1) 다양한 제시문을 정확하게 이해하고 비교하여 서술하는 능력

2) 제시문에서 주제의 핵심을 적절히 추론하고, 창의적인 사고를 바탕으로 자신의 주장을 논리적으로 전개하는 논술 능력

3) 인간 및 사회 현상의 분석을 위한 기초 수리적 사고 능력

나) 제시문의 난이도는 고등학교 교과 과정의 평균 수준을 유지하되, 논제는 고등학교 상위권 수준의 이해 능력, 분석 능력, 추리 능력을 요구하는 방향으로 출제한다.

다) 2013년도 인문계 논술고사의 시험 시간이 100분으로 축소된 것을 고려하여 학생들에게 시간의 부담을 크게 주지 않는 방향으로 제시문과 논제를 제시한다.

2. 주제 및 제시문 해설

2013학년도 고려대학교 모의 논술고사의 공통 주제는 '사실에 대한 인식과 재구성'이다. 제시문들은 이 주제와 관련된 다양한 형식과 내용을 담은 글들이다.

(1)은《포스트모더니즘과 역사학》(김기봉 외),《역사의 진실을 찾아서: 랑케 & 카》(조지형),《The Idea of History: With Lectures 1926-1928》(Robin Collingwood)와《What Is History?》(Edward Hallet Carr)에서 채록하여 출제 의도에 맞추어 변형한 글이다. 우선 역사 서술에서 고문서 등 일차 사료의 엄정한 선정과 면밀한 분석을 통해 있는 그대로의 과거를 재현하려 한 랑케의 시각과 과거를 있는 그대로 재현하는 것은 불가능하고 역사가에 의해 구성되고 의미화 된다는 콜링우드의 구성주의적 관점을 대비시킨다. 그리고 과거 자체를 순수하게 복원한다는 입장과 현재적 해석으로 과거를 재구성한다는 입장 사이에서 "과거와 현재의 대화"를 시도했던 카의 시각을 제시함으로써, 역사적 사실을 어떻게 기술하고 해석할 것인가에 대한 다양한 입장을 소개한 글이다.

(2)는 문학이 사실을 처리하는 방식을 서술함으로써 사실에 관한 문학의 입장을 밝히고 있다. 문학은 사실로부터 취한 소재를 상상력으로 가공한다. 따라서 문학은 단순한 사실 재현이 아니라 사실에서 비롯한 허구이다. 그런데 문학은 허구임에도 불구하고, 독자들은 실제로 벌어진 일보다 그것을 더 생생하게 여기고 사실 이상의 감동을 느끼기도 한다. (2)에서는 그러한 사례로서 찰스 디킨스의 소설과 관련한 일화를 소개한다. 문학이 허구임에도 독자에게 사실 이상의 감동을 줄 수 있는 것은 거기에 진실이 내포되어 있기 때문이다. 문학이 전하는 진실은 사실 여부를 초월하는 본질적 가치라고 볼 때, 우리가 문학 작품을 읽고서 감동하는 것은 그 가치에 공감하는 것이다. 문학이 전하는 진실의 감동은 독서행위를 통해 공유되기 때문에 문학은 소통의 수단으로 기능한다. 그로써 우리는 삶의 의미와 더불어 사는 세상의 아름다움과 만나게 된다. 상상력이 빚어낸 허구가 현실적 효용을 발휘하게 되는 것이다. 이

제시문은 문제 출제를 위해 출제진이 직접 집필한 글이다.

(3)은《언론의 객관성에 대한 분석적 고찰》(김상호),《대상화와 문제화》(김수미)에서 인용하여 변형한 글이다. 여기에서는 언론의 사실 보도가 그 자체로 절대적 객관성을 담보할 수 없다는 주장과 함께 한국 언론이 국제결혼 이주여성들을 기사화하는 방식을 예로 든다. '사실의 사회적 구성'을 주장한 버거와 루크만의 시각에서 보면, 해석 공동체의 존재는 주관적 의미를 객관적 사실로 전환시킬 수 있기 때문에 실재의 재현 과정에는 오류를 범할 가능성이 있다. 그렇기 때문에 누가 무엇을 사실이라고 이야기하며, 누구의 시선으로 사실을 바라보는가의 문제를 이해하기 위해서는 지배집단의 가치와 해석이 객관성을 획득하게 되는 사회적 과정을 고려해야 한다. 어떤 사실을 발견해 어떻게 기사화하는가는 일종의 선택으로서 사회문화적 가치나 직업적 관행으로부터 자유롭지 않을 수 있다는 것이다. 결혼이주여성들의 다양성을 간과하며 결혼을 타산적으로 악용하는 사람들의 이미지만 부각시키는 보도 경향은 지나친 일반화와 과장 보도의 위험이 있다. 외부자에 대한 내부자의 불신과 경계, 낭만적 사랑과 순수한 결혼에 대한 이상이 결혼이주여성들에 대한 부정적인 이미지 생산에 영향을 미칠 수 있기 때문이다.(중략)

이 뒤로도 여러 내용이 이어진다.

그렇다면 내가 묻겠다.

"여러분은 고려대학교에서 발표한 이 '출제 의도와 문제 해설', 그리고 '2013학년도 논술고사 출제와 기본 방향'이 여러분의 논술 준비에 큰 도움이 되었다고 생각하는가, 아니면 오히려 머릿속만 더 복잡해졌다고 생각하는가?"

솔직히 말해서 나는 이런 식으로 알려주는 것이 수험생들에게 어떤 도움이 되는지 잘 모르겠다. 이걸 다 외울 수도 없거니와, 설혹 외웠다 해도 수험장에서 그 어려운 지문을 대하는 순간 머릿속에서 '출제 의도와 기본 방향'이 논리적으로 작동되어 문제 풀이에 도움이 될까?

그런데도 수많은 논술 참고서들은 이런 내용을 중언부언重言復言(이미 한 말을 다시 되풀이함)하면서 그럴듯하게 해설을 늘어놓는다.

그렇다면 내 방식은 무엇일까?

이런 식의 문제 분해는 논술에 아무런 도움도 되지 않는다.
그런 식의 방향 설정이나 배경 지식은 막상 문제를 대하는 순간 다 사라지고 오직 남는 것은 어려운 지문과 하얗게 변해버린 머릿속이다.

"그렇다면 논술을 어떻게 준비해야 한단 말이세요? 학원도 필요 없다,
대학에서 제공하는 정보도 필요 없다, 참고서도 필요 없다.
그럼 도대체 논술은 아무 준비 없이 봐야 한단 말씀이세요?"

그럴 리가!
다시 앞으로 가보자.
논술이 뭐라고?
글쓰기!
그렇다, 글쓰기다. 따라서 논술에서 가장 중시해야 할 것은 글쓰기다.

그럼 위에서 해설한 고려대학교 모의 논술 문제는 어떤 것일까?
이것이다.

아래의 제시문을 읽고 논제에 답하시오.

(1)

19세기 근대 역사주의를 주창한 랑케(Leopold von Ranke)는 이전의 자의적인 역사 연구와 서술을 부정하고 엄격한 사료 비판에 근거한 객관적 서술을 지향하여 역사학을 과학의 경지로 끌어올리려고 하였다. 그는 17-18세기를 통해 발전되어 온 사료 비판의 방법을 종합하여 본격적인 역사 연구의 기초를 마련하였다. 그는 고문서 자료 등 1차 사료를 더 신뢰하면서 이를 면밀히 분석하면 그 시대에 살았던 사람들의 눈으로 당시를 바라볼 수 있다고 믿었다. 즉 과거에 '사실(fact)'이 엄연히 존재하였으므로, 역사가는 그것이 기록된 문서를 객관적으로 분석함으로써 당시의 상황을 복원할 수 있다는 것이다. 랑케는 주관과 객관 사이의 간극을 사료 비판과 직관적 이해를 통해 극복할 수 있다고 믿었다. 역사가는 사료의 언어를 감정이입을 통해 이해함으로써 과거를 있는 그대로 재현할 수 있다고 주장하였다.

이에 반해, 콜링우드(Robin Collingwood)는 역사적 사실은 순수한 형태로 존재하지 않으며, 또한 존재할 수도 없기 때문에 있는 그대로 복원하는 것이 불가능하다고 주장하였다. 자료를 객관적으로 수집하고 탐구하여 결론에 도달하는 것이 과학이라면 역사는 이러한 과학과 거리가 있다. 왜냐하면 '역사적 사실'이라는 과거는 역사가에 의해 구성되고 그 의미 또한 역사가에 의해 부여되기 때문이다. 과거는 과거의 시점에서 볼 때 실존적이지만 현재의 시점에서는 관념적일 뿐이다. 역사가가 알수 있는 과거는 사료를 통한 것이 전부이다. 따라서 역사가는 과거에 대해 매개적이고, 추정적이며, 간접적인 인식 이상을 가질 수 없다. 이는 다시 말해 역사적 사실은 항상 오염되어 있어서 과학적 객관성을 획득할 수 없음을 의미한다. 역사적 의미 역시 그 과거에 대해 제한된 인식을 가진 역사가에 의해서 부여된다는 점을 고려하면 역사적 사실이 순수한 형태로 존재할 수 없음은 자명해진다. 명백한 증거를 기초로 진실을 추구하는 과학적 방법으로 파악되는 역사라는 것은 존재하지 않으며 역사는 역사가의 의식 속에서 재구성될 뿐이다.

카(E. H. Carr)에 따르면 역사가는 '가위와 풀의 역사', 다시 말해 단순히 과거 사실을 기계적으로 편집하는 역사를 쓰거나, 현재의 목적을 위해 과거 사실을 주관적으로 왜곡하는 오류를 모두 피해야 한다. 역사가와 역사적 사실 간의 관계에서 역사가들은 외견상 위태로운 상황에 처해 있는 것처럼 보인다. 왜냐하면 역사가는 역사를 사실의 객관적 편집으로 보아 사실이 해석보다 우위에 있다고 보는 이론과, 역사를 역사가의 주관적 마음의 산물이라고 보아 역사적 사실을 확립하고 해석하는 과정을 중시하는 이론 사이에서 아슬아슬한 곡예를 하고 있기 때문이다. 즉 역사가는 무게중심을 과거에 두는 역사관과 현재에 두는 역사관 사이에서 위험하게 항해하고 있는 것이다. 그러나 우리의 상황은 보기보다는 덜 위태롭다. 역사가는 사실 앞에 비천하게 무릎 꿇는 노예도 아니고, 사실을 지배하는 폭군적인 주인도 아니다. 역사가와 사실 사이의 관계는 평등하다. 즉 주고받는 관계이다. 역사란 역사가와 사실의 연속적인 상호작용이고, 현재와 과거의 끊임없는 대화이다.

(2)

문학은 경험 현실을 그대로 재현하기보다는 상상력을 통해 재구성하고 재창조한다.

문학은 신문 기사나 보고서, 실록 등과 같은 기록물들과 다르다. 문학은 상상의 산물이므로 거기에 나오는 내용은 사실이 아닌 허구이다. 그럼에도 불구하고 문학의 허구는 독자에게 사실처럼 여겨진다. 소설의 등장인물들이 현실 속에 살아 있을 것처럼 보이고 소설에서 펼쳐지는 사건들이 이 세상 어딘가에서 실제로 벌어질 것 같기도 하다. 디킨스(Charles Dickens)의 소설들은 연재 당시 독자들로부터 열렬한 사랑을 받았다. 독자들은 디킨스 소설의 주인공을 실존 인물로 착각할 정도였고 주인공의 운명을 걱정한 나머지 디킨스에게 그를 불행하게 만들지 말라고 편지를 보내기도 하였다. 특히 〈골동품상점〉의 '어린 넬'이 죽는 연재분이 배포되었을 때는 비록 가공의 인물이 죽었음에도 전 영국이 울음바다가 되었다. 가정과 일터와 거리에서 사람들은 해당 호를 손에 든 채 눈물을 흘렸다. 문학의 역사에서 이와 유사한 사례들이 드물지 않다. 그 사례들은 문학의 허구가 현실 세계에 대해 얼마나 큰 사실적 호소력을 지닐 수 있는지를 잘 보여준다.

문학이 경험 현실에서 취한 소재를 두고서 전개하는 상상은 결코 허황되지 않아서 그 상상이 창조한 허구는 우리의 감수성에 구체적으로 작용한다. 그래서 문학은 허구이긴 하지만 그 허구 속에는 사실 이상의 진실이 담겨 있고 그 진실의 호소력이 사람들에게 깊은 감동을 자아낸다. 그 감동이 동일한 작품을 읽은 사람들 사이에 공감대를 형성함으로써 문학은 소통의 방법으로 기능한다. 우리는 문학이 전개하는 자유로운 상상을 통해 삶의 의미와 가치를 발견하고 더불어 사는 세상의 아름다움과 대면하게 된다.

(3)

언론 보도의 객관성은 언론 윤리의 가장 중심적인 문제이다. 언론의 객관성은 정확하고 선입견이 배제된 보도를 통해 보장된다. 객관성을 유지하기 위해 기자는 평가와 판단을 유보하고 오로지 일어난 사실 그 자체만을 보도해야 한다.

그러나 보도의 절대적 객관성만을 강조하는 것은 너무 순진한 주장이라고 보는 시각도 있다. 버거(Peter Berger)와 루크만(Thomas Luckmann)은 해석 공동체의 존재가 언론의 객관성이라는 개념 혹은 가치보다 우선한다고 주장한다. 그들은 주관적인 의미가 객관적인 사실성을 획득하는 과정을 강조하면서, 한 사회의 독자적이고 독특한 실재에 대한 적절한 이해는 그것이 구성되는 방식에 대한 이해를 필요로 한다고 말한다. 여기에서 객관성은 지배적인 집단을 통한 사회체계의 구조화 과정을 거쳐서 생겨난다. 해석 공동체의 존재를 고려하지 않고 객관성의 개념만을 강조할 경우, 언론은 특수한 사회적 실재 혹은 사실을 지나치게 일반화하거나 과장되게 보도하는 오류를 범할 가능성이 있다. 즉 실재의 재현 과정에서 오류가 발생하는 것이다.

예를 들면, 국제결혼을 한 조선족 여성들에 대한 언론 보도의 경우 초기에는 그들을 '우리 농촌을 구할 수 있는 동포 처녀들'로 소개하였다. 그러나 얼마 지나지 않아 그들은 '자신의 경제적 이해 추구에 필요한 법적 지위를 얻기 위해 국제결혼을 이용하는 자들'이라거나 '위장결혼을 알선하는 결혼중개업자들의 공모자들'로 그려졌다. 물론 상당수의 결혼이주여성들이 경제적인 동기에서 한국 남성들과의 결혼을 선택했을 수도 있다. 하지만 이 여성들에 대해 물질적 이해를 좇는 타산적인 이미지만을 강조하는 보도 방식은 그들의 다양한 결혼 동기들을 경제적 신분 상승을 위한 것으로 단순화시킨다.

1997년 한국 남성과 결혼한 외국 여성에게 자동적으로 국적을 부여했던 법이 결혼 후 최소 2년이 경과하는 조건으로 개정되었다. 언론 보도가 이러한 법 개정에 영향을 끼쳤을 가능성이 있다.

ㅣ. (1)의 내용을 바탕으로 (2)와 (3)에 나타난 '사실'에 대한 관점을 비교하고, 이에 대한 자신의 생각을 논술하시오. (75점)

※ 유의 사항
1. 답안에 자신을 드러내는 표현을 하지 말 것.
2. 답안에 제목을 달지 말 것.
3. 제시문의 문장을 그대로 옮겨 쓰지 말 것.

4. 분량은 띄어쓰기를 포함하여 I 은 900자(±50자)로 하고, II는 자수에 제한 없이 쓰되
답안지의 테두리선을 벗어나지 말 것.

여기서부터는 정신을 바짝 차려야 한다. 나는 쓸데없는 이야기는 한마디도 하
지 않기 때문에 한 줄이라도 스쳐 지나가면 큰일 난다.

자, 그럼 문제를 보자.

> I. (1)의 내용을 바탕으로 (2)와 (3)에 나타난 '사실'에 대한 관점을 비교하고, 이에 대한
> 자신의 생각을 논술하시오. (75점)

잘 생각해보자. 이 문제를 푸는 데 앞에서 본 해설이 필요하다고 여겨지는가?
출제 의도와 문제 해설, 주제와 제시문 해설 등 학교에서 제공한 내용을 아무
리 열심히 외우고 머릿속에 집어넣었다 해도 위 문제를 보는 순간, 그러한 것
은 싸악~ 사라지고 오직 질문, 그리고 지문만이 머리를 가득 채운다.

그뿐이랴? 학원에서, 또 강사께서 반복 또 반복해서 알려준 "고려대학교 논술
은 이러이러한 것에 주안점을 두고 있으니 이렇게 풀어야 하고, 이러저러한 문
제가 나온단다. 그때는 이렇게 해석하고 풀어라." 하는 이야기가 위 문제와 지
문을 이해하는 데 도움이 되느냐 말이다.

내가 만나본 친구들은 한결같이 아무 도움이 안 되었다고 이야기한다.

나는 그게 당연하다고 본다.

논술은 정답이 없다.

객관식도 아니다.

그러므로 사전에 머릿속에 넣어놓은 해결책이 작동하지 않는 것이다.

정답이 있어야 찾지! 객관식이라야 머릿속에서 판단을 하지!

이건 도무지 무슨 내용인지도 모를 어렵디어려운 지문, 그것도 엄청 긴 것을

준 다음에 이상야릇한 내용의 문제가 단 하나 주어지지. 그런데 이런 상황에서
어떻게 과거에 머릿속에 주입한 논리가 작동하겠느냐 말이다. 작동하지 않는
게 당연하다.

그래서 나는 논술 강의를 할 때 이렇게 시작한다.

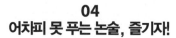

04
어차피 못 푸는 논술, 즐기자!

"대한민국 논술 문제는 선생님도, 학생도, 학원 강사도, 하물며 대학 교수도
풀기 힘들다. 그런데 너희가 풀 수 있다고? 천만에! 이 문제를 풀면 이상한
거야. 너만 못 푸는 게 아니야. 그 교실에 들어온 모든 친구들이 다 못 풀어.
그러니 걱정 마!!!"

알겠는가?
논술 시험장에 들어갈 때 머릿속에 넣어갈 생각 가운데 가장 중요한 것이 바
로 이것이다.

<u>다른 친구들은 잘 풀 것이라는 생각, 집어치워라!</u>
<u>내가 못 풀면 어떡하나 하는 걱정, 근심 집어치워라!</u>
대신 "아무도 못 풀 문제라고?"
"그렇다면 재미삼아 풀어보지 뭐! 어차피 경쟁률도 수십 대 일인데, 떨어
지는 게 당연한 거 아냐?"

이런 생각으로 시험장에 들어가라는 것이다.

이게 진실이다. 논술 문제 절대 쉽지 않고, 여러분이 들어간 교실에서 문제를 자신 있게 풀 친구는 많으면 한 명, 대부분의 경우에는 한 명도 없다.

그런데 뭘 걱정한단 말인가?

그저 느긋하게, 즐겁게, 한번 놀아볼까? 하는 심정을 가지라는 말이다.

이게 논술 시험에 임해야 하는 태도다.

사실 한번 놀아보자, 하는 심정으로 논술 시험에 임해야 하는 까닭은 또 있다. 어차피 다른 친구들도 못 볼 것이고, 나도 어렵고, 경쟁률도 대~박이고. 그런 상황이라면 그저 한번 놀아보지, 하는 마음이 훨씬 편하고 긴장하지 않아 오히려 글을 잘 이해할 수도 있다.

그런데 그 외에 매우 중요한 까닭이 하나 더 있다.

논술 문제는 우리 사회의 현안을 이해하거나 인류의 역사, 사고思考, 문명을 이해하는 데 중요한 글들을 제시문으로 삼는다.

여러분이 지금까지 단 한 번도 접해보지 않은 베스트셀러나 우수교양도서, 고전, 세계를 뒤흔든 연설 등 다른 사람들은 일부러 돈과 시간을 투자해 읽고자 하는 글들이란 말이다. 그런데 여러분은 돈도 안 내지, 게다가 그 글 가운데 가장 핵심이 되는 내용을 출제위원들이 친절하게도 뽑아서 전해주지.

그러니 얼마나 고마운 일인가. 안 그래도 읽어야 할 글들인데 남이 잘 정리해서 전해주니 말이다.

따라서 논술 문제를 읽을 때는 "휴, 이 어려운 글을 언제 읽고 요약하고 답을 내나?" 하는 수동적인 태도를 취하면 반드시 낙방한다.

반대로 "야, 이번 시험에는 무슨 글이 나왔을까? 내가 모르는 분야가 나오면 좋을 텐데. 어디 한번 읽어볼까? 얼마나 재미있고 새로운 글이 나왔는지."

이렇게 해야 붙든 떨어지든 하지, 모든 친구들을 적으로 생각하고 거기서 살아남아야 한다는 조급함, 불안감을 가지고 임하면 100% 실패한다.
명심하라!

자, 그럼 이런 느긋한 생각을 품은 채 다시 문제로 가 보자.
앞서 말했다. 논술은 뭐라고?
글쓰기!

따라서 위 문제에서 우리가 해야 할 일은 지문을 완벽히 이해하는 게 아니라 글을 쓰는 것이다.

이 너무도 당연한 이치를 모르는 친구들, 선생님들, 학원들이 많아도 너~무 많다.
다시 말한다.

지문을 완벽히 이해하는 것과 글을 쓰는 것 사이에는 한강 정도의 간격이 있다.

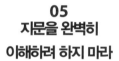

05
지문을 완벽히
이해하려 하지 마라

알겠는가?

여러분은 지문을 완벽히 이해해야만 그에 따른 글쓰기를 할 수 있다고 배우고 그렇게 믿고 있을 것이다.

그러나 아니다! 절대 아니다!

논술시험은 이른바 주요 대학에서만 본다. 따라서 그 정도 대학에서 논술 시험을 출제할 때는 그 수준에 맞추어낸다.

그래서 여러분이 아무리 많은 지문, 기출문제, 자료집을 읽는다 해도 그 내용이 짜안~ 하고 나타나 줄 확률은 제로에 가깝다.

그런데 시험장에서 자기가 처음 보는 문장이 나오는데 그걸 완벽히 이해하려 마음먹는다면 그게 오히려 정신 나간 짓이다.

물론 가끔은 교과서에서 간단한 지문을 인용하기도 한다. 그러나 그건 수많은 지문 가운데 하나 정도에 불과하다.

결국 여러분이 과거에 읽거나 공부한 지문은 절대 안 나온다고 여기는 것이 옳다는 말이다.

그래서 내 강의는 이렇게 이어진다.

논술 지문을 딱 보잖아.

그럼 다 이해하려고 하지 마!

어차피 불가능해.

문제를 풀 수 있을 정도만 이해하면 되잖아.

그런데 그 정도는 이해할 수 있어.

왜?

너희들, 즉 고등학생이 문제를 풀 것이라는 사실을 출제위원께서 잘 알고 계시거든.

출제위원이 바보가 아닌 이상 고등학생이 풀 수 없는 문제를 내지는 않는단 말이지.

그러니까 문제가, 지문이 아무리 어려워도 너희가 풀 수 있는 방법은 있단 말이지.

말이 된다고 생각하시는가?

안 된다고 여기는 친구도 있을 것이다. 그러나 이 방법밖에 없다.

이 방법을 택하지 않으면 논술 시험에서 성공할 확률은 그만큼 낮아진다.

자, 그럼 말이 되는지 안 되는지 직접 지문을 읽어보자.

우선 1번 지문.

(1)

19세기 근대 역사주의를 주창한 랑케(Leopold von Ranke)는 이전의 자의적인 역사 연구와 서술을 부정하고 엄격한 사료 비판에 근거한 객관적 서술을 지향하여 역사학을 과학의 경지로 끌어올리려고 하였다. 그는 17-18세기를 통해 발전되어 온 사료 비판의 방법을 종합하여 본격적인 역사 연구의 기초를 마련하였다. 그는 고문서 자료 등 1차 사료를 더 신뢰하면서 이를 면밀히 분석하면 그 시대에 살았던 사람들의 눈으로 당시를 바라볼 수 있다고 믿었다. 즉 과거에 '사실(fact)'이 엄연히 존재하였으므로, 역사가는 그것이 기록된 문서를 객관적으로 분석함으로써 당시의 상황을 복원할 수 있다는 것이다. 랑케는 주관과 객관 사이의 간극을 사료 비판과 직관적 이해를 통해 극복할 수 있다고 믿었다. 역사가는 사료의 언어를 감정이입을 통해 이해함으로써 과거를 있는 그대로 재현할 수 있다고 주장하였다.

이에 반해, 콜링우드(Robin Collingwood)는 역사적 사실은 순수한 형태로 존재하지 않으며, 또한 존재할 수도 없기 때문에 있는 그대로 복원하는 것이 불가능하다고 주장하였다. 자료를 객관적으로 수집하고 탐구하여 결론에 도달하는 것이 과학이라면 역사는 이러한 과학과 거리가 있다. 왜냐하면 '역사적 사실'이라는 과거는 역사가에 의해 구성되고 그 의미 또한 역사가에 의해 부여되기 때문이다. 과거는 과거의 시점에서 볼 때 실존적이지만 현재의 시점에서는 관념적일 뿐이다. 역사가가 알 수 있는 과거는 사료를 통한 것이 전부이다. 따라서 역사가는 과거에 대해 매개적이고, 추정적이며, 간접적인 인식 이상을 가질 수 없다. 이는 다시 말해 역사적 사실은 항상 오염되어 있어서 과학적 객관성을 획득할 수 없음을 의미한다. 역사적 의미 역시 그 과거에 대해 제한된 인식을 가진 역사가에 의해서 부여된다는 점을 고려하면 역사적 사실이 순수한 형태로 존재할 수 없음은 자명해진다. 명백한 증거를 기초로 진실을 추구하는 과학적 방법으로 파악되는 역사라는 것은 존재하지 않으며 역사는 역사가의 의식 속에서 재구성될 뿐이다.

카(E. H. Carr)에 따르면 역사가는 '가위와 풀의 역사', 다시 말해 단순히 과거 사실을 기계적으로 편집하는 역사를 쓰거나, 현재의 목적을 위해 과거 사실을 주관적으로 왜곡하는 오류를 모두 피해야 한다. 역사가와 역사적 사실 간의 관계에서 역사가들은 외견상 위태로운 상황에 처해 있는 것처럼 보인다. 왜냐하면 역사가는 역사를 사실의 객관적 편집으로 보아 사실이 해석보다 우위에 있다고 보는 이론과, 역사를 역사가의 주관적 마음의 산물이라고 보아 역사적 사실을 확립하고 해석하는 과정을 중시하는 이론 사이에서 아슬아슬한 곡예를 하고 있기 때문이다. 즉 역사가는 무게중심을 과거에 두는 역사관과 현재에 두는 역사관 사이에서 위험하게 항해하고 있는 것이다. 그러나 우리의 상황은 보기보다는 덜 위태롭다. 역사가는 사실 앞에 비천하게 무릎 꿇는 노예도 아니고, 사실을 지배하는 폭군적인 주인도 아니다. 역사가와 사실 사이의 관계는 평등하다. 즉 주고받는 관계이다. 역사란 역사가와 사실의 연속적인 상호작용이고, 현재와 과거의 끊임없는 대화이다.

읽으셨는가?

뭔 말인지 알겠는가? 모르는 사람도 있고 어렴풋이 아는 사람도 있을 것이며, 아, 이런 이야기구나! 하고 무릎을 치는 친구도 있을 것이다.

그렇다면 위 글을 한 줄로 요약해보라면 어떨까?

아마 누구든 쉽지 않을 것이다.

그렇다면 내가 한번 해보겠다.

랑케와 콜링우드, 카는 역사를 각기 다르게 보았고, 따라서 역사가의 역할 또한 다르다고 보았다.

어떤가?

논술처럼 잘 쓰지는 못했지만, 틀린 말은 아님을 알 수 있을 것이다.

그런데 이게 중요하다.

논술을 처음부터 질문에 맞추어 잘 쓰는 것은 거의 불가능하다.

특히 고등학생이!

그러니까 쉽게, 자신이 알 수 있는 만큼 쓰는 게 무엇보다 중요하다.

그런데 이렇게 쓰려면 앞서 말한 대로 위 문장이 무슨 말을 하는지 알아야 하는데, "도대체 무슨 말을 하는지 알 수 없는 지문이 대부분이에요."

맞다. 그래서 잘 읽어야 하는 것이다.

다시 내가 강의한다.

이건 정말 중요하다. 꼭 기억하라!

지문은 반드시 고등학생이 문제를 푸는 데 필요한 요소를 품고 있다.

그런데 그것이 잠재적으로, 비유적으로, 상징적으로 표현되는 경우는 절~대 없다.

반대로 한 번 알려주고, 두 번 알려주고, 세 번 알려주는 경우가 대부분이다. 지문이 "이래도 모르겠니?" 하고 반복적으로 알려준단 말이다.

반복적으로 알려주기 때문에 한 번만 이해하면 그것만으로도 문제를 풀 수 있다.

"정말요?"

"그렇다니까."

믿지 못하는 친구들을 위해 위 문장을 살펴보겠다. 사실 위 문장은 그렇게 어려운 문장도 아니다. 그래서 더 어려운 문장도 몇 개 살펴볼 예정이다. 기대하시라!

솔직히 이런 강의 들어본 적 없을 것이다.

당연하지.

이 정도 생각을 하는 사람은 청소년들을 이용해 돈벌이 할 마음이 없다. 더 중요한 일을 하지. 그래서 이런 강의는 접할 수 없는 것이다.

그렇다면 나는 왜 한다고?

우리나라 청소년들이 전혀 쓸모없는 일에 시간과 삶을 낭비하는 것이 안타깝고 걱정되어서다.

잠깐, 이야기가 갓길로 새도 이해하라.

여러분이 잘 아는 최인호라는 소설가는 고3에 등단했다. 황석영도 20세에 등단했다. 사실 과거에는 이 사람들 외에도 수많은 사람들이 10대 후반, 20대 초반에 자기 영역에서 놀라운 성과를 거두었다.

그런데 오늘날에는? 불행히도 그렇지 못하다.

이건 요즘 청소년들이 갑자기 머리가 나빠졌거나 의지가 약해져서가 아니다. 모두 어른들 탓이다. 모두 교육 탓이다.

오늘날 학교에서 고등학생이 소설 쓰고 있으면 격려는 고사하고 미친놈 취급받지 않으면 다행이다. 음악? 마찬가지다.

이게 다 교육 탓이다. 오직 SKY를 가야 한다고 외치는 잘난 어른들 때문에 천재 청소년들조차 바보가 되어가는 것이다.

나는 이것이 가장 안타깝다. 정말 놀라운 친구들이 논술의 노예, 자기소개서의 노예, 수능의 노예, 나아가 학벌의 노예가 되어 시간과 삶을 낭비하는 나라가 장기적으로 발전할 거라고 믿지 않는다. 아니, 그럴 수가 없다. 오늘날 우리가 이룬 여러 성과들은 오직 당근과 채찍으로 일군 것에 불과하다. 이런 성과는 향후 전개될 창조 사회에서는 불가능해진다.

우리 교육이 다시 제자리를 찾아야 하는 까닭이 여기에 있다.

청소년들이 행복한 교육, 학교, 가정이 되어야 한다.

나는 그런 사회를 꿈꾼다. 그것이 모두가 행복해지고 우리 사회가 발전하는 길이기 때문이다. 여러분이 기성세대가 될 사회는 2020년대가 아니다. 2030년대도 아니다. 2040년대다.

2040년대!

생각이나 해봤는가? 그 미래를.

그 미래에도 우리나라 청소년들이 자기소개서 한 장 못 써서 돈 주고 부탁하고, 논술 한 장 제힘으로 못 써서 학원으로, 특강으로, 인강으로 내몰려서야 되겠는가?

나는 오로지 여러분이 건강하고 행복하며 능동적인 청소년으로 자라기를 바라는 마음에서 이 책을 쓰는 것이다. 그리고 이 길이 맞다고 확신한다.

다시 논술로 가자.

앞 지문을 다시 가져오겠다. 그런데 그냥 가져오는 게 아니라 밑줄을 그으면서 읽겠다.

19세기 근대 역사주의를 주창한 랑케(Leopold von Ranke)는 이전의 자의적인 역사 연구와 서술을 부정하고 엄격한 사료 비판에 근거한 객관적 서술을 지향하여 역사학을 과학의 경지로 끌어올리려고 하였다. 그는 17-18세기를 통해 발전되어 온 사료 비판의 방법을 종합하여 본격적인 역사 연구의 기초를 마련하였다. 그는 고문서 자료 등 1차 사료를 더 신뢰하면서 이를 면밀히 분석하면 그 시대에 살았던 사람들의 눈으로 당시를 바라볼 수 있다고 믿었다. 즉 과거에 '사실(fact)'이 엄연히 존재하였으므로, 역사가는 그것이 기록된 문서를 객관적으로 분석함으로써 당시의 상황을 복원할 수 있다는 것이다. 랑케는 주관과 객관 사이의 간극을 사료 비판과 직관적 이해를 통해 극복할 수 있다고 믿었다. 역사가는 사료의 언어를 감정이입을 통해 이해함으로써 과거를 있는 그대로 재현할 수 있다고 주장하였다.

이에 반해, 콜링우드(Robin Collingwood)는 역사적 사실은 순수한 형태로 존재하지 않으며, 또한 존재할 수도 없기 때문에 있는 그대로 복원하는 것이 불가능하다고 주장하였다. 자료를 객관적으로 수집하고 탐구하여 결론에 도달하는 것이 과학이라면 역사는 이러한 과학과 거리가 있다. 왜냐하면 '역사적 사실'이라는 과거는 역사가에 의해 구성되고 그 의미 또한 역사가에 의해 부여되기 때문이다. 과거는 과거의 시점에서 볼 때 실존적이지만 현재의 시점에서는 관념적일 뿐이다. 역사가가 알 수 있는 과거는 사료를 통한 것이 전부이다. 따라서 역사가는 과거에 대해 매개적이고, 추정적이며, 간접적인 인식 이상을 가질 수 없다. 이는 다시 말해 역사적 사실은 항상 오염되어 있어서 과학적 객관성을 획득할 수 없음을 의미한다. 역사적 의미 역시 그 과거에 대해 제한된 인식을 가진 역사가에 의해서 부여된다는 점을 고려하면 역사적 사실이 순수한 형태로 존재할 수 없음은 자명해진다. 명백한 증거를 기초로 진실을 추구하는 과학적 방법으로 파악되는 역사라는 것은 존재하지 않으며 역사는 역사가의 의식 속에서 재구성될 뿐이다.

카(E. H. Carr)에 따르면 역사가는 '가위와 풀의 역사', 다시 말해 단순히 과거 사실을 기계적으로 편집하는 역사를 쓰거나, 현재의 목적을 위해 과거 사실을 주관적으로 왜곡하는 오류를 모두 피해야 한다. 역사가와 역사적 사실 간의 관계에서 역사가들은 외견상 위태로운 상황에 처해 있는 것처럼 보인다. 왜냐하면 역사가는 역사를 사실의 객관적 편집으로 보아 사실이 해석보다 우위에 있다고 보는 이론과, 역사를 역사가의 주관적 마음의 산물이라고 보아 역사적 사실을 확립하고 해석하는 과정을 중시하는 이론 사이에서 아슬아슬한 곡예를 하고 있기 때문이다. 즉 역사가는 무게중심을 과거에 두는 역사관과 현재에 두는 역사관 사이에서 위험하게 항해하고 있는 것이다. 그러나 우리의 상황은 보기보다는 덜 위태롭다. 역사가는 사실 앞에 비천하게 무릎 꿇는 노예도 아니고, 사실을 지배하는 폭군적인 주인도 아니다. 역사가와 사실 사이의 관계는 평등하다. 즉 주고받는 관계이다. 역사란 역사가와 사실의 연속적인 상호작용이고, 현재와 과거의 끊임없는 대화이다.

위 지문에 내가 그어놓은 줄만 읽어도 위 글이 무엇을 말하는지 쉽게 알 수 있을 것이다.

그런데 위 지문에는 특징이 있다. 바로 세 가지 다른 주장이 한 지문 안에 포함되어 있다는 점이다. 그래서 밑줄 그은 문장이 많다. 왜? 세 가지 주장의 핵심을 반복적으로 알려주다 보니 한 가지 주장을 세 번만 반복해도 모두 아홉 번 줄을 긋게 되는 것이다.

물론 내가 줄을 그은 부분은 반복한 부분과 함께 글을 이해하는 데 필요한 부분도 포함되어 있다. 그래서 좀 많기는 하다.

자, 그럼 내가 줄을 그은 문장들을 모아보자.

랑케

1) 이전의 자의적인 역사 연구와 서술을 부정.

2) 엄격한 사료 비판에 근거한 객관적 서술을 지향.

3) 1차 사료를 더 신뢰하면서 이를 면밀히 분석하면 그 시대에 살았던 사람들의 눈으로 당시를 바라볼 수 있다.

4) 역사가는 그것이 기록된 문서를 객관적으로 분석함으로써 당시의 상황을 복원할 수 있다.

5) 역사가는 사료의 언어를 감정이입을 통해 이해함으로써 과거를 있는 그대로 재현할 수 있다.

콜링우드

1) 있는 그대로 복원하는 것이 불가능하다고 주장.

2) 자료를 객관적으로 수집하고 탐구하여 결론에 도달하는 것이 과학이라면 역사는 이러한 과학과 거리가 있다.

3) 과학적 객관성을 획득할 수 없음을 의미.

4) 역사적 사실이 순수한 형태로 존재할 수 없음은 자명.

5) 역사는 역사가의 의식 속에서 재구성될 뿐.

카

1) 과거 사실을 기계적으로 편집하는 역사를 쓰거나, 현재의 목적을 위해 과거 사실을 주관적으로 왜곡하는 오류를 모두 피해야 한다.

2) 역사가는 무게중심을 과거에 두는 역사관과 현재에 두는 역사관 사이에서 위험하게 항해하고 있는 것.

3) 역사란 역사가와 사실의 연속적인 상호작용이고, 현재와 과거의 끊임없는 대화.

잘 읽어보라.

랑케의 다섯 문장, 콜링우드의 다섯 문장, 카의 세 문장이 다른가?

알고 보면 다 같은 역사를 보는 관점에 관한 내용이다.

그리고 이를 요약하면 이렇다.

> 랑케는 말한다. 역사는 객관적으로 서술되어야 하므로, 역사가의 주관이 개입되면 안 된다. 다만 전해져 오는 자료만을 중시해야 한다.
>
> 콜링우드는 반대로 말한다. 역사는 사실 그대로 복원할 수 없다. 객관성을 가질 수도 없다. 역사적 사실은 순수하지도 않다. 그러므로 역사는 역사가의 주관에 의해 작성될 뿐이다.
>
> 카는 이를 통합한다. 객관적 역사도 주관적 역사도 모두 위험하다. 역사가는 사실과 역사가의 판단 사이에서 끊임없는 대화를 통해 역사를 기술해야 한다.

뭐가 어렵나?

위 문장을 통째로 읽고 요약하려면 무척 힘든 게 사실이다. 그러나 지문이 갖는 특성을 확인한 다음에 읽고 요약하면 이처럼 쉽다.

이것도 어렵다고? 그럼 잠깐 기다려라. 이제 첫 단계일 뿐이니까.

41쪽으로 가서 두 번째와 세 번째 제시문에는 여러분이 직접 줄을 그어보라.
그리고 아래 내가 그은 줄과 비교해보라.

(2)

1) 문학은 경험 현실을 그대로 재현하기보다는 상상력을 통해 재구성하고 재
   창조.
2) 문학은 상상의 산물이므로 거기에 나오는 내용은 사실이 아닌 허구.
3) 그럼에도 불구하고 문학의 허구는 독자에게 사실처럼 여겨진다.
4) 문학이 경험 현실에서 취한 소재를 두고서 전개하는 상상은 결코 허황되지
   않아서 그 상상이 창조한 허구는 우리의 감수성에 구체적으로 작용.
5) 문학은 허구이긴 하지만 그 허구 속에는 사실 이상의 진실이 담겨 있고 그
   진실의 호소력이 사람들에게 깊은 감동을 자아낸다.

(3)

1) 언론 보도의 객관성은 언론 윤리의 가장 중심적인 문제.
2) 언론의 객관성은 정확하고 선입견이 배제된 보도를 통해 보장.
3) 객관성을 유지하기 위해 기자는 평가와 판단을 유보하고 오로지 일어난 사
   실 그 자체만을 보도해야 한다.
4) 보도의 절대적 객관성만을 강조하는 것은 너무 순진한 주장이라고 보는 시
   각도 있다.
5) 버거(Peter Berger)와 루크만(Thomas Luckmann)은 해석 공동체의 존재가
   언론의 객관성이라는 개념 혹은 가치보다 우선한다고 주장.
6) 해석 공동체의 존재를 고려하지 않고 객관성의 개념만을 강조할 경우, 언론
   은 특수한 사회적 실재 혹은 사실을 지나치게 일반화하거나 과장되게 보도
   하는 오류를 범할 가능성이 있다.
7) 실재의 재현 과정에서 오류가 발생.
8) 언론 보도가 이러한 법 개정에 영향을 끼쳤을 가능성이 있다.

줄을 그었나?

그럼 내가 그은 줄과 다시 한 번 비교해보라. 약간의 차이가 있어도 아무 문제 없다. 정답이 있을 수 없으니까. 누구든 읽는 사람이 "아, 이 문장이 같은 이야기를 하고 있구나." 하고 느끼면 그게 정답이다.

<u>줄을 긋는 것이 중요한 것은 따로 요약할 수 없는 상태에서 한눈에 지문 전체를 이해하는 데 매우 효과적이기 때문이다.</u>
<u>줄만 잘 그어도 지문을 여러 번 읽는 효과를 거둘 수 있을 뿐 아니라 요약하거나 핵심 주장을 파악하는 데 매우 유리하다.</u>

게다가 필요 없거나 아무리 읽어도 모르는 문장을 붙잡고 있지 않아도 된다. 그러니 얼마나 좋은가.

위 3)번 지문에서 실제 기사인 국제결혼 관련 내용은 말 그대로 예일 뿐이다. 그래서 그런 내용은 한 번 읽고 넘어가면 될 뿐 그것에 매달려 다시 읽을 필요도 없고, 읽는다고 문제 해결에 도움도 되지 않는다. 예는 앞의 내용을 잘 이해하지 못한 친구들을 위한 또 하나의 도움글에 불과하니 말이다.

그럼 위 줄 친 부분을 가지고 요약을 해보자.

---

(2)

문학은 기본적으로 작가의 경험을 기반으로 한 상상의 산물이자 허구다. 그런데 독자들은 이를 사실처럼 여긴다. 왜냐하면 문학의 상상은 허황된 망상이 아니라 현실에 기반한 창조적 허구이기 때문이다. 그런 까닭에 그 허구 안에는 사실을 넘어서는 진실이 담겨 있고, 이것이 감동을 자아내는 요소이다.

(3)

언론 보도는 기자의 주관성을 배제한 채 정확한 사실을 객관적으로 보도해야 한다. 그러나 이런 절대적인 객관성만 강조하다 보면 해석 공동체의 존재, 즉 특수한 사회적 실재 또는 사실의 특수성을 무시할 가능성이 있다. 세상은 눈에 보이는 사실이 전부가 아닌 경우가 많기 때문이다. 그러다 보면 사실의 객관성만을 중시하다가 사실 뒤에 가려진 진실을 놓치는 오류를 범할 수 있고, 이러한 오류는 사회적으로 큰 부작용을 가져올 수도 있다.

여러분이 이렇게 요약하지 못했다고 해도 아무 문제없다. 이와 흡사하게, 또는 본질적으로 같은 뜻만 품고 있으면 된다. 왜냐하면 이 문제는 요약 문제가 아니기 때문이다.

요약 문제에서 어떻게 요약할지에 대해서는 뒤에 따로 살펴볼 예정이다.

그럼 이쯤에서 문제를 살펴보자.

> I. (1)의 내용을 바탕으로 (2)와 (3)에 나타난 '사실'에 대한 관점을 비교하고, 이에 대한 자신의 생각을 논술하시오. (75점)
> * 분량은 띄어쓰기를 포함하여 900(±50자)로 한다.

(1)이 뭐였더라?

그 내용을 다시 기억하려면 어렵지 않은가 말이다. 그러니까 요약한 것, 줄 친 것만 읽으면 된다.

역사를 기록하는 데 있어서 사실만을 객관적으로 기술해야 한다는 주장, 지나간 역사를 자료에 근거해서 똑같이 재현할 수 없기 때문에 역사가의 주관적 해석이 필요하다는 주장, 역사가의 양식 있는 판단에 따라 주관적 서술과 객관적 역사를 적절히 조화를 이루어야 한다는 주장.

(2)는 뭐였지?

문학은 기본적으로 작가의 경험을 기반으로 한 상상의 산물이자 허구다. 그런데 독자들은 이를 사실처럼 여긴다. 왜냐하면 문학의 상상은 허황된 망상이 아니라 현실에 기반한 창조적 허구이기 때문이다. 그런 까닭에 그 허구 안에는 사실을 넘어서는 진실이 담겨 있고, 이것이 감동을 자아내는 요소이다.

→ 요약하면, 문학은 허구이지만 사실을 넘어서는 진실이 담겨 있고 그 것이 독자에게 감동을 주기 때문에 사실은 진실, 허구는 거짓이라고 할 수 없다.

(3)은 또 뭐지?

언론 보도는 기자의 주관성을 배제한 채 정확한 사실을 객관적으로 보도해야 한다. 그러나 이런 절대적인 객관성만 강조하다 보면 해석 공동체의 존재, 즉 특수한 사회적 실재 또는 사실의 특수성을 무시할 가능성이 있다. 세상은 눈에 보이는 사실이 전부가 아닌 경우가 많기 때문이다. 그러다 보면 사실의 객관성만을 중시하다가 사실 뒤에 가려진 진실을 놓치는 오류를 범할 수 있고, 이러한 오류는 사회적으로 큰 부작용을 가져올 수도 있다.

→ 요약하면, 사실만 강조하다 보면 그 이면에 감추어진 진실을 놓칠 수
있다. 따라서 겉으로 드러난 사실 못지않게 중요한 것이 사실 뒤에 감추
어진 진실이다.

그럼 지금까지 한 작업을 가지고 답안을 작성해보자.

나도 작성해볼 테니 여러분도 작성해보자. 무엇을 근거로?

요약한 것을 근거로.

여기서 다시 내 강의가 이어진다.

<u>논술은 글쓰기다!</u>

따라서 남이 써놓은 글을 그대로 가져다 꿰매거나 뭔 말인지 모르면서 그럴
싸하게 꾸미면 절대 안 된다.

모르면 쓰지 말고, 아는 부분만 쓴다.

<u>또 하나!</u>

<u>논술에는 답이 없다. 그렇기 때문에 무엇보다 중요한 것이 자기 생각이다.</u>
<u>자기 생각이 없는 글은 자기 글이 아니다. 지금 논술 시험관은 내 글을 읽</u>
<u>고 싶어 한다. 따라서 내 글을 써야 한다. 그러자면 내 생각을 정리해서 써</u>
<u>야지, 위 지문에 충실하려고 노력하면 안 된다.</u>

위 지문은 싹 잊어버려라.

대신 내 생각을 하나로 통일해라. 이때 가장 좋은 것은 자기만의 경험을 이
야기하는 것이다. 나만의 경험! 이것을 위 논리에 맞추어 주장한다면 세상
유일의 내 글이 탄생하는 것이다.

어렵다고?

물론 처음에는 어려울 수 있다. 그러나 이렇게 쓰다 보면 열 번도 채 가기 전에 자기 글을 쓸 수 있게 된다. 그렇게 되면 "내 글이 논지에 벗어나는 것은 아닐까? 질문에 정확히 답하는 건가? 지문에서 많이 벗어난 것은 아닐까?" 하는 쓸데없는 걱정을 하지 않게 된다.

자, 그럼 내가 직접 쓴 글을 보자.

요건 세 제시문을 읽고 요약한 것을 종합한 것이다.

역사 서술에 대한 역사가의 태도에는 세 가지가 있다. 하나는 오직 드러난 사실, 자료에 근거해서 객관적으로 서술해야 한다는 태도, 두 번째는 지나간 역사를 그 시대로 돌아가 온전히 복원할 수는 없기 때문에 어쩔 수 없이 역사가의 주관적인 판단이 개입될 수밖에 없다는 태도, 마지막으로 객관적인 역사 서술은 우리가 경험한 적이 없는 세상에 대해 섣불리 묘사함으로써 잘못을 저지를 수 있는 반면, 주관적으로 역사를 서술하다 보면 역사가 자신의 주장을 마치 과거의 사실처럼 묘사할 수 있기 때문에 객관적 자료, 사실과 주관적 판단을 합리적인 역사가의 판단에 따라 종합, 서술해야 한다는 태도다.

위에서 알 수 있듯이 누구나 진실일 것이라고 믿는 '사실'에 대해서도 역사가들은 끊임없이 의문을 제기한다. 그러나 이는 역사에 국한된 태도가 아니다.

소설이 사실을 이야기하지 않는다는 것을 모르는 독자는 없다. 그럼에도 사람들은 소설 속의 허구를 사실로 받아들이고 그 허구의 내용으로부터 오히려 사실보다 더 감동을 받기도 한다.

반면에 신문은 사실만을 기록해야 한다는 것을 모르는 독자 또한 없다. 그러나 신문이 보도하는 사실조차도 진정으로 세상에서 일어나고 있는 진실에 부합하는 것인지에 대해서는 많은 사람들이 의문을 제기하고 있다.

그리고 이를 바탕으로 문제에 대한 답을 썼다.

역사 서술에 대한 역사가의 태도에는 세 가지가 있다. 하나는 드러난 사실, 자료에 근거해서 객관적으로 서술해야 한다는 태도, 두 번째는 지나간 역사를 온전히 복원할 수는 없기 때문에 역사가의 주관적인 판단이 개입될 수밖에 없다는 태도, 마지막으로 객관적인 역사 서술은 우리가 경험한 적이 없는 세상을 섣불리 묘사함으로써 잘못을 저지를 수 있는 반면, 주관적 서술은 역사가의 주장을 과거의 사실처럼 묘사할 수 있기 때문에 객관적 서술과 주관적 평가를 역사가가 합리적으로 판단, 종합, 서술해야 한다는 태도다.

이처럼 누구나 진실일 것이라고 믿는 '사실'에 대해서도 역사가들은 끊임없이 의문을 제기한다. 그러나 이는 역사에 국한된 것이 아니다.

소설이 허구라는 것을 모르는 독자는 없다. 그럼에도 사람들은 소설 속의 허구를 사실로 받아들이고, 그로부터 사실보다 더 큰 감동을 받기도 한다.

반면에 신문이 객관적 사실만을 기록해야 한다는 것을 모르는 독자는 없다. 그러나 신문이 보도하는 사실조차도 그 뒤에 감추어진 진실에 부합하는 것인지에 대해서는 많은 사람들이 의문을 제기하고 있다.

일반적으로 우리는 눈에 보이는 현상에 대해서는 의문을 품지 않는다. "네가 직접 봤어?" "봤어." 어떤 사건에 대해 논쟁이 붙었을 때 가장 쉽게 해결하는 방법인 이 질문과 대답에 담긴 전제는 눈으로 본 것은 사실이요, 진실이라는 것이다.

그러나 인간의 오감 가운데 하나인 눈으로 보는 것만이 사실이며 진실이라는 전제는 결코 옳을 수 없다. 특히 세상에 드러나는 것은 그 전부터 끊임없이 작동한 내적 운동이 겉으로 드러난 것에 불과할지도 모른다는 주장을 고려한다면, 사실이라는 것에 대해 맹목적인 신뢰를 보내는 것은 큰 오류를 범하는 것일지도 모른다.

따라서 지성인이라면 눈에 보이는 사실 뒤에 감추어진, 보이지 않는 진실, 빙산 아래 감추어진 대부분과 평화로운 오리의 보이지 않는 발짓에 관심을 기울여야 함은 당연한 것이리라.

- 950자

내가 봐도 썩 잘 쓴 것 같지는 않다. 그러나 첫술에 배부를 수는 없다.

여하튼 위 글을 읽어보면, 이 글을 쓴 사람이 이 문제를 풀려고 애를 쓰거나 불안에 떨면서 쓰지 않았다는 사실 정도는 알 것이다. 내용이 옳건 그르건 대단히 확신에 차서 자기주장을 펼쳤다는 정도는 금세 알아챌 수 있다는 말이다.

논술은 쓰는 사람의 입장에서 확신을 가지고 써야 한다.

틀릴 수도 있다. 논지에서 약간 어긋날 수도 있다.

그러나 우물쭈물하거나 긴가민가하면서 자신 없이 쓰면 절대 안 된다.

무조건 자신의 주장을 강하게 기술해야 한다. 그렇지 않으면 읽는 사람도 "이게 뭔 소리지?" 하고 고개를 갸웃거리기 마련이다. 평가하는 사람이 고개를 갸웃거려서야 어찌 좋은 점수를 얻을 수 있겠는가.

반대로 평가자의 의견과 다르다고 해도 확신에 차서 자기주장을 한 글을 보면 자기도 모르게 고개를 끄덕이게 된다.

왜? 논술에는 정답이 없기 때문이다.

논술에 존재하는 것은 오직 자기주장뿐이다. 그러니 확신을 가지고 써라!

그럼 이번에는 위 문제보다 훨씬 어려운 문제를 가지고 연습해보자.

한 번 해봤으니 더 어려운 것을 해야 재미있지 않겠는가?

이번 문제는 기출 문제다.

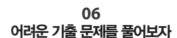

06
어려운 기출 문제를 풀어보자

※ 아래 제시문 (가), (나), (다)를 읽고 문제에 답하시오.

제시문 (가)

　새로운 종교를 창설하려는 여러 번의 시도가 실패로 끝난 것은 상당히 이른 시기에도 그리스인들이 높은 수준의 문화를 지니고 있었다는 것을 말해준다. 이것은 또한 그리스에는 이미 일찍부터 신앙과 희망이라는 단 하나의 처방으로 치유될 수 없는 다양한 고통을 지닌 다양한 개인들이 존재했다는 것을 말해준다. 피타고라스, 플라톤, 엠페도클레스 그리고 이들보다 훨씬 이전의 오르페우스교의 열광자들이 새로운 종교를 세우고자 했다. 앞의 두 사람은 진정으로 종교 창시자의 영혼과 재능을 지니고 있어, 이들이 실패했다는 것은 실로 놀라운 일이 아닐 수 없다. 이들은 그저 종파들을 만들어 내는 데 그치고 말았던 것이다. 한 민족 전체의 종교개혁이 실패하고 종파들만이 머리를 들면, 언제나 우리는 그 민족이 이미 자체 내에 다양성을 지니고 있으며 거친 무리 본능이나 윤리적 관습에서 벗어나기 시작한 것이라고 추론해 볼 수 있다. 이러한 의미심장한 동요 상태를 사람들은 흔히 윤리의 타락이나 부패라고 비난하지만, 실제로 이것은 알이 성숙하여 껍질이 깨질 때가 가까워졌다는 것을 알려준다. 루터의 종교개혁이 북유럽에서 성공했다는 것은, 북유럽이 남유럽에 비해 뒤처져 있었으며, 상당 부분 같은 유형과 같은 색깔의 욕구를 지니고 있었다는 것을 보여준다. 한 개인이나 그 개인의 새로운 사상이 보편적이고 절대적으로 작용하면, 이는 그 영향을 받는 대중들이 그만큼 천편일률적이고 저급하다는 것을 의미한다. 반면 그에 대한 반작용은, 만족되고 관철되어야 할 반대의 요구들이 그만큼 많다는 것을 알려준다. 거꾸로 힘과 지배욕이 매우 강한 천성을 지닌 인물이 단지 종파에 국한된 미약한 결과를 낳는 데 그치는 경우, 이로부터 그 문화의 수준이 매우 높다는 것을 추론해낼 수 있다. 이는 예술과 인식의 영역에도 적용될 수 있다.

제시문 (나)

예술에서는 발전 대신에 항상 독창이란 것이 가치 평가의 기준이 되어 있다. 독창이란 것은 자기 완결적인 것을 의미한다.

각개의 예술의 세계는 제각기 독립한 의미와 가치를 가지고서 혼자서 완결되는 세계다. 그러면 고전과 고전과의 사이에 절단을 이어가는 것, 즉 예술의 역사의 비연속의 연속은 무엇일까? 여기에서 우리는 다시 걸작 아닌 것, 즉 범작이나 졸작의 문제로 다시 한 번 돌아갈 필요에 직면한다. 예술사에 있어서 걸작 아닌 것은 예술적인 전승의 수단이 된다. 예술에 있어서 전승은 걸작 아닌 것을 통하여 된다고 말할 수가 있다. 이러한 예를 우리는 아류(亞流)라는 현상에서 들 수 있다. 아류란 걸작의 모방이다. 모방은 흔히 걸작을 모독하고 그것을 개악(改惡)한다.

그러면 아류란 걸작의 파괴지 그 전승이 되느냐고 할지 모르나, 전승이란 이러한 모독을 통하여 행하여지는 것임을 우리는 알아야 한다. 사람은 아류에 전승된 걸작에 대하여 분명히 그 모독을 책(責)한다. 그러나 아류에 대한 이 비난 속에는 걸작에 작(作)한 존경이 숨어 있음을 잊어서는 아니 된다.

이상하게도 모독을 통하여 그것의 존경에 도달하는 것은 종교에서 잘 볼 수 있는 현상이다. 사람은 배신자가 신을 모독했다고 신을 경멸하지는 않는 것을 잘 안다. 모독을 죄악이라고 느끼는 심리 속에는 항상 신에 대한 신성한 숭앙이 들어있는 법이다. 이 숭앙에 의하여 종교에서 사람들이 다시 신에게로 일보 접근하는 것과 같이, 사람들은 역시 걸작에로 한 걸음 다가서는 것이다. 바꿔 말하면 아류는 사람들로 하여금 걸작에로 인도하는 것이다. 즉 걸작 아닌 것은 걸작과 걸작과를 매개한 것이다.

제시문 (다)

사람이 어떤 주제에 관해 명상할 때, 그에게 한 가지 아이디어가 떠오르고 또 다른 아이디어가 떠오른다. 그렇게 자꾸 아이디어를 내고 그걸 다시 지우고 하는 과정을 되풀이하다가 그는 마침내 문제의 해결책을 붙잡게 된다. 그리고 이 순간부터 그는 희미한 빛에서 환한 빛으로 나아가게 되는 것이다. 이는 역사에서도 마찬가지가 아닐까? 오래된 호기심이 막연하게 예감하고 있던 어떤 거대한 개념을 한 사회가 정교하게 만들려고 할 때, 무슨 일이 벌어지는가? 과학이 그러한 호기심, 예컨대 세계에 대한 기계론적 설명을 발전시키고 구체화하기 이전에 말이다. 아니면 한 사회가 야심적으로 꿈꿔온 거대한 정복을 구현하려 할 때, 어떤 일이 일어나는가? 사회 내의 인간 활동이 그 야망, 예컨대 증기를 이용한 생산기계, 운송수단, 항해수단을 본격적으로 개발하기 이전에 말이다. 우선 사람들에게 제기된 문제가 온갖 모순적인 창안과 상상을 불러일으킨다. 그것들은 여기저기서 나타났다가 또 금방 사라진다. 그러다가 어떤 명료한 해석틀이나 편리한 기계가 등장하기에 이르는 것이다. 이것은 그 이전의 모든 것들을 잊게 만든다. 이후로는 그것이 고정적인 기반으로 이용되면서 그 위에서 궁극적인 발전과 완성이 이루어진다. 그러므로 진보는 일종의 집단적인 성찰이다. 거기에는 하나의 고유한 뇌가 없다.

그것은 오히려 창안자들의 무수한 뇌 사이에서 모방 덕분에 생겨나는 연대에 의해 가능해지는 것이다. 여기서 새로운 발견은 문자로 고정되어 거리나 시간의 간극을 뛰어넘어 전달될 수 있게 된다. 이는 기억의 바탕을 구성하는 이미지들이 개인의 뇌 속에서 고정되는 것과 마찬가지이다. 그리하여 사회적 진보는 개인적 진보와 같이 두 가지 절차, 즉 대체와 축적을 통해 일어난다. 발견이나 창안 가운데 어떤 것들은 대체 가능하고, 또 어떤 것들은 축적 가능하다. 그로부터 논리적인 투쟁과 논리적인 결합이 생겨난다. 우리는 바로 이러한 원리를 채택하고자 하며, 그것으로 역사의 모든 사건들을 설명하는 데 별 어려움이 없으리라고 본다.

〈문제 1〉 한 사회에 새로움이 부상하는 과정에서 다수가 수행하는 역할을 중심으로 제시문 (가), (나), (다)의 논지를 비교하시오. (1,000자 안팎, 50점)

내 판단에 논술문제는 연세대학교 문제가 가장 어렵다. 그 까닭은 여러 가지를 들 수 있는데, 첫 번째가 요약 문제가 없다는 것이다.

사실 대부분의 대학에서 지문을 요약하라는 문제를 내는데, 이건 엄밀히 말하면 논술 문제가 아니라 언어 문제다. 논술은 자기주장을 기술하는 것인데 왜 구태의연하게 요약 문제를 내는지 모르겠다. 아마 논술만 출제하면 학생들이 너무 어려워하거나, 모두들 뭔 소리인지도 모르는 내용만 적어내기 때문에 변별력을 높이기 위해 평가하기 쉬운 요약 문제를 내는 것 아닐까 하는 판단을 해본다.

여하튼 연세대학교 논술 문제는 각기 다른 주장을 펼치고 있는 지문 몇 개를 읽고, 그 지문들을 관통하는 공통적 주제를 찾아낸 다음, 지문들 간의 차이점을 파악하고, 그에 따른 자기주장을 쓰는 것인데, 이러한 글쓰기는 누구에게든 쉽지 않다.

그러니까 절대 겁먹지 말라는 것이다. 앞서 말한 것을 다시 상기해보자.

"대한민국 논술 문제는 선생님도, 학생도, 학원 강사도, 하물며 대학 교수도 풀기 힘들다. 그런데 너희가 풀 수 있다고? 천만에! 이 문제를 풀면 이상한 거야. 너만 못 푸는 게 아니야. 그 교실에 들어온 모든 친구들이 다 못 풀어. 그러니 걱정 마!!!"

특히 연세대 논술은 그렇다. 그러니 겁먹지 마라. 다만 즐기자.

그럼 한번 즐겨볼까.

앞서 말한 것처럼 이번에도 줄을 그어보자.

아, 줄을 긋기 전에 알아야 할 내용이 있다. 무척 중요한 것이라 반드시 기억해야 한다.

강의 시작!

<u>제시문을 읽기 전에 문제를 읽어보는 것은 기본이다.</u>
<u>그것도 안 하면 바보!</u>

〈문제 1〉 한 사회에 새로움이 부상하는 과정에서 다수가 수행하는 역할을 중심으로 제시문 (가), (나), (다)의 논지를 비교하시오.

그때 이런 문제가 나오면 기억할 것이 하나 있다.

"아하! 그렇다면 당연히 제시문 (가), (나), (다)의 논지, 즉 주장하는 바가
다르겠구나."

이 정도는 예측을 해야 한다.

주장이 같은 제시문을 주고 비교하라고 한다면 말이 되느냐 말이다.

그래서 이런 문제가 나오면 머릿속으로 이런 생각을 해야 한다.

"흐음, 제시문들은 같은 주제를 이야기할 텐데 그 주장이나 시각, 태도는
다르겠군."

이것만 알고 제시문을 읽어도 다른 친구들에 비해 훨씬 느긋해진다. 이미 제시
문의 절반은 이해한 것이나 다름없으니까.

그냥 읽기 시작하는 것과 제시문들이 같은 주제를 이야기하겠지만 다른
시각과 주장을 할 것이라고 예상하고 읽는 사람 사이에는 천양지차天壤之差,
즉 하늘과 땅 정도의 차이가 있을 수밖에 없다.

알겠는가?

그럼 주제는 같으나 시각은 다를 것이라는 생각을 하면서 앞의 제시문에 줄을
그어보자.

줄을 그었는가? 그럼 내가 그은 것과 비교해보자.

제시문 (가)

1) 새로운 종교를 창설하려는 여러 번의 시도가 실패로 끝난 것은 그리스인들
   이 높은 수준의 문화를 지니고 있었다는 것을 말해준다.

2) 또한 그리스에는 이미 일찍부터 신앙과 희망이라는 단 하나의 처방으로 치
   유될 수 없는 다양한 고통을 지닌 다양한 개인들이 존재했다는 것을 말해

준다.

3) 루터의 종교개혁이 북유럽에서 성공했다는 것은, 북유럽이 남유럽에 비해 뒤처져 있었으며, 상당 부분 같은 유형과 같은 색깔의 욕구를 지니고 있었다는 것을 보여준다.

4) 한 개인이나 그 개인의 새로운 사상이 보편적이고 절대적으로 작용하면, 이는 그 영향을 받는 대중들이 그만큼 천편일률적이고 저급하다는 것을 의미한다.

다시 말하지만 줄을 그은 내용이 같으냐 다르냐는 문제가 되지 않는다. 줄을 그은 것을 통해 제시문의 주장을 이해할 수만 있으면 그뿐이다.

제시문에 줄을 그은 것을 바탕으로 요약하면 이렇다.

아무리 위대한 존재라도 다양한 사상, 고통을 가진 다양한 개인들의 높은 문화 속에서는 새로운 종교를 창시할 수 없다. 반면에 천편일률적이고 저급한 수준의 문화를 공유하는 집단 속에서는 한 개인의 새로운 사상이 신앙, 즉 종교로 자리 잡을 수 있다.

이번에는 제시문 (나)다.

제시문 (나)

1) 예술에서는 발전 대신에 항상 독창이란 것이 가치 평가의 기준이 되어 있다.

2) 독창이란 것은 자기 완결적인 것을 의미한다. 각개의 예술의 세계는 제각기 독립한 의미와 가치를 가지고서 혼자서 완결되는 세계다.

3) 예술사에 있어서 걸작 아닌 것은 예술적인 전승의 수단이 된다.

4) 예술에 있어서 전승은 걸작 아닌 것을 통하여 된다고 말할 수가 있다.

5) 아류는 사람들로 하여금 걸작에로 인도하는 것이다.
6) 즉 걸작 아닌 것은 걸작과 걸작과를 매개한 것이다.

제시문 (나)는 솔직히 말해서 고등학생이 이해하기 쉬운 글이 아니다. 그런데 연세대 논술 시험을 보면, 매년 이 정도 난이도의 제시문이 등장한다. 그래서 연세대 논술이 어렵다는 말이다. 게다가 이걸 그냥 요약하는 것도 아니고 앞과 뒤의 제시문과 비교해서 그 논지의 차이를 찾아내야 하다니!
그렇지만 위에서 내가 줄 그은 문장을 잘 보자. 그럼 공통점이 보이지 않는가!

> 독창적인 예술은 자기완결적, 어려우면 그냥 완결적이다. 반면에 예술의 전승, 즉 완결되는 것이 아니라 후대로 이어지는 것은 걸작이 아닌 아류亞流에 의해서다.
> 결국 모방 즉 아류라고 하는 것이야말로 독창적인 예술을 빛나게 하고 그를 통해 다시 독창적인 예술이 탄생하는 것이다. 따라서 아류, 모방이란 것은 독창적 예술의 탄생을 가능하게 하는 가교 역할을 하는 중요한 요소다.

한편 제시문 (나)의 후반부에 보면 이런 내용이 나온다.

"모방은 흔히 걸작을 모독하고 그것을 개악(改惡)한다. 그러면 아류란 걸작의 파괴지 그 전승이 되느냐고 할지 모르나, 전승이란 이러한 모독을 통하여 행하여지는 것임을 우리는 알아야 한다. 사람은 아류에 전승된 걸작에 대하여 분명히 그 모독을 책(責)한다. 그러나 아류에 대한 이 비난 속에는 걸작에 작(作)한 존경이 숨어 있음을 잊어서는 아니 된다. 이상하게도 모독을 통하여 그것의 존경에 도달하는 것은 종교에서 잘 볼 수 있는 현상이다. 사람은 배신자가 신을 모독했다고 신을 경멸하지는 않는 것을 잘 안다. 모독을 죄악이라고 느끼는 심리 속에는 항상 신에 대한 신성한 숭앙이 들어있는 법이다. 이 숭앙에 의하여 종교에서 사람들이 다시 신에게로 일보 접근하는 것과 같이, 사람들은 역시 걸작에로 한 걸음 다가서는 것이다."

길이도 꽤 길고 내용도 무척 중요한 듯하다. 그런데 나는? 이 내용에 대해서는 한 줄도 긋지 않았다. 왜? 너무 어렵고 별로 중요하지 않아서다. 얼핏 보면 매우 중요한 듯하지만 제시문 (나)가 말하고자 하는 것은 이미 다 말했다. 그러니 이 내용은 몰라도 아무 문제가 안 되는 것이다.

여러분이 지금까지 논술에 대해 강의들을 때는 이런 어려운 글을 해석하고 이해하는 데 많은 시간을 쏟았을 것이다.
그런데 나는?
아예 무시하라고 한다.
다시 한 번 말한다.
<u>논술의 본질, 핵심은 글쓰기지 글 이해하기가 아니다.</u>

이해하고 쓰는 게 아니다.
쓸 만큼만 이해하면 된다.

바로 이런 것이 앞서 내가 말한 것이다.
기억나는가, 이 강의 내용?

<u>논술 지문을 딱 보잖아. 그럼 다 이해하려고 하지 마! 어차피 불가능해.</u>
<u>문제를 풀 수 있을 정도만 이해하면 되잖아.</u>
<u>그런데 그 정도는 이해할 수 있어.</u>
<u>왜?</u>

너희들, 즉 고등학생이 문제를 풀 것이라는 사실을 출제위원께서 잘 알고
계시거든. 출제위원이 바보가 아닌 이상 고등학생이 풀 수 없는 문제를 내
지는 않는단 말이지.

그러니까 문제가, 지문이 아무리 어려워도 너희가 풀 수 있는 방법은 있단
말이지.

자, 이제 알겠는가?

내가 왜 지문을 몰라도 문제를 풀 수 있다고 했는지.

앞서 내가 줄을 그은 내용을 보면, 모방이나 아류, 인간으로 치면 천재가 아닌
일반인, 존재로 치면 특수한 몇몇이 아닌 대다수야말로 천재, 걸작을 낳는 요
소라는 말을 이해할 수 있지 않느냐 말이다. 계속 그 이야기를 반복해서 하고
있으니까.

그럼 다시 앞에서 말한 것을 반추해보자.

**"아하! 그렇다면 당연히 제시문 (가), (나), (다)의 논지, 즉 주장하는 바가
다르겠구나."**

그래서 이런 문제가 나오면 머릿속으로 이런 생각을 해야 한다.

**"흐음, 제시문들은 같은 주제를 이야기할 텐데 그 주장이나 시각, 태도는
다르겠군."**

우리는 이미 제시문 (가)와 (나)를 읽었다. 그럼 눈치 빠른 사람은 위 생각에
따라 이미 판단할 수 있다. 이렇게.

"이 문제는 역사에서 뛰어난 사람 또는 걸작과 평범하거나 부족한 사람, 아류
작, 모방품 사이의 관계에 대해 이야기하고 있구나."

그렇다면 제시문 (다)는? 당연히 거기에도 천재 또는 걸작, 탁월한 것과 평범한 것, 일반적인 것, 부족한 것 사이의 관계에 대해 언급하겠군, 하고 예측이 가능할 것이다.

정말 그런가, 확인해보자.

제시문 (다)

1) 진보는 일종의 집단적인 성찰이다.
2) 그것은 창안자들의 무수한 뇌 사이에서 모방 덕분에 생겨나는 연대에 의해 가능해지는 것이다.
3) 새로운 발견은 문자로 고정되어 거리나 시간의 간극을 뛰어넘어 전달될 수 있게 된다.
4) 사회적 진보는 개인적 진보와 같이 두 가지 절차, 즉 대체와 축적을 통해 일어난다.

이 제시문 또한 상당히 복잡하고 어렵다. 그래서 나는 고작 네 문장만을 찾아냈을 뿐이다. 더욱이 앞부분에서는 단 한 줄도 긋지 않았다. 여러분이 앞의 긴 문장을 이해하려고 안간힘을 쓸 때 나는 앞은 휙 스쳐지나간 후 "진보는 일종의 집단적 성찰이다"라는 문장에 처음으로 줄을 그은 것이다. 이 문장 하나로 제시문 (다)는 압축할 수도 있다. 그러나 그렇게 하면 너무 우습게 볼 테니까 조금 더 그어보면 뒤에 나오는 세 줄이다. 그런데 그 내용 또한 다 마찬가지다.

> 사회의 진보(이를 앞의 제시문에 나오는 개념으로 표현하면, 문화요 걸작이다)는 한 천재에 의해 가능한 것이 아니라 수많은 사람들의 아이디어를 축적한 결과 이루어지는 것이다.

무척 긴 내용이지만 요약하면 이 말이다. 아닌가?

그렇다면 위에 나오는 제시문 세 가지의 공통점과 차이점은 무엇일까?

공통점

세상은 위대한 사람과 평범한 사람, 위대한 걸작과 아류작, 모방작, 아이디어를 창안하는 자와 모방하는 자로 이루어져 있다고 할 수 있다. 간단히 말해서 천재와 일반인.

차이점

제시문 (가)에서는, 아무리 위대한 사람도 수준 높은 문화를 보유한 대중들 사이에서는 반짝 빛을 발할 뿐 종교를 창시하는 등 절대적 신앙의 수준으로 오를 수 없다.

제시문 (나)에 따르면, 위대한 걸작, 위인은 가능하지만 그들이 존재하게 된 것은 아류작, 모방작, 평범한 사람들이 앞선 위대한 존재를 지속적으로 모방하고 전승했기 때문이다.

제시문 (다)는, 세상에 위대한 걸작, 위인은 없다. 다만 수많은 아이디어, 수많은 사람들이 모이고 축적되어 세상의 진보가 이루어지는 것이다.

그런데 문제는 뭐였더라?

〈문제 1〉 한 사회에 새로움이 부상하는 과정에서 다수가 수행하는 역할을 중심으로 제시문 (가), (나), (다)의 논지를 비교하시오.

아하! 그렇다면 문제에서 말하는 '새로움'이란 제시문 (1)에서는 종교, 제시문 (2)에서는 걸작, 제시문 (3)에서는 '진보'겠군.

그래서 이를 바탕으로 나는 이렇게 답안을 작성했다.

민주주의 사회는 좋건 싫건 그 사회를 구성하고 있는 다수에 의해 결정된다. 따라서 다수 시민이 어떻게 행동하는가를 이해하는 것은 대단히 중요하다. 그들의 행동 양식을 이해해야 그들을 더 바람직한 방식으로 행동하도록 이끄는 방법을 도출해낼 수 있기 때문이다.

그러나 다수 시민들의 행동 방식은 기계적이며 단순하지 않다. 이 때문에 민주주의 사회의 전개 방향 및 미래를 예측하는 것이 어려운 것이다. 시민은 역사의 진보 과정에서 능동적인 역할을 수행하기도 하고 수동적일 수도 있다. 또한 자신도 모르는 사이에 진보에 기여할 수도 있다.

다)는 시민이 역사의 진보, 즉 새로운 사회를 여는 데 가장 중요한 역할을 한다는 주장을 펼치고 있다. 한 사람 한 사람이 자신의 뜻을 펼칠 때 다양하면서도 수많은 한걸음들이 이합집산을 이룬 끝에 궁극적으로 커다란 변혁을 완성한다고 보기 때문이다.

반면에 (가)는 다수가 사회의 진보라는 면에서 능동적인 역할을 하기보다 감시자의 역할을 한다고 여긴다. 즉, 다수 사이에 합리성과 이성이 존재하는 경우 특정 개인의 사상이나 행동이 숭배될 가능성은 점차 미약해지기 때문에 정치적으로는 독재, 종교적으로는 교주, 예술적으로는 천재에 의한 돌출적 창작이 불가능하다고 본다.

물론 시민이 능동적인 역할을 하는 것만은 아닌데, (나)에 따르면 일반 시민들의 평범한 행동들이 궁극적으로 탁월한 개인을 탄생시킨다는 것이다. 이러한 과정에서 일반 시민들은 특정 영웅이나 걸작, 초인, 교주 등을 탄생시키겠다는 의도를 가지고 행동하는 것이 아님에도 결국 시민 한 사람 한 사람의 무의식적 모방이 모여 특정한 인물, 작품을 탄생시킨다는 것이다.

앞서 말한 바와 같이 시민이 한 사회의 새로운 변화, 즉 진보와 변혁에서 중요한 역할을 하는 민주주의 사회라 하더라도 시민의 역할은 단순하지 않다. 따라서 위 세 가지 주장 가운데 어떤 것도 정답은 아닐 것이다. 오히려 개인의 행동 속에는 세 가지 측면이 두루 담겨 있을 것이고, 이러한 다양한 행동 양식이 모여 또 하나의 거대한 새로운 흐름을 만든 다고 보는 것이 합리적일 것이다.

— 1,025자

이 답안도 별로 마음에는 안 든다. 그렇지만 앞서 말한 대로 논술자의 확신은 드러난다. 게다가 민주주의 사회라는 사례를 들어 위의 논지를 설명하고 있다. 따라서 평가자는 이 글을 보는 순간, 다른 답안과는 사뭇 다르다는 느낌을 가질 수밖에 없다. 게다가 논지를 비교하라고 하면 대부분 학생들은 (가), (나), (다)의 차례로 하기 마련인데, 위 글에서는 (다), (가), (나)의 순서로 이 야기하고 있다. 그것도 단순히 논지를 요약한 게 아니라 민주주의 사회에서 시민의 역할이라는 시각을 통해서 말이다.

그러니 이 글이 옳고 그름을 떠나 분명히 수험생의 주장을 자신만의 시각으로 표현했다는 사실은 누구나 인정할 것이다.

그래서 내 강의는 다시 요약된다.

논술에는 답이 없다. 오직 내 시각이 있을 뿐이다.

그 시각을 드러내야 한다. 남과 비슷한 시각, 어디서 본 듯한 시각은 평가 자의 눈에 뜨일 수 없다.

특히 수십 대 일이라는 살인적인 경쟁률을 보이는 논술 시험에서 남과 다르지 않은 글은 절대 눈에 뜨일 수 없다. 논술은 2:1이나 3:1로 확률이 높은 경기가 아니다. 30:1만 되어도 확률은 3%밖에 안 된다. 그런데 평범하게 써서 합격을 바란다고? 그런 태도야말로 연목구어緣木求魚, 즉 나무 위에서 물고기를 구하는 형국이다.

달라야 산다. 달라야 평가관이 읽어라도 본다. 남처럼 써서는 읽힐 기회조차 갖지 못할 것이다.

사실 지금까지 살펴본 문제와 답은 몸을 푸는 것이었다. 진짜 논술 준비는 지금부터 시작이다.

왜?

다음 글을 읽어보자.

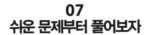

07
쉬운 문제부터 풀어보자

내가 처음부터 어려운 문제를 푼 것은 이유가 있다.

논술 시험이란 것이 무엇인지 알려주려는 생각,

너무 쉬운 것부터 시작하면 "이 책은 수준이 낮은 것이야." 하고 하찮게 여길지 모른다는 생각,

너무 쉬운 것을 보여주면 "논술이란 것이 별거 아니구나." 할지도 모른다는 노파심,

마지막으로 어려운 문제를 통해 논술의 본질이 아무것도 아니라는 자신감을 부여해주려는 생각에서 어려운 문장을 읽고 문제를 풀어본 것이다. 그러나,

<u>논술 공부를 할 때는 무조건 쉬운 문제부터 풀어보아야 한다.</u>
<u>천릿길도 한 걸음부터이고, 시작이 반이며, 거대한 피라미드도 처음에는</u>
<u>한 개의 돌로부터 시작되었다.</u>

따라서 논술이라는 어렵고 힘든 산을 오르려면 처음에는 평지부터 걷는 연습

을 해야 한다. 자기가 어느 대학을 지원하건 마찬가지다. 아무리 뛰어난 등산
가도 에베레스트를 오르려면 우선 네팔행 비행기에 올라야 한다. 이는 네팔 여
행객과 똑같은 과정을 거쳐야 한다는 말이다.

'나는 S대를 갈 거니까 그 대학 문제만 집중적으로 풀어보면 되지.'

이런 생각을 가졌다면 그대는 절대 S대 논술을 풀지 못한다. S대 논술도 Y대
논술도, 다른 어떤 대학 논술도 본질은 똑같다.
게다가 쉬운 논술을 풀어보면 자신감이 생기기 마련이다. 이는 조금 더 어려운
문제가 나왔을 때 당황하지 않을 느긋함을 부여해주기도 한다. 따라서 쉬운 문
제로부터 시작하는 것이 논술 공부의 첫걸음이다.
자, 그럼 논술의 첫걸음을 내딛어보자.

우선 여러분에게 묻는다.

"읽기와 쓰기, 두 가지에 시간 배분을 어떻게 하나?"

이에 대해 아무 생각이 없다면 필히 낙방!

시간 배분은 단순히 시간을 배분하는 문제에 그치지 않는다.
논술 시험을 바라보는 시각, 시험에 임하는 태도, 논술 시험의 본질을 이해
하는 정도가 모두 드러나는 매우 중요한 문제다.

읽기와 쓰기에 대한 시간 배분은 3:7,
아무리 양보해도 4:6을 넘어서는 안 된다.

<u>그만큼 읽기보다는 쓰기에 심혈을 기울여야 한다.</u>

왜 그런지 아는가?

다음 논술의 5가지 원칙을 확인하라.

08
논술의 5가지 원칙

1) 아무리 문제를 잘 이해하고 지문을 잘 이해했다고 해도 결국 자신의 이해도를 드러내는 것은 글이다. 평가관은 수험생의 머릿속을 평가하는 것이 아니라 쓴 글을 평가하는 것이다.

2) 글을 쓸 시간이 부족하다고 느끼는 순간, 머릿속 생각이 뒤죽박죽이 될 수밖에 없다. 물론 대부분의 경우, 충분한 시간을 주기 때문에 그럴 가능성은 크지 않지만 수험생들의 논술 준비 방법을 보면 그렇지도 않다. 지문을 읽는 데 너무 많은 시간과 노력을 기울인다. 그러다 보면 쓰기 시작하면서부터 마음이 쫓기게 되는 것이다. 마음이 쫓기기 시작하면 좋은 글이 나오는 것은 불가능하다.

3) 논술 답안 작성에는 대부분의 경우 중요한 제한이 있는데 글의 길이, 즉 글자 숫자가 정해져 있다는 사실이다. 여러분 가운데 글을 쓸 때 글자 숫자를 정해놓고 써본 사람이 얼마나 될까? 그런 경험이 있다면 오직 논술 시험 연

습 때뿐일 것이다. 그만큼 글자 숫자가 정해진 글을 쓰는 것은 글을 잘 쓰는 사람의 경우에도 어려운 일이다. 게다가 이 글은 붓 가는 대로 쓰는 일기나 수필이 아니다. 무엇을 써야 하고, 무슨 내용이 들어가야 하며, 주장까지 써야 하니 기승전결까지는 아니더라도 일정한 논리를 갖추어야 한다. 그런 글을 정해진 글자 숫자에 맞추어 쓰는 일은 결코 쉬운 일이 아니다. 그런데도 읽는 데 더 많은 시간을 할애하는 것은 틀려도 한참 틀린 방식이다.

4) 앞서 말했듯이 지문 한 줄 한 줄을 완전히 이해하지 않아도 답안을 작성하는 데는 장애가 되지 않는다. 그러니까 문제의 본질을 파악하고 나면 즉시 글을 어떤 방식으로 구성할 것인지를 고민하는 편이 평가관을 설득하는 데 훨씬 효과적이다.

5) 글을 쓴 다음에는 시간이 허락하는 한 지속적으로 퇴고를 해야 한다. 아무리 글을 잘 쓰는 사람도 처음 쓴 글에는 허점이 있기 마련이다. 특히 시간에 쫓기며 긴장한 상태로 쓴 글에는 비문非文(문법에 맞지 않는 글)도 비일비재하게 나타나는 게 당연하다. 따라서 다 쓴 다음에는 차분히 읽고 또 읽으면서 고치고 또 고쳐야 한다. 그러니 지문을 한 번 더 읽을 시간이 있으면 자기가 쓴 글을 한 번 더 읽는 편이 훨씬 효과적이다.

이 원칙은 절대 벗어나면 안 된다. 만일 주어진 시간의 절반 이상이 지났는데도 지문을 이해하지 못했다면 그건 이미 시험을 망쳤다는 증거다. 주어진 지문조차 이해하지 못하는데 어떻게 글을 쓰겠는가?

그러니 논술 시험 준비는 읽기보다 쓰기에 집중되어야 한다.

그런데 왜 논술 준비하는 친구들, 논술 수험서, 논술 강의를 보면 쓰기보다 읽기에 주안점을 두는 걸까?

혹시라도 쓰는 것은 어렵기 때문에 가르치는 사람들이 피하는 것은 아닐까?

읽는 것은 이런저런 현란한 말로 잘난 체를 할 수 있지만 글을 쓰는 것은 그게 불가능하니 말이다.

그럴 리는 없겠지만 여하튼 쓰는 일에 심혈을 기울여야 한다. 준비 단계부터 시험장에서까지 말이다. 그래야 성공한다.

내가 이 책에서 끊임없이 요약하고 다시 요약하고 마지막에 내가 쓴 글을 직접 제시하는 것도 이 때문이다.

여러분에게 글쓰기에 대한 두려움을 제거해주기 위해서다.
여러분에게 글쓰기의 첫 단계부터 마지막 단계까지를 자연스럽게 알려주기 위해서다.
여러분에게 글쓰기가 몸에 흡수되어 어떤 경우에도 원고지를 보면 자신 있게 연필을 들 수 있도록 하기 위해서다.

알겠는가?

글을 쓰는 것에 대해 두려워하지 말라.

두려움을 품는 순간, 여러분은 이미 패배자다.
반대로 원고지를 웃음과 자신감으로 대할 수 있다면, 두려움을 품은 친구를 이기는 것은 시간문제 아니겠는가!

자, 그럼 쉬운 문제 하나 풀어보자.

2012학년도 신입생 수시 1차 모집 논술우수자전형(Ⅰ)
논술고사 시험문제지 – 오전반

지원학부 · 과		수험번호		성명	

〈유의사항〉	감독확인
1. 시험시간은 120분임. 2. 답안은 어문 규정에 따라 작성하고, 답안의 글자 수에 대한 　제한은 없음. 3. 답안은 문제번호를 기재하고 본문부터 바로 작성하고, 제시 　문 속의 문장을 그대로 쓰지 않도록 함.	

아래 (가)~(다)의 제시문을 읽고 〈문제 1〉~〈문제 2〉에 답하시오.

(가)

　　개인적 사상가들의 독특한 주장을 차치하더라도, 개인에 대한 사회의 권력을 여론의 힘과 심지어 법의 힘을 빌어서 부당하게 확장하려는 흐름은 전 세계적으로 증가하고 있다. 그리고 세계에서 벌어지고 있는 이 모든 변화의 경향이 사회를 강화하고, 개인의 힘을 약화시킴에 따라서 이러한 침해가 자연스럽게 감소되어 가기보다는 그 반대로 더욱더 가공할 만한 것으로 성장하는 해악 중의 하나가 되고 있다. 지도자들이든 일반 시민이든 공통적으로 소유하고 있는 성향은 그들 자신의 의견이나 편향성을 타인에게 행위규범으로서 강제하려는 것이다. 만일 도덕적 확신이 이 해악에 대해 강력한 장벽을 구축할 수 없다면 권력은 쇠퇴해 가는 것이 아니라 성장하기 때문에, 우리는 세계의 현 상황에서 권력이 증가하는 것을 목격하게 되리라고 기대할 수밖에 없다.

　　…(중략)…

　　인간이 고귀하고 아름다운 명상의 대상이 되는 것은 그들 내부에 있는 모든 개별성을 획일성으로 소진해버림으로써가 아니라, 타인의 권리와 이익을 침범하지 않는 한계 내에서 그 개별성을 계발하고 요청함으로써 되는 것이다. 그리고 작품이 그 저자의 성격을 드러내 보이듯이, 마찬가지의 과정을 거쳐서 인간의 생활이 풍부하고, 다양하고, 생동감 넘치고, 고귀한 생각과 고양된 감정에 풍성한 영양분을 공급하고, 그 종족에 소속되는 무한한 가치를 가지게 함으로써 각 개인과 종족을 연결하는 유대관계를 강화시키게 된다. 그의 개별성이 발달해 가는 정도에 비례해서, 각 개인은 자신에게 더욱 가치 있는 존재가 되고, 그러므로 다른 사람에게도 더욱 가치 있는 존재로 될 수가 있다. 단순히 다른 사람에게 불쾌감을 준다는 이유로 인해 다른 사람들의 선에 영향을 미치지 않는 것을 억제하는 것은 그 구속에 저항하면서 드러날 수 있는 것과 같은 성격이외에는 아무런 가치도 발달시키지 못한다. 그러한 성격을 가지게 되면, 그것은 인간 본성 전체를 둔화시키고 멍청하게 만든다. 각자의 인간 본성을 공정하게 다루기 위해서는, 다양한 사람들이 다양한 삶을 영위하도록 하는 것이 필수적이다. 이러한 관용은 그것이 어느 시대에서 행사된 정도에 비례해서, 그 시대가 어느 정도나 후세에게 가치 있게 되는가를 결정한다.

(나)

워싱턴의 미국 국립항공우주박물관(NASM)에서 전시계획을 둘러싸고 큰 논쟁이 벌어졌다. 이 박물관은 스미스소니언 박물관의 일부로 1995년 히로시마와 나가사키 원자탄 투하 50주년 기념 전시를 기획하고 있었다. 전시 물품 중에는 히로시마에 원자탄을 떨어뜨린 B-29폭격기 에놀라 게이(Enola Gay)도 있었다. 전시기념일이 다가오면서 기체 전시문제가 표면화되기 시작했다. 에놀라 게이의 상징성 때문에 꺼리는 사람들도 있었다.

기념 전시 결정이 내려진 뒤 스미스소니언 박물관 쪽에서는 군사적,

기술적 승리만 기릴 것이 아니라 원자탄 사용 및 핵 시대 개막의 의미까지 보여주자는 아이디어가 나왔다. 바로 여기서 문제가 생겼다. 많은 참전용사 및 군 기관에서는 단지 선전적인 내용의 전시를 원했기 때문이다. 여러 군 관련 기관들은 전시 기획서를 보고 마음에 들어하지 않았다. 너무 '어둡다'는 것이었다. 《공군 매거진》에 반대 의견이 실린 이후 반대 여론은 언론과 국방부, 의회로 번져갔다. 역사가들을 제외하고 거의 모든 사람들이 전시회는 승전을 경축하는 자리가 되어야 한다고 생각하는 것 같았다. 원자탄 투하 결정이 옳았느냐 아니냐 하는 불편한 문제 제기가 전시회의 주제가 되어서는 안 된다는 것이었다. 역사학자 40명이 빌 클린턴 대통령에게 서한을 보내 전시회가 중요한 역사적 의미를 담도록 하자고 주장했다. 그러나 아무 소용이 없었다. 1995년 1월 원래 전시회는 취소하고 대신 논란의 소지가 적은 전시로 대체한다는 발표가 나왔다. 경축 쪽에 무게가 실린 내용이었다. 전시회 취소 결정은 일부 언론과 의회에서 폭 넓게 환영을 받았다.

(다)

(1) 대기업 경제력 집중이 심해지면서 중소업체들의 신규시장 진입이 힘들어지고, 양극화가 심화되며 경제의 기초체력이 약해지고 있다. 경제력이 너무 집중되면 경제 전체의 리스크가 커지고 창의적인 혁신을 막는다. 대기업의 경제력 집중은 금융위기와 함께 높아지는 추세를 보이고 있다. 금융위기 시 많은 중소업체가 문을 닫으면서 대기업으로 경제력이 쏠린 것이다. 공정거래위원회에 따르면 매출액 상위 100대 기업이 국민경제(광업, 제조업 부문)에서 차지하는 '일반집중도(산출액비중)'는 2008년 처음으로 50%를 넘어섰다. 외환위기 전까지 40%대 초반에 그쳤던 것이 1998년 45.9%로 높아진 뒤 벤처창업열풍이 불면서 2002년 39.0%까지 떨어졌다. 그러나 2008년 금융위기로 높아진 대기업 경제력 집중은 개선될 기미를 보이지 않고 있다.

(2) 중소기업의 사업영역을 보호하기 위한 장치로 도입된 중소기업 적합업종 제도가 있다. 동반성장위원회가 중소기업 적합업종 1차 선정 품목 16개를 발표했다. 동반성장위원회는 세탁비누를 '사업이양' 권고 대상으로 지목했고, 골판지 상자, 플라스틱 금형 등 4개를 '진입자제' 품목으로 선정했다. 또한 순대, 청국장, 간장, 막걸리 등 11개를 '확장자제' 품목으로 선정했다. 동반성장위원회 사무총장은 "대기업과 중소기업 간 소통에 중점을 두고 조정협의체를 둬서 여러 논의와 토론을 유도했다"고 말했다.

〈문제 1〉 (배점: 40%)

제시문 (가)의 논지를 요약하고, 이를 기반으로 그 속에 나타나는 개별성의 적용범위를 소수 집단의 의견으로까지 확대하여 제시문 (나)의 사건을 설명하시오.

〈문제 2〉 (배점: 30%)

제시문 (가)에서 제공하는 철학적 근거를 기반으로 제시문 (다)의 경제현상을 설명하시오.

내가 판단하기에는 상당히 쉬운 이 문제를 풀기 전에 유의사항부터 보자.

〈유의사항〉

1. 시험시간은 120분임.
2. 답안은 어문 규정에 따라 작성하고, 답안의 글자 수에 대한 제한은 없음.
3. 답안은 문제번호를 기재하고 본문부터 바로 작성하고, 제시문 속의 문장을 그대로 쓰지 않도록 함.

감독확인

이 내용은 진짜 유의할 사항이다. 답안의 글자 수에 제한이 없단다. 그러니 쓰고 싶은 대로 쓰면 된다는 말씀!

이는 수험생들에게는 매우 유리한 조건이다. 글자 수를 맞추는 것이 얼마나 힘든 과정인지 아는 친구들은 알 것이다. 이 책에서도 뒤로 가면서 글자 수 맞추는 연습을 할 텐데, 꽤 많은 시간을 필요로 한다. 따라서 같은 시간에 글자 수 제한이 주어지지 않으면 훨씬 쉽다. 게다가 심리적 부담감이 주어지지 않는다는 것은 더욱 큰 장점이기도 하다.

그럼 〈문제 1〉을 살펴보자.

> **〈문제 1〉** (배점: 40%)
>
> 제시문 (가)의 논지를 요약하고, 이를 기반으로 그 속에 나타나는 개별성의 적용범위를 소수집단의 의견으로까지 확대하여 제시문 (나)의 사건을 설명하시오.

앗! 그런데 〈문제 1〉을 읽어보니 도대체 무슨 말인지 모르겠는데?
여러분도 크게 다르지 않을 것이다.

"그런데 이게 무슨 쉬운 문제예요?"

"그러네. 질문도 무슨 말인지 모르겠는데 하물며 답을 어떻게 풀지?"
그러나 걱정하지 마시라. 이런 질문이라고 해서 문제까지 어렵지는 않다.
실제로도 질문을 이해할 수 없는 경우 지레 겁을 먹는 경우가 많은데, 그럴 필요 전혀 없다. 왜? 반복!

너희들, 즉 고등학생이 문제를 풀 것이라는 사실을 출제위원께서 잘 알고 계시거든.
출제위원이 바보가 아닌 이상 고등학생이 풀 수 없는 문제를 내지는 않는단 말이지.
그러니까 문제가, 지문이 아무리 어려워도 너희가 풀 수 있는 방법은 있단 말이지.

알겠는가? 그러니 겁먹지 말고 우선 앞에 나온 제시문 (가)에 줄이나 쳐보자.

제시문 (가)를 읽고 줄을 그었다면 내가 그은 것과 비교해보자.

제시문 (가)

1) 세계에서 벌어지고 있는 이 모든 변화의 경향이 사회를 강화하고 개인의 힘을 약화시킴.

2) 지도자들이든 일반 시민이든 공통적으로 소유하고 있는 성향은 그들 자신의 의견이나 편향성을 타인에게 행위규범으로서 강제하려는 것.

3) 우리는 세계의 현 상황에서 권력이 증가하는 것을 목격하게 되리라고 기대할 수밖에 없다.

4) 타인의 권리와 이익을 침범하지 않는 한계 내에서 그 개별성을 계발하고 요청함으로써 되는 것이다.

5) 각자의 인간 본성을 공정하게 다루기 위해서는, 다양한 사람들이 다양한 삶을 영위하도록 하는 것이 필수적이다.

제시문 (가)는 정말 쉬운 내용을 어렵게 썼다.

여기서 한 가지 짚고 넘어갈 것이 있다.

시중에 나와 있는 논술 참고서들을 보면 대부분 지문의 출전, 즉 어느 책, 어느 글에서 가져온 것인지 밝혀놓고 있다. 그런데 이런 건 여러분이 문제 푸는 데 아무런 도움이 되지 않는다.

어떤 책에서 제시문을 따왔다고 하면 그 책 읽을 건가? 그럼 1년에 수많은 제시문이 인용될 텐데 그 책들 다 읽으라는 건가?

그런 자료는 나 같은 사람에게나 필요하다. 나처럼 논술 제시문을 재미로 읽는 사람들, 수능 언어영역 문제를 재미로 풀어보는 사람들에게는 제시문이 어디서 인용되었는지 아는 것은 무척 유용하다. 왜냐하면 내가 안 읽은 책인데 내용이 재미있으면 그 책을 사 보아야 할 테니까.

사실 내가 수능 언어영역 문제를 푸는 까닭은 단 하나다. 거기에 등장하는 지문들이 재미있어서다.

내 돈 주고 책도 사 보는데, 하물며 공짜로 동서고금의 명작, 명문장만을 뽑아 만드는 수능 언어영역의 지문을 읽는 재미는 쏠쏠하다. 그래서 읽는 것이다. 물론 읽고 나면 호기심이 발동해서 문제도 풀어보는데 잘 틀리지 않는다.

이야기가 잠시 옆길로 샜는데 다시 문제로 돌아가보자.

09
무조건 요약부터!

제시문 (가)는 정말 쉬운 내용을 어렵고 길게 쓴 글이다. 그래서 그런지 제시
문 안에도 (중략)이 있다. 그러나 주제는 간단명료하다.

앞에 내가 줄 그은 부분이 전부다.

요약하면?

> 오늘날 세계에서 벌어지고 있는 변화의 경향은 사회의 힘을 강화하는
> 대신 개인의 힘을 약화시키고 있으며, 이로 인해 힘을 보유한 사람들은
> 한결같이 상대방에게 자신의 의견을 강요하고 있다. 그리고 이런 상황
> 이 지속되면 당연히 개인의 힘은 약화되는 반면 권력은 강화될 것이다.
> 그러나 모든 인간의 본성을 공정하게 다루기 위해서는 개인의 개별성
> 을 계발할 수 있도록 하고 다양한 사람들이 자기만의 삶을 각자 영위하
> 도록 하는 것이다.

그러니까 날이 갈수록 개인의 자율적 삶은 약화되는 반면 사회의 힘, 권력의

힘이 강화됨으로써 개인들이 자신의 본성에 맞게 자율적으로 사는 것이 어려워지고 있다는 말씀!

이쯤에서 강의 한마디!

앞서 요약은 엄밀한 의미에서 논술 시험이 아니라고 말했다. 그렇다면 요약은 필요없다는 말인가?

아니다. 절대 아니다.

오히려 요약은 논술 시험이라고 할 수 없을 만큼 기본적인 것이다.

모든 논술 제시문을 요약하는 것이 논술 문제 풀이의 첫 단계다.

대부분의 제시문은 길다. 따라서 그 제시문을 다른 제시문과 비교하고 차이점을 찾아낸 다음, 그 주장에 기반한 내 주장을 펼치고 하는 따위의 논술문을 쓰기 위해서는 제시문의 핵심을 머릿속, 또는 시험지 옆에 간직하는 게 필수다.

그런데 제시문을 요약하지 않으면?

도대체 제시문의 주제가 정리될 리가 없다.

그러므로 모든 제시문을 요약하는 것이 기본이라는 말이다.

그런 까닭에 나는 대부분의 문제 풀이에 앞서 제시문을 요약하는 것이다.

여러분은 이런 내 방식을 반복해서 경험하면서 왜 제시문 요약이 필요한지, 그리고 시간이 지남에 따라 제시문 요약이 그리 어려운 일이 아님을 깨닫게 될 것이다.

자, 그럼 이번에는 제시문 (나)를 보자.

제시문 (나)

1) 스미스소니언 박물관 쪽에서는 군사적, 기술적 승리만 기릴 것이 아니라 원자탄 사용 및 핵 시대 개막의 의미까지 보여주자는 아이디어가 나왔다.
2) 많은 참전용사 및 군 기관에서는 단지 선전적인 내용의 전시를 원했기 때문이다.
3) 《공군 매거진》에 반대 의견이 실린 이후 반대 여론은 언론과 국방부, 의회로 번져갔다.
4) 역사학자 40명이 빌 클린턴 대통령에게 서한을 보내 전시회가 중요한 역사적 의미를 담도록 하자고 주장했다.
5) 1995년 1월 원래 전시회는 취소하고 대신 논란의 소지가 적은 전시로 대체한다는 발표가 나왔다. 경축 쪽에 무게가 실린 내용이었다. 전시회 취소 결정은 일부 언론과 의회에서 폭 넓게 환영을 받았다.

사실 제시문 (나)는 줄을 그을 수도 없을 정도로 단순한 글이다. 그러니 요약 또한 단순할 수밖에.

> 원자폭탄 투하 기념 전시회에 원자폭탄의 긍정적인 부분뿐만 아니라 핵의 부정적인 측면도 함께 전시하자는 역사학자들의 의견에 대해 군부와 군인 출신, 언론, 의회 등에서 반발했고, 결국 원자폭탄 투하 축하 전시로 변질되었다.

이번에는 제시문 (다)를 살펴보자.
이 문장 또한 난이도가 낮아 한 번 읽어보면 그 요지를 쉽게 이해할 수 있을 것이다.

제시문 (다) (1)

1) 대기업 경제력 집중이 심해지면서 중소업체들의 신규시장 진입이 힘들어

지고, 양극화가 심화되며 경제의 기초체력이 약해지고 있다.

2) 경제력이 너무 집중되면 경제 전체의 리스크가 커지고 창의적인 혁신을 막는다.

3) 대기업의 경제력 집중은 금융위기와 함께 높아지는 추세를 보이고 있다.

4) 2008년 금융위기로 높아진 대기업 경제력 집중은 개선될 기미를 보이지 않고 있다.

제시문 (다) (2)

1) 중소기업의 사업영역을 보호하기 위한 장치로 도입된 중소기업 적합업종 제도가 있다.

2) 동반성장위원회가 중소기업 적합업종 1차 선정 품목 16개를 발표했다.

3) 동반성장위원회 사무총장은 "대기업과 중소기업 간 소통에 중점을 두고 조정협의체를 둬서 여러 논의와 토론을 유도했다"고 말했다.

제시문 (다)의 (1), (2)에 줄 그은 내용을 한꺼번에 요약하면 이렇다.

> 대기업 집중이 심해지면 경제 양극화로 인해 경제의 기초체력이 약해지고 경제 전체의 리스크가 높아진다. 그런데 시간이 갈수록 대기업 집중현상은 심화되고 있다.
>
> 이에 따라 대기업 집중현상을 완화하기 위해 중소기업 적합업종 제도를 도입하였고, 이를 통해 중소기업 적합업종에는 대기업의 진출을 금지하고자 노력하고 있다. 이를 담당하는 동반성장위원회에서는 대기업과 중소기업 사이의 조정을 통해 대기업 집중현상을 해결하려는 노력을 기울이고 있다.

사실 이 정도 지문은 서울 소재 주요 대학 논술 문제에 등장하는 제시문 가운데 난이도가 낮은 편에 속한다.

그렇다고 누구나 쉽게 풀 수는 없다. 왜냐하면 읽고 뜻을 이해하는 것은 논술 시험이 아니니까.

논술 시험은? 그렇다, 글쓰기다. 따라서 글을 써야 시험이 마무리되는데, 글을 쓰는 것은 글을 이해하는 것과는 완전히 다르다고 누누이 말하였다.

내가 줄 긋고 그걸 토대로 요약문을 쓴 것을 보면, 정말 쉽게 할 수 있을 것처럼 느껴질 것이다. 그러나 여러분이 막상 해보면 그리 쉽지 않을 것이다.

하지만 백지 상태에서 글을 시작하는 것보다는 나처럼 몇 줄을 뽑고 그 내용을 요약하는 것이 훨씬 쉽다.

글쓰기는 이렇게 시작하는 것이다.

그런 다음, 이를 바탕으로 문제에서 요구하는 글을 쓰자.

그럼 머릿속에 제시문들의 내용이 요약되어 있기 때문에 논지를 찾고 비교하는 것이 훨씬 용이하다.

자, 그럼 문제를 풀어보자.

〈문제 1〉 (배점: 40%)

제시문 (가)의 논지를 요약하고, 이를 기반으로 그 속에 나타나는 개별성의 적용범위를 소수집단의 의견으로까지 확대하여 제시문 (나)의 사건을 설명하시오.

이 어려운 듯한 문제의 내용은 무엇일까?

우선 제시문 (가)의 논지를 요약해야 한다. 앞서 한 것을 가져와 보자.

오늘날 세계에서 벌어지고 있는 변화의 경향은 사회의 힘을 강화하는 대신 개인의 힘을 약화시키고 있으며, 이로 인해 힘을 보유한 사람들은 한결같이 상대방에게 자신의 의견을 강요하고 있다. 그리고 이런 상황이 지속되면 당연히 개인의 힘은 약화되는 반면 권력은 강화될 것이다.

> 그러나 모든 인간의 본성을 공정하게 다루기 위해서는 개인의 개별성
> 을 계발할 수 있도록 하고 다양한 사람들이 자기만의 삶을 각자 영위하
> 도록 하는 것이다.

아, 날이 갈수록 세계는 개인의 힘은 약화시키는 반면 권력자와 사회의 힘은
강해져서 개인들이 자신의 삶을 자기만의 방식으로 자유롭게 영위하는 게 어
렵다는 말이었지. 그래서 모든 인간의 본성을 공정하게 다루기 위해서는 개인
의 개별성을 계발하고 보장해주어야 한다는 내용이었구나.

그런 다음, 이어지는 문항을 살펴보자.

> **이를 기반으로 그 속에 나타나는 개별성의 적용범위를 소수집단의 의견으로까지 확
> 대하여 제시문 (나)의 사건을 설명하시오.**

이 질문은 매우 어려운 듯 보이지만 간단하다.
개별성, 즉 개인의 적용범위를 소수집단의 의견까지 확대하라는 말은 무슨 뜻
일까?
제시문 (가)에는 개인의 삶을 보장해주어야 한다고 했는데, 제시문 (나)에는
개인은 등장하지 않는 대신 다수에 맞선 소수, 즉 역사학자 그룹이 등장한다.
그런데 역사학자의 주장은? 사회 대다수 집단과 권력을 잡은 의회, 언론 등에
의해 무시되지. 그래서 개인과 소수집단을 하나로 보고, 제시문 (나)의 사건을
설명하라는 것이다.
그래서 나는 이렇게 답안을 작성했다.

> 현대 사회는 갈수록 개인의 힘은 약화시키는 반면 사회와 권력의 힘은
> 강화되는 방향으로 나아가고 있다. 이는 힘을 가진 사람이건 아니건 모
> 두들 자신의 의견을 상대방에게 강요하려는 성향 때문이다. 따라서 이

러한 상황을 방치한다면 세계적으로 개인은 무력화되어가는 반면 권력의 힘은 점차 강화될 것이다.

이러한 상황은 인간이라는 존재를 그 자체로서 인정하는 대신 한 무리 속의 개성 없는 무력한 존재로 만들게 될 것이다. 따라서 오늘날의 세계가 훗날 가치 있는 시대로 인식되기 위해서는 개인 각자의 개성과 본성, 자신만의 삶을 독자적으로 영위할 수 있도록 변모해야 한다. 그렇지 않으면 오늘날 세계는 훗날, 인간이라는 존재를 개별적 가치를 지닌 존재가 아니라, 다양성과 고유한 사고조차 지니지 못한 무리 또는 집단으로 인식한 무지하고 억압적인 시대로 기억될 것이다.

이런 사례를 우리는 1995년 스미스소니언 박물관의 원자탄 투하 50주년 기념 전시회에서 찾아볼 수 있다.

그 무렵 한 개인 개인의 개별적 사고를 중시하고, 원자탄 투하에 대해 사회 집단이 요구하는 것과는 달리 해석하고자 했던 역사학자들은, 전시회가 원자탄 투하로 인한 제2차 세계대전 승리와 더불어 핵무기의 위험성과 부작용까지 함께 보여주어야 한다고 의견을 개진했다. 반면에 참전군인들과 군부는 핵무기의 위험성과 부작용 같은 부정적인 내용은 삭제하고 핵무기로 인한 전쟁 승리 기념 전시에 국한되어야 한다는 입장을 고수했다. 결국 사회 전반적인 여론은 승리 기념 전시 방향으로 흘러갔고, 이에 대해 소수의 역사학자들은 자신들의 반대 의견을 적은 서한을 대통령에게까지 전달하였다.

그러나 역사적 사건의 양면을 중립적으로 이해하고 이를 시민들에게 알리고자 노력한 소수의 양심적인 역사학자들의 의견은, 국가가 행하는 일은 늘 옳고 승리는 위대한 것임을 보여주고자 하는 국가와 사회 전반의 분위기를 거스를 수 없었다. 결국 스미스소니언 전시는 원자탄 투하로 인한 전쟁 승리를 축하하는 규모로 대체되었다.

이러한 사례는 사실 특수한 경우가 아니다. 기본적으로 다수결이라고 하는 원칙에 기반한 민주주의 사회에서는 소수의 양심적이고 개별적인 의견이 다수의 힘 앞에서 무릎 꿇는 일이 일상적으로 일어나고 있는 것이 현실이다. 따라서 이러한 문제를 해결하기 위해서는 단순히 사회의 각성과 권력의 양심에 의지하기보다는 정책적으로 소수자, 개인에 대한 관용적 수용을 가능하게 하는 제도가 절실히 요구된다고 하겠다.

이 길만이 민주주의가 다수결원칙이라는 집단 중심의 오류에 빠지지 않고 말 그대로 백성이 주인 되는 제도로 나아가는 합리적 방식이 될 것이다.

위 글을 읽어보면 내가 글을 쓴 태도를 확인할 수 있을 것이다.

1) 문제(제시문 (가)의 논지를 요약하고, 이를 기반으로 그 속에 나타나는 개별성의 적용범위를 소수집단의 의견으로까지 확대하여 제시문 (나)의 사건을 설명하시오)가 시키는 대로 논지 요약과 이후 사건 설명을 기계적으로 구분하지 않았다는 점이다.

앞에 논지 요약을 서술하고 뒤에 사건을 설명한 것은 맞지만 두 문장을 "이런 사례를 우리는 1995년 스미스소니언 박물관의 원자탄 투하 50주년 기념 전시회에서 찾아볼 수 있다."는 문장으로 연결함으로써 전체 문장이 하나의 주제 아래 통합되도록 기술하였다.

2) 제시문 (나)의 사건을 설명하는 것에 그치지 않고 다수결원칙이 지배하는 민주주의라는 체제 아래서는 개인이 집단의 힘에 굴복할 수밖에 없는 일이 언제든 일어날 수 있다는 주장을 펼침으로써 논술의 기본에 부합되는 글을 서술하였다.

물론 이러한 글을 덧붙이기 위해서는 위 문제에 대한 완전한 이해가 필요할 뿐 아니라 구체적인 사건과 결부시킬 수 있는 경험이나 지식이 필요하다.

그러나 위 글에서 이 부분을 빼고 보면 웬만큼 논술 훈련을 받은 친구들은 모두 쓸 수 있는 내용이다. 따라서 이 경우처럼 글자의 숫자에도 제한이 없고, 문제에서도 "설명하시오"처럼 어느 정도까지 기술하라는 지시가 분명하지 않은 경우에는 자기주장을 펼침으로써 다른 수험생과 차별성을 두는 노력은 필수적이다.

이번에는 두 번째 문제를 살펴보기로 하자.

〈문제 2〉(배점: 30%)
제시문 (가)에서 제공하는 철학적 근거를 기반으로 제시문 (다)의 경제현상을 설명하시오.

문제에 '철학적 근거' 따위의 어려운 표현이 나오면 지레 겁먹는 친구들이 많은데, 절대 그럴 필요 없다. 문제를 출제하는 분들은 이런 표현이 익숙해서 그냥 그렇게 썼다고 쉽게 생각하면 된다.

위 문제를 '제시문 (가)를 읽고 제시문 (다)의 경제현상을 설명하시오' 하면 훨씬 쉽게 느낄 것이다. 그뿐이랴? 이렇게 문제를 내도 쓰는 사람은 똑같이 쓴다. 문제처럼 어렵게 표현하건 내가 쓴 것처럼 단순히 표현하건 글의 내용은 같아진단 말이다.

왜? 이게 무슨 말인지 직감적으로 알 수 있으니까.

이를테면 이런 말 아닐까?

제시문 (가)에서 말한 것은, 현대 사회에서는 강력한 집단의 힘이 점차 강해져서 개인의 힘은 약해져만 가는데, 이렇게 되면 절대 바람직하지 않고 그렇게 되면 인간 본성 전체를 바보로 만든다. 따라서 모든 사람들이 각자의 본성을 개별적으로 드러낼 수 있어야 바람직하고 그렇게 만드는 것이 필수적이라는 내용이었다.

그런데 제시문 (다)를 보면 어떤가? 내가 요약한 내용은 이랬다.

대기업 집중이 심해지면 경제 양극화로 인해 경제의 기초체력이 약해
지고 경제 전체의 리스크가 높아진다. 그런데 시간이 갈수록 대기업 집
중현상은 심화되고 있다.

이에 따라 대기업 집중현상을 완화하기 위해 중소기업 적합업종 제도
를 도입하였고, 이를 통해 중소기업 적합업종에는 대기업의 진출을 금
지하고자 노력하고 있다. 이를 담당하는 동반성장위원회에서는 대기업
과 중소기업 사이의 조정을 통해 대기업 집중현상을 해결하려는 노력
을 기울이고 있다.

따라서 누구라도 이런 등식을 떠올릴 수 있을 것이다.

제시문 (가)		제시문 (다)
국가, 사회, 권력	=	대기업
개인	=	중소기업

그렇다면 문제는 다 푼 것 아닐까!

민주주의의 근간을 이루는 것이 다수결원칙이라면 자본주의의 근간은
시장경쟁이라 할 수 있다. 오늘날 우리가 속해 있는 사회가 정치적으로
는 민주주의를, 경제적으로는 자본주의를 근간으로 하고 있음을 감안한
다면 다수결원칙과 시장경쟁은 불변의 가치로 인정할 수 있다.

그러나 다수결원칙을 채택하고 있는 민주주의의 기본 개념을 돌이켜보
면, 한 사회를 구성하고 있는 모든 개인이 집단으로서가 아니라 자신만
의 독자적인 판단과 개별적 특성을 소유한 주체적인 존재로 인정받아
야 한다는 것은 명약관화한 사실이다.

따라서 다수결원칙이라고 하는 민주주의의 외적 특성이 진정으로 가치

를 지니기 위해서는 내적으로 소수자들의 권익과 특성도 결코 무시당하거나 소홀히 다루어져서는 안 될 것이다.

한편 민주주의에서 다수와 소수의 존재에 대한 합리적 대응은, 민주주의의 경제 체제를 이루고 있는 자본주의에서도 당연히 수용되어야 할 것이다.

이는 자본주의가 추구하는 시장경쟁, 즉 시장에서의 완전하고도 자유로운 경쟁을 보장하는 한편, 그 경쟁이 이전투구나 약육강식과 같은 방임적 경쟁으로 변질되는 것을 방지하는 것이 사회 경제 활동의 합리적 건강성을 보장해줄 것이기 때문이다.

한편 완전하고도 자유로운 경쟁이라는 단어가 갖는 개념에 대해서 조금만 생각해보면 왜 방임적 경쟁을 방관해서는 안 되는지 알 수 있다.

규모의 경제라는 효율성을 극대화하는 개념을 아무 비판 없이 수용한다면 한 나라의 경제는 궁극적으로 한 기업의 경제로 수렴될 수도 있을 것이다. 그리고 이러한 움직임은 전 세계 자동차산업을 비롯해 여러 분야에서 이미 가시화되고 있는데, 결국에는 가장 큰 규모를 가진 한 기업만이 살아남는 비극적인 상황이 연출될 수도 있음을 알아야 한다.

우리 사회가 중소기업을 위한 다양한 정책을 펼치고, 공정거래위원회 등의 정부 기관을 통해 자유로우면서도 다양한 경제 주체들의 이익을 합리적으로 조정, 감시하는 것은 바로 이런 경제 활동 주체의 다양성을 확보하기 위함이다.

사회는 오로지 효율성만으로 움직이는 것이 아니다. 이는 인간이 눈에 보이는 능력만으로 대우받아서는 안 되는 것과 마찬가지다. 모든 인간이 각자 다르고 그에 따른 개별적 특성을 갖추고 있듯, 사회를 구성하고 있는 모든 기업, 조직 또한 그들의 개별적 특성을 보장받는 사회야말로 진정한 민주사회라 할 것이다.

내 글을 읽어보면, 여러분이 당황할 수도 있다.

위 제시문에는 민주주의니 자본주의니 하는 따위의 글이 전혀 나오지 않는데, 왜 이 글의 핵심이 민주주의와 자본주의가 되었지? 하고 말이다.

내가 글을 이렇게 쓴 까닭은 이렇다.

1) 다수결원칙과 효율성만을 강조하는 현대 사회의 부작용을 드러내야 한다.
2) 현대 사회의 부작용을 경제 활동에 접목시켜야 한다.
3) 그러기 위해서는 현대 사회의 정치, 경제 현상을 접목시키는 것이 통합적인 글쓰기가 될 것이다.
4) 현대 사회의 정치는 민주주의, 경제 현상은 자본주의다.
5) 따라서 민주주의와 자본주의의 긍정성과 부정성을 대비시켜 설명하면 위 내용을 간략히 설명할 수 있을 것이다.
6) 위 제시문의 논의를 한 단계 진척시킨 이러한 사고는 다른 친구들의 글과 차별화될 것이다.

따라서 위 글이 옳다거나 잘 쓴 글이 아닐 수도 있다. 아마 이 글을 읽으신 선생님들 가운데는 "너희는 절대 이렇게 쓰면 안 된다. 말도 안 된다. 논리적 비약도 심하고, 논지에서 벗어나도 한참 벗어난 글이야."라고 말씀하시는 분도 계실 것이다.

그러나 나는 논술은 이렇게 써야 한다고 여긴다.

그러니 판단은 여러분의 몫이다.

다만 내가 이렇게 여기는 데는 다음과 같은 중요한 이유가 있다.

논술고사에서 가장 중요한 것은 누누이 말하듯이 글쓰기다. 자기 생각이 아무리 옳고 멋져도 글이 그것을 표현하지 못하면 아무 소용없다.

그런데 논술고사의 경쟁률은 낮으면 10:1에서 높으면 100:1 가까이 간다.

이런 상황에서 평가관의 눈에 뜨이지 않는 그렇고 그런 글을 쓴다면 지피지기 백전불태는 고사하고 백전백패가 될 것이다.

반면에 평가관의 눈에 뜨이면? 둘 중 하나다.

되거나, 안 되거나.

이렇게 되면 확률이? 그렇다. 50%다.

그러므로 글은 분명한 시각을 갖춘 나만의 글을 써야 한다.

이야말로 논술시험의 기본이다. ABC다. 출발점이다.

나도 위 글처럼 쓰지 않고 누가 봐도 그럴듯한 글을 쓸 수 있다. 그러나 그건 누가 봐도 그럴듯한 글이다. 이 말은 바꿔 말하면 누구든 쓸 수 있고, 당연히 그렇게 쓰리라고 예상할 수 있는 글이다.

결국 위 글처럼 쓸 수 있는 사람은 그보다 아랫단계인 평범한 글은 쉽게 쓸 수 있는 셈이다.

여러분이 할 일은 다른 사람과 다른 글을 쓰는 것이다.

사고의 폭을 한 단계 더 확대해서 다른 친구들의 글과 차별적인 생각을 하고, 차별화된 글을 쓰는 것이다.

이런 연습을 몇 번만 하다 보면 이내 평범한 글은 쉽게 쓸 수 있는 수준에 도달한다.

그런 의미에서 쉬운 문제 하나 더 풀어보자.

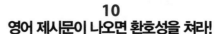

10
영어 제시문이 나오면 환호성을 쳐라!

※ 다음 제시문을 읽고 물음에 답하시오.

(가)

사람들이 생활하는 가운데 생겨나는 이해 관계의 대립이나 분쟁을 조정해 주는 것이 정치의 역할이다. 사람들은 경제 활동을 통하여 자신의 욕구를 충족시키는 과정에서 각자 더 많은 이익을 얻으려 하기 때문에 분쟁이 발생하기 쉽다. 이때 각종 분쟁의 조정과 해결을 돕는 것이 정치이다. 또한 정치는 분배와 관련하여 형평성을 추구하기 위하여 합리적 제도나 정책을 마련하며, 생산과 관련하여 공정한 경쟁이 가능하도록 개입함으로써 경제 활동을 지원한다.

– 고등학교 경제, 법문사, 2007.

(나)

Politics is inevitable. The only way to avoid politics is to avoid people. Politics is often associated with power as if they're one and the same. Sometimes politics involves going around or bending rules, but more typically it's about positioning your ideas in a favorable light and knowing what to say, and how, when, and to whom to say it. It is about listening to and relating to others and making choices that advance everyone's goals. Politics is nothing without acquiring the power of persuasion. Persuasion is about encouraging another person to choose to think or act in your preferred manner. A lot of persuasion has to do with tact-with the way something is worded. Much of political persuasion resides with in mere word choices. Language makes all the difference. Without the ability to influence through persuasion, political activity amounts to a lot of wheel spinning.

– Kathleen Reardon, It's All Politics, 2005.

(다)

롤즈에 따르면 정의는 개인적 차원이 아니라 사회적 차원의 문제이기 때문에 바람직한 사회구조와 제도 속에서 구현되어야 한다. 사회 구성원 모두에게 실질적인 기회 평등을 보장하여 최선의 자아실현이 가능하도록 최대로 돕는 사회가 정의로운 사회이기 때문이다. 롤즈는 정의로운 사회의 원칙으로 "평등한 자유의 원칙"과 "차등의 원칙"을 제시했다. 두 원칙 중 보다 중요한 것은 차등의 원칙이다. 차등의 원칙은 "기회 균등의 원칙"과 "최소 수혜자 최대 이익의 원칙"으로 나누어진다. '최소 수혜자'는 사회적으로 가장 불리한 처지에 있는 사람들로서, 이들에게

최대의 이익이 돌아가도록 하기 위해 '역(逆)차별적인 분배'가 이루어져
야 한다는 것이 "최소 수혜자 최대 이익의 원칙"이다.

〈문제 1〉 제시문 (가)와 (나)의 내용을 요약하시오. 〈5~6줄(150~200자), 15점〉

〈문제 2〉 제시문 (다)의 "차등의 원칙"이 현실화 되는 과정에서 나타날 수 있는 문제점
을 제시하고, 해결 방안을 제시문 (가)와 (나)를 참조하여 서술하시오.
〈11~13줄(350~450자), 20점〉

위 문제는 보기에 따라서는 어려울 수도 있고, 또 쉬울 수도 있다.
어렵다고 볼 수 있는 요인으로는 영어 제시문이 포함되어 있는 것이고, 쉬울
수 있다고 여기는 까닭은 지문이 짧기 때문이다.
여기서 한마디 덧붙인다.

영어 지문이 등장하는 경우에는
그 지문의 내용이 분명히 쉽다.
그러니 절대 겁먹을 필요 없다.

왜?
앞서 여러 번 이야기하지 않았나? 여러분은 고등학생이다. 논술 자체도 어
려운데, 하물며 어려운 영어 지문을 출제하면? 그건 문제 풀지 말라는 말과
같다. 따라서 영어 지문을 출제하는 경우에는 첫째, 영어 문장 자체의 난이
도도 낮을 뿐 아니라 그 내용 또한 단순할 수밖에 없다. 난이도가 낮다 해도
내용이 복잡한 구조로 되어 있으면 그것 또한 고등학생으로서는 문제를 해
결할 수 없다. 따라서 난이도 낮은 문장에 단순한 주제 또는 주장을 담고 있
을 수밖에 없다.

그러니 어떤 면에서는 한글로 된 지문보다 더 쉬울 수도 있다. 그러니 영어 지문이 나오면 겁을 먹을 일이 아니라 오히려 환호성을 올릴 일이다. 그런데 영어 지문이 등장하는 논술 시험은 생각보다 적다. 그러니 환호성 올릴 일이 별로 없겠지?

한편 위 문제는 쉽다. 왜냐하면 문제가 요구하는 내용에 비해 원고 매수가 상당히 짧다.

〈문제 1〉의 경우 두 지문을 요약하는 데 200자를 넘기면 안 된다.

〈문제 2〉의 경우에도 문제점 제시와 해결 방안 서술에 고작 400여 자만 써야한다.

그렇다면 이렇게 짧은 글을 요구하는 경우 어떻게 글을 써야 할까?

1) 핵심 논지를 파악해야 한다.

이런 경우 핵심 논지만 쓰기에도 벅차다. 따라서 핵심 논지를 파악하는 데 심혈을 기울여야 한다. 자신의 의견 따위는 중요치 않다. 사례도 중요치 않고 오직 핵심 논지만 찾으면 된다.

사실 핵심 논지를 파악하는 것은 어떤 경우에도 필수적이다. 그러나 앞서 여러 번 언급한 바와 같이 문장이 긴 경우에는 문장 가운데 어려운 부분은 그냥 넘어갈 수도 있다. 몰라도 되는 부분이 있다는 말이다. 그렇지만 제시문도 짧고 써야 할 글의 길이도 짧은 경우에는 핵심 논지 파악이 무엇보다 중요하다.

2) 가능하면 두괄식으로 써야 한다.

이런 문제를 출제하는 까닭은 수험자의 판단을 한눈에 확인하고자 하는 의도가 강하다. 전문가들은 서너 줄의 문장은 한눈에 파악할 수 있다. 그런데 고작 대여섯 줄을 쓰라니! 그렇다면 한눈에 파악해서 빨리 판단하겠다는 의도다. 그러니 반드시 써야 할 결론을 두괄식으로 쓰지 않으면 평가자의 눈을 사로잡기 힘들다.

그럼 위의 강의를 바탕으로 삼아 문제를 풀어보자.

제시문 (가)

사람들이 생활하는 가운데 생겨나는 이해관계의 대립이나 분쟁을 조정해 주는 것이 정치의 역할이다. 사람들은 경제 활동을 통하여 자신의 욕구를 충족시키는 과정에서 각자 더 많은 이익을 얻으려 하기 때문에 분쟁이 발생하기 쉽다. 이때 각종 분쟁의 조정과 해결을 돕는 것이 정치이다. 또한 정치는 분배와 관련하여 형평성을 추구하기 위하여 합리적 제도나 정책을 마련하며, 생산과 관련하여 공정한 경쟁이 가능하도록 개입함으로써 경제 활동을 지원한다.

줄 그은 부분을 중심으로 요약해보자.

> 정치는 사회 속의 이해관계의 대립이나 분쟁을 조정해 주는 역할을 하는데, 특히 경제적 분쟁과 해결을 모색하고 합리적인 분배와 형평성 있는 정책 마련, 공정한 경쟁이 가능한 경제 활동을 지원한다.

제시문 (나)

Politics is inevitable. The only way to avoid politics is to avoid people. Politics is often associated with power as if they're one and the same. Sometimes politics involves going around or bending rules, but more typically it's about positioning your ideas in a favorable light and knowing what to say, and how, when, and to whom to say it. It is about listening to and relating to others and making choices that advance everyone's goals. Politics is nothing without acquiring the power of persuasion. Persuasion is about encouraging another person to choose to think or act in your preferred manner. A lot of persuasion has to do with tact-with the way something is worded. Much of political persuasion resides with in mere word choices. Language makes all the difference. Without the ability to influence through persuasion, political activity amounts to a lot of wheel spinning.

– Kathleen Reardon, *It's All Politics*, 2005.

나는 앞에서 영어 지문이 나오면 오히려 환호성을 질러야 한다고 말했다. 그러나 이 문장을 보고 환호성을 지를 친구가 몇이나 될지 약간 걱정이다. 왜냐하면 나도 해석하지 못하는 문장이 너무 많기 때문이다.

사실 여러분은 나보다는 영어 실력이 월등히 뛰어날 것이다. 나이가 50이 넘었고, 대학을 졸업한 후 영어 공부라고는 한 번도 해본 적이 없으며, TOEIC이니 수능이니 하는 따위 시험을 대비해 공부해본 적은 더더구나 없으니 말이다. 그러나 나는 여하튼 내 수준에 맞추어 위 문장을 볼 수밖에 없다. 그러니 이해해주세요.

우선 위 문장에서 내가 줄 친 부분 정도는 무슨 말인지 안다. 그 부분을 해석해 보겠다.

1) It is about listening to and relating to others and making choices that advance everyone's goals.

   정치는 다른 사람들의 의견을 듣고 연관을 맺으며, 모든 사람들의 목표를 달성하도록 만드는 선택과 관련된 것이다.

2) Politics is nothing without acquiring the power of persuasion.

정치는 설득력을 얻지 못하면 아무것도 아니다.

3) Much of political persuasion resides with in mere word choices.

정치적 설득력은 단순히 단어의 선택이라 할 수 있다.

4) Language makes all the difference.

언어는 모든 차이점을 만들어낸다.

정말 해석 대~박이다. 이 정도 해석 못 하는 친구들이 동국대에 원서를 접수 시키지는 않을 것이다. 그러니 내 영어 실력이 어느 정도인지 알 것이다.

물론 그 외에도 해석할 수 있는 문장이 없지는 않다. 그러나 다음 문장은 정말 무슨 말인지 모른다.

1) Sometimes politics involves going around or bending rules, but more typically it's about positioning your ideas in a favorable light and knowing what to say, and how, when, and to whom to say it.

2) A lot of persuasion has to do with tact-with the way something is worded.

3) Without the ability to influence through persuasion, political ac-tivity amounts to a lot of wheel spinning.

특히 3)번 문장의 앞부분은 알겠는데(설득을 통해서 영향을 끼칠 능력 없이는), 뒷부분은 무슨 말인지 모르겠다. a lot of wheel spinning이 무슨 말인지 모르니까.

그럼에도 이 문장의 뒷부분이 이런 의미일 것이라고 추측한다. "정치적 행동은 별 의미가 없을 것이다." 어떻게? 앞부분이 "설득을 통해서 영향을 끼칠 능력 없이는"이니까. 그리고 앞에서 정치는 설득력을 갖추지 못하면 아무 의미가 없다고 했지 않는가. 그러니까 설득을 할 수 없다면 정치적 행동은 무의미하다는 의미라고 추측하는 것이다.

여하튼 여러분이 보아도 내 영어 실력은 심각한 지경일 것이다. 그러나 위 문제를 푸는 것과 영어 실력은 별개의 문제라고 앞서 이야기했다.

자, 내가 줄 그은 부분과 내가 해석할 수 있는 부분만을 가지고 위 지문을 요약해보겠다.

우리가 살아가는 데 필수적인 정치는 결국 다른 사람들의 의견을 듣고 설득하는 행동이다. 그리고 설득은 말로 이루어질 수밖에 없다. 따라서 말로 설득하지 못하는 정치적 행동은 아무런 의미도 갖지 못한다.

이상한가? 내가 보기에는 그럭저럭 잘된 것 같은데.

마음에 안 들어도 할 수 없다. 그리고 만일 위 내용을 가지고 문제를 풀 수 있다면 나보다 영어를 훨씬 잘하는 여러분은 정말 걱정할 필요가 없을 것이고, 그만큼 자신감을 가질 수 있을 것이다.

이번에는 제시문 (다)이다.

제시문 (다)

롤즈에 따르면 정의는 개인적 차원이 아니라 사회적 차원의 문제이기 때문에 바람직한 사회구조와 제도 속에서 구현되어야 한다. 사회 구성원 모두에게 실질적인 기회 평등을 보장하여 최선의 자아실현이 가능하도록 최대로 돕는 사회가 정의로운 사회이기 때문이다. 롤즈는 정의로운 사회의 원칙으로 "평등한 자유의 원칙"과 "차등의 원칙"을 제시했다. 두 원칙 중 보다 중요한 것은 차등의 원칙이다. 차등의 원칙은 "기회균등의 원칙"과 "최소 수혜자 최대 이익의 원칙"으로 나누어진다. '최소 수혜자'는 사회적으로 가장 불리한 처지에 있는 사람들로서, 이들에게 최대의 이익이 돌아가도록 하기 위해 '역(逆)차별적인 분배'가 이루어져야 한다는 것이 "최소 수혜자 최대 이익의 원칙"이다.

위 문장은 요약할 것도 없을 만큼 짧고 쉽다. 그래도 해본다면 이렇다.

> 롤즈에게 정의는 개인적인 것이 아니라 사회적인 것이다. 따라서 정의
> 로운 사회는 사회 구성원 모두에게 실질적인 기회가 평등하게 주어져
> 야 하며, 특히 사회적으로 불리한 처지에 있는 사람들에게 더 큰 이익이
> 주어지도록 분배가 이루어져야 정의로운 사회라 할 수 있다.

자, 그럼 문제를 풀어보기로 하자.

〈문제 1〉 제시문 (가)와 (나)의 내용을 요약하시오. 〈5~6줄(150~200자), 15점〉

> 정치는 사회 속의 이해관계의 대립이나 분쟁을 조정해주는 역할을 하
> 는데, 특히 경제적 분쟁과 해결을 모색하고 합리적인 분배와 형평성 있
> 는 정책, 공정한 경쟁이 가능하도록 지원한다.
> 한편 우리 삶에 필수적인 정치는 결국 다른 사람들의 의견을 듣고 설득
> 하는 행동이다. 그리고 설득은 말로 이루어질 수밖에 없으므로 말로 설
> 득하지 못하는 정치적 행동은 무의미하다.

위 내용이 몇 글자인지 아는가? 198자다. 그러니 주어진 지시대로 쓴다는 것
이 얼마나 짧은 길이인지 여러분도 확인할 수 있을 것이다. 위 내용에서 한 줄
을 빼도 될 정도이니 말이다. 이러니 저 어렵고 긴 영어 문장을 다 해석하고 이
해하는 게 무슨 필요가 있을까.

이제 알겠는가?

논술 문제에서 제시문을 모두 이해하지 못해도 문제를 푸는 데는 장애가 되

지 않는다는 내 말을.

그러니 여러분은 어느 경우에도 제시문을 처음부터 끝까지 온전히 해석해야 한다는 강박관념을 버려야 한다.

안타깝게도 모든 논술 강의와 학습서에서는 내 의견과는 달리 요약과 요약을 통한 생각 다듬기, 그리고 이를 바탕으로 한 글쓰기보다는 제시문 해석에 거의 모든 노력을 기울이고 있지만.

그러다 보니 여러분도 제시문을 이해하는 데 너무 부담을 안게 되는 것이다.

다시 한 번 말한다.

제시문을 다 이해하지 않아도 문제를 푸는 데는 장애가 되지 않는다.

특히 제시문은 같은 내용을 반복하기 때문에, 그 가운데 한 문장만 이해해도 제시문 전체의 맥락을 이해할 수 있다.

따라서 제시문을 한 줄 한 줄, 단편적으로 해석한 후 전체를 이해하려 하지 말고, 신문 읽듯이 전체를 물 흐르듯 자연스럽게 읽는 게 중요하다.

그런 과정에서 모르는 문장은 무시하고 이해한 한두 문장에서 찾아낸 맥락을 연결해서 요약하면 그로부터 제시문 전체의 내용을 이해할 수 있음을 반드시 기억하라!

11
길게 쓴 다음 줄여라!

이번에는 두 번째 문제를 풀어보자.

> **〈문제 2〉** 제시문 (다)의 "차등의 원칙"이 현실화 되는 과정에서 나타날 수 있는 문제점을 제시하고, 해결 방안을 제시문 (가)와 (나)를 참조하여 서술하시오.
>
> 〈11~13줄(350~450자), 20점〉

이 문제는 앞 문제보다는 어렵다고 할 수 있다. 그러나 조금만 생각을 하면 오히려 쉬울 수도 있다.

왜냐하면 요약 문제는 정답이 정해져 있다고 할 수 있다.

그러나 자신의 의견을 제시하고 서술하는 문제는 엄밀한 의미에서 정답이 없는 셈이다.

다만 그 의견을 제시하는 과정에서 합리성을 갖추었는가, 논지에서 벗어나지 않았는가가 문제가 될 뿐이다.

따라서 이 두 가지만 유의한다면 요약 문제에 비해 자신의 의견을 제시하는 문제가 오히려 쉬울 수 있다는 점도 기억할 일이다.

"정해진 대로 쓰는 것보다 마음껏 쓰는 것이 편하지 않느냐?" 이런 말이다.

그럼 위 문제를 풀어보겠다.

차등의 원칙 가운데 특히 사회적인 논쟁을 불러일으킬 것은 '최소 수혜자 최대 이익의 원칙'이다. '기회 균등의 원칙'은 사회적으로 수용되는 데 특별한 문제가 없는 데 반해 사회적 약자에게 더 큰 이익을 제공한다는 앞의 원칙은 많은 논란이 야기될 수 있다. 이는 최선을 다해 노력하는 자에 비해 노력하지 않은 결과 어려움에 처한 사람들에게 더 큰 이익을 부여함으로써, 사회 전반에 정당한 노력에 따른 정당한 대가라는 원칙이 무시된다는 논리를 제공할 수 있다. 또한 경제적 활동을 통해 사회 발전을 추구한다는 측면에서 보면 더욱 수용하기 힘든 논리라고 할 수 있다. 이러한 제도가 추진된다면 누가 열심히 노동할 것인가라는 질문이 가능하다. 노력하지 않는 자에게, 노력하여 성실히 세금을 납부한 사람의 몫이 돌아간다면 이를 거부감 없이 받아들이기는 힘들 것이기 때문이다.

그렇다고 해서 사회적 약자와 사회적 강자에 대해 동등한 배려와 동등한 수익을 제공하는 것은 우리 사회를 능력자 중심, 강자 중심, 기득권층 중심 사회로 만들 우려가 있다. 특히 현대 사회에서는 모든 개인이 처한 사회경제적 상황이 다른바, 이러한 상황에서 결과적으로 사회적 약자가 된 사람에게 모든 책임이 '네 노력 부족에 있으므로 네가 그 책임을 져야 한다'고 방치하는 것은 정의와 형평을 추구해야 하는 정부의 의무를 게을리하는 것이라 할 수 있다.

따라서 정부에서는 왜 사회적 약자가 발생했고, 그들의 현실은 어떠하며, 그들을 방치할 경우 사회적 부작용이 발생하여 결국에는 사회 구성원 모두에게 피해가 돌아간다는 점을 전 국민을 상대로 설득하는 작업을 지속적으로 펼쳐야 할 것이다.

읽어보았는가?

그렇다면 가장 먼저 느낀 점이 무엇인가?

혹시 이런 생각을 하지 않았는가?

"이 글 너무 긴 거 아니야?"

맞다. 350자에서 450자 사이로 쓰라고 했는데 위 글은 800자가 넘는다.

이렇게 지시에 맞지 않는 글을 그대로 수록하는 것 또한 이유가 있다.

자, 다시 강의가 시작된다.

특별한 글을 제외하고는 어떤 글이건 처음부터 지시된 길이에 맞추어 쓰려고 노력하지 말라.

특별한 글이란 지시된 길이가 없거나 너무 짧거나 길어서 처음부터 특별히 머릿속으로 가늠할 필요가 없는 글, 또 다른 경우는 시간이 부족해서 퇴고를 할 시간이 부족한 것이 너무도 분명한 경우 등이다.

그런 경우를 제외하고는 지시된 글의 길이를 적당히 가늠한 다음 편한 마음으로 쓰는 것이 중요하다.

앞서 언급한 바 있지만 자기가 쓴 글을 퇴고하는 것은 무엇보다 중요하다. 아무리 글을 잘 쓰는 사람도 처음 쓴 글이 잘된 경우는 거의 없다. 하물며 여러분의 경우야 말해 무엇하겠는가. 그러니 그저 쓰면 된다. 그런 다음 문장도, 길이도 손을 보아야 한다.

위 글을 그냥 싣는 것은 내가 퇴고하는 방식을 보여주기 위해서다.

자, 800자가 넘는 글을 450자로 줄여야 한다.

그렇다면 긴 글을 줄이는 것이 쉬울까, 짧은 글을 늘리는 것이 쉬울까?

이건 매우 중요한 사실이다.

왜냐하면 실제 상황에서 어떻게 하는 것이 좋은지를 결정해야 하므로.

만일 긴 글을 줄이는 것이 쉽다면 편안한 마음으로 주어진 원고지를 넘어서도록 쓴 다음 고치는 게 좋을 것이고, 짧은 글을 늘리는 것이 쉽다면 짧게 쓴 다음 늘리는 게 좋을 테니 말이다.

긴 글을 줄이는 것이 쉽다!

왜?

누구나 글을 쓸 때는 머릿속으로 자기 나름의 논리를 전개해나가기 마련이다. 그렇게 자신의 논리에 맞추어 글을 썼는데 그 글이 짧으면 어떻게 해야 할 것인가?

이미 정해진 논리 위에 무언가 쓸데없는 내용을 덧붙여야 할 것이다.

반대로 길면 어떻게 해야 할까?

줄여도 되는 내용을 줄이면 된다.

<u>그런데 글을 줄이는 것은 생각보다 쉽다. 왜냐하면 앞서도 말했듯이 아무리 글을 잘 쓰는 사람도 처음부터 글을 잘 쓰기는 쉽지 않다. 글을 잘 쓴다는 것은 논리적일 뿐 아니라 중언부언重言復言하는 내용도 없어야 하고, 표현또한 간결하고 명확해야 함을 뜻한다.</u>

그러나 처음부터 이렇게 쓸 수 있는 사람은 거의 없다. 시간을 다투는 글쓰기를 하는 신문기자들조차 글을 쓴 다음에 몇 번에 걸쳐 퇴고를 하기 마련이다.

그런데 여러분이 처음부터 길이에 맞추어 논리적인 글을 쓴다고?

그런 일은 기대하면 안 된다. 훈련으로도 안 된다.

그런 훈련할 시간 있으면 논리적인 글을 마음껏, 아무 제한 없이 쓰는 훈련을 하는 편이 낫다.

그런 다음 퇴고를 하라.

퇴고는 반드시 해야 하는 일이니까 이건 시간 낭비도 아니다.

자, 그럼 원문을 내가 어떻게 줄여나가는지 보자.

(원문→1차 퇴고)

차등의 원칙 가운데 특히 사회적인 논쟁을 불러일으킬 것은 '최소 수혜자 최대 이익의 원칙'이다. '기회 균등의 원칙'은 사회적으로 수용되는

~~데 특별한 문제가 없는 데 반해 사회적 약자에게 더 큰 이익을 제공한다는 앞의 원칙은 많은 논란이 야기될 수 있다.~~ (이 부분은 앞 문장의 부연 설명이다. 따라서 없어도 논리적인 전개에 장애가 되지 않는다) 이는 ~~최선을 다해 노력하는 자에 비해~~ 노력하지 않은 ~~결과~~(아) 어려움에 처한 사람들에게 더 큰 이익을 부여(제공으로 바꿈)함으로써, 사회 전반에 정당한 노력에 따른 정당한 대가라는 원칙이 ~~무시된다는 논리를 제공할 수 있다~~(될 수 있기 때문이다). 또한 경제적 ~~활동을 통해 사회 발전을 추구한다는 측면에서 보면 더욱 수용하기 힘든 논리라고 할 수 있다.~~ (측면에서 보면) 이러한 제도가 추진된다면 누가 열심히 노동할 것인가라는 질문이 가능하기 때문이다. ~~(누가 열심히 노력하겠는가?)~~ 노력하~~지 않는 자에게 노력하여 성실히 세금을 납부한 사람의 몫이 돌아간다면~~ (성실한 시민의 세금이 투입된다면) 이를 거부감 없이 받아들이기는 힘들 것이기 때문이다.

그렇다고 해서 사회적 약자와 ~~사회적~~ 강자에 대해 ~~동등한 배려와~~ 동등한 수익을 제공하는 것은 우리 사회를 능력자 중심, 강자 중심, ~~기득권층 중심~~ (기득권층은 능력자요, 강자라고 볼 수 있기 때문에 삭제) 사회로 만들 우려가 있다. 특히 현대 사회에서는 모든 개인이 처한 사회경제적 상황이 다른바, 이러한 상황에서 ~~결과적으로~~ 사회적 약자~~가 된 사람~~에게 ~~모든 책임어~~ '네 노력 부족~~에 있으므로~~(이 원인이므로) 네가 그 책임을 져야 한다'고 방치하는 것은 정의와 형평을 추구해야 하는 정부의 의무를 게을리하는 것이라 할 수 있다.

따라서 정부에서는 왜 사회적 약자가 발생했고, 그들의 현실은 어떠하며, 그들을 방치할 경우 ~~어떤 사회적 부작용이 발생하여~~ 결국에는 (부작용이) 사회 구성원 모두에게 ~~피해가~~ 돌아간다는 점을 전 국민을 상대로 설득하는 작업을 지속적으로 펼쳐야 할 것이다.

1차 퇴고(570자)가 끝나면 중언부언한 부분은 대부분 사라지기 마련이다. 다시 읽어보면 가장 먼저 눈에 띠는 부분이 그 부분이기 때문이다. 따라서 2차 퇴고에서는 반복되는 내용을 삭제하는 것보다는 본래 있던 문장을 적절히 고치는 것이 중요한 작업이 된다.

그리고 최종적으로 이렇게 고쳤다.

(2차 퇴고)

차등의 원칙 가운데 특히 사회적인 논쟁을 불러일으킬 것은 '최소 수혜자 최대 이익의 원칙'이다. 이는 노력하지 않아 어려움에 처한 사람들에게 더 큰 이익을 제공함으로써, 정당한 노력을 한 사람들에게 반감을 살 것인데, 노력하지 않는 자에게 시민의 세금이 투입된다면 이를 거부감 없이 받아들이기는 힘들기 때문이다.

반면에 사회적 약자를 강자와 동등하게 대하는 것은 우리 사회를 능력자 중심, 강자 중심 사회로 만들 우려가 있다. 개인마다 처한 사회경제적 상황이 다른 현대사회에서, '네 노력 부족이 원인이다'라며 사회적 약자를 방치하는 것은 정의와 형평을 추구해야 하는 정부의 의무를 게을리하는 것이라 할 수 있다.

따라서 정부에서는 사회적 약자의 발생 원인과 현실적 삶, 그들을 방치할 경우 나타날 사회적 부작용에 대해 전 국민을 상대로 설득하는 작업을 지속적으로 펼쳐야 할 것이다.

– 436자

위 글은 430여 자이다. 따라서 지정한 조건을 충족시키고 있다.

결국 처음 글이 거의 절반으로 줄어든 셈인데, 여러분이 읽어보면 어떤가?

내용이 크게 변했다거나 어색하다는 느낌을 받지는 않을 것이다.

글이란 그런 것이다. 처음에 논리적 구성을 갖추어진 상태로 쓰인 글이라면 상당한 폭으로 양을 조정하고 내용을 수정해도 별 문제가 되지 않는다. 위에서 볼 수 있듯이 퇴고를 통해 오히려 글이 내적으로 좀 더 충실해졌다는 느낌을 받을 수도 있다.

따라서 다음과 같은 3원칙을 생각하며 글을 줄이자.

1) 처음에 글을 쓸 때는 자유롭게.

2) 퇴고할 때는 내용이 변하지 않는 상태에서 집약적으로 표현.

3) 그 과정에서 지정된 길이로 조정할 것.

한 가지 더 덧붙인다.

위 답안을 보면 '네 노력 부족이 원인이다'라는 인용구가 포함되어 있다.

그런데 이 말은 내가 한 말이다. 그러니까 내 생각을 상대방에게 쉽고 분명하게 전달하기 위해 만들어낸 말인 셈이다. 이런 방식으로 내 생각을 일목요연하게 표현하는 것도 좋은 방법이다.

논술 답안에서 평가관에게 내 생각을 정확히 전달하는 게 사실 쉽지 않다. 그러니 이런 식으로 내 말을 인용구처럼 사용하는 것이야말로 효과적일 수 있다. 구어체인 인용구가 문어체에 비해 훨씬 쉽게 상대방에게 다가갈 수 있으니 말이다.

12
긴 제시문이 더 쉽다!

이번에는 제시문의 길이가 월등히 긴 문제 하나를 살펴보기로 하자.

제한된 시간에 문제를 풀어야 하는 논술고사에서 제시문의 길이가 월등히 긴 경우, 수험생들은 당연히 겁을 먹게 된다. 짧은 글 읽고 글쓰기에도 시간이 부족할 판인데, 하물며 제시문이 이렇게 길다니!

그러나 '소문난 잔치에 먹을 것 없다'는 속담이 있지 않은가. 이 속담이 이런 경우에 통하는 것인지 모르겠지만 여하튼 제시문이 길다고 겁먹을 필요 없다. 왜?

몇 번째 반복하는 것처럼 여러분은 고등학생이고, 출제위원 또한 그 사실을 잘 알고 있다.

<u>제시문이 길다는 것은 오히려 제시문의 독해 난이도는 더 쉽다는 사실을 드러낸다.</u>

그러니 겁먹을 필요가 전혀 없다.

자, 그럼 제시문의 길이가 무척 긴 문제 하나 살펴보기로 하자.

Ⅰ. 다음 글을 읽고 물음에 답하시오. (30점)

(가)

과학사가인 토머스 쿤은 영웅들이 할거하던 20세기 초반을 이른바 '과학혁명'이 진행되는 시기로 묘사하고 있다. 즉 당시에는 고전물리학 내에 자체적으로 해결하기 힘든 문제가 많이 나타나서 심각한 위기를 겪었고, 이런 문제점을 아인슈타인이나 하이젠베르크, 보어 등 천재적인 과학자들이 성공적으로 해결해서 위기가 극복되었으며, 이에 따라 새로운 패러다임을 지닌 현대 물리학 체계가 출현하게 되었다는 것이다.

20세기 초에 학계를 주름 잡았던 아인슈타인과 같은 영웅적인 과학자들이 좀처럼 우리 앞에 나타나고 있지 않은 것은 무슨 까닭일까? 옛날처럼 우수한 인재가 과학 분야에 몰리지 않기 때문인가? 아니면 현재 진행되고 있는 과학의 내용이 너무 어려워서 아무리 대단한 천재라도 그것을 완전하게 해결하지 못하기 때문일까?

과학 분야에서 혁명적인 변혁이 나타나지 않고, 이에 따라 영웅적인 인물도 나타나지 않고 있는 원인은 여러 측면에서 생각해 볼 수 있다. 우선 과학의 발전 양상이 20세기를 거치면서 크게 달라졌다는 것을 지적하지 않을 수 없다. 즉 20세기 초반의 과학 분야에서는 자연에 대한 통일적인 이해를 줄 수 있는 근본 법칙을 찾는 모습들이 많이 나타났었다. 이에 반해서 20세기 후반에 이르러서는 자연에 대한 통일적인 해석보다 자연의 다양성과 복합성을 나타내는 생명 현상, 응집물질, 복잡계 등과 같은 분야가 과학자들의 주된 관심 분야로 떠올랐다. 이에 따라 과학 이론 내에서 혁명적인 변화보다는 주어진 범위 내에서 이를 보완하고 수정하는 점진적인 개혁의 측면이 과학의 변화 과정에서 자주 나타나게 되었다.

과학이 복잡한 현상을 주로 다루는 응용 중심으로 발전하게 된 요인 가운데 하나로서 20세기를 통해서 과학의 주도권이 독일에서 미국으로 이전되었다는 것을 들 수 있다. 즉 19세기 말과 20세기 초 독일에서 발전한 과학은 자연과학의 여러 분야에 대한 통일적 이해를 선호한 반면에, 미국으로 건너간 과학은 미국인들의 실용주의적 성격과 맞물리면서, 응용 중심의 과학으로 변해갔던 것이다. 고체물리학, 양자화학, 분자생물학, 응용수학 및 전산학, 전자공학 등은 과학이 미국으로 건너가서 발전한 새로운 유형의 과학기술들이다.

20세기 후반에 들어와서 과학의 연구가 과학자 개인에 의한 개별적인 연구보다는 수많은 과학자들이 함께 협동으로 연구하는 집단적인 연구 형태로 변화되었다는 것도 과학 분야에서 몇몇 영웅적인 전설적 인물이 강하게 부각되기 힘들게 만드는 요인으로 작용했다. 얼마 전에 발견된 톱쿼크의 발견 과정에서 보는 것처럼, 몇몇 천재적인 과학자들이 전체적인 일을 수행했다기보다는 수많은 어느 정도 탁월한 과학자들이 서로 협력해서 과학적 발전을 하게 되었던 것이다. 즉 개인적인 영웅보다는 협동연구에 바탕을 둔 과학자들의 집단이 점점 더 커다란 역할을 하게 된 것이다.

쿤은《과학혁명의 구조》라는 책에서 과학 이론 발전 유형을 정상 과학, 위기의 과학, 혁명적 과학, 다시 정상 과학으로의 복귀라는 식의 흐름으로 이해했다. 지금은 정상 과학적 과학 활동이 진행되는 시기이고, 언젠가는 다시 이런 구조에 위기가 와서 위기의 과학이 출현할 것이라는 주장도 가능하지만, 아무튼 그런 변화가 다시 일어나는 것은 현재로서는 요원하다는 것이 많은 사람들의 공통적인 견해다.

(나)

신과학과 관련된 분야의 활동을 자처한다고 하는 사람들은 대개 자신들의 분야가 기존의 과학기술 패러다임과는 다른, 완전히 새로운 유형의 과학으로서 21세기 과학을 지배할 것이라고 대중들에게 호소하고 있다. 신과학에서 주장하는 바는 경우에 따라 무척 황당한 이야기도 있고, 기존의 과학적 입장에서는 받아들이기 힘든 주장이 포함되어 있기도 하다. 그렇다고 해서 몇몇 구체적인 실험 증거를 제시하면서 전개하는 신과학 관련 논의까지 무턱대고 거부하는 것은 쉬운 일이 아니다.

신과학에는 여러 형태의 과학활동이 있을 수 있지만, 최근에 전개되고 있는 신과학에 대한 논의를 살펴볼 때 대체로 다음과 같은 세 가지 흐름으로 정리할 수 있다. 우선 예로 들 수 있는 것은 유기체적이고 비결정론적인 차원에서 새로운 과학을 모색하고 있는 과학활동이다. 얼마 전까지 대중들의 입에 자주 오르내리던 카오스 이론, 비선형동역학을 비롯한 복잡계 과학, 프리고진의 비평형통계역학, 뇌과학 등이 여기에 해당한다. 다음으로는 뉴에이지 과학(New Age Science) 혹은 포스트모더니즘 과학이라고 불릴 수 있는 것으로 대표적인 것은 과학과 여성의 문제에 관심을 가지고 있는 페미니스트 과학을 들 수 있다. 마지막으로 다분히 신비적이고 주류 과학에서 상당히 벗어나 있는 활동으로 동양철학적 관점에서 본 현대 물리학, 기에너지의 산업적 이용, 동양의학에 대한 실험적 연구, UFO 연구, 외계 생명체 연구, 심령과학 등이 여기에 해당한다.

이 세 부류의 흐름은 모두 이른바 신과학을 주장한다는 면에서 공통점이 있으나, 그들의 주장을 구체적으로 살펴보면 각기 서로 다른 각도에서 새로운 과학을 이야기하고 있다는 것을 알 수 있다. 우선 첫 번째 유형의 신과학은 전반적인 측면에서 기존 과학틀 내에서 새로운 과학을 모색하고 있다. 따라서 이런 유형의 과학분야는 대개의 경우 아직 기존 과학계에서 주류는 아니더라도 그 존재 자체를 인정하는 분야이다. 두 번째 유형의 페미니스트 과학의 경우는 비록 그 주장 자체가 약간 과격한 면이 있기는 하지만, 과학과 사회의 새로운 관계를 지향하고 있다는 점에서 어느 정도 역사적인 평가는 할 수 있다. 즉 페미니스트 과학을 주장하는 사람들은 행동적이기는 하지만 아주 비합리적이고 신비적인 유형의 과학을 옹호하고 있지는 않다. 세 번째 유형의 신과학을 다루는 사람들이 주장하는 것은 상당 부분 기존의 과학 패러다임 내에서는 이해가 불가능한 것들이며, 대부분의 주류 과학자들은 이런 유형의 과학은 근거가 없는 것으로 치부한다. 신과학에 편승하여 논의를 전개하는 사람들의 주장은 대부분 우리가 심각하게 고려할 가치가 없는 것이라고 생각한다. 그러나 몇몇 과학자들이 마치 신과학에서 주장하는 내용을 옹호하는 듯한 실험적 증거를 제시할 경우, 우리는 그것에 대해서 어떻게 평가해야 할 것인가?

신과학을 주장하는 사람들과 기존 과학계 사이에 의사소통은 대단히 어려운 일이다. 하지만 차분히 살펴보면 이 둘 사이의 대화가 전혀 불가능한 것만은 아니라는 것을 알 수 있다. 모든 지식은 그것이 유치한 형태이거나 아니면 체계화되었거나를 떠나서 서로가 공유할 수 있는 영역, 즉 서로가 최소한 함께 믿을 수 있는 영역이 존재하기 때문이다. 이런 공유 영역은 이론적인 차원에서 혹은 실험적인 차원에서 모두 존재할 수 있는데, 특히 실험장치에 대한 믿음은 역사적으로 상당히 많은 공감을 얻고 있다. 이런 이유 때문에 뇌와 수지침의 상관관계를 실험장치를 이용해서 영상으로 보여주는 증거는 비록 그것이 우리에게 신과학과 연관되어 있는 주장이라 하더라도 우리에게 설득력이 있게 다가오는 것이다.

신과학과 기존 과학의 공유 영역을 찾아내어 이를 확대하는 것은 신과학과 기존 과학 모두를 위해 바람직한 일이라고 생각한다. 하지만 몇몇 실험 현상이 현대 과학으로는 이해가 불가능하다고 해서 현대 과학 전체가 틀린 것이라고 주장하는 몇몇 신과학 관련자들의 태도는 과학 발전에 오히려 저해가 된다. 물론 뉴턴 이후에 등장한 근대 과학도 과학혁명 당시의 기준으로 보면 일종의 신과학이었다고 할 수 있다. 하지만 근대 과학은 중세의 아리스토텔레스적인 철학을 단칼에 갈아치우고 역

사의 무대에 등장한 것은 아니었다. 그것은 코페르니쿠스에서 갈릴레오
를 거쳐 뉴턴에 이르기까지 수많은 과학자들의 꾸준하고 지속적인 작업
을 통해서 무려 150여 년에 걸쳐 완성된 것이다.

〈문제 1〉 위 글의 논지를 바탕으로 제시문 (가)의 밑줄 친 질문에 대한 답변을 125자~150
자(답지 5줄~6줄) 사이로 쓰시오. (15점)

〈문제 2〉 제시문 (가)와 제시문 (나)는 공통적으로 20세기 후반 현대 과학의 발전 단계와
상태를 다루고 있다. 제시문 (가)와 제시문 (나)에 나타난 현대과학에 대한 필자의 평가를
150자~175자(답지 6줄~7줄) 사이로 쓰시오. (15점)

제시문은 정말 길지만 문제는 너무 간단하다. 문제가 요구하는 답안의 길이가
두 문제 통틀어 고작 15줄 내외밖에 안 되다니!

하기야 이 문제가 인문계가 아니라 자연계 문제이기 때문일지 모른다. 자연계
지원자들은 인문계 지원자에 비해 글솜씨, 즉 논술이 부족하다는 편견이 있기
도 하거니와, 글은 역시 인문계 지원자들에게 필수적이지 자연계 지원자들은
글솜씨가 좀 부족해도 괜찮다는 선입견이 있을 수도 있으니 말이다.

그렇다면 자연계 지원자들이라도 과학에 관련된 이 정도 글은 쉽게 읽을 수
있어야 한단 말일까?

그러나 안타깝게도 글을 잘 읽는 사람이 글도 잘 쓴다.

그래서 제시문이 긴 문제는 읽는 게 중요하다.

왜?

<u>제시문도 길고 문제도 어려우면 제한된 시간 내에 고등학생이 풀 수 없을
테니 말이다.</u>

앞으로 제시문이 긴 문제를 한두 문제 더 살펴볼 텐데, 앞서 제시문이 길면 반

드시 제시문의 난이도가 낮거나 문제가 쉽다. 둘 다 어려운 경우는 절대 없다. 그러니 절대 겁먹지 마라.

자, 그럼 위 〈문제 1〉을 풀어보자.

〈문제 1〉 위 글의 논지를 바탕으로 제시문 (가)의 밑줄 친 질문에 대한 답변을 125 자~150자(답지 5줄~6줄) 사이로 쓰시오. (15점)

제시문을 반복해서 수록하는 건 지면 낭비니까 모두들 스스로 줄을 긋고, 그걸 요약해보자. 그런 후 내가 요약한 것과 비교해보라.

(가)

1) 20세기 초반의 과학 분야에서는 자연에 대한 통일적인 이해를 줄 수 있는 근본 법칙을 찾는 모습들이 많이 나타났었다. 이에 반해서 20세기 후반에 이르러서는 자연에 대한 통일적인 해석보다 자연의 다양성과 복합성을 나타내는 생명 현상, 응집물질, 복잡계 등과 같은 분야가 과학 자들의 주된 관심 분야로 떠올랐다. 이에 따라 과학 이론 내에서 혁명적 인 변화보다는 주어진 범위 내에서 이를 보완하고 수정하는 점진적인 개혁의 측면이 과학의 변화 과정에서 자주 나타나게 되었다.

2) 과학이 복잡한 현상을 주로 다루는 응용 중심으로 발전하게 된 요인 가운데 하나로서 20세기를 통해서 과학의 주도권이 독일에서 미국으로 이전되었다는 것을 들 수 있다. 독일에서 발전한 과학은 자연과학의 여 러 분야에 대한 통일적 이해를 선호한 반면에, 미국으로 건너간 과학은 미국인들의 실용주의적 성격과 맞물리면서, 응용 중심의 과학으로 변해 갔던 것이다.

3) 20세기 후반에 들어와서 과학의 연구가 과학자 개인에 의한 개별적 인 연구보다는 수많은 과학자들이 함께 협동으로 연구하는 집단적인 연구 형태로 변화되었다는 것도 과학 분야에서 몇몇 영웅적인 전설적

인물이 강하게 부각되기 힘들게 만드는 요인으로 작용했다.

4) 쿤은《과학혁명의 구조》라는 책에서 과학 이론 발전 유형을 정상 과학, 위기의 과학, 혁명적 과학, 다시 정상 과학으로의 복귀라는 식의 흐름으로 이해했다. 지금은 정상 과학적 과학 활동이 진행되는 시기이고, 언젠가는 다시 이런 구조에 위기가 와서 위기의 과학이 출현할 것이라는 주장도 가능하지만, 아무튼 그런 변화가 다시 일어나는 것은 현재로서는 요원하다는 것이 많은 사람들의 공통적인 견해다.

사실 제시문 (가)와 (나)는 내용이 그리 어려운 글이 아니다.

그냥 읽어 내려가다 보면 주장하는 바가 쉽게 이해된다. 그래서 어려운 문장을 이해하기 위해 내가 강의한 내용, 즉 "같은 주장이 반드시 반복되기 마련이다"라는 전제가 성립되지 않는다.

그러다 보니 내가 줄을 그은 부분도 같은 주장이 반복되는 문장이 아니라 글의 흐름을 요약한 것에 불과하다.

무슨 말이냐고?

줄만 잘 그어도 요약은 이미 끝난 것이나 다름없다는 말이다.

위 내용은 원래 문장의 절반 정도다. 그런데도 내용은 똑같다. 결국 필요한 내용만 뽑아낸 것인데, 그럼에도 문제가 요구하는 글의 길이에 비해서는 터무니없이 길다.

결국 위 내용에서 핵심이 되는 부분만 짧게, 그것도 매우 짧게 짚어야 하는 것이다.

그렇다면 제시문 (가)의 핵심은 무엇일까?

내가 요약한 부분을 잘 읽어보라. 무엇이 핵심인가?

20세기 초반 과학계가 과학의 근본 법칙을 찾아내는 데 주력하여 과학 혁명을 이룬 데 비해 20세기 후반으로 들어서면서 과학계는 근본 법칙을 찾아내기보다는 점진적 개혁, 복잡한 현상을 다루는 실용주의에 바탕을 둔 응용 중심 과학으로 변모하였다. 그 결과 한 천재적인 과학자가 출현하는 대신 협동연구에 바탕을 둔 과학자 집단이 더 큰 역할을 하게 되었다.

이러한 움직임은 시대가 갈수록 강화될 것이라는 게 여러 사람의 의견이다.

이제 정말 문제를 풀어보자.

> **〈문제 1〉** 위 글의 논지를 바탕으로 제시문 (가)의 밑줄 친 질문에 대한 답변을 125자~150자(답지 5줄~6줄) 사이로 쓰시오. (15점)

밑줄 친 질문은 이거다.

"20세기 초에 학계를 주름 잡았던 아인슈타인과 같은 영웅적인 과학자들이 좀처럼 우리 앞에 나타나고 있지 않은 것은 무슨 까닭일까?"

그렇다면 답변은?

위에서 내가 요약한 부분만 해도 200자가 넘는다. 그러니 위 내용을 다시 줄여야 한다.

이렇게.

20세기 초 과학계가 과학의 근본 법칙을 찾아내는 데 주력하여 과학혁명을 이룬 데 비해 20세기 후반에는 점진적 개혁, 복잡한 현상을 다루는 실용주의에 바탕을 둔 응용 중심 과학으로 변모하였다. 그 결과 협동연구에 바탕을 둔 과학자 집단이 더 큰 역할을 하게 되었다.

이번에는 제시문 (나)다. 처음 내가 요약한 것은 이렇다.

(나)

신과학에서 주장하는 바는 경우에 따라 무척 황당한 이야기도 있고, 기존의 과학적 입장에서는 받아들이기 힘든 주장이 포함되어 있기도 하다. 그렇다고 해서 몇몇 구체적인 실험 증거를 제시하면서 전개하는 신과학 관련 논의까지 무턱대고 거부하는 것은 쉬운 일이 아니다.

우선 예로 들 수 있는 것은 유기체적이고 비결정론적인 차원에서 새로운 과학을 모색하고 있는 과학활동이다. 얼마 전까지 대중들의 입에 자주 오르내리던 카오스 이론, 비선형동역학을 비롯한 복잡계 과학, 프리고진의 비평형통계역학, 뇌과학 등이 여기에 해당한다. 다음으로는 뉴에이지 과학(New Age Science) 혹은 포스트모더니즘 과학이라고 불릴 수 있는 것으로 대표적인 것은 과학과 여성의 문제에 관심을 가지고 있는 페미니스트 과학을 들 수 있다. 마지막으로 다분히 신비적이고 주류 과학에서 상당히 벗어나 있는 활동으로 동양철학적 관점에서 본 현대 물리학, 기에너지의 산업적 이용, 동양의학에 대한 실험적 연구, UFO 연구, 외계 생명체 연구, 심령과학 등이 여기에 해당한다.

첫 번째 유형의 신과학은 전반적인 측면에서 기존 과학틀 내에서 새로운 과학을 모색하고 있다. 따라서 이런 유형의 과학분야는 대개의 경우 아직 기존 과학계에서 주류는 아니더라도 그 존재 자체를 인정하는 분야이다. 두 번째 유형의 페미니스트 과학의 경우는 비록 그 주장 자체가 약간 과격한 면이 있기는 하지만, 과학과 사회의 새로운 관계를 지향하고 있다는 점에서 어느 정도 역사적인 평가는 할 수 있다. 즉 페미니스트 과학을 주장하는 사람들은 행동적이기는 하지만 아주 비합리적이고 신비적인 유형의 과학을 옹호하고 있지는 않다. 세 번째 유형의 신과학을 다루는 사람들이 주장하는 것은 상당 부분 기존의 과학 패러다임 내에서는 이해가 불가능한 것들이며, 대부분의 주류 과학자들은 이런 유형의 과학은 근거가 없는 것으로 치부한다.

신과학과 기존 과학의 공유 영역을 찾아내어 이를 확대하는 것은 신과학과 기존 과학 모두를 위해 바람직한 일이라고 생각한다. 하지만 몇몇 실험 현상이 현대 과학으로는 이해가 불가능하다고 해서 현대 과학 전체가 틀린 것이라고 주장하는 몇몇 신과학 관련자들의 태도는 과학발전에 오히려 저해가 된다. 물론 뉴턴 이후에 등장한 근대 과학도 과학혁명 당시의 기준으로 보면 일종의 신과학이었다고 할 수 있다. 하지만 근대 과학은 중세의 아리스토텔레스적인 철학을 단칼에 갈아치우고 역사의 무대에 등장한 것은 아니었다. 그것은 코페르니쿠스에서 갈릴레오를 거쳐 뉴턴에 이르기까지 수많은 과학자들의 꾸준하고 지속적인 작업을 통해서 무려 150여 년에 걸쳐 완성된 것이다.

이 글도 길이는 무척 길지만 어렵지는 않다. 읽다 보면 금세 내용을 알 수 있다. 그래서 다시 이렇게 요약된다.

기존 과학계에서는 받아들이기 힘든 신과학의 종류로는 다음과 같은 세 가지가 있다.

첫 번째가 유기체적이고 비결정론적인 차원에서 새로운 과학을 모색하고 있는 과학활동으로, 이는 기존 과학계의 틀 속에 속한다고 볼 수 있다. 두 번째는 뉴에이지 과학(New Age Science) 혹은 포스트모더니즘 과학이라고 불릴 수 있는 것인데 그 대표라 할 수 있는 페미니스트 과학은 과격하지는 하지만 비합리적이지는 않다. 마지막으로는 신비적이고 주류 과학에서 상당히 벗어나 있는 활동으로 동양철학적 관점에서 본 현대 물리학, 기에너지의 산업적 이용, UFO 연구, 외계 생명체 연구, 심령과학 등은 기존 과학계에서 이해할 수 없을 뿐 아니라 근거가 없는 것으로 여겨진다.

이러한 신과학의 다양한 성격에도 불구하고 기존 과학과의 공유 영역을 찾아내어 이를 확대하는 것은 신과학과 기존 과학 모두를 위해 바람직한 일이라고 생각한다.

그럼 문제를 보자.

〈문제 2〉 제시문 (가)와 제시문 (나)는 공통적으로 20세기 후반 현대 과학의 발전 단계와 상태를 다루고 있다. 제시문 (가)와 제시문 (나)에 나타난 현대과학에 대한 필자의 평가를 150자~175자(답지 6줄~7줄) 사이로 쓰시오. (15점)

<u>'평가'라는 단어는 '주장'이나 '느낌'과 별반 다르지 않다.</u>

이런 용어에 너무 신경 쓰지 말 일이다. 결국 이 문제 또한 위 글을 쓴 필자의 평가를 요약하라는 말과 다르지 않다. '내 평가'가 아니라 '필자의 평가'니까 여러분이 평가하는 것이 아니라 글쓴이의 평가가 중요하다는 말이다. 그러니 결국 요약하라는 말 아닌가? 그런데 내용을 요약하는 게 아니라 뭘 요약? 그 렇다, 평가를 요약해야 한다.

그렇다면 필자의 평가는 무엇이었지?

제시문 (가)

20세기 전반의 과학의 근본 문제를 해결하는 과정에서 일어난 과학혁 명이 점진적 개혁으로, 그리고 천재 과학자의 출현 대신 과학자의 집단 중심 연구로 변모하였는데, 이에 대해 토마스 쿤은 《과학혁명의 구조》 라는 책에서 과학 이론 발전 유형을 정상 과학, 위기의 과학, 혁명적 과 학, 다시 정상 과학으로의 복귀라고 이해하며 또다시 과학혁명의 시대 가 도래할 것이라고 주장하지만 그런 변화는 더 이상 기대하기 어려울 것이다.

제시문 (나)

> 신과학이라고 불리는 새로운 유형의 과학이 출현하고 있고, 그 가운데 어떤 것은 기존 과학계에서도 수용 가능한 반면 전혀 수용 불가능한 것도 있다. 이렇게 주류 과학계와 신과학을 주장하는 사람들 사이에 갈등이 있지만 과학이란 결국 여러 과학적 태도와 방법이 공유할 수 있는 영역을 찾아내 꾸준히 연구하고 공동의 작업을 거쳐 발전해 왔다.

그렇다. 그런데 위 내용을 모아놓으면? 엄청 길다. 400자가 넘는다. 따라서 절반 이하로 줄여야 한다.

그런데 앞에서 내가 뭐라고 했던가?

길게 쓴 다음에 줄이는 것이 맞다!

그렇다. 그래서 위 내용을 이렇게 줄였다.

> 20세기 초 일어난 과학혁명은 오늘날 실용 중심의 응용과학으로 변모하였는데, 이러한 변화가 다시 과거와 같은 과학혁명의 시대로 돌아가기는 어려울 것이다. 한편 기존 과학계와 다른 신과학은 기존 과학계와 갈등을 겪기도 하지만, 과학이란 서로 다른 태도와 방법이 협력하며 발전해왔으므로 공동 작업이 바람직할 것이다.
>
> — 174자

도대체 저 긴 글을 읽고 이처럼 짧게 글을 써야 하다니! 사실 나처럼 글 쓰는 일을 직업으로 삼는 사람에게는 할 말이 너무 많다. 그런데 이렇게 줄이다 보니 마음에 안 차는 게 사실이다. 위 글에서 필자가 이야기하려는 게 고작 저 정도는 아닐 테니 말이다.

그렇지만 어쩌랴! 지시 내용이 저러한데.

형식별 논술문제 풀기

연습에 들어가기에 앞서 왜 논술
문제를 형식별로 풀어보는 게
중요한지 확인해 보겠다.
사실 시중에 출간된 다양한 논술
참고서들, 그리고 학원이나 학교에서
논술 문제를 연습할 때 가장 자주
사용하는 방법이 대학별 논술 문제
풀어보기다.
이는 어떤 면에서 매우 좋은 방법인데,
자신이 지원하는 대학의 논술 문제
경향을 아는 게 무엇보다 중요하고,
그런 경향에 따라 연습을 하다 보면
어느 새 자신감도 붙기 때문이다.

13
논술 문제는 어떤 것이 있을까

지금부터는 본격적으로 실제 논술 시험에 출제된 문제들을 풀어보자.

그런데 1년에도 수많은 대학에서 수많은 문제가 출제되기 때문에 모든 문제를 살펴볼 수도 없고 그럴 필요도 없다.

그래서 여기서는 형식별로 다른 논술 문제들을 풀어볼 예정이다.

연습에 들어가기에 앞서 왜 논술 문제를 형식별로 풀어보는 게 중요한지 확인해보겠다.

사실 시중에 출간된 다양한 논술 참고서들, 그리고 학원이나 학교에서 논술 문제를 연습할 때 가장 자주 사용하는 방법이 대학별 논술 문제 풀어보기다.

이는 어떤 면에서 매우 좋은 방법인데, 자신이 지원하는 대학의 논술 문제 경향을 아는 게 무엇보다 중요하고, 그런 경향에 따라 연습을 하다 보면 어느새 자신감도 붙기 때문이다.

그러나 이 방식의 단점은 매년 대학별로 다른 문제가 출제될 가능성이 높다는 점이다. 이런 경우에는 열심히 연습한 것이 헛수고가 될 수 있다.

또 다른 문제는 자신이 그 대학에 지원하지 않게 되었을 때다. 논술 훈련은 꽤 오래전부터 하기 때문에 막상 원서를 접수할 무렵에는 자기가 염두에 두었던 대학이 아닌 곳에 지원할 수도 있다. 그뿐이 아니다. 많은 대학에 지원할 수 있기 때문에 논술을 한두 대학의 경향에 맞추어 연습하는 것은 위험 부담이 너무 크다.

또 다른 참고서들을 보면, 내용에 따른 연습, 즉 주제별 연습을 중시하는 경우도 있다. 그러나 이는 말도 안 된다. 이는 비슷한 주제가 나왔을 때 이해도를 높일 수 있다는 장점 때문에 채택한 방법일 텐데, 이야말로 우연에 의존하는 방식이다. 어떤 주제의 글이 나와도 이해하고 글을 쓸 수 있도록 훈련을 해야지 흡사한 주제가 나왔을 때는 도움이 되지만 그렇지 않은 경우에는 아무런 도움도 되지 않는 방식을 이용하는 것은 무모한 방법이라고밖에 말할 수 없다. 게다가 어떻게 올해 논술 문제가 어떤 주제로 나올지를 맞춘단 말인가? 그러니 이런 우연에 의존하는 방법은 지양하기 바란다.

그 외에도 이런저런 방식이 있지만 나는 내 방식, 즉 형식별 논술 문제 연습만큼 효과적인 것이 없다고 단언한다. 왜?

논술 문제는 다음 몇 가지 형식으로 분류할 수 있다.

1) 요약 문제
2) 공통 주제-상이한 시각 문제
3) 제시문 내 공통점 찾기 문제
4) 주 제시문을 이용한 타 제시문 설명 문제
5) 자기주장 쓰기 문제

그럼 위 형식별 기출 문제 연습을 통해 각각의 문제를 어떻게 해결해야 할 것인지 알아보기로 하자.

이 책은 이 연습이 끝남과 동시에 끝난다.

그러니까 이 부분이 핵심이고, 이 연습에서 여러분은 논술 해결 능력을 형성시켜야 한다. 그러지 않으면 더 이상 기회가 없다.

그러나 겁먹을 필요 없다. 이미 우리는 앞에서 논술의 핵심과 요지는 다 살펴보았기 때문이다. 그리고 그곳에서 어떤 논술 문제도 풀 수 있는 해결 과정을 연습한 바 있다.

그러므로 앞에서 논술의 핵심을 깨달은 친구들은 이 연습이 정말 연습에 불과할 수도 있다.

또 아직 논술에 대해 미흡하다고 느끼는 친구들은 이곳에서 완성하면 된다.

그러니 부담 갖지 말고 즐겁게 읽어보기로 하자.

14
요약 문제

요약 문제는 엄밀한 의미에서 논술이 아니라고 앞에서 이야기한 바 있다. 그만큼 부담을 갖지 않아도 되는 문제다.

그러나 요약 문제가 주어진 제시문을 요약하는 단순한 능력을 측정하는 만큼 다음 두 가지 점에 유의해야 한다.

<u>첫째, 핵심을 요약해야 한다.</u>

당연한 것 아닌가? 엉뚱한 내용만 요약하고 핵심이 되는 논지는 빼먹으면 그건 빵점이다. 요약 하나도 제대로 못한다는 말을 들을 수밖에 없으니까.

특히 염두에 두어야 할 것이 있다. 요약하는 문제가 중심인 경우에는 반드시 제시문이 길기 마련이다. 짧은 제시문을 요약하는 것은 부수적인 문제는 될 지언정 주요 문제, 즉 배점이 높은 문제가 되지는 못한다.

반면에 요약 문제가 주요 문제가 되는 경우에는 반드시 제시문이 무척 길기 마련이다. 즉 이는 긴 문장을 읽고 핵심을 파악해 요약하는 능력을 시험하는 것이니까.

둘째, 글솜씨가 요구된다.

요약이라는 단순한 작업을 요구하기 때문에 오히려 글솜씨가 뛰어난 친구들
이 돋보일 수밖에 없다. 글을 잘 쓰기 위해서는, 1) 글을 맵시 있게 쓰는 것과
함께 2) 기-승-전-결이라는 독자를 가장 잘 설득할 수 있는 글의 흐름을 유
지하는 것을 갖추어야 한다.
말로 하면 괜히 머리만 아프다. 그러니 실전 문제를 풀어보기로 하자.

다음 문제는 2012년 아주대학교 논술고사 예시문제이다.
지문은 두 개, 문제 또한 두 문제인데, 첫 번째 문제는 온전한 요약 문제이고,
두 번째 문제는 공통 주제-상이한 시각 문제이다.

이 문제를 풀기 전에 한 가지 알려줄 것이 있다.

제시문이 문학, 즉 소설이나 신문 기사같이 우리가 자주 접하는 글인 경우에는
심리적으로 부담이 덜한 것이 사실이다.
반면에 논설문이나 철학서, 인문학과 관련된 문장이 등장하면 지레 겁을 먹는
것이 일반적이다.
그런 현상은 사실 누구나 마찬가지다. 나처럼 글 좀 읽고 썼다는 사람도 마찬
가지다. 감성적인 글이나 늘 보던 글에 대해서는 만만하게 느끼는 반면 논리적
인 글에 대해서는 부담을 갖는다. 그러므로 여러분이 그런 생각을 갖는 것 또
한 당연한 것이다.
결론적으로 말하자면 여러분이 부담스럽게 생각하는 글은 다른 친구들도 부
담스럽게 생각할 테니까 결국 아무 부담 갖지 않아도 된다는 사실만 기억하면
된다. 다른 친구들이 부담스럽게 생각할 때, "흐음, 너희들 부담스럽지? 난 다

알아." 하고 마음을 먹을 수 있다면 그것만으로 여러분은 한 걸음 앞서나가는 셈이다.

덧붙여 하나 더 알아둘 것이 있다.

<u>논술 시험에서는 논설문이나 지적인 문장이 감성적인 문장, 이를테면 소설이나 시, 산문보다 훨씬 쉽다는 사실이다.</u>

"이건 또 무슨 귀신 씨나락 까먹는 말이야?"

그렇게 생각하는 친구들이 많을 것이다. 그러나 잘 생각해보라.

논술 시험이란 것이 글의 논리적 구성을 판단하고 논리적 글쓰기를 요구하는 시험 아닌가?

그런데 그 대상이 되는 글이 감성적인 글이라면 그 안에서 논리성을 찾아내는 것은 만만치 않은 일일 것이다.

반면에 논리적인 글이라면 분명 논리가 보일 테니까 논리성을 찾아내는 게 훨씬 수월하지 않을까?

이 말이 설혹 틀린 말이라 해도 이런 마음가짐을 갖는 것은 시험장에 들어가서 여러분을 훨씬 여유롭게 만들어준다. 첫 문장이 어려울수록 "아하! 이런 어려운 문장은 분명 논리를 감추어두지 않고 보여줄 거야."라고 판단할 수 있으니, 다른 친구들이 읽기도 전에 부담부터 갖는 것에 비하면 얼마나 큰 차이인가.

그런데 더욱 중요한 것은 이 말이 틀린 말이 아니란 사실이다.

논설문은 여러분이 잘 알다시피 두괄식이나 미괄식, 양괄식 등으로 자기주장을 펼쳐 보이는 글이다. 그러니 주장을 드러내는 것이 그 글의 필수 요건이다.

반면에 서정적인 글은 자기주장을 은밀히 감추어둠으로써 오히려 글의 힘을 배가시키기 마련이다. 너무 뻔히 주장이 보이는 글을 소설이라고 할 수 없고, 시라고 할 수 없으며, 산문이라고 할 수 없듯이 그런 글은 비유법을 자주 사용하기 마련이다. 그러니 그런 글일수록 글 속에 감추어진 주장을 찾아내는 것이 오히려 어렵다.

자, 그럼 이런 생각을 염두에 두고 다음 문제를 풀어보자.

아주대학교 2012학년도 수시 논술고사 예시문제 ┃인문계

〈답안 작성 시 유의 사항〉

- 시험 시간은 120분임.
- 검정색 볼펜을 사용할 것.
- 답안지에 자신을 드러낼 수 있는 표시나 불필요한 낙서가 있으면 0점 처리함.

〈문제 1〉 다음 제시문을 읽고 물음에 답하시오.

(가)

대중예술이든 고급예술이든 예술이 문화와 경제의 맥락에서 고찰되는 것이 새로운 경향은 아니다. 아카데미아와 정책과 비즈니스 사이에도 항상 연관관계가 있었다. 그러나 1980년대 이후 엄청난 미디어의 확장과 함께, 미디어와 연관된 정보와 지식체계가 변환함에 따라 이러한 경향은 더욱 확산되었다. 그리고 정보의 속도와 양에 힘입어 지역적인 것이 다시 지구적인 것의 카운터파트(counterpart)로 중요하게 대두되게 되었다.

지구화의 필요성은 문화와 경제에서 당연할 것이고, 특히 예술과 문화에서는 지역화된 특성과 가치들을 필요로 한다. 정보의 중요성과 함께 예술을 문화와 경제 일반과 동일한 맥락에서 고찰하는 새로운 경향은 지구적인 것이든 지역적인 것이든 다시금 대중문화를 재강화하는 방향을 가지게 되었다. 지역문화가 차이를 중심으로 출발하면서 다시금 세계화하고 정보화하고자 하는 수많은 문화 섹터(sector)들에 힘입어 이러한 대중문화의 실행들은 실로 확산 일로에 있다. 이러한 이유로서 문화론이라는 것은 다름 아닌 대중문화론을 지칭하는 것이라고 해도 지나친 말은 아니다.

이를 토대로 대중문화를 고찰하기 위한 전제들을 살펴보고자 한다. 먼저 대중문화와 집단기억이라는 것을 규명해보자. 집단기억이라는 것은 우리의 지각이나 언어도 이러한 미디어와 정보매체의 발달로 인하여 공유되고 있기 때문에 공동으로 갖게 되는 기억을 말한다. 프로이트의 견해에 따르면, 우리의 기억이나 언어는 개별적이고 어떤 장소나 시간에 국한되는 특정한 지각적 자극에 의해 작용되는 심리적이고도 잠재의식의 성향을 띤다. 그러나 미디어와 소통의 발달로 우리의 기억과 잠재의식도 대량생산과 대량소비의 과정을 거쳐 어떤 한 지역이나 개인으로 국한됨이 없이 집단적인 경험이 되고 기억이 되는 성향을 띠게 된다. 이렇게 대량생산된 기억이 공동의 기억으로서 역할을 하기에 이르렀다. 이러한 공동의 기억을 안드레아 휴센은 '상상된 기억'이라고 말한다. 휴센은 이러한 문화와 기억과의 관계를 잘 설명하고 있다. 특히 그는 다중커뮤니케이션과 미디어의 발달로 인해 형성되는 집단기억을 통해서 문화뿐 아니라 정치도 설명한다.

즉, 어떤 기억들이 지역적인 경계들을 초월하여 사용되는 것을 집단기억이라고 하는데, 여기에서 기억은 전 지구를 가로지르며 확산되어 엄청난 비중을 가지게 되고 일종의 문화적 강박이 된다는 것이다. 그리하여 이 집단기억은 문화 그 자체가 되는 하부구조가 된다는 것이다. 그리고 이것은 기억에 대한 정치적인 이용만큼이나 광범하다고 한다.

기억을 정치적으로 이용한다는 것은 우리가 항상 실제로 과거에 일어났던 어떤 것을 경험한 것에 대한 기억과 상징적으로 혹은 신화적으로 간접화되어 경험한 그것을 구별하기가 점점 힘들어지는 경우가 많다는 것이다. 그리고 이러한 것은 정치적으로 망각을 유도할 필요가 있을 때, 혹은 억압적으로 침묵을 유도할 필요가 있을 때 이용되기도 한다고 한다. 이러한 집단적인 기억은 항상 미디어의 효과로서 파생되는 것이다.

미디어는 이렇게 기억을 확산시키지만 동시에 망각에도 기여한다. 신문이나 텔레비전, CD롬과 인터넷 기사 등의 미디어들은 우리로 하여금 매일 이러한 기억들을 되살리고 이용하게 해준다. 그런데 과거와 현재, 미래에 대한 시간성이 점차 역사에 입각한 의식적이고 연계적으로 이해되기보다는 흩어지는 것으로 느껴지게 한다. 이러할 때 과거와 기억이라는 것도 마찬가지로 무감각해지거나 마비적인 느낌을 가지게 되고, 그럼으로써 망각되기 쉬운 것이 된다. 말하자면 어떤 한 지역을 초월하여 확산된 기억은 실제로 경험된 기억이라기보다는 망각으로서의 기억이라는 것을 문화의 특성으로 가지게 된다는 것이다. 상상된 기억은 실제로 경험된 기억보다 쉽게 잊어버리게 된다. 그러므로 기억과 잊기는 서로 연계되어 있고, 대량소비 사회에서는 기억은 단지 다른 형태의 또하나의 잊기일 뿐이라고 할 수 있다. 신속하게 전달되고 빠르게 소모되는 것으로서 기억과 잊기의 관계는 새로운 정보 테크놀로지, 미디어 정책들, 그리고 어떤 한 시점에서 필요로 하는 문화적 성향에 의해 조정되고 변환될 가능성이 높아졌다. 우리의 삶과 경험이 그러하므로 순수예술이나 대중문화는 모두 이러한 공통의 기억과 문화적 성향에 기인한다. 이러한 점에서 순수문화는 대중문화를 우리의 간접적인 기억으로 혹은 상상된 기억으로 받아들일 수 있어야 한다. 그러하기 때문에 대중문화와의 연계는 그 어느 때보다도 넓고 긴밀하다고 보아야 하고, 이것이 대중문화를 다시 생각해보아야 하는 이유가 되는 것이다.

– 출처: 신방흔, 제목은 답안 작성과 관련이 있어서 생략

(다)

지금 우리 사회에서 가장 유행하고 있는 표어 중의 하나는 '세계화'이다. 문학에서 '세계화'란 좋은 작품을 많이 써서 지구촌의 다른 언어권 독자들이 이를 접할 수 있게 하는 것쯤이 될 것이다. 여기에서 '도대체 어떤 것이 좋은 작품이란 말이냐'라는 물음이 새삼스럽게 제기될 수 있다. 이 물음에 대한 답은 물론 뻔하다. 비단 우리나라에서뿐만 아니라

전 세계에 걸쳐 널리 읽힐 수 있는 작품, 비단 우리 시대뿐만 아니라 앞으로도 영구히 읽힐 수 있는 작품이라야 좋은 작품이 아니겠느냐는 답이 그것이다. 즉 고전적 가치를 지닌 작품이야말로 좋은 작품이라고 할 수 있는 것이다. 다시 말해서, 고전적 가치를 지니는 좋은 작품은 곧 시공(時空)을 초월하는 보편적 호소력을 지닌다는 말이 되겠는데, 이 보편적이라는 말이 그리 간단치 않다. 왜냐하면 보편은 특수와 반대되는 개념이라는 식의 단순 논리로는 고전이 지니는 보편적 가치의 성격을 해명하기가 어렵기 때문이다. 특히 문학에 있어서는 작품의 특수성이 강조될 때, 심지어는 그것이 과장될 때, 그 가치가 더 부각되고 보편적 호소력이 확대될 수도 있다. 가령 도스토예프스키의 '카라마조프의 형제들'은 피부의 색깔과 코의 높낮이에 상관없이 동서의 여러 나라 독자들에게 다 같이 뿌듯한 감동을 줄 수 있는 작품이다. 말하자면 이 소설은 보편적 호소력을 가진 고전급 작품이다. 그러나 이 호소력은 등장인물의 사고방식이 우리들의 공감을 산다든가 그들의 삶의 양식이 우리네 삶의 양식과 유사하기 때문에 자아내어지는 것은 아니다. 오히려 그들의 사고방식이나 삶의 양식이 우리와 다르기 때문에, 즉 그 특수성이 작품 속에 부각되고 있기 때문에, 우리에게는 더 많은 흥밋거리가 될 수도 있다. 우리 문학의 경우에도 이 보편적 호소력이란 말이 달리 해석될 여지는 없다. 중요한 것은 작가들이 가장 한국적인 소재를 가지고서 세계적인 호소력을 지닐 수 있는 작품을 쓸 수 있는 역량을 기르는 것이다. 이런 역량이야 타고나는 것이 최선이지만 치열한 개인적 체험이나 성실한 자기 함양을 통해서도 어느 정도까지 길러질 수 있다. 그리고 한 가지 분명히 지적해 둘 필요가 있는 것은 일시적으로 유행하다가 사라지고 말 표피 문화적 주제를 감각적 기법에 담는 안이한 작가적 태도로는 이런 역량이 절대로 양성될 수 없다는 점이다. 이렇게 볼 때 오늘날 우리 소설계를 휩쓸고 있는 경박한 주제와 그에 못지않게 경망스러운 기법은, 그것이 누리고 있는 대중적 인기와는 아무 관계없이, 모두 고전적 가치와는 거리가 먼 것들이라고 할 수밖에 없다. 독자들의 취향이나 대중적 인기를 완전히 외면하고 성공한 작가는 드물지만, 독자 대중의 눈치만 보는 작가치고 크게 성공한 사례 또한 찾아보기 어렵다.

– 출처: 이상옥, 제목은 답안 작성과 관련이 있어서 생략

〈문제 1-1〉 제시문 (가)를 요약하시오. 글의 분량은 450(±50)자로 할 것(25점).

〈문제 1-2〉 제시문 (가)와 (나)는 '대중문화'에 대한 견해를 드러내고 있는데, 그 차이점을 (가)의 '집단기억'과 (나)의 '특수성'을 중심으로 기술하시오. 글의 분량은 350(±50)자로 할 것(25점).

우선 문제를 읽어보면 이런 판단이 가능하다.

"그러니까 먼저 제시문 (가)를 요약하고, 다음에는 제시문 가)와 나)의 차이점을 설명하면 되겠군."

맞다.

그럼 제시문 (가)를 읽으면서 줄을 그어보자.

참고로 이 제시문, 출발부터 머리 아프다. 그러나 앞에서 말했듯이 전혀 기죽을 필요 없다. 워낙 쉬우니까.

(가)

대중예술이든 고급예술이든 예술이 문화와 경제의 맥락에서 고찰되는 것이 새로운 경향은 아니다. 아카데미아와 정책과 비즈니스 사이에도 항상 연관관계가 있었다. 그러나 1980년대 이후 엄청난 미디어의 확장과 함께, 미디어와 연관된 정보와 지식체계가 변환함에 따라 이러한 경향은 더욱 확산되었다. 그리고 정보의 속도와 양에 힘입어 지역적인 것이 다시 지구적인 것의 카운터파트(counterpart)로 중요하게 대두되게 되었다.

지구화의 필요성은 문화와 경제에서 당연할 것이고, 특히 예술과 문화에서는 지역화된 특성과 가치들을 필요로 한다. 정보의 중요성과 함께 예술을 문화와 경제 일반과 동일한 맥락에서 고찰하는 새로운 경향은 지구적인 것이든 지역적인 것이든 다시금 대중문화를 재강화하는 방향을 가지게 되었다. 지역문화가 차이를 중심으로 출발하면서 다시금 세계화하고 정보화하고자 하는 수많은 문화 섹터(sector)들에 힘입어 이러한 대중문화의 실행들은 실로 확산 일로에 있다. 이러한 이유로서 문화론이라는 것은 다름 아닌 대중문화론을 지칭하는 것이라고 해도 지나친 말은 아니다.

이를 토대로 대중문화를 고찰하기 위한 전제들을 살펴보고자 한다. 먼저 대중문화와 집단기억이라는 것을 규명해보자. 집단기억이라는 것은 우리의 지각이나 언어도 이러한 미디어와 정보매체의 발달로 인하여 공유되고 있기 때문에 공동으로 갖게 되는 기억을 말한다. 프로이트의 견해에 따르면, 우리의 기억이나 언어는 개별적이고 어떤 장소나 시간에 국한되는 특정한 지각적 자극에 의해 작용되는 심리적이고도 잠재의식의 성향을 띤다. 그러나 미디어와 소통의 발달로 우리의 기억과 잠재의식도 대량생산과 대량소비의 과정을 거쳐 어떤 한 지역이나 개인으로 국한됨이 없이 집단적인 경험이 되고 기억이 되는 성향을 띠게 된다. 이렇게 대량생산된 기억이 공동의 기억으로서 역할을 하기에 이르렀다. 이러한 공동의 기억을 안드레아 휴센은 '상상된 기억'이라고 말한다. 휴센은 이러한 문화와 기억과의 관계를 잘 설명하고 있다. 특히 그는 다중 커뮤니케이션과 미디어의 발달로 인해 형성되는 집단기억을 통해서 문화뿐 아니라 정치도 설명한다.

즉, 어떤 기억들이 지역적인 경계들을 초월하여 사용되는 것을 집단기억이라고 하는데, 여기에서 기억은 전 지구를 가로지르며 확산되어 엄청난 비중을 가지게 되고 일종의 문화적 강박이 된다는 것이다. 그리하여 이 집단기억은 문화 그 자체가 되는 하부구조가 된다는 것이다. 그리고 이것은 기억에 대한 정치적인 이용만큼이나 광범하다고 한다.

기억을 정치적으로 이용한다는 것은 우리가 항상 실제로 과거에 일어났던 어떤 것을 경험한 것에 대한 기억과 상징적으로 혹은 신화적으로 간접화되어 경험한 그것을 구별하기가 점점 힘들어지는 경우가 많다는 것이다. 그리고 이러한 것은 정치적으로 망각을 유도할 필요가 있을 때, 혹은 억압적으로 침묵을 유도할 필요가 있을 때 이용되기도 한다고 한다. 이러한 집단적인 기억은 항상 미디어의 효과로서 파생되는 것이다.

미디어는 이렇게 기억을 확산시키지만 동시에 망각에도 기여한다. 신문이나 텔레비전, CD롬과 인터넷 기사 등의 미디어들은 우리로 하여금 매일 이러한 기억들을 되살리고 이용하게 해준다. 그런데 과거와 현재, 미래에 대한 시간성이 점차 역사에 입각한 의식적이고 연계적으로 이해되기보다는 흩어지는 것으로 느껴지게 한다. 이러할 때 과거와 기억이라는 것도 마찬가지로 무감각해지거나 마비적인 느낌을 가지게 되고, 그럼으로써 망각되기 쉬운 것이 된다. 말하자면 어떤 한 지역을 초월하여 확산된 기억은 실제로 경험된 기억이라기보다는 망각으로서의 기억이라는 것을 문화의 특성으로 가지게 된다는 것이다. 상상된 기억은 실제로 경험된 기억보다 쉽게 잊어버리게 된다. 그러므로 기억과 잊기는 서로 연계되어 있고, 대량소비 사회에서는 기억은 단지 다른 형태의 또 하나의 잊기일 뿐이라고 할 수 있다. 신속하게 전달되고 빠르게 소모되는 것으로서 기억과 잊기의 관계는 새로운 정보 테크놀로지, 미디어 정책들, 그리고 어떤 한 시점에서 필요로 하는 문화적 성향에 의해 조정되고 변환될 가능성이 높아졌다. 우리의 삶과 경험이 그러하므로 순수예술이나 대중문화는 모두 이러한 공통의 기억과 문화적 성향에 기인한다. 이러한 점에서 순수문화는 대중문화를 우리의 간접적인 기억으로 혹은 상상된 기억으로 받아들일 수 있어야 한다. 그러기 때문에 대중문화와의 연계는 그 어느 때보다도 넓고 긴밀하다고 보아야 하고, 이것이 대중문화를 다시 생각해보아야 하는 이유가 되는 것이다.

- 출처: 신방훈, 제목은 답안 작성과 관련이 있어서 생략

처음에 읽으면 무슨 소리인지 전혀 모르겠다. 나도 모르는데 여러분이 알겠는가? 근데 내가 이 문장을 읽으면서 줄을 긋는 데 걸린 시간은 채 5분도 되지 않는다. 그러니까 여기에 실리지 않은 다른 문제까지 포함해 두 문제를 120분에 풀어야 한다면, 이 두 문제를 푸는 데는 약 60분을 쓸 수 있고, 따라서 제시문 (가)를 읽고 이를 요약하라는 첫 번째 문제를 푸는 데는 약 30분을 사용할 수 있다.

그런데 나는 채 5분도 되지 않아 읽고 줄을 그었으니까 여러분은 길게 잡아서 약 10분 동안 읽고 줄을 그어도 시간이 충분하다.

그런데 다시 한 번 말하지만 나는 줄을 그으면서 읽고 나서도 무슨 말인지 잘 모르겠다. 그러니 여러분 또한 잘 몰라도 괜찮다.

그럼 문제를 어떻게 풀어요?

이렇게 푼다.

우선 줄 그은 부분을 보자.

1) 예술이 문화와 경제의 맥락에서 고찰되는 것이 새로운 경향은 아니다.

2) 아카데미아와 정책과 비즈니스 사이에도 항상 연관관계가 있었다.

3) 이러한 경향은 더욱 확산되었다.

4) 지역적인 것이 다시 지구적인 것의 카운터파트(counterpart)로 중요하게 대두

5) 지구적인 것이든 지역적인 것이든 다시금 대중문화를 재강화

6) 문화론이라는 것은 다름 아닌 대중문화론을 지칭하는 것이라고 해도 지나친 말은 아니다.

7) 집단기억이라는 것은 우리의 지각이나 언어도 이러한 미디어와 정보매체의 발달로 인하여 공유되고 있기 때문에 공동으로 갖게 되는 기억

8) 대량생산된 기억이 공동의 기억으로서 역할을 하기에 이르렀다.

9) '상상된 기억'

10) 집단기억을 통해서 문화뿐 아니라 정치도 설명한다.

11) 어떤 기억들이 지역적인 경계들을 초월하여 사용되는 것을 집단기억이라고 하는데,

12) 집단기억은 문화 그 자체가 되는 하부구조가 된다는 것이다. 그리고 이것은 기억에 대한 정치적인 이용만큼이나 광범하다고 한다.

13) 미디어는 이렇게 기억을 확산시키지만 동시에 망각에도 기여한다.

14) 어떤 한 지역을 초월하여 확산된 기억은 실제로 경험된 기억이라기보다는 망각으로서의 기억이라는 것을 문화의 특성으로 가지게 된다.

15) 상상된 기억은 실제로 경험된 기억보다 쉽게 잊어버리게 된다.

16) 대량소비 사회에서는 기억은 단지 다른 형태의 또 하나의 잊기일 뿐

17) 순수예술이나 대중문화는 모두 이러한 공통의 기억과 문화적 성향에 기인한다.

18) 순수문화는 대중문화를 우리의 간접적인 기억으로 혹은 상상된 기억으로 받아들일 수 있어야 한다.

뭐가 이렇게 많아?

맞다. 많다. 그렇다면 왜 많을까?

그건 이 제시문이 한 가지 주장만을 펼치고 있지 않기 때문이다.

이건 이 제시문만의 특징이 아니다. 그럼?

요약 문제에 등장하는 제시문은 주장이 기-승-전-결의 기본적인 구조를 갖는다.

기-승-전-결이 모두 등장하지 않는다 해도 기본적으로 논리적인 전개를 한다는 말이다.

그렇지 않으면 무엇을 요약한단 말인가? 특정한 주장만을 되풀이하는 문장이라면 요약할 것이 없을 것이다.

따라서 요약 문제에 등장하는 제시문의 경우에는 특정한 주장이 제기된 후 이를 논리적으로 전개해나가기 마련이다.

이를 머릿속에 넣어 두고 위 요약한 글을 다시 읽어보자.

우선 18개의 밑줄 그은 문장을 읽다 보면 웬만큼 글을 읽어본 친구라면 다음과 같이 분류가 된다는 사실을 알 것이다.

1) 예술이 문화와 경제의 맥락에서 고찰되는 것이 새로운 경향은 아니다.

2) 아카데미아와 정책과 비즈니스 사이에도 항상 연관관계가 있었다.

3) 이러한 경향은 더욱 확산되었다.

4) 지역적인 것이 다시 지구적인 것의 카운터파트(counterpart)로 중요하게 대두

5) 지구적인 것이든 지역적인 것이든 다시금 대중문화를 재강화

6) 문화론이라는 것은 다름 아닌 대중문화론을 지칭하는 것이라고 해도 지나친 말은 아니다.

다시 읽어보니 좀 감이 잡히는데!

그러니까 1)번에서 6)번까지 요약한 내용을 보면 이렇군.

> 예술이 문화와 경제의 두 상이한 요소 사이에서 오가는 것은 오늘의 일이 아니다. 그런데 최근 들어 이러한 현상이 더욱 확산되었다. 지역적인 것이 지구적인 것의 상대방으로 대두되는 현상 또한 두 가지 가운데 어떤 것이든 특수한 계층이 아니라 대중들이 수용할 수 있는 문화로 성장하도록 강화한다. 이러한 시대에는 문화 하면 대중문화를 가리킨다고 할 수 있다.

이번에는 몇 번까지가 같은 맥락의 이야기를 다룰까?

7) 집단기억이라는 것은 우리의 지각이나 언어도 이러한 미디어와 정보매체의 발달로 인하여 공유되고 있기 때문에 공동으로 갖게 되는 기억

8) 대량생산된 기억이 공동의 기억으로서 역할을 하기에 이르렀다.

9) '상상된 기억'

10) 집단기억을 통해서 문화뿐 아니라 정치도 설명한다.

11) 어떤 기억들이 지역적인 경계들을 초월하여 사용되는 것을 집단기억이라고 하는데,

12) 집단기억은 문화 그 자체가 되는 하부구조가 된다는 것이다. 그리고 이것은 기억에 대한 정치적인 이용만큼이나 광범하다고 한다.

위 내용은 집단기억에 관한 내용이군. 그럼 이 부분을 요약해 볼까.

집단기억이란 다양하고 광범위한 정보매체의 발달로 인해 나만의 독자적인 지각이나 언어라고 생각한 것들 또한 모든 사람들이 공유하게 되는 것을 말한다. 즉, 다양한 정보매체에서 대량생산된 기억이 공동의 기억으로 역할하고, 이는 곧 내 것이 아닌 '상상의 기억'임에도 마치 내 것인 것처럼 기억되는 것이다.

이러한 집단기억은 문화뿐 아니라 정치적인 측면에서도 작동하는데, 이는 지역적인 경계마저 초월하여 문화의 하부구조를 이룬다.

위에서 요약한 내용을 보면 앞의 1)번에서 6)번까지의 내용과는 전혀 다름을 알 수 있을 것이다.

그럼 다음에는 또 어떤 내용이 나올까?

13) 미디어는 이렇게 기억을 확산시키지만 동시에 망각에도 기여한다.

14) 어떤 한 지역을 초월하여 확산된 기억은 실제로 경험된 기억이라기보다는 망각으로서의 기억이라는 것을 문화의 특성으로 가지게 된다

15) 상상된 기억은 실제로 경험된 기억보다 쉽게 잊어버리게 된다.

16) 대량소비 사회에서는 기억은 단지 다른 형태의 또 하나의 잊기일 뿐

17) 순수예술이나 대중문화는 모두 이러한 공통의 기억과 문화적 성향에 기인한다.

18) 순수문화는 대중문화를 우리의 간접적인 기억으로 혹은 상상된 기억으로 받아들일 수 있어야 한다.

현대의 미디어는 우리의 기억을 확산시키기도 하지만 망각으로 유도하기도 한다. 이는 본래 집단기억이라는 것이 실제 경험에서 비롯된 것이 아니라 상상된 기억이기 때문에 쉽게 잊히고 이 때문에 망각의 기억이라는 특성을 띠는 것이다. 따라서 오늘날과 같은 대량소비사회에서 기억은 또 하나의 망각일 뿐이며 순수예술이건 대중예술이건 이러한 망각의 기억, 상상된 기억으로부터 기인한다. 따라서 순수예술 또한 대중문화를 이러한 간접적 기억, 상상된 기억으로 수용해야 하는 것은 당연한 것이다.

무슨 말인지는 모르겠지만(나는 솔직히 무슨 말인지 한 번 읽고는 잘 모르겠다. 여러분은 알기를 바랄 뿐이다), 여러분은 내가 요약한 것을 보고 많은 친구들이 "이 길고 복잡한 문장을 세 가지로 잘 요약하셨네요." 할지 모른다.

그러나 정말 난 아직 이 긴 문장의 내용을 잘 모른다. 물론 잘 모르면서도 줄을 긋고, 그 부분을 요약하다 보니 여러분이 놀랄 만큼 분명하게 긴 문장을 세 부분으로 구분, 요약할 수 있었다.

알겠는가? 논술은 문장 전체를 이해해야만 풀 수 있는 것이 아니라는 내 말을?

논술에 출제되는 문장은 절대 쉬운 문장이 아니다.

그러나 문제를 푸는 것과 그 문장 전체를 이해하는 것 사이에는 큰 괴리가

있음을 명심하라.

그리고 절대 주눅 들지 마라.

아무리 어려운 문장도 여러분이 풀 수 있도록 출제될 뿐이니까.

그럼 위에서 요약한 부분을 다 가져와 보자.

그리고 읽어보자.

이제야 엄청 긴(제시문 (가)는 내가 세어보니 2,200자 정도 되었다) 제시문을 아래 문장으로 요약하였군.

예술이 문화와 경제의 두 상이한 요소 사이에서 오가는 것은 오늘의 일이 아니다. 그런데 최근 들어 이러한 현상이 더욱 확산되었다. 지역적인 것이 지구적인 것의 상대방으로 대두되는 현상 또한 두 가지 가운데 어떤 것이든 특수한 계층이 아니라 대중들이 수용할 수 있는 문화로 성장하도록 강화한다. 이러한 시대에는 문화 하면 대중문화를 가리킨다고 할 수 있다.

한편 다양하고 광범위한 정보매체의 발달로 인해 집단기억이라는 것이 탄생했는 바, 이는 여러 정보매체에서 대량생산된 기억이 '상상의 기억'임에도 마치 내 것인 것처럼 작동하는 것을 말한다.

이러한 집단기억은 문화를 비롯해 정치적인 측면에서도 작동하는데, 이는 전 세계적으로 확산되어 문화의 하부구조를 이룬다.

그렇지만 현대의 매체는 우리의 기억을 확산시킴과 동시에 망각으로 유도하기도 한다. 이는 본래 집단기억이라는 것이 실제 경험에서 비롯된 것이 아니라 상상된 기억이기 때문에 쉽게 잊히고 이 때문에 망각의 기억이라는 특성을 띠는 것이다. 따라서 오늘날과 같은 대량소비사회에서 기억은 또 하나의 망각일 뿐이며 순수예술이건 대중예술이건 이러한 망각의 기억, 상상된 기억으로부터 기인한다. 따라서 순수예술 또한 대중문화를 이러한 간접적 기억, 상상된 기억으로 수용해야 하는 것은 당연한 것이다.

그런데 지금도 700자를 넘는다. 그러니 문제에서 요구하는 500자 내로 요약하기 위해서는 한 번 더 문장을 다듬어야 한다.

그럼 이번에는 무슨 일을 해야 할까?

요약한 내용을 읽고(한 번 읽어서 잘 모르겠으면 두 번 읽고, 세 번 읽으면 된다. 짧으니까) 문장 전체의 뜻을 내 것으로 만든 후 이를 다시 요약하면 된다.

그러니까 처음에는 문장의 뜻을 모르고 요약했다 해도 이제는 문장의 뜻을 이해할 수 있어야 한다는 말이다.

아마 할 수 있을걸!

<u>그 까닭은 첫 번째, 잘 모르면서라도 문장을 한 번 요약해보았다.</u>

<u>두 번째, 읽어야 할 내용이 짧아서 머릿속으로 이해하는 데 간단하다.</u>

그러니까 위 문장 정도는 이해할 수 있을 거란 말씀!

예술이 문화와 경제 사이에서 작동해 왔다면 오늘날에는 이에 덧붙여 지역을 뛰어넘어 지구적인 차원으로 확대되고 있다. 그리고 이러한 변화는 특수한 계층을 위한 순수예술이 아니라 대중이 수용 가능한 대중문화를 주류로 변모시킨다고 할 수 있다.

한편 다양하고 광범위한 정보매체의 발달로 인해 집단기억이라는 것이 탄생했는 바, 이는 여러 정보매체에서 대량생산된 기억이 '상상의 기억'임에도 마치 내 것인 것처럼 작동하는 것을 말한다. 이러한 집단기억은 전 세계적으로 확산되어 문화의 하부구조를 이룬다.

그렇지만 현대의 매체는 우리의 기억을 확산시킴과 동시에 망각으로 유도하기도 한다. 이는 본래 집단기억이라는 것이 상상된 기억이어서 쉽게 잊히기 때문이다. 따라서 오늘날과 같은 대량소비사회에서 기억은 또 하나의 망각일 뿐이며 순수예술이건 대중예술이건 이러한 망각의 기억, 상상된 기억으로부터 기인한다는 사실을 통해 대중문화와 순수예술을 분리하는 이분법적 사고는 지양해야 함이 당연하다.

— 490자

결국 나는 위와 같이 요약했다.
내용을 쉽게 설명해보면 이렇다.

과거에는 문화와 경제 사이에서 오락가락하던 예술이 이제는 지역과 지구라
는 범위, 그리고 이 범위에서 살아가는 특수한 사람들과 대중 일반 사이에서
오락가락하고 있다.
그런데 대중예술은 알고 보면, 자신들은 경험한 바 없는 대중들이 수많은 매체
들로부터 수용한 온갖 기억을 자신의 것으로 착각하는 '집단기억' '상상의 기
억'에 의존하고 있다.
그렇다면 대중예술이란 것은 상상의 기억에서 비롯된 것인데, 알고 보면 순수
예술이란 것도 그로부터 유래한 것이다. 당연한 것 아닌가? 순수예술이란 것
이 누군가의 직접경험을 통해 창작된 것이 아니라 예술가의 간접경험 또는 상
상의 산물임은 명약관화한 사실이니까.
그러니까 대중예술이란 것을 별 볼 일 없는 대중들의 경험에서 산출된 것으로
비하하는 것은 옳은 판단이 아니다. 왜? 대중예술이나 순수예술이나 마찬가지
로 상상의 기억에 의존하고 있으니까. 따라서 순수예술계는 이제 대중예술도
마찬가지로 수용해야 한다, 이 말씀!

사실 이 문제는 쉬운 게 아니다. 아마 아직도 무슨 말인지 모르는 친구들이 있
을 것이다.
그렇지만 기본적으로 요약 문제는 다른 문제에 비해 쉽다고 앞에서 언급한 바
있다.
이 문제가 그런 것이다. 잘 몰라도 요약할 수 있고, 멋지게 요약한 후에도 잘
모를 수 있는 이 아이러니!

논술 문제가 그런 것이다. 그러니 다시 한 번 말하지만, "쫄지 마!"

네가 모르면 남도 모르는 거야.

이번에는 제시문 (나)를 살펴보자.

문제를 보면 이렇다.

> **〈문제 1-2〉** 제시문 (가)와 (나)는 '대중문화'에 대한 견해를 드러내고 있는데, 그
> 차이점을 (가)의 '집단기억'과 (나)의 '특수성'을 중심으로 기술하시오. 글의 분량은
> 350(±50)자로 할 것(25점).

그렇다면 앞서 설명한 것이 떠오르지 않는가?

제시문 (가)와 (나)는 동일한 주제, 즉 대중문화에 대한 견해를 드러내고 있는
데, 그 차이점을 기술하라고 했으니, 분명 제시문 (가)의 견해와 제시문 (나)의
견해는 다를 것이다.

그런데 앞서 제시문 (가)에서는 대중예술도 순수예술과 같은 것으로 받아들여
야 한다고 했다. 그렇다면?

제시문 (나)는 순수예술은 대중예술과 다르다는 내용이겠군.

"본래 천재 예술가의 창작물인 순수예술이 대중예술과 같다니! 이런 배은망
덕!"

또는

"요즘 같은 시대에 무슨 굶어죽을 순수예술이람? 대중들이 주인인 오늘날의
세상에서는 예술은 모두 대중예술이다. 안 그래?"

이렇게 둘 가운데 한 가지 견해가 아닐까?

나도 아직 제시문 (나)를 읽어보지 않았다.

앞서 설명하지 않았는가? 나도 여러분처럼 똑같이 문제 처음 보고 풀고 한다
고. 그러니 당연히 나도 제시문 (나)는 읽지 않았다. 그런 상태에서 위처럼 상
상한 것이다.

그럼 확인해볼까!

(나)

지금 우리 사회에서 가장 유행하고 있는 표어 중의 하나는 '세계화'이다. 문학에서 '세계화'란 좋은 작품을 많이 써서 지구촌의 다른 언어권 독자들이 이를 접할 수 있게 하는 것쯤이 될 것이다. 여기에서 '도대체 어떤 것이 좋은 작품이란 말이냐'라는 물음이 새삼스럽게 제기될 수 있다. 이 물음에 대한 답은 물론 뻔하다. 비단 우리나라에서뿐만 아니라 전 세계에 걸쳐 널리 읽힐 수 있는 작품, 비단 우리 시대뿐만 아니라 앞으로도 영구히 읽힐 수 있는 작품이라야 좋은 작품이 아니겠느냐는 답이 그것이다. 즉 고전적 가치를 지닌 작품이야말로 좋은 작품이라고 할 수 있는 것이다. 다시 말해서, 고전적 가치를 지니는 좋은 작품은 곧 시공(時空)을 초월하는 보편적 호소력을 지닌다는 말이 되겠는데, 이 보편적이라는 말이 그리 간단치 않다. 왜냐하면 보편은 특수와 반대되는 개념이라는 식의 단순 논리로는 고전이 지니는 보편적 가치의 성격을 해명하기가 어렵기 때문이다. 특히 문학에 있어서는 작품의 특수성이 강조될 때, 심지어는 그것이 과장될 때, 그 가치가 더 부각되고 보편적 호소력이 확대될 수도 있다. 가령 도스토예프스키의 '카라마조프의 형제들'은 피부의 색깔과 코의 높낮이에 상관없이 동서의 여러 나라 독자들에게 다 같이 뿌듯한 감동을 줄 수 있는 작품이다. 말하자면 이 소설은 보편적 호소력을 가진 고전급 작품이다. 그러나 이 호소력은 등장인물의 사고방식이 우리들의 공감을 산다든가 그들의 삶의 양식이 우리네 삶의 양식과 유사하기 때문에 자아내어지는 것은 아니다. 오히려 그들의 사고방식이나 삶의 양식이 우리와 다르기 때문에, 즉 그 특수성이 작품 속에 부각되고 있기 때문에, 우리에게는 더 많은 흥밋거리가 될 수도 있다. 우리 문학의 경우에도 이 보편적 호소력이란 말이 달리 해석될 여지는 없다. 중요한 것은 작가들이 가장 한국적인 소재를 가지고서 세계적인 호소력을 지닐 수 있는 작품을 쓸 수 있는 역량을 기르는 것이다. 이런 역량이야 타고나는 것이 최선이지만 치열한 개인적 체험이나 성실한 자기 함양을 통해서도 어느 정도까지 길러질 수 있다. 그리고 한 가지 분명히 지적해 둘 필요가 있는 것은 일시적으로 유행하다가 사라지고 말 표피 문화적 주제를 감각적 기법에 담는 안이한 작가적 태도로는 이런 역량이 절대로 양성될 수 없다는 점이다. 이렇게 볼 때 오늘날 우리 소설계를 휩쓸고 있는 경박한 주제와 그에 못지않게 경망스러운 기법은, 그것이 누리고 있는 대중적 인기와는 아무 관계없이, 모두 고전적 가치와는 거리가 먼 것들이라고 할 수밖에 없다. 독자들의 취향이나 대중적 인기를 완전히 외면하고 성공한 작가는 드물지만, 독자 대중의 눈치만 보는 작가치고 크게 성공한 사례 또한 찾아보기 어렵다.

— 출처: 이상옥, 제목은 답안 작성과 관련이 있어서 생략

다음에는 줄을 그은 부분만 모아보겠다.

1) '도대체 어떤 것이 좋은 작품이란 말이냐'
2) 비단 우리나라에서뿐만 아니라 전 세계에 걸쳐 널리 읽힐 수 있는 작품, 비단 우리 시대뿐만 아니라 앞으로도 영구히 읽힐 수 있는 작품이라야 좋은 작품
3) 고전적 가치를 지니는 좋은 작품은 곧 시공(時空)을 초월하는 보편적 호소력을 지닌다
4) 문학에 있어서는 작품의 특수성이 강조될 때, 심지어는 그것이 과장될 때, 그 가치가 더 부각되고 보편적 호소력이 확대될 수도 있다.
5) 그들의 사고방식이나 삶의 양식이 우리와 다르기 때문에, 즉 그 특수성이 작품 속에 부각되고 있기 때문에, 우리에게는 더 많은 흥밋거리가 될 수도 있다.
6) 작가들이 가장 한국적인 소재를 가지고서 세계적인 호소력을 지닐 수 있는

작품을 쓸 수 있는 역량을 기르는 것

7) 오늘날 우리 소설계를 휩쓸고 있는 경박한 주제와 그에 못지않게 경망스러운 기법은, 그것이 누리고 있는 대중적 인기와는 아무 관계없이, 모두 고전적 가치와는 거리가 먼 것들이라고 할 수밖에 없다.

8) 대중의 눈치만 보는 작가치고 크게 성공한 사례 또한 찾아보기 어렵다.

이를 요약하면?

> 좋은 작품이란 시간과 공간을 초월하여 영구히 읽히는 작품을 가리키는데, 그러기 위해서는 보편적 호소력을 지녀야 한다.
>
> 그런데 문학에 있어서 보편적 호소력은 오히려 특수성을 갖추고 있을 때 확대될 수 있다. 즉, 모든 이들의 사고방식, 삶의 양식을 다룬 것이 아니라 특수한 집단, 특수한 사고방식을 다룰 때 오히려 보편적 호소력을 지닐 수 있는 것이다. 그렇기 때문에 우리 작품이 세계로 나아가기 위해서는 당연히 우리만의 특수성, 즉 한국적인 소재를 통해 한국인의 사고방식을 세계적인 호소력을 갖춘 작품으로 구성해내는 힘을 기르는 것이 중요하다.
>
> 따라서 오늘날 우리 소설계를 휩쓰는 인기작들이 추구하는 보편적 대중성은 독자들의 인기를 끄는 데는 유리할지 모르지만 고전적, 보편적 호소력을 지닌 작품으로는 성공하기 힘들다.

이 문장은 앞 제시문에 비해 훨씬 쉽지 않은가?

당연하다. 이미 우리 머릿속에 이 제시문의 방향이나 소재, 주제 등이 우리도 모르는 사이에 자리 잡고 있기 때문이다.

그렇다면 위 요약한 내용은 내가 예측한 것과 비교해서 어떤가?

"많이 다른데요. 이건 뛰어난 예술이 갖추어야 할 요인으로서 세계화, 지구화와는 정반대되는 특수성을 거론하고 있잖아요."

"제 생각에는 비슷한데요. 얼핏 보면 다른 듯하지만 자세히 보면 흡사해요. 우선 이 글은 대중의 입맛에 맞추는 방식으로는 뛰어난 작품이 탄생할 수 없다고 하잖아요.

그런데 아저씨께서 예측하신 내용 가운데 첫 번째 것은 이렇죠.

'본래 천재 예술가의 창작물인 순수예술이 대중예술과 같다니! 이런 배은망덕!'

결국 이와 똑같은 견해는 아니지만 기본적으로는 같다고 할 수 있어요.

왜냐하면 아저씨의 예측에 따르면 순수예술과 대중예술은 다르다는 내용이 나올 거라셨죠. 그런데 위 글은, 예술이 대중들의 기호에 따라가면 좋은 작품이 나올 수 없다는 내용이잖아요. 그러니까 결국 예술가는 대중들의 기호를 따라가면 안 되고 자신만의 시각, 특별한 삶의 방식, 사고방식을 표현해야 한다는 것이죠. 이는 다시 말하면 순수예술은 본질적으로 대중예술과는 다른 것이다는 말과 통하는 것이죠."

그렇다. 그러니까 예측한 것이 맞을 수도 있고, 틀려도 괜찮다는 것이다. 여러분 또한 마찬가지다.

예측한다는 것은 수수께끼를 맞추는 것이 목적이 아니라, 다음 문장을 다른 친구들에 비해 빠른 시간 내에 파악하기 위한 것이다.

그러므로 나처럼 약간 틀려도 괜찮다. 두 번째 의견처럼 이러한 예측은 당연히 글을 파악하는 데 큰 도움을 줄 테니까.

그래서 다음과 같이 답안을 작성했다.

여러분의 답안과 비교해보라.

현대 사회에 접어들면서 이전과는 비교할 수 없을 만큼 빠르고 많은 양의 정보가 전 지구를 휩쓸고 있다. 이에 따라 예술도 과거와는 다른 정보와 경험의 확산에 기반한 집단기억이 대중을 사로잡고 있다. 따라서 향후 예술은 순수예술과 대중예술이라는 이분법적 사고가 아니라 대중예술이 곧 예술이라는 흐름이 대세가 될 것이라는 주장이 있다.

그런데 이는 정통적인 예술론, 즉 특수한 삶과 개인적 체험이 빚어내는 특수성이 보편적 설득력을 지닌다는 주장, 즉 세계화 속에서도 예술은 국지성, 특수성을 통해 대중을 설득해내야 한다는 것과 충돌한다.

(이러한 견해 차이는 21세기에 들어서면서 인간을 둘러싸고 있는 전 분야, 즉 과학, 환경, 정치와 경제를 바라보는 시각 등에서 동시적으로 나타나는 갈등과 같은 맥락이라 할 것이다.)

- 397자

위 내용을 보면, 마지막에 괄호로 표기한 부분이 있다. 이 부분을 포함시키면 400자 가까운 반면 이 내용을 삭제하면 300자가 된다. 따라서 어떻게 해도 문제가 요구하는 분량에 맞추어진다.

그러나 괄호 안의 내용은 문제가 요구하는 '차이점을 기술하시오'에서 약간 벗어난다. 왜냐하면 내 판단이기 때문이다.

그렇다면 어떻게 하는 것이 좋을까?

정답은 없다. 평가관에 따라서 "이 녀석 쓸데없는 내용을 집어넣었군." 하고 감점을 할 분도 계실 것이고, "음, 마지막에 자기주장을 짤막하게 넣으니 문장이 훨씬 자연스러운데." 하며 가산점을 주실 분도 계실 것이다.

나?

나는 당연히 넣겠다.

앞서도 말하지 않았는가.

수십 명 가운데 한 명을 선발하는 시험에서 내 주장 한마디 더 넣어서 감점 받을 가능성과 가산점을 받을 가능성이 50:50이라면 당연히 넣어야 하니까.

여하튼 이런 융통성은 여러분이 알아서 판단하기 바란다.

15
공통 주제-상이한 시각 문제

이번에는 두 번째, 공통 주제-상이한 시각 문제다.

이런 문제는 연세대학교에서 자주 출제되는데, 그렇다고 연세대학교 논술이 향후에도 그럴 것이라거나 다른 학교에서는 이런 문제가 출제되지 않을 거라고 지레 짐작하지 말 일이다.

논술 준비는 몇 년에서 몇 개월에 걸쳐서(길게는 초등학교 때부터, 짧게는 고등학교 3학년 진학하면서부터) 이루어지는데, 대학의 논술 문제 출제 경향은 고작해야 몇 달 전에 드러날 뿐 아니라 그것도 방향만 알려준다. 그런데 어떻게 어떤 대학의 출제 경향에 맞추어 준비를 할 수 있단 말인가.

다시 한 번 말하지만 논술은 절대 그런 것이 아니다.

<u>논술은 어떤 문제에 대비해 공부하는 게 아니라 문장을 읽고 그 문장을 이해한 후 자신의 주장을 기술하는 것이다. 그게 본질이다.</u>

본질에 매진해야지 겉으로 드러난 현상에 급급해서는 절대 논술 시험을 잘 볼

수 없다. 문제 형식에 매달리지 말라. 그건 빙산의 일각일 뿐이다.

여러분이 매달려야 할 것은 문장을 이해하고, 그런 후에 자신의 주장을 글로 표현하는 것이다. 그걸 할 줄 아는 친구는 어떤 문제가 나와도 자신 있게 풀 수 있고, 그걸 모르는 친구들은 열심히 준비한 방식의 문제가 나와도 조금만 변형하거나, 제시문이 예상에서 완전히 빗나가면 절대 풀지 못한다.

그러니 여기서 내가 형식에 따른 문제 풀이 사례를 보여주는 것도 일반적인 것일 뿐, 절대적인 것이 아니라는 사실을 꼭 기억하라.

자, 그럼 공통 주제에서 상이한 시각을 도출해내는 문제를 풀어보자.
이 문제는 처음에 살펴본 바 있듯이 나를 논술의 세계로 인도한 운명의 존재다.
시작 부분에서 말한 예쁜 여학생이 처음으로 보여준 그 문제 말이다.

2011학년도 연세대학교 논술 입학시험 문제지 | 사회계열

※ 아래 제시문을 읽고 문제에 답하시오.

제시문 (가)

최고의 탁월한 이성과 반성 능력을 지니고 있는 사람이 어느 날 갑자기 이 세상에 던져졌다고 상상해 보자. 그는 어떤 일들이 연달아 발생하는 것을 직접 관찰하게 된다. 그렇지만 그 이상의 어떤 것도 발견해낼 수 없을 것이다. 그는 이성적으로 추론해서 원인과 결과의 관념에 도달할 수는 없을 것이다. 왜냐하면 모든 자연의 작용을 이끌어가는 특별한 힘은 감각에 의해서는 결코 포착되지 않기 때문이다. 또한 한 사건이 다른 사건에 앞서서 일어났다고 해서 앞의 사건이 원인이고 뒤의 사건은 결과라고 결론짓는 것도 합당하지 않다. 그 두 사건의 결합은 임의적이고 우연적일 수 있다. 뒤의 사건이 일어나는 것을 보고 앞의 사건이 실제로 일어났다고 추론할 만한 근거가 없을 수도 있다. 요컨대 앞에 예로 든 그 사람이 계속 경험을 쌓아나가지 않는다면, 그는 어떠한 사태에 관해 추측할 수도 추론할 수도 없을 것이며, 그의 기억이나 감각에 직접 주어진 것을 넘어선 그 어떤 것에 대해서도 결코 확신할 수 없을 것이다.

이제 앞에서 말한 그 사람이 이 세상에서 좀 더 경험을 쌓고 오래 살아서 유사한 대상들 혹은 사건들이 연달아 일어나고 있음을 관찰했다고 상상해 보자. 이 경험으로부터 그가 얻게 되는 바는 무엇인가? 그는 한 대상이 드러나는 것을 보고 그것의 원인이 되는 다른 대상의 존재를 즉각 추리한다. 그러나 그가 경험을 총동원한다고 해도 그는 한 대상이 다른 대상을 산출하는 비밀스러운 힘에 대한 관념이나 지식은 전혀 가질 수 없다. 또한 어떠한 논리적 과정을 통해서도 원인이 되는 대상을 추리해내지 못할 것이다. 그럼에도 그는 고집스럽게 두 대상이 원인과 결과의 관계로 결합되어 있는 것처럼 생각한다.

그리고 비록 자신의 이해력이 이렇게 추리하는 데 아무런 역할을 하지 않는다는 것을 누군가 그에게 확신시켜주더라도, 그는 동일한 사고 과정을 계속해나갈 것이다. 그에게는 이런 결론을 내리게 하는 어떤 다른 원리가 있다.

제시문 (나)

페타바이트* 시대에는 정보가 단순히 3, 4차원의 분류 체계를 넘어서서 차원이 무의미해지는 통계의 영역에 들어선다.

과거에는 데이터의 총체를 가시화할 수 있다는 통념에 사로잡혀 있었다면, 이제는 그러한 통념의 속박에서 벗어나는 완전히 다른 접근방식이 가능해졌다. 구글(Google)의 창업 이념은 "이 웹 페이지가 다른 웹 페이지보다 왜 더 좋은지 모른다."는 것이다. 통계 수치가 그렇다고 한다면 그것으로 충분하며, 의미론적이거나 인과론적인 분석은 필요 없다. 그렇기 때문에 광고나 웹 페이지의 내용에 대한 아무런 사전지식이나 가정을 하지 않고도 광고와 웹 페이지의 내용을 짝지어 줄 수 있다.

구글의 연구개발 책임자는 "모든 모델은 틀렸다. 그리고 점점 그것 없이도 성공할 수 있게 된다."고 말했다.

이와 같은 사고가 광고계에 끼치는 영향도 크지만, 정말로 큰 변화는 과학계에서 일어나고 있다. 과학적인 방법이라는 것은 실험 가능한 가설의 토대 위에 세워진다. 이런 모델은 대체적으로 과학자 자신의 상상 속에서 가시화된 체계이다. 그리고 과학자는 실험을 통해서 이런 이론적인 모델들을 확인하거나 부정한다. 이것이 바로 과학이 수백 년 동안 수행되어 온 방식이다.

과학자들은 상관관계를 인과관계와 동일시하지 않도록 훈련받는다. 단순히 X와 Y의 상관관계만을 토대로 그 어떠한 결론도 내려서는 안된다고 생각한다. 대신 둘 사이를 연결시키는 근본적인 원리를 이해하려고 한다. 그리고 일단 모델이 형성되면 조금 더 확신을 갖고 데이터 군(群)들을 연결시킬 수 있게 된다. 그들에게 모델 없는 데이터는 무의미한 잡음일 뿐이다.

그러나 페타바이트 시대에 엄청난 데이터 앞에서는 '가설→모델→실험'과 같은 과학적인 접근은 구시대의 것이 된다.

페타바이트는 우리로 하여금 상관관계로도 충분하다고 말할 수 있게 해주며 우리는 더 이상 모델을 찾지 않아도 된다. 어떤 결과가 나올 것인가에 대한 가설 없이도 데이터 분석이 가능하다. 시시각각으로 빨라지고 커지고 있는 컴퓨터 클러스터(cluster)에 데이터를 입력시키면 과학이 지금까지 발견하지 못한 패턴을 통계 알고리듬(algorithm)이 발견해낸다.

* 1 Petabyte = 1,000,000,000 Megabyte

제시문 (다)

우리가 원인이라고 부르는 것은 어떤 과정 속에서 재단 가능한 원인들 가운데 하나에 불과하다. 또한 재단 가능한 원인들의 수는 무한하며, 재단은 담론의 수준에서만 가치를 지닌다. "기차가 만원이어서 쟈크는 기차를 탈 수 없었다."는 문장 안에서 우리는 원인과 조건을 어떻게 분해할 수 있을 것인가? 그것은 이 작은 사건을 이야기할 수 있는 수많은 방식을 늘어놓는 일이 될 것이다. 그런데 기차를 타지 못하게 한 조건들을 어떻게 모두 열거할 수 있겠는가? 루이 14세는 세금 때문에 인기가 떨어졌다. 하지만 당시 프랑스가 침략 당했더라면, 농민층이 더 애국적이었더라면, 혹은 루이 14세의 덩치가 더 크고 위풍당당했더라면, 그의 인기는 떨어지지 않았을는지도 모른다. 마찬가지로 우리는 모든 왕들이 루이 14세의 경우와 같은 단순한 이유로 인기가 떨어질 것이라는 단언을 경계한다.

역사가는 어떤 왕이 세금 때문에 인기가 떨어질 것이라고 확실하게 예측할 수는 없다. 반면 거기에 관해 생트집을 잡아 사실들이 존재하지 않는 척할 필요도 없다. 과거에 대한 우리의 지식에는 언제나 공백이 있기에, 역사가는 종종 아주 다른 문제에 직면하기도 한다. 그는 왕이 인기가 없었다는 사실만을 확인할 뿐 어떠한 자료를 통해서도 그 이유를 알 수가 없다.

만일 그가 그 원인이 세금 탓이었다고 결론을 내린다면, 그는 가설적 원인으로 거슬러 올라가고 있는 셈이다. 그런데 그는 과연 좋은 설명에로 거슬러 올라간 것일까? 세금이 원인이었을까, 아니면 왕의 패전이라든지 역사가가 상상 못하는 제 3의 원인이 있었을까? 세금은 불만의 그럴듯한 원인이기는 하지만, 다른 것들이라고 그만하지 않을 것인가? 농민들의 영혼 속에서 애국심의 힘은 어떠했던가? 패전 역시 세금 못지않게 왕의 인기 하락에 영향을 미치지 않았을까?

〈문제 1〉 제시문 (가), (나), (다)는 과학적 탐구에 대한 여러 관점을 나타낸다. 이 관점들의 공통점과 차이점을 논하시오. (1,000자 안팎, 50점)

우선 뭘 해야 한다고? 그렇다. 문제를 읽는 것이다.

> 제시문 (가), (나), (다)는 과학적 탐구에 대한 여러 관점을 나타낸다. 이 관점들의 공통점과 차이점을 논하시오. (1,000자 안팎, 50점)

아하! 세 개의 제시문이 같은 주제, 즉 "과학적 탐구에 대한 여러 관점"을 가지고 있군. 이걸 아는 순간 제시문을 읽을 때 자신감을 가질 수 있다.
"문제를 읽는 친구들 치고 그거 모르는 친구들이 있나요?"
글쎄 말이다. 없을 것 같은데 있더라고.
제시문이 같은 주제를 가지고 있다는 사실을 안다는 것이 얼마나 중요한 것인지 다시 설명한다.

<u>그냥 그렇다고 생각하는 것과 구체적으로 그 사실을 알고 읽으며, 제시문의 핵심을 찾아내고자 노력하는 것은 전혀 다르다.</u>

자, 그럼 제시문을 읽고 앞에서 했듯이 줄을 쳐보자.
다시 이야기한다.

줄을 치는 것은 공부가 아니다.
줄을 치는 것은 의무도 아니다.
줄을 치는 것은 내가 아는 부분에 줄을 긋는 것이며, 반복되는 부분을 재차 확인하는 것이며, 내가 재미있게 이해한 부분에 줄을 긋는 것이며, 내가 중요하다고 판단하는 부분에 줄을 긋는 것이다.
절대, 내가 모르지만 중요해보이는 것, 내가 모르지만 핵심인 듯한 부분, 내가 모르지만 그어야 할 듯한 부분에 긋는 것이 아니란 말이다.

다시 말한다!

모르는 부분은 그냥 넘어가라.

몰라도 아무 문제없다.

자, 그럼 이 사실을 염두에 두고 줄을 그어보자.

당연히 내가 긋는 부분과 여러분이 긋는 부분은 다를 수밖에 없다. 그리고 줄을 긋는 것에 정답도 없다. 그냥 긋는 것이다.

제시문 (가)

최고의 탁월한 이성과 반성 능력을 지니고 있는 사람이 어느날 갑자기 이 세상에 던져졌다고 상상해 보자. 그는 어떤 일들이 연달아 발생하는 것을 직접 관찰하게 된다. 그렇지만 그 이상의 어떤 것도 발견해낼 수 없을 것이다. 그는 이성적으로 추론해서 원인과 결과의 관념에 도달할 수는 없을 것이다. 왜냐하면 모든 자연의 작용을 이끌어가는 특별한 힘은 감각에 의해서는 결코 포착되지 않기 때문이다. 또한 한 사건이 다른 사건에 앞서서 일어났다고 해서 앞의 사건이 원인이고 뒤의 사건은 결과라고 결론짓는 것도 합당하지 않다. 그 두 사건의 결합은 임의적이고 우연적일 수 있다. 뒤의 사건이 일어나는 것을 보고 앞의 사건이 실제로 일어났다고 추론할 만한 근거가 없을 수도 있다. 요컨대 앞에 예로 든 그 사람이 계속 경험을 쌓아나가지 않는다면, 그는 어떠한 사태에 관해 추측할 수도 추론할 수도 없을 것이며, 그의 기억이나 감각에 직접 주어진 것을 넘어선 그 어떤 것에 대해서도 결코 확신할 수 없을 것이다.

이제 앞에서 말한 그 사람이 이 세상에서 좀 더 경험을 쌓고 오래 살아서 유사한 대상들 혹은 사건들이 연달아 일어나고 있음을 관찰했다고 상상해 보자. 이 경험으로부터 그가 얻게 되는 바는 무엇인가? 그는 한

대상이 드러나는 것을 보고 그것의 원인이 되는 다른 대상의 존재를 즉
각 추리한다. 그러나 그가 경험을 총동원한다고 해도 그는 한 대상이 다
른 대상을 산출하는 비밀스러운 힘에 대한 관념이나 지식은 전혀 가질
수 없다. 또한 어떠한 논리적 과정을 통해서도 원인이 되는 대상을 추리
해내지 못할 것이다. 그럼에도 그는 고집스럽게 두 대상이 원인과 결과
의 관계로 결합되어 있는 것처럼 생각한다.

그리고 비록 자신의 이해력이 이렇게 추리하는 데 아무런 역할을 하
지 않는다는 것을 누군가 그에게 확신시켜주더라도, 그는 동일한 사고
과정을 계속해나갈 것이다. 그에게는 이런 결론을 내리게 하는 어떤 다
른 원리가 있다.

이 문장을 이해하지 못한다고 해서 절대 기죽지 말라.

이 문장, 절대 쉬운 문장 아니고, 대부분의 친구들이 이해하지 못한다. 솔직히
말해서 나도 어렵다.

책 만드는 게 직업이고, 글 쓰는 게 일인 나도 어렵단 말이다. 그러니 여러분
수준에서 이 문장이 쉽게 이해가 간다면 그게 오히려 이상한 것이다.

하도 어려워서 도대체 이 문장이 어디에 나오는 건지 확인해보았다.

데이비드 흄의 《인간의 이해력에 관한 탐구》라는 책이란다.

헐! 이런 책이 있었는지도 몰랐다. 흄이란 철학자는 들어서 알고 있었지만 그
가 이런 책을 썼다는 사실은 처음 알았다. 게다가 흄이라는 철학자의 철학 세
계가 어떤 것인지도 모른다.

그런데 이런 문제가 나오면 흄이라는 사람의 철학 세계를 설명하고, 그 책이
어떤 내용으로 이루어져 있는지 설명하는 강사, 학습서가 참으로 많은데, 도
대체 이런 걸 왜 알아야 한단 말인가?

다시 데이비드 흄의 작품이 여러분이 볼 논술 시험에 나올 거라고 믿는가?

나 같으면 절대 안 읽는다. 아니, 아예 관심도 갖지 않겠다. 여러분 선생님들
가운데도 이 책 읽어본 분 거의 안 계신다. 그런데 왜 여러분이 이 책의 내용을

알아야 한단 말인가, 왜 흄의 철학 세계를 알아야 한단 말인가?

그러니 이 내용 모른다고 절대 절망하거나 논술에 대해 어렵다는 선입견을 갖지 말기 바란다.

자, 그럼 내가 줄을 그은 부분을 다시 보자.

1) 최고의 탁월한 이성과 반성 능력을 지니고 있는 사람이 어느날 갑자기 이 세상에 던져졌다고 상상해 보자.

2) 그는 어떤 일들이 연달아 발생하는 것을 직접 관찰하게 된다.

3) 그는 이성적으로 추론해서 원인과 결과의 관념에 도달할 수는 없을 것이다.

4) 그 두 사건의 결합은 임의적이고 우연적일 수 있다.

5) 앞에 예로 든 그 사람이 계속 경험을 쌓아나가지 않는다면, 그는 어떠한 사태에 관해 추측할 수도 추론할 수도 없을 것

6) 앞에서 말한 그 사람이 이 세상에서 좀 더 경험을 쌓고 오래 살아서 유사한 대상들 혹은 사건들이 연달아 일어나고 있음을 관찰했다고 상상해 보자.

7) 그는 한 대상이 드러나는 것을 보고 그것의 원인이 되는 다른 대상의 존재를 즉각 추리한다.

8) 그럼에도 그는 고집스럽게 두 대상이 원인과 결과의 관계로 결합되어 있는 것처럼 생각한다.

9) 그리고 비록 자신의 이해력이 이렇게 추리하는 데 아무런 역할을 하지 않는다는 것을 누군가 그에게 확신시켜주더라도, 그는 동일한 사고 과정을 계속해나갈 것이다. 그에게는 이런 결론을 내리게 하는 어떤 다른 원리가 있다.

뭔 말인지 잘 모르겠지만 요약해보겠다.

다시 말한다. 나는 이 문장에 줄을 긋는 데 약 3분 걸렸다. 여러분보다 훨씬 빨리 읽고 빨리 줄 긋고, 빨리 요약하고 있는 것이다.

거짓말 절대 아니다. 내가 이 문제를 몇 시간 동안 고민하고 공부한 후에 문제

를 풀고 줄을 긋고 답안을 작성하면 여러분은 그걸 절대 이해하지 못한다. 그래서 나는 여러분보다 더 빨리 읽고 더 빨리 답안을 작성하는 것이다. 그게 진짜 연습이고, 그래야 여러분도 실제로 해보면서 자신의 실력을 비교할 수 있을 테니까. 줄 그은 내용을 토대로 요약한 내용은 아래와 같다.

> 아무리 뛰어난 사람도 많은 경험을 통하지 않고서는 추론을 통해 원인과 결과라는 이성적 관념을 가질 수 없다.
> 만약 그가 많은 경험과 오랜 세월의 삶을 통해 여러 사건이 지속적으로 발생함을 관찰했다면 그때서야 그는 특정 사건의 원인이 무엇인지 추리할 수 있을 것이다. 그리고 그를 통해 원인과 결과 사이에 어떠한 관련이 있다고 확신할 것이다.
> 이러한 추리 과정이 그 자신의 이해력의 산물이 아니라고 하더라도 그는 개의치 않고 그렇게 믿으며 이후에도 그런 추리를 할 것이다.

무슨 말이냐고? 주제가 과학적 탐구에 대한 관점이라고 했잖은가.

그러니까 이 뛰어난 사람은 과학적 탐구를 하는 과정에서 어떤 관점을 갖는다고?

여러 사건을 관찰하고 경험한 후에 그 사건의 결과로부터 원인을 추리하고, 원인과 결과 사이에 분명히 관련이 있다고 확신한다. 그러나 그건 옳은 과학적 탐구 방식이 아님이 분명하네. 왜? '추리 과정이 그 자신의 이해력의 산물이 아니라고 하더라도 그는 개의치 않고 그렇게 믿으'니까.

그럼 다음 제시문을 살펴보자.

이번에도 주제는 과학적 탐구에 대한 관점이다.

제시문 (나)

페타바이트* 시대에는 정보가 단순히 3, 4차원의 분류 체계를 넘어서서 차원이 무의미해지는 통계의 영역에 들어선다.

과거에는 데이터의 총체를 가시화할 수 있다는 통념에 사로잡혀 있었다면, 이제는 그러한 통념의 속박에서 벗어나는 완전히 다른 접근방식이 가능해졌다. 구글(Google)의 창업 이념은 "이 웹 페이지가 다른 웹 페이지보다 왜 더 좋은지 모른다."는 것이다. 통계 수치가 그렇다고 한다면 그것으로 충분하며, 의미론적이거나 인과론적인 분석은 필요 없다. 그렇기 때문에 광고나 웹 페이지의 내용에 대한 아무런 사전지식이나 가정을 하지 않고도 광고와 웹 페이지의 내용을 짝지어 줄 수 있다.

구글의 연구개발 책임자는 "모든 모델은 틀렸다. 그리고 점점 그것 없이도 성공할 수 있게 된다."고 말했다.

이와 같은 사고가 광고계에 끼치는 영향도 크지만, 정말로 큰 변화는 과학계에서 일어나고 있다. 과학적인 방법이라는 것은 실험 가능한 가설의 토대 위에 세워진다. 이런 모델은 대체적으로 과학자 자신의 상상 속에서 가시화된 체계이다. 그리고 과학자는 실험을 통해서 이런 이론적인 모델들을 확인하거나 부정한다. 이것이 바로 과학이 수백 년 동안 수행되어 온 방식이다.

과학자들은 상관관계를 인과관계와 동일시하지 않도록 훈련받는다. 단순히 X와 Y의 상관관계만을 토대로 그 어떠한 결론도 내려서는 안 된다고 생각한다. 대신 둘 사이를 연결시키는 근본적인 원리를 이해하려고 한다. 그리고 일단 모델이 형성되면 조금 더 확신을 갖고 데이터 군(群)들을 연결시킬 수 있게 된다. 그들에게 모델 없는 데이터는 무의미한 잡음일 뿐이다.

그러나 페타바이트 시대에 엄청난 데이터 앞에서는 '가설→모델→실험'과 같은 과학적인 접근은 구시대의 것이 된다.

페타바이트는 우리로 하여금 상관관계로도 충분하다고 말할 수 있게 해주며 우리는 더 이상 모델을 찾지 않아도 된다. 어떤 결과가 나올 것인가에 대한 가설 없이도 데이터 분석이 가능하다. 시시각각으로 빨라

지고 커지고 있는 컴퓨터 클러스터(cluster)에 데이터를 입력시키면 과
학이 지금까지 발견하지 못한 패턴을 통계 알고리듬(algorithm)이 발견
해낸다.

* 1 Petabyte = 1,000,000,000 Megabyte

나처럼 과학을 잘 모르는 사람은 이런 문장은 더 어렵다. 이것도 무슨 말인지
잘 모르겠는데. 그렇지만 여하튼 4분 내외에 다 읽고 줄을 그었다. 아니 읽고
그은 게 아니라 그어가면서 읽는다. 왜냐하면 모르는 부분은 그냥 넘어가니까.
그럼 줄 그은 부분만 살펴보자.

1) 페타바이트* 시대에는 정보가 단순히 3, 4차원의 분류 체계를 넘어서서 차
   원이 무의미해지는 통계의 영역에 들어선다.

2) 통계 수치가 그렇다고 한다면 그것으로 충분하며, 의미론적이거나 인과론
   적인 분석은 필요 없다.

3) 과학적인 방법이라는 것은 실험 가능한 가설의 토대 위에 세워진다.

4) 그리고 과학자는 실험을 통해서 이런 이론적인 모델들을 확인하거나 부정
   한다.

5) 과학자들은 상관관계를 인과관계와 동일시하지 않도록 훈련받는다. 단순히
   X와 Y의 상관관계만을 토대로 그 어떠한 결론도 내려서는 안 된다고 생각
   한다. 대신 둘 사이를 연결시키는 근본적인 원리를 이해하려고 한다.

6) 그러나 페타바이트 시대에 엄청난 데이터 앞에서는 '가설→모델→실험'과
   같은 과학적인 접근은 구시대의 것이 된다.
   페타바이트는 우리로 하여금 상관관계로도 충분하다고 말할 수 있게 해주
   며 우리는 더 이상 모델을 찾지 않아도 된다.

7) 시시각각으로 빨라지고 커지고 있는 컴퓨터 클러스터(cluster)에 데이
   터를 입력시키면 과학이 지금까지 발견하지 못한 패턴을 통계 알고리듬
   (algorithm)이 발견해낸다.

* 1 Petabyte = 1,000,000,000 Megabyte

이번에도 위 줄 그은 부분을 중심으로 요약해보겠다.

> 과거에 과학자들은 가설을 세운 후 이를 실험을 통해 옳고 그름을 확인했다. 또한 그 과정에서 확인된 상관관계를 원인과 결과로 해석하지 않도록 훈련받았다.
>
> 그런데 상상할 수 없을 만큼 다량의 정보가 생산되고 유통되는 현대, 즉 페타바이트 시대에는 정보 사이의 상관관계를 전통적인 과학적 접근 방식으로 해석하는 것은 무의미할 뿐 아니라 불가능에 가깝다.
>
> 그 결과 페타바이트 수준의 정보를 컴퓨터에 입력, 그를 통계학적으로 처리하면 전통적인 과학적 방법으로는 도출할 수 없는 결과를 얻게 되는데, 이렇게 획득한 결과가 어떤 의미를 갖고 그 의미가 어떻게 도출되었는지는 중요하지 않다. 대신 오로지 통계 수치가 말해주는 결과가 중요한 것일 뿐이다.

결국 이 제시문의 핵심은 현대 사회에는 전통적인 과학적 실험 방법은 무의미해졌다는 것이네. 가설-모델-실험 같은 과정을 거칠 것 없이 수많은 정보를 컴퓨터에 넣고 돌리면 정보 내부에 존재하는 어떤 패턴을 통계치가 알려준다는 말이까.

그럼 과학적 탐구 관점에서 앞의 제시문과는 전혀 다름을 쉽게 알 수 있다.

이제 세 번째 제시문을 보자.

제시문을 보기 전에 심심하면 앞서 나처럼 세 번째 제시문의 내용을 예측해보는 것도 재미있을 것이다.

왜냐하면 시험장에서는 그런 예측이 어렵다. 그러나 이것은 연습이다. 그러니까 예측해볼 여유가 있는 것이다. 그리고 그러한 예측 연습을 자주 하다 보면 시험장에 들어가서 제시문을 읽다 보면 자기도 모르는 사이에 머릿속에서 다음 제시문을 예측하는 기제가 작동하게 될 것이다. 이것이 진짜 훈련이다.

생각하는 훈련!
주어진 문제를 푸는 반복 훈련이 아니라 자기 스스로 풀 수 있도록 다양한 사고, 추측, 요약하는 훈련! 이것이 논술 문제 훈련의 핵심이다.

나도 그냥 한 번 추측해보았다.
어떻게? 이렇게!

첫 번째 제시문에서는, 과학적 탐구에서 관찰을 통해 나온 결과로부터 원인을 추론하고 결과 사이에 관련성이 있다고 스스로 확신한다. 이는 자신의 관찰에 대해 무조건인 확신을 갖는 것으로 모든 결과와 현상에 의문을 품어야 한다는 과학적 탐구 방식과 배치된다.

두 번째 제시문에서는, 현대 사회에서는 전통적인 과학적 탐구 방법, 즉 가설-모델-실험이라는 과정이 무의미하다고 말한다. 이제 과학은 단순히 수많은 정보를 컴퓨터에 넣고 돌리기만 하면 스스로 수많은 정보로부터 유의미한 통계치를 도출하는데 이는 인과론 따위와는 상관없이 그 자체가 현실을 설명해주게 된 것이다.

그렇다면 세 번째 제시문은?
내 생각에는 전통적인 과학적 탐구 방식의 바람직한 방향을 알려주지 않을까? 첫 번째 제시문이 전통적인 과학적 탐구 방식을 다룸에 있어 옳지 못한 방식을 설명해주고 있으니 말이다. 남은 것은 과학이라는 학문 세계에서 가장 바람직한 방법일 테니 말이다.

정말 그런가 한번 보자.

제시문 (다)

우리가 원인이라고 부르는 것은 어떤 과정 속에서 재단 가능한 원인들 가운데 하나에 불과하다. 또한 재단 가능한 원인들의 수는 무한하며, 재단은 담론의 수준에서만 가치를 지닌다. "기차가 만원이어서 쟈크는 기차를 탈 수 없었다."는 문장 안에서 우리는 원인과 조건을 어떻게 분해할 수 있을 것인가? 그것은 이 작은 사건을 이야기할 수 있는 수많은 방식을 늘어놓는 일이 될 것이다. 그런데 기차를 타지 못하게 한 조건들을 어떻게 모두 열거할 수 있겠는가? 루이 14세는 세금 때문에 인기가 떨어졌다. 하지만 당시 프랑스가 침략 당했더라면, 농민층이 더 애국적이었더라면, 혹은 루이 14세의 덩치가 더 크고 위풍당당했더라면, 그의 인기는 떨어지지 않았을는지도 모른다. 마찬가지로 우리는 모든 왕들이 루이 14세의 경우와 같은 단순한 이유로 인기가 떨어질 것이라는 단언을 경계한다.

역사가는 어떤 왕이 세금 때문에 인기가 떨어질 것이라고 확실하게 예측할 수는 없다. 반면 거기에 관해 생트집을 잡아 사실들이 존재하지 않는 척할 필요도 없다. 과거에 대한 우리의 지식에는 언제나 공백이 있기에, 역사가는 종종 아주 다른 문제에 직면하기도 한다. 그는 왕이 인기가 없었다는 사실만을 확인할 뿐 어떠한 자료를 통해서도 그 이유를 알 수가 없다.

만일 그가 그 원인이 세금 탓이었다고 결론을 내린다면, 그는 가설적 원인으로 거슬러 올라가고 있는 셈이다. 그런데 그는 과연 좋은 설명에로 거슬러 올라간 것일까? 세금이 원인이었을까, 아니면 왕의 패전이라든지 역사가가 상상 못하는 제 3의 원인이 있었을까? 세금은 불만의 그럴듯한 원인이기는 하지만, 다른 것들이라고 그만하지 않을 것인가? 농민들의 영혼 속에서 애국심의 힘은 어떠했던가? 패전 역시 세금 못지않계 왕의 인기 하락에 영향을 미치지 않았을까?

뭔가 내 추측이 맞아 들어가는 듯하지만 꼭 그렇지만도 않은 듯한데?
자, 그럼 줄 그은 부분만을 요약해보자.

1) 우리가 원인이라고 부르는 것은 어떤 과정 속에서 재단 가능한 원인들 가운데 하나에 불과하다.
2) "기차가 만원이어서 쟈크는 기차를 탈 수 없었다."는 문장 안에서 우리는 원인과 조건을 어떻게 분해할 수 있을 것인가?
3) 그런데 기차를 타지 못하게 한 조건들을 어떻게 모두 열거할 수 있겠는가?
4) 루이 14세는 세금 때문에 인기가 떨어졌다.
5) 마찬가지로 우리는 모든 왕들이 루이 14세의 경우와 같은 단순한 이유로 인기가 떨어질 것이라는 단언을 경계한다.
6) 그는 왕이 인기가 없었다는 사실만을 확인할 뿐 어떠한 자료를 통해서도 그 이유를 알 수가 없다.
7) 만일 그가 그 원인이 세금 탓이었다고 결론을 내린다면, 그는 가설적 원인으로 거슬러 올라가고 있는 셈이다. 그런데 그는 과연 좋은 설명에로 거슬러 올라간 것일까?
8) 패전 역시 세금 못지않게 왕의 인기 하락에 영향을 미치지 않았을까?

역사적으로 어떤 사건의 원인이라고 부르는 것이 사실은 실제 사실에 극히 일부만 부합하는 것일 수도 있다. 따라서 역사를 기술하는 사람들은 역사적 사건에 대해 원인을 파악하는 데 함부로 재단하거나 결론 내려서는 안 된다는 말이네.

그러니 내가 앞에서 예측한 것과 들어맞는다기보다는 전통적인 과학적 탐구 방식의 한계를 보여준다고 할 수 있겠군.

왜냐하면 과학이란 것이 앞서 제시문 (나)에 나왔듯이 가설-모델-실험의 과정을 거쳐 결론을 내리는 것인데, 이 글에서는 그렇게 나온 결론 또한 모든 것을 설명해주지는 못할 것이라고 말하고 있으니까.

이건 문제의 답을 내는 것이 아니라 그냥 위 문장의 핵심을 요약하는 것이니 이렇게 써도 된다. 말 그대로 이를 바탕으로 답을 기술할 테니까 오히려 이렇게 자신의 판단을 가미해서 요약해놓는 것이 더 유리할지도 모르겠다. 그러나 모든 요약을 그렇게 하다가는 요약 자체가 어려워질 테니까 꼭 이런 방식으로 할 필요는 없다.

다만 이 경우는 내 예측과 비교하기 위해 이렇게 요약한 것이니 참고하길.

여하튼 내 예측은 틀렸다. 그래도 괜찮다고 했다. 다음 글을 논리적으로 예측하는 것은 옳고 그름을 떠나 그 글을 이해하는 데 훨씬 효과적이니까.

자, 그럼 본격적으로 문제를 풀어보자.

제시문 (가), (나), (다)는 과학적 탐구에 대한 여러 관점을 나타낸다. 이 관점들의 공통점과 차이점을 논하시오. (1,000자 안팎, 50점)

전통적으로 과학자들은 자신이 확인하고자 하는 대상의 탐구를 위해 가설-모델-실험이라는 과정을 거쳐 이론을 정립해 왔다.

이러한 과정은 오랜 기간 많은 과학자들이 수용하고 실천에 옮김으로써 오늘날 과학계의 수많은 이론들을 산출해 낸 것이 사실이다.

위에 제시된 문장들은 모두 같은 전통적 과학 탐구 방식을 전제로 한 후, 이에 대한 각기 다른 시각에 초점을 맞추고 있다.

이러한 시각에 따르면, 모든 과학자들이 전통적 과학 탐구 과정과 방식을 수용한 것은 아니다.

위의 제시문들은 그러한 전통적 과학 탐구 방식에 이의를 제기한 다양한 시각을 보여주고 있다.

첫 번째 시각은 자신의 경험과 추리를 통해 어떤 현상의 원인과 결과 사이에 분명한 관련성이 있다고 확신하는 부류다. 이런 경우, 합리적인 과학적 사고를 통해 설득하려 해도 자신의 추리에 대해 확고한 신념을 가짐으로써 설득이 불가능하다.

다른 시각으로는 전통적인 과학적 탐구 방식으로는 설명할 수 없을 만큼 급변한 시대의 산물인데, 과거와는 비교할 수 없을 만큼 다량의 정보가 생성, 유통되는 현대 페타바이트 시대에는 전통적인 과학 탐구 과정으로서는 이해할 수 없는 상황이 연출된다는 것이다. 즉, 과거에는 단순한 통계치에 머물던 것들이 오늘날에는 유의미한 데이터 분석을 가능하게 만들 수 있다는 것이다. 이러한 시각에서 보자면 과거와 같은 과학적 접근법은 더 이상 무의미하며, 오히려 무의미하게 여겨졌던 수많은 정보의 통계 처리를 통해 유의미한 결과를 도출해낼 수 있다고 여긴다.

그 외에 전통적인 과학 탐구 방식이 합리적이라 하더라도 그것이 모든 것을 설명해주지 않는다는 시각도 있다. 이에 따르면 특정 연구가 가설-모델-실험이라는 과학적 과정을 거쳐 도출된 결과라 할지라도 그것이 문제를 둘러싸고 있는 모든 것을 설명해주는 것은 아니라는 것이다. 따라서 이러한 주장에 따르면, 과학적 탐구 방식을 채택하더라도 또다시 도출된 결과에 대한 의문은 남게 될 것이며, 이를 보완하기 위한 노력은 다시 필요하게 될 것이다.

− 988자

이게 내가 작성한 답안이다.

이 답안 작성하는 데 약 30분 정도 소요되었다. 맞고 틀린 게 중요한 것이 아니다.

매년 수많은 논술 문제가 출제되는데, 모든 문제를 여러분이 모두 맞출 수 있다고 믿는가?

그렇다면 잘못 생각해도 한참 잘못된 것이다.

그 가운데 1/3만 제대로 풀 수 있어도 놀라운 능력을 갖춘 것이다.

결국 그보다 더 중요한 것은 정답인지 아닌지 모르지만 정해진 시간에 문장을 자신만의 방식으로 이해하고, 자신만의 방식으로 글쓰기를, 주어진 조건에 따라 행하는 것이다. 그것도 자신 있게.

그렇게만 하면 여러분의 몫은 다한 것이다.

출제위원이 보기에 옳다고 판단하거나 그르다고 판단하는 것은 그다음 문제다.

그러니 절대 자신이 쓴 답이 옳은지 틀렸는지에 연연하지 마라.

여러분이 할 일은 제시문을 자신 스스로 읽어내고 판단하고 글로 표현하는 것이다.

그것만 하면 성공이다.

위에 내가 쓴 글 또한 마찬가지다.

이 글에 대해 어떤 사람은 틀렸다고 할 것이고, 또 누군가는 맞았다고 할 것이다. 그러나 중요한 것은 내가 그 짧은 시간에 그 글을 다 읽고 요약하고 내 나름대로 이해하고 판단한 후 문제에 따른 글을 조건에 맞추어 썼다는 사실이다.

정 내 말을 못 믿겠으면 여러분 주위에 계신 뛰어난 논술 선생님께 특정 학교의 특정 문제를 보여드리고 그 시간 내에 어떤 답안을 작성하시는지 확인해보라.

여러분도 어렴풋하게나마 예상하겠지만 그 시간 내에 그 문제 풀어낼 사람 별로 없다. 그러니 고작 학생인 여러분은 더 걱정할 필요가 없지 않은가.

16
제시문 내 공통점 찾기 문제

이번에는 세 번째 형식의 문제를 풀어본다.

이 형식은 보기에 따라 매우 쉬울 수도 있고 매우 어려울 수도 있다.

왜?

실제 문제에서 확인하겠지만 이러한 문제 유형에는 여러 제시문이 등장한다.

따라서 독해력이 부족한 친구들은 각기 다른 시각을 가진 제시문을 여러 개 읽고 그 차이점과 공통점을 빠른 시간 내에 구분하는 것이 쉽지 않게 느껴질 것이다.

반면에 독해력에는 자신 있는 반면 글쓰기나 요약에는 약간 부족한 친구들은 이런 문제가 훨씬 쉬워보일 수 있다.

자, 그럼 문제를 풀면서 이해하도록 하자.

〈문제 2 : 60%, 1,300~1,500자〉

제시문 (가), (나), (다), (라), (마) 각각을 요약하고, 개념의 사용 방식을 기준으로 이들을 두 가지 유형으로 분류하고, 그 타당성을 논하라.

(가)

자유주의에 대한 현대의 지배적인 견해는 공통성을 도외시하고 차이성에만 집착하는 회의적이고 비판적인 정신에 자유주의를 국한시켜 버리는 경향이 있다. 유사성과 차이성에 대한 동시적 긍정-문화적 다양성 속에서 공유되고 있는 공통의 인간적 가치들에 대한 긍정적인 관심-이야 말로 이런 경향에 대하여 분명하게 이의를 제기할 수 있을 것이다. 적어도 나에게 비판적이고 회의적인 태도는 자유주의의 본질적인 요소이긴 하지만 2차적인 중요성을 지닐 뿐, 1차적인 중요성을 지니는 요소는 아니다. 요컨대 회의적인 태도를 취하기 전에 먼저 긍정적인 신념과 관심을 가져야만 한다. 단지 폭로하고 전복시키고 해체하는 데서 만족을 느끼는 '비판적인 기풍'은 인간 지성의 본령이 아니다. 그런 기풍은 본질적으로 기생적이며, 결국 아무런 생산적인 결실을 맺지 못하게 될 가능성이 크다.

– 시어도어 드 배리, 《중국의 '자유' 전통》

(나)

중국의 문화는 '하나의 근본으로부터' 유래한 특성이 있기 때문에, 중국의 고대문화 중에는 히브리와 같은 독립된 종교문화의 전통이 없었으며, 히브리의 사제조직과 같은 전통도 없었다. 따라서 중국에는 당연하게 서양과 같은 제도화된 종교가 없었다. 그러나 이런 주장은 다음과 같은 사실을 포함하지 않는다.

'중국 민족은 선천적으로 종교적인 초월정서나 종교정신을 결핍해서, 단지 현실적인 윤리도덕만을 중시할 줄 알았다.' 사실 중국 민족의 종교적 초월정서 및 종교정신은 그들이 중시한 윤리도덕과 그 문화적 유래가 같기 때문에, 그들의 윤리도덕정신과 합일되어 나뉠 수 없었을 뿐이다. 이는 아주 명백한 사실이다.

그러나 사람들은 단지 서양의 역사·문화적 안목으로 중국을 살피기 때문에 이처럼 명백한 사실을 소홀히 한다. 좀 더 포괄적인 안목으로 살펴보면, 당연히 중국에는 종교적 전통이 있다.

— 당군의·모종삼·서복관·장군매, 〈중국문화선언〉

(다)

민주주의가 자유롭고, 공정한 경쟁 선거라는 최소한의 개념에 국한되어 버리면, 안정적이지도 않고, 반드시 바람직하지도 않다. '인격적 민주주의자들'이 또한 좀 더 참여적 형태의 민주정치를 지지하는 데 도움이 될 수 있다. "인격적 민주주의자들은 서로를 무시하거나 단독으로 정치적 결정을 내리려 하지 않는다. 그들은 정치적 문제에 대해 결정을 내리는 데 있어서 다른 사람들과 의논하고, 조언을 얻기를 권장할 것이고, 정보를 공유하고, 도덕적 지지를 보낼 것이다. 개인이 자신의 이익을 가장 잘 아는가? 인격적 민주주의자들은 개인의 결정보다 집단의 결정이 더 낫고, 더 지혜롭고, 더 안정적이라고 생각하려 할 것이다… 개인의 자율성 그 자체가 아니라 상호성을 강조하기 때문에, 인격적 민주주의는 개인적 민주주의 하에서 시민들 사이에서 나타나는, 정치과정에 자신들을 배제시키는 경향을 감소시킬 수도 있을 것이다."

— 다니엘 벨·함재봉, 《현대세계를 위한 유교》

(라)

'맹자나 유교의 자아 개념'은 '칸트적 자유 개념'을 함축하고 있고, 유교나 맹자의 용어로 이해된 자아는 곧 경험적이고 초험적인 자아라는 주장은 관련문헌의 어떤 독해에서도 옹호될 수 없다. 우리는 칸트의 자유관, 아프리오리(a priori) 개념으로부터 자유를 도출하는 방법, 인과율의 이해, 의지 개념의 복잡성에 대해 생각해야만 하는데, 그 중의 어느 것도 - 혹은 그것들과 같은 어떤 것도 - 유교 문헌에서 발견되지 않는다. (중략) 만약 그렇다면 우리는 유교에서 정말로 '칸트적'인 어떤 자유의 개념도 발견할 수 없다고 해야 한다. 그러므로 유교에서 칸트적 자유 개념 및 자아 개념을 찾아낸 것은 아마도 문헌들에 있는 것을 '보고'(reporting)하는 차원에서가 아니고, 문헌들로부터 '새로운' 유교를 '구성'(constructing)하는 차원에서 찾아낸 것이다. 그 '새로운' 유교가 비로소 칸트 혹은 다른 서구의 견해와 비교될 수 있다.

그러나 그것은 더 이상 유교가 아니다.

– 알래스대어 맥킨타이어, 〈유자(儒者)를 위한 질문〉

(마)

철학의 개념이 문화에 따라 달라지지 않는 점은 다른 관점에서 살펴볼 수도 있다. 철학이 관심 갖고 있는 것은 여러 특수과학, 특히 수학·물리학·심리학과 같은 기초적 분야의 기초에 대한 분석과 해명이다.

칸트의 위대한 형이상학적·인식론적 체계는 뉴우튼적인 세계관, 즉 시·공의 세계가 정확한 수학적 용어로 이루어진 결정론적 법칙에 의해 전적으로 지배받고 있다는 세계관을 철학적으로 기초지우는 작업이며 그 세계관의 해명이었다. 만약 이것이 사실이라면 이러한 과학에는 보편성을 인정하면서도 철학에는 보편성을 부인한다는 것은 있을 수 없다. 서양철학을 수입하지 않고서 서양과학을 수입한다는 것은 불가능하다.

물론 서양과학이라고 말하는 것이 어색하듯이 서양철학이라고 하는 것도 적절한 표현은 아니다. 철학은 그저 철학일 뿐이다. 그러므로 우리들이 역사적 의미에서 사용하는 것이 아니면 '한국철학'이라는 표현은

> 사용할 수 없다. 즉, '한국에 있어 철학의 전통'이라는 의미에서만 한국
> 철학은 존재한다.
>
> — 김재권, 〈한국철학 가능한가〉

우와! 이번에는 제시문이 무려 다섯 개다!

그러니 머리가 복잡해질 수밖에.

그런데 내가 여러 대학의 이런 유형 문제를 살펴본 결과, 이 문제는 난이도가

가장 높은 편에 속했다. 그러니까 여러분은 미리 겁먹을 필요가 없다.

못 풀면 당연한 것이고, 혹시 풀 수 있으면 논술 시험에서 갖추어야 할 능력의

기본은 갖춘 셈이라는 말이니까. 어떻게 되든 좋지 않은가.

자, 그럼 문제 속으로 들어가 보자.

우선 문제를 살펴보자.

〈문제 2 : 60%, 1,300~1,500자〉

제시문 (가), (나), (다), (라), (마) 각각을 요약하고, 개념의 사용 방식을 기준으로 이들을 두 가지 유형으로 분류하고, 그 타당성을 논하라.

첫째, 다섯 개의 제시문을 각각 요약하고,

둘째, 개념의 사용 방식을 기준으로 이들을 두 가지 유형으로 분류하고,

셋째, 그 타당성을 논하라.

알겠는가?

문제를 읽을 때도 그냥 읽지 말고 이렇게 정리해가면서 읽으면 큰 도움이

된다.

안 그래도 잔뜩 긴장하고 논술 시험장에 들어온 마당에, 머릿속에 한 문제에

세 가지 주문이 포함된 문장을 읽으면 제대로 파악도 안 되면서 시간만 가고

혼란만 가중되기 마련이다.

따라서 문제가 요구하는 주문이 많을수록 빨리 위와 같이 정리해놓는 게 필요하다.

저 정도 정리하는 데 몇 분이나 걸리겠는가. 1분이면 족하지 않겠는가? 그러니 이런 정리가 반드시 필요한 것이다.

그럼 다시 문제를 보자.

첫째, 다섯 개의 제시문을 각각 요약하고,

둘째, 개념의 사용 방식을 기준으로 이들을 두 가지 유형으로 분류하고,

셋째, 그 타당성을 논하라.

알겠다. 우선 제시문을 읽으면서 각각 요약을 해야겠군.

내가 이 책 처음부터 문제를 풀 때 왜 문제의 주문에도 불구하고 제시문을 읽으면서 줄을 긋고, 요약을 해왔는지 지금쯤이면 대부분의 친구들이 알아챘을 것이다.

1. 모든 문제는 제시문의 핵심을 파악하는 게 급선무다.

2. 제시문의 핵심을 파악하는 데는 자신이 이해할 수 있는 문장을 요약해서 흐름을 깨치는 방식이 가장 효과적이다.

3. 요약이 이루어지면 요약 문제는 저절로 풀 수 있다.

4. 그 외의 문제도 제시문의 요약이 이루어지면 비교, 검토, 차이점 분석 등 다른 유형의 문제 주문에도 신속하게 대처할 수 있다.

5. 글을 쓸 때 요약문이 있으면 잘 생각이 나지 않는 경우에도 다시 긴 제시문을 읽을 필요 없이 요약문만 살펴보면 된다.

이 다섯 가지가 요약의 장점이다. 그러니 결국 요약 제대로 할 줄 아는 친구라면 어떤 문제가 나와도 자신 있게 풀 수 있는 셈이다.

기억하라!

이 책에서 내가 문제를 푸는 방식을.

그리고 가능하면 이렇게 실천에 옮길 수 있는 방식으로 훈련을 하라.

막무가내로 기출 문제를 읽고 읽고 또 읽고, 어려운 문제 풀기를 하고, 몇 달 동안 시간 낭비하지 마라.

내가 이 책을 쓰는 이유를 다시 한 번 머릿속에 새겨두어라.

나는 책 팔고자, 또는 내가 운영하는 학원 잘되고자, 내 이름 내서 논술 강사로 돈 벌기 위해서 이 책을 쓰는 게 아니다.

나는 학원 운영자도 아니고, 논술 강사도 아니며, 이 책값도 모든 친구들이 부담 없이(아, 돈이 남아돌아 족집게 강사에게 수백만 원씩 낼 수 있는 친구들은 제외하고) 볼 수 있도록 매겨놓았다.

그렇다면 왜?

안 그래도 수능이다, 자기소개서다, 입학사정관이다 해서 젊음이 누려야 할 도전과 패기, 친구와 호기심, 모든 것을 포기한 채 오로지 별 쓸모도 없는 대한민국식 교육의 희생양이 되고 있는 여러분에게 단 한 시간, 하루, 한 달이라도 자유를 주기 위해서 이 책을 쓰는 것이다.

논술 준비에 엄청난 시간과 부모님의 돈, 그리고 읽어도 읽어도 무슨 말인지 모를 문장을 머리 싸매고 읽으면서 절망하는 여러분에게 작은 희망이라도 주기 위해서 이 책을 쓰는 것이다.

자, 그럼 문제 속으로 들어가 보자.

우선 다섯 제시문을 요약해야겠군.

그런데 주제는?

문제가 "제시문 (가), (나), (다), (라), (마) 각각을 요약하고, 개념의 사용 방식을 기준으로 이들을 두 가지 유형으로 분류하고, 그 타당성을 논하라."군.

그렇다면 주제는 〈개념의 사용 방식〉이겠군.

근데 도대체 '개념의 사용 방식'이 뭐야?

나는 모르겠다. 여러분은 알겠는가?

정말 모를 일이다. 왜 대학 논술고사에서는 이렇게 어려운 어휘를 사용하는 것일까? 이렇게 해야 실력 있는 친구들을 뽑을 수 있는 것일까?

그렇다면 나는 나이도 먹었고, 책도 여러 권 냈으며, 글 써서 상도 여러 번 받았고, 게다가 여러 신문에 칼럼을 쓸 정도이니 그래도 사회에서 글 읽고 쓰는 데는 부족함이 없다고 판단할 텐데 나도 이해하기 힘든 문제를 내는 까닭은 무엇일까?

정말 이해가 안 된다. 그러나 어쩌랴, 이런 문제가 출제되는 게 우리나라 논술 시험의 현실인걸.

그러니 여러분의 고통이 바로 내 고통처럼 느껴지는 것이다.

자, 그럼 제시문 하나하나를 줄을 그으며 읽어보자.

(가)

자유주의에 대한 현대의 지배적인 견해는 공통성을 도외시하고 차이성에만 집착하는 회의적이고 비판적인 정신에 자유주의를 국한시켜 버리는 경향이 있다. 유사성과 차이성에 대한 동시적 긍정-문화적 다양성 속에서 공유되고 있는 공통의 인간적 가치들에 대한 긍정적인 관심-이야말로 이런 경향에 대하여 분명하게 이의를 제기할 수 있을 것이다. 적어도 나에게 비판적이고 회의적인 태도는 자유주의의 본질적인 요소이긴 하지만 2차적인 중요성을 지닐 뿐, 1차적인 중요성을 지니는 요소는 아니다. 요컨대 회의적인 태도를 취하기 전에 먼저 긍정적인 신념과 관심을 가져야만 한다. 단지 폭로하고 전복시키고 해체하는 데서 만족을 느끼는 '비판적인 기풍'은 인간 지성의 본령이 아니다. 그런 기풍은 본질적으로 기생적이며, 결국 아무런 생산적인 결실을 맺지 못하게 될 가능성이 크다.

– 시어도어 드 배리, 《중국의 '자유' 전통》

무슨 말인지 도무지 모르겠는걸. 나만 그런가?

"저도 모르겠어요."

그러니?

다행인지 불행인지 모르겠지만 여하튼 나만 모르는 것은 아니었구나.

"그럴 때는 어떡해요?"

음, 이럴 때 나는 그냥 넘어간 채 다음 제시문을 읽는다.

일반적으로 긴 제시문에서는 이런 일이 거의 없다. 처음에는 무슨 말인지 잘 모르는 경우에도 무시하고 계속 읽어나가다 보면 점차 무슨 말인지 알게 되고, 결국에는 뒤에 나오는 말들이 앞에서도 반복되었음을 알 수 있다.

그런데 위처럼 짧은 제시문의 경우에는 무슨 말인지 알 만하면 끝난다.

그럴 때는 계속 그 문장을 잡고 늘어질 필요가 없다.

다른 과목 시험 볼 때도 그렇잖은가 말이다. 모르는 문제, 알쏭달쏭한 문제가 나오면 일단 제쳐두고 다음 문제부터 푸는 것은 당연하다.

따라서 논술에서도 제시문을 도무지 이해할 수 없을 때는 다음 문장을 읽으면 된다.

논술에서 다음 제시문을 읽는 것은 시험문제 풀 때보다 훨씬 효과적이다.

왜?

우선 논술에서는 같은 주제를 다룬다고 이야기했다.

따라서 같은 주제를 가진 제시문을 여러 개 읽다 보면 앞의 제시문을 이해할 실마리를 얻게 된다.

또 어차피 제시문들 사이의 차이점이나 공통점 등을 파악해야 하기 때문에 뒤에 나오는 제시문과 앞의 제시문은 연결되게 마련이다. 따라서 뒤 제시문을 읽는 것은 앞의 제시문을 이해하는 데 도움이 된다.

결국 내가 하고 싶은 말은 이것이다.

어떤 경우에도 겁먹지 말라!

하늘이 무너져도 솟아날 구멍이 있고, 호랑이에게 잡혀가도 정신만 차리면 산다. 알겠는가?

해결책 없는 문제는 없다는 자신감만 가지고 있으면 어떤 문제가 나와도 여러분은 풀 수 있다.

자, 그럼 다음 제시문을 읽어보기로 하자.

(나)

중국의 문화는 '하나의 근본으로부터' 유래한 특성이 있기 때문에, 중국의 고대문화 중에는 히브리와 같은 독립된 종교문화의 전통이 없었으며, 히브리의 사제조직과 같은 전통도 없었다. 따라서 중국에는 당연하게 서양과 같은 제도화된 종교가 없었다. 그러나 이런 주장은 다음과 같은 사실을 포함하지 않는다.

'중국 민족은 선천적으로 종교적인 초월정서나 종교정신을 결핍해서, 단지 현실적인 윤리도덕만을 중시할 줄 알았다.' 사실 중국 민족의 종교적 초월정서 및 종교정신은 그들이 중시한 윤리도덕과 그 문화적 유래가 같기 때문에, 그들의 윤리도덕정신과 합일되어 나뉠 수 없었을 뿐이다. 이는 아주 명백한 사실이다.

그러나 사람들은 단지 서양의 역사·문화적 안목으로 중국을 살피기 때문에 이처럼 명백한 사실을 소홀히 한다. 좀 더 포괄적인 안목으로 살펴보면, 당연히 중국에는 종교적 전통이 있다.

— 당군의 · 모종삼 · 서복관 · 장군매, 〈중국문화선언〉

이 글은 앞의 글에 비해 훨씬 쉽다. 게다가 워낙 짧은 글이라 줄을 그을 것도 없다. 줄을 긋다 보면 다 그어야 할 테니까. 그래서 그냥 요약해보겠다.

> 서양인들은 중국인들을 가리켜 종교정신을 갖추지 못했으며, 따라서 종
> 교문화의 전통도 없다고 말한다. 그 증거로 중국에는 서양과 같은 제도
> 화된 종교가 없고 현실적인 윤리와 도덕만을 중시하는 현상을 든다.
> 그러나 이는 중국의 문화를 서양인들의 안목으로 살펴보기 때문이다.
> 중국 민족은 종교정신과 현실적 윤리도덕을 분리할 수 없는 하나의 근
> 본으로 여긴다. 따라서 중국에 종교적 전통이 있음은 부인할 수 없는 사
> 실이다.

이 정도는 글을 잘 쓰냐, 못 쓰냐의 유려하냐 아니냐의 차이는 있을지 몰라도
여러분도 금세 요약할 수 있을 것이다.

그럼 다음 제시문도 읽어볼까.

(다)

　민주주의가 자유롭고, 공정한 경쟁 선거라는 최소한의 개념에 국한되
어 버리면, 안정적이지도 않고, 반드시 바람직하지도 않다. '인격적 민
주주의자들'이 또한 좀 더 참여적 형태의 민주정치를 지지하는 데 도움
이 될 수 있다. "인격적 민주주의자들은 서로를 무시하거나 단독으로
정치적 결정을 내리려 하지 않는다. 그들은 정치적 문제에 대해 결정을
내리는 데 있어서 다른 사람들과 의논하고, 조언을 얻기를 권장할 것이
고, 정보를 공유하고, 도덕적 지지를 보낼 것이다. 개인이 자신의 이익
을 가장 잘 아는가? 인격적 민주주의자들은 개인의 결정보다 집단의 결
정이 더 낫고, 더 지혜롭고, 더 안정적이라고 생각하려 할 것이다… 개
인의 자율성 그 자체가 아니라 상호성을 강조하기 때문에, 인격적 민주
주의는 개인적 민주주의 하에서 시민들 사이에서 나타나는, 정치과정에
자신들을 배제시키는 경향을 감소시킬 수도 있을 것이다."

– 다니엘 벨 · 함재봉, 《현대세계를 위한 유교》

이 글도 짧고 내용 또한 간단해서 줄을 그을 필요도 없지만 한번 그어보았다. 위 글처럼 짧은 글들은 일반적으로 한 권의 책에서 출제자의 의도에 맞는 부분만 거두절미하고 가져오기 때문에 자칫하면 오해를 불러일으킬 수 있다. 그래서 짧은 글이 어떤 경우에는 훨씬 어려울 수 있다.

위 글도 그런 문제를 안고 있는데, 한번 살펴보자.

첫 문장은 "민주주의가 자유롭고, 공정한 경쟁 선거라는 최소한의 개념에 국한되어 버리면, 안정적이지도 않고, 반드시 바람직하지도 않다."라고 이야기한다. 뭔 말이지? 그럼 민주주의가 어떻게 확대, 발전되어야 한단 말이지?

이런 의문이 드는 게 사실이다. 그럼 누구라도 뒤에서는 그런 내용이 나올 것이라고 예측하게 된다. 그런데 뒷 문장을 보면 이렇다.

'인격적 민주주의자들'이 또한 좀 더 참여적 형태의 민주정치를 지지하는 데 도움이 될 수 있다.

이건 또 무슨 말이지? '인격적 민주주의자들'이라니! 이 처음 들어보는 민주주의자는 또 누구란 말인가? 이들은 민주주의를 최소한의 개념에 국한시키는 사람일까, 아니면 다른 사람일까?

여러분도 의문이 들 것이다.

이런 것이 문장을 거두절미해서 인용할 때 나타나는 부작용이다. 그리고 이런 상황을 맞닥뜨리면 여러분 가운데 많은 친구들이 당황하기 마련이다. 처음 들어보는 '인격적 민주주의자'라는 단어가 나타나는 순간, 대부분이 당황할 테니까. 그러나 이런 상황에서도 여러분은 당황하면 안 된다고 내가 앞서 수도 없이 말했다.

여러분이 모르는 것은 다른 친구도 모르니까. 게다가 출제위원도 그 사실을 알고 있으니까.

절대 겁먹지 말 일이다. 그리고 웃으며 다음 문장을 읽어보라.

"인격적 민주주의자들은 서로를 무시하거나 단독으로 정치적 결정을 내리려 하지 않는다. 그들은 정치적 문제에 대해 결정을 내리는 데 있어서 다른 사람들과 의논하고, 조언을 얻기를 권장할 것이고, 정보를 공유하고, 도덕적 지지를 보낼 것이다. 개인이 자신의 이익을 가장 잘 아는가? 인격적 민주주의자들은 개인의 결정보다 집단의 결정이 더 낫고, 더 지혜롭고, 더 안정적이라고 생각하려 할 것이다… 개인의 자율성 그 자체가 아니라 상호성을 강조하기 때문에, 인격적 민주주의는 개인적 민주주의 하에서 시민들 사이에서 나타나는, 정치과정에 자신들을 배제시키는 경향을 감소시킬 수도 있을 것이다."

뒤 문장은 엄밀히 말하면 한 문장이다. 겹따옴표로 인용한 한 문장인 셈이다. 그래서 이 문장을 읽다 보면 반복해서 말하고 있는 사실을 깨닫게 된다.

아, 인격적 민주주의자라는 것이 앞에서 말한 "민주주의가 자유롭고, 공정한 경쟁 선거라는 최소한의 개념에 국한되어 버리면, 안정적이지도 않고, 반드시 바람직하지도 않다."는 민주주의의 부작용을 보완해주는 존재로 등장하고 있구나.

그래서 요약하면 이렇다.

> 민주주의가 개인의 자율성만을 강조한다면 결코 바람직하다고 할 수 없을 것이다. 민주주의가 개인 차원에 머무르는 순간 시민들은 거대한 정치과정에서 자신을 배제시킬 수도 있고, 상대방의 결정을 인정하는 상호협력의 중요성을 간과할 수도 있기 때문이다.
>
> 따라서 집단의 결정이 개인의 결정에 비해 효과적이며, 상호작용하는 민주주의, 참여하는 민주주의를 중시하는 '인격적 민주주의자'야말로 민주주의를 더욱 안정적으로 발전시키는 데 도움이 될 것이다.

이 정도 설명이 필요 없을 것이다.

그럼 다음 문장을 또 보자.

(라)

'맹자나 유교의 자아 개념'은 '칸트적 자유 개념'을 함축하고 있고, 유교나 맹자의 용어로 이해된 자아는 곧 경험적이고 초험적인 자아라는 주장은 관련문헌의 어떤 독해에서도 옹호될 수 없다. 우리는 칸트의 자유관, 아프리오리(a priori) 개념으로부터 자유를 도출하는 방법, 인과율의 이해, 의지 개념의 복잡성에 대해 생각해야만 하는데, 그 중의 어느 것도 - 혹은 그것들과 같은 어떤 것도 - 유교 문헌에서 발견되지 않는다. (중략) 만약 그렇다면 우리는 유교에서 정말로 '칸트적'인 어떤 자유의 개념도 발견할 수 없다고 해야 한다. 그러므로 유교에서 칸트적 자유 개념 및 자아 개념을 찾아낸 것은 아마도 문헌들에 있는 것을 '보고' (reporting)하는 차원에서가 아니고, 문헌들로부터 '새로운' 유교를 '구성'(constructing)하는 차원에서 찾아낸 것이다. 그 '새로운' 유교가 비로소 칸트 혹은 다른 서구의 견해와 비교될 수 있다.

그러나 그것은 더 이상 유교가 아니다.

— 알래스대어 맥킨타이어, 〈유자(儒者)를 위한 질문〉

이 제시문 또한 앞부분은 뭔 말인지 나도 모른다. 특히 칸트적 자유 개념이니 초험적 자아라느니, 아프리오리 개념이니, 인과율의 이해니, 의지 개념의 복잡성이니 하는 말들은 진짜 어렵다. 그러니 여러분은 얼마나 골치 아플 것인가. 그러나 절대 기죽지 말라. 나도 모르는 개념들이니 다른 친구들도 모를 것이고, 여러분도 모를 것이다. 그래도 문제 푸는 데 아무 지장 없다.

다음 문장을 찬찬히 읽어보면 내용이 무언지 금세 알 수 있다.

유교에 칸트적 자유니 자아니 하는 따위의 개념이 있다고 말하는 것은 다 쓸데없는 말이다. 그건 유교 문헌에 있는 게 아니라 자기 마음대로 구성한 것이다. 따라서 그건 유교가 아니다. 결과적으로 유교와 서양 철학은 전혀 다른 것이다.

이 말 아닌가?
그래서 이렇게 요약했다.

> 유교의 자아 개념이 칸트의 자유 개념을 함축하고 있다는 등의 유교와 칸트 철학 사이에 연관성이 존재한다는 주장은 엄밀히 말해서 문헌에 존재하지 않는 것으로, 이는 주장자의 구성에 불과하다. 만일 이들이 주장하는 바대로 유교에서 칸트적 자유 개념 및 자아 개념을 찾아낼 수 있다면 그건 이미 유교라고 할 수 없다.

뭐가 어려운가? 아프리오리니 초험적이니 인과율이니 의지 개념의 복잡성이니 하는 따위의 개념 전혀 몰라도 문제 푸는 데 아무 지장 없지 않은가.
그러니 내가 하는 말 믿고 늘 자신 있게 대하란 말이다.
다음 제시문도 보자. 이제야 마지막이다.

(마)

철학의 개념이 문화에 따라 달라지지 않는 점은 다른 관점에서 살펴볼 수도 있다. 철학이 관심 갖고 있는 것은 여러 특수과학, 특히 수학 · 물리학 · 심리학과 같은 기초적 분야의 기초에 대한 분석과 해명이다.

칸트의 위대한 형이상학적 · 인식론적 체계는 뉴우튼적인 세계관, 즉 시 · 공의 세계가 정확한 수학적 용어로 이루어진 결정론적 법칙에 의해 전적으로 지배받고 있다는 세계관을 철학적으로 기초지우는 작업이며 그 세계관의 해명이었다. 만약 이것이 사실이라면 이러한 과학에는 보편성을 인정하면서도 철학에는 보편성을 부인한다는 것은 있을 수 없다.

서양철학을 수입하지 않고서 서양과학을 수입한다는 것은 불가능하다.

물론 서양과학이라고 말하는 것이 어색하듯이 서양철학이라고 하는 것도 적절한 표현은 아니다. 철학은 그저 철학일 뿐이다. 그러므로 우리들이 역사적 의미에서 사용하는 것이 아니면 '한국철학'이라는 표현은 사용할 수 없다. 즉, '한국에 있어 철학의 전통'이라는 의미에서만 한국철학은 존재한다.

— 김재권, 〈한국철학 가능한가〉

이 제시문도 마찬가지다. 꽤 어렵고 복잡한 개념들이 곳곳에 있는데 몰라도 아무 문제없다.

주장의 핵심은 매우 쉬운 말로 되어 있으니까. 그럼 내가 줄을 그은 부분만 살펴보자.

1) 철학의 개념이 문화에 따라 달라지지 않는 점은 다른 관점에서 살펴볼 수도 있다.

2) 과학에는 보편성을 인정하면서도 철학에는 보편성을 부인한다는 것은 있을 수 없다.

3) 철학은 그저 철학일 뿐이다.

4) '한국철학'이라는 표현은 사용할 수 없다.

이를 바탕으로 요약해보겠다.

> 철학은 문화나 지역에 따라 달라질 수 없다. 이는 다른 학문에 대해서는 시공을 초월한 보편성을 인정하면서 철학에 대해서만 서양철학, 한국철학 등으로 개념 짓는 것을 용인하는 것과 마찬가지인데, 이는 누가 보아도 비합리적이다.

형식별 논술 문제 풀기

너무 간단하게 요약했나?

그래도 틀린 것은 아니다. 위 글을 아무리 읽어보아도 이 이상의 내용을 찾아볼 수 없으니 말이다.

자, 그럼 본격적으로 문제를 풀어보자.

우선 앞에서 요약한 것을 다 모아보자.

(나)

서양인들은 중국인들을 가리켜 종교정신을 갖추지 못했으며, 따라서 종교문화의 전통도 없다고 말한다. 그 증거로 중국에는 서양과 같은 제도화된 종교가 없고 현실적인 윤리와 도덕만을 중시하는 현상을 든다.

그러나 이는 중국의 문화를 서양인들의 안목으로 살펴보기 때문이다. 중국 민족은 종교정신과 현실적 윤리도덕을 분리할 수 없는 하나의 근본으로 여긴다. 따라서 중국에 종교적 전통이 있음은 부인할 수 없는 사실이다.

(다)

민주주의가 개인의 자율성만을 강조한다면 결코 바람직하다고 할 수 없을 것이다. 민주주의가 개인 차원에 머무르는 순간 시민들은 거대한 정치과정에서 자신을 배제시킬 수도 있고, 상대방의 결정을 인정하는 상호협력의 중요성을 간과할 수도 있기 때문이다.

따라서 집단의 결정이 개인의 결정에 비해 효과적이며, 상호작용하는 민주주의, 참여하는 민주주의를 중시하는 '인격적 민주주의자'야말로 민주주의를 더욱 안정적으로 발전시키는 데 도움이 될 것이다.

(라)

유교의 자아 개념이 칸트의 자유 개념을 함축하고 있다는 등의 유교와

칸트 철학 사이에 연관성이 존재한다는 주장은 엄밀히 말해서 문헌에 존재하지 않는 것으로, 이는 주장자의 구성에 불과하다. 만일 이들이 주장하는 바대로 유교에서 칸트적 자유 개념 및 자아 개념을 찾아낼 수 있다면 그건 이미 유교라고 할 수 없다.

(마)

철학은 문화나 지역에 따라 달라질 수 없다. 이는 다른 학문에 대해서는 시공을 초월한 보편성을 인정하면서 철학에 대해서만 서양철학, 한국철학 등으로 개념 짓는 것을 용인하는 것과 마찬가지인데, 이는 누가 보아도 비합리적이다.

어? (가)가 없네. 아하! 뒤 제시문을 읽고 다시 보기로 했지.

그럼 네 제시문부터 읽어볼까.

그런데 읽기 전에 공통 주제가 무엇인지 염두에 두어야 하겠지. 그래야 네 제시문을 통해 앞의 제시문을 이해할 수 있을 테니까.

공통 주제는?

음, '개념의 사용 방식'이었구나.

그럼 아래 네 제시문의 요약문을 통해 개념의 사용 방식이라는 낯선 주제를 살펴보자.

(나)

서양인들은 중국인들을 가리켜 종교정신을 갖추지 못했으며, 따라서 종교문화의 전통도 없다고 말한다. 그 증거로 중국에는 서양과 같은 제도화된 종교가 없고 현실적인 윤리와 도덕만을 중시하는 현상을 든다. 그러나 이는 중국의 문화를 서양인들의 안목으로 살펴보기 때문이다. 중국 민족은 종교정신과 현실적 윤리도덕을 분리할 수 없는 하나의 근본으로 여긴다. 따라서 중국에 종교적 전통이 있음은 부인할 수 없는 사실이다.

→ 중국의 문화는 서양인의 안목으로는 이해할 수 없는 **특수성**을 띠고 있군.

(다)

민주주의가 개인의 자율성만을 강조한다면 결코 바람직하다고 할 수 없을 것이다. 민주주의가 개인 차원에 머무르는 순간 시민들은 거대한 정치과정에서 자신을 배제시킬 수도 있고, 상대방의 결정을 인정하는 상호협력의 중요성을 간과할 수도 있기 때문이다.

따라서 집단의 결정이 개인의 결정에 비해 효과적이며, 상호작용하는 민주주의, 참여하는 민주주의를 중시하는 '인격적 민주주의자'야말로 민주주의를 더욱 안정적으로 발전시키는 데 도움이 될 것이다.

→ 개인의 자율성, 즉 **특수성**보다는 **보편성**이 민주주의에 더욱 중요하군.

(라)

유교의 자아 개념이 칸트의 자유 개념을 함축하고 있다는 등의 유교와 칸트 철학 사이에 연관성이 존재한다는 주장은 엄밀히 말해서 문헌에 존재하지 않는 것으로, 이는 주장자의 구성에 불과하다. 만일 이들이 주장하는 바대로 유교에서 칸트적 자유 개념 및 자아 개념을 찾아낼 수 있다면 그건 이미 유교라고 할 수 없다.

→ 유교와 칸트의 개념 사이에는 분명히 **차별성**이 존재하고 있다는 말이군. 그렇다면 칸트와 유교 모두 **특수성**을 가진 개념이지 **보편성**으로 통일될 수 있는 건 아니군.

(마)

철학은 문화나 지역에 따라 달라질 수 없다. 이는 다른 학문에 대해서는 시공을 초월한 보편성을 인정하면서 철학에 대해서만 서양철학, 한

국철학 등으로 개념 짓는 것을 용인하는 것과 마찬가지인데, 이는 누가
보아도 비합리적이다.

→ 철학은 당연히 **보편성**을 띠고 있는 것이란 말이군.

위 네 가지 제시문을 요약한 내용을 살펴보니 핵심은 개념이 보편성을 띠느냐
특별성을 띠느냐로 나누어진다.
그렇다면 제시문 (가) 또한 두 가지 가운데 한 입장을 택할 것은 불문가지.
자, 이러한 이해를 바탕으로 제시문 (가)를 다시 읽어보자.

(가)

자유주의에 대한 현대의 지배적인 견해는 공통성을 도외시하고 차이
성에만 집착하는 회의적이고 비판적인 정신에 자유주의를 국한시켜 버
리는 경향이 있다. 유사성과 차이성에 대한 동시적 긍정-문화적 다양
성 속에서 공유되고 있는 공통의 인간적 가치들에 대한 긍정적인 관심-
이야 말로 이런 경향에 대하여 분명하게 이의를 제기할 수 있을 것이다.
적어도 나에게 비판적이고 회의적인 태도는 자유주의의 본질적인 요소
이긴 하지만 2차적인 중요성을 지닐 뿐, 1차적인 중요성을 지니는 요소
는 아니다. 요컨대 회의적인 태도를 취하기 전에 먼저 긍정적인 신념과
관심을 가져야만 한다. 단지 폭로하고 전복시키고 해체하는 데서 만족
을 느끼는 '비판적인 기풍'은 인간 지성의 본령이 아니다. 그런 기풍은
본질적으로 기생적이며, 결국 아무런 생산적인 결실을 맺지 못하게 될
가능성이 크다.

— 시어도어 드 배리, 《중국의 '자유' 전통》

얼마나 쉬운가!
보편성과 특수성이라는 개념의 입장을 염두에둔 상태에서 이 글을 읽으니 맨
앞줄에 이미 결론이 있음을 수 있지 않은가 말이다.

"자유주의에 대한 현대의 지배적인 견해는 공통성을 도외시하고 차이성에만 집착하는 회의적이고 비판적인 정신에 자유주의를 국한시켜 버리는 경향이 있다. 유사성과 차이성에 대한 동시적 긍정-문화적 다양성 속에서 공유되고 있는 공통의 인간적 가치들에 대한 긍정적인 관심-이야 말로 이런 경향에 대하여 분명하게 이의를 제기할 수 있을 것이다."

즉 이 글도 보편성을 중시하는 입장임을 쉽게 알 수 있다. 다 읽을 필요조차 없다. '공통성을 도외시하고 차이성에만 집착하는 회의적이고 비판적인 정신에 자유주의를 국한시켜 버리는 경향이 있다.'는 문장은 공통성을 도외시하는 입장을 비판하는 것임은 두말할 나위가 없으니 말이다.

그럼 이러한 이해를 바탕으로 제시문 (가)를 요약해보자.

> 공통성과 차이성을 동시에 수용하는 문화적 다양성 속에서만이 자유주의는 긍정성을 띨 수 있다. 만일 자유주의라고 해서 비판, 차별성, 회의적인 태도 등에 주안점을 둔다면 자유주의는 결국 인간 지성의 핵심에 닿지 못한 채 아무런 결실도 맺지 못할 것이다.

쉬워도 너무 쉽지 않은가.

그럼 이를 바탕으로 문제를 풀어보자.

처음에는 다섯 제시문을 요약하는 것이다.

> 자유주의의 바람직한 방향에 대해 논하고 있는 제시문 (가)에 따르면 공통성과 차이성을 동시에 수용하는 문화적 다양성 속에서만이 자유주의는 긍정성을 띨 수 있다. 스스로에게 비판적이고 회의적인 태도가 자유주의의 본질이라 하더라도 자유주의가 그러한 비판, 차별성, 회의적인 태도 등에만 주안점을 둔다면 자유주의는 결국 인간 지성의 핵심에 닿지 못한 채 아무런 결실도 맺지 못할 것이다. 결실을 맺기 위해서는

상대방에 대한 비판이나 차별 같은 기생적 태도 외에 스스로 신념과 관심을 갖는 적극적인 태도가 필요하기 때문이다.

한편 중국 민족에게 고유의 종교 정신이 있느냐를 다루는 제시문 (나)는, 서양인들의 시각에서 보면 중국인들은 종교정신을 갖추지 못했으며, 따라서 중국에 종교문화의 전통도 없다고 말한다. 그 증거로 중국에는 서양과 같은 제도화된 종교가 없고 현실적인 윤리와 도덕만을 중시하는 현상을 든다.

그러나 이는 중국의 문화를 서양인들의 안목으로 살펴보기 때문이다. 중국 민족은 종교정신과 현실적 윤리도덕을 분리할 수 없는 하나의 근본으로 여기는 서양과는 다른 고유의 특성을 가지고 있으며, 따라서 중국에 종교적 전통이 있음은 부인할 수 없는 사실이다.

제시문 (다)는 민주주의에 대해 논하고 있다. 이 글에 따르면, 민주주의가 개인의 자율성만을 강조한다면 결코 바람직한 것이라고 할 수 없다고 말한다. 왜냐하면 민주주의가 개인적 행동이라면 시민들은 거대한 정치과정에서 자신을 배제시킬 수도 있고, 상대방의 결정을 인정하는 상호협력의 중요성을 간과할 수도 있기 때문이라는 것이다.

따라서 집단의 결정이 개인의 결정에 비해 효과적이며, 상호작용하는 민주주의, 참여하는 민주주의를 중시하는 '인격적 민주주의자'야말로 민주주의를 더욱 안정적으로 발전시키는 데 도움이 될 것이라는 주장을 편다.

제시문 (라)는 유교의 자아 개념이 칸트의 자유 개념을 함축하고 있다는 등의 유교와 칸트 철학 사이에 연관성이 존재한다는 주장은 엄밀히 말해서 유교의 문헌에 존재하지 않는 것으로, 이는 주장자의 구성에 불과하다고 지적한다. 그리고 만일 이들이 주장하는 바대로 유교에서 칸트적 자유 개념 및 자아 개념을 찾아낼 수 있다면 그건 이미 본래적 유교가 아니라 새로운 유교, 구성된 유교에 불과하다고 말한다.

마지막으로 제시문 (마)는 우리가 널리 사용하는 한국철학이나 서양철

학이라는 용어에 의문을 제기한다. 이는 다른 학문에 대해서는 시공을
초월한 보편성을 인정하면서 철학에 대해서만 서양철학, 한국철학 등으
로 개념 짓는 것을 용인하는 태도로 누가 보아도 비합리적이라는 것이
다. 즉, 이 글에 따르면, 철학 또한 과학 등과 같이 문화나 지역에 따라
달라질 수 없는 보편성을 지님이 분명하다.

– 1,320자

글이 좀 길다. 그렇지만 지금 손볼 것은 아니다. 왜냐하면 두 가지 문제를 더
풀어야 하기 때문이다.
그 글을 모두 포함한 후 문제가 요구한 글자 수, 즉 1,500자 내로 정리하면 될
테니까.
그럼 남은 문제를 풀어보자. 뭐였지?

첫째, 다섯 개의 제시문을 각각 요약하고,
둘째, 개념의 사용 방식을 기준으로 이들을 두 가지 유형으로 분류하고,
셋째, 그 타당성을 논하라.

첫째 문제는 풀었으니 두 번째, 즉 개념의 사용 방식을 기준으로 이들을 두 가
지 유형으로 분류하라는 문제를 풀어보자.
이건 쉬워도 너~무 쉽다. 왜냐하면 이미 요약 과정에서 다 나왔으니까.
그래서 이렇게 썼다.

제시문들을 요약하는 과정에서 확인할 수 있듯이, 제시문들은 보편성과
특수성이라는 개념을 각기 자신의 입장에서 주장하고 있다.
그 입장을 확인해 보면, 제시문 (가)는 자유주의의 보편성을 강조하고
있고, 제시문 (나)는 중국은 서양과 달리 종교 측면에서 특수한 문화적
전통을 가지고 있다고 한다. 또 제시문 (다)는 민주주의가 개인의 차원

이 아니라 집단의 보편성을 중시하는 '인격적 민주주의자'야말로 민주주의를 더욱 발전시킬 것이라고 주장한다.

제시문 (라)는 앞서 살펴본 제시문 (나)와 마찬가지로 중국의 문화를 다루고 있는데, 이 글에 따르면 중국의 유교가 서양의 칸트 철학과 일맥상통한다는 주장은 틀린 것이며, 만일 그러한 주장을 펼친다면 그러한 유교는 이미 중국의 전통 유교가 아니라고 한다.

한편 한국철학에 대해 논하고 있는 제시문 (마)에 따르면 철학은 그 자체로 보편적이기에 한국철학이라는 용어 자체가 성립할 수 없다고 한다.

이를 종합하면 제시문 (가)와 (다), (마)는 개념이 보편적 특성을 지닐 때 더욱 가치 있거나, 나아가 보편적일 수밖에 없다는 반면, 제시문 (나)와 (라)는 개념은 지역이나 상황에 따라 특수성을 띨 수밖에 없다고 한다.

결국 다섯 개 제시문은 (가)와 (다), (라)가 개념의 보편성을 주장하는 반면 제시문 (나)와 (라)는 개념의 특수성을 강조하고 있다.

이를 바탕으로 뭘 해야 한다?

그렇다. 자기 자신의 주장을 펼쳐야 한다. '타당성을 논하라'는 문제는 '어떤 것이 옳다고 여기는지 한번 말해보라'는 말과 같으니 말이다.

위에 언급한 문장들의 주장은 그 어느 것도 옳다거나 그르다고 판단하기 힘들 만큼 각기 논리적 근거와 실천적 사항을 담고 있다. 따라서 개념의 보편성이 옳다거나 특수성을 수용해야 한다거나 하는 주장은 한쪽이 옳고 다른 쪽이 그른 것이 아니라 시대, 상황, 지역 등에 따라 한쪽 주장의 비중이 커질 수도, 다른 주장이 커질 수도 있다고 보아야 할 것이다. 그러나 최근 전 지구적으로 확산되고 있는 세계화, 나아가 지구화라는 개념에 비추어본다면 특수성이라는 측면은 보편성을 전제로 한 하위 개념에서 수용되는 게 옳을 것이다. 지금은 서양 입장에서 동양이

라는 존재가 있는지도 모르는 고대도 아니요, 종교적으로 극한대립을
하던 중세도 아니다. 그러한 상황에서 문화와 철학, 나아가 삶과 사고라
는 측면에서 특수성만을 강조하는 것은 시대의 흐름을 능동적으로 이
끌어가는 데 장애물이 될 수도 있다는 것이 내 생각이다.

어떤가?

나는 이 글이 정답이라고 주장하고 싶지 않다. 그냥 내가 느끼는 대로 썼을 뿐
이다. 여러분도 답을 쓰려고 하지 마라. 특히 자신의 주장을 쓰라는 문제가 나
오면 절대 답에 아부하려고 하지 마라. 답을 쓰려고 하지 말라는 말이다. 답은
없다. 출제자 또한 답을 요구하지 않는다. 네 주장을 써라.

그 주장이 논리적으로 타당한가?
그 주장이 앞서 나온 제시문의 주제에서 벗어나지 않았는가?
글이 글쓴이의 사고에서 도출된 독자적인 글인가?

이것이 알고 싶은 것이다. 그러니 이렇게 쓰면 될 뿐 답은 없다.

알겠는가? 니체와 칸트는 극과 극에 놓여 있다. 그러니 니체와 칸트 가운데 누
가 옳으냐 하는 것을 묻는 사람은 절대 없다. 만일 그런 사람이 있다면 그건 무
지한 인간일 뿐이다. 그렇게 다른 위치에 있는 입장을 논하라는 문제가 대부
분인데 어떻게 답이 있을 수 있겠는가? 오직 자기의 주장만이 있을 뿐이다. 그
리고 그 주장은 남과 다른 주장, 나만의 주장, 나만의 독특한 주장이어야 한다.
두루뭉실 남과 비슷한 글을 쓰려고 하지 마라. 그런 글, 수도 없이 많은 친구들
이 쓸 것이다.

여러분이 해야 할 일은 약간 못 써도, 조금 과격해도, 읽는 사람이 "야, 이
녀석 글 대단한데." 하고 느낄 수 있는 나만의 글을 써야 한다는 사실, 반
드시 기억해라.

그런데 문제가 생겼다. 세 가지 답안을 모아보니 무려 2,350자나 되네. 그럼? 당연히 줄여야지.

그래서 이렇게 줄였다.

자유주의를 논하고 있는 제시문 (가)에 따르면 공통성과 차이성을 동시에 수용하는 문화적 다양성 속에서만이 자유주의는 긍정성을 띨 수 있다. 즉 자유주의가 결실을 맺기 위해서는 상대방에 대한 비판이나 차별 같은 기생적 태도 외에 스스로 신념과 관심을 갖는 적극적인 태도가 필요하기 때문이다.

한편 제시문 (나)는, 서양인들의 시각에서 보면 중국에 종교문화의 전통도 없다고 말한다. 그 증거로 중국에는 서양과 같은 제도화된 종교가 없고 현실적인 윤리와 도덕만을 중시하는 현상을 든다. 그러나 이는 종교정신과 현실적 윤리도덕을 분리할 수 없는 하나의 근본으로 여기는 중국의 특성을 감안하지 않은 것이라는 것이 필자의 주장이다.

민주주의를 논하는 제시문 (다)에 따르면, 개인의 자율성만을 강조한다면 민주주의가 시민들 스스로 정치과정에서 자신을 배제시킬 수도 있고, 상대방의 결정을 인정하는 상호협력의 중요성을 간과할 수도 있다. 따라서 상호작용하는 민주주의, 참여하는 민주주의를 중시하는 '인격적 민주주의자'야말로 민주주의를 안정적으로 발전시키는 데 도움이 될 것이라고 한다.

제시문 (라)는 유교와 칸트 철학 사이에 연관성이 존재한다는 주장은 엄밀히 말해서 유교의 문헌에 존재하지 않는 것으로, 이는 주장자의 구성에 불과하다고 지적한다. 그리고 만일 이들이 주장하는 바대로 유교에서 칸트적 자유 개념 및 자아 개념을 찾아낼 수 있다면 그건 이미 본래적 유교가 아니라 새로운 유교, 구성된 유교에 불과하다고 말한다.

제시문 (마)는 한국철학이나 서양철학이라는 용어에 의문을 제기한다. 이는 다른 학문에 대해서는 시공을 초월한 보편성을 인정하면서 철학에 대해서만 서양철학, 한국철학 등으로 개념 짓는 것으로 비합리적이라는 것이다. 즉, 철학 또한 과학 등과 같이 문화나 지역에 따라 달라질 수 없는 보편성을 지님이 분명하다는 것이다.

위 제시문들은 보편성과 특수성이라는 개념을 각기 자신의 입장에서 주장하고 있다.

이를 주장에 따라 구분해 본다면, 자유주의 보편성을 강조하는 (가), 민주주의 보편성이 바람직한 것이라는 (다), 그리고 철학은 그 자체로 보편적이라는 제시문 (마)가 보편성의 개념을 강조하는 반면, 중국에는 서양과는 다른 특수한 문화적 전통이 있다는 제시문 (나)와 중국의 유교는 분명 서양 칸트 철학과 다르다는 (라)는 개념의 특수성을 중시하는 태도를 취하고 있다.

위에 언급한 문장들의 주장은 그 어느 것도 옳다거나 그르다고 판단하기 힘들 만큼 각기 논리적 근거와 실천적 사항을 담고 있다. 따라서 개념이 보편적이라거나 특수한 것이라는 주장의 옳고 그름은 없다고 보아야 한다. 그러나 최근 전 지구적으로 확산되고 있는 세계화, 나아가 지구화라는 개념에 비추어본다면 특수성이라는 측면은 보편성을 전제로 한 하위 개념에서 수용되는 게 옳을 것이다. 이러한 시대적 상황에서 다양한 측면의 개념적 특수성만을 강조하는 것은 시대의 흐름을 능동적으로 이끌어가는 데 장애물이 될 수도 있을 것이다.

읽어보고 여러분의 글과 비교해보라.

다시 말하지만 답은 없다.

다른 책이나 선생님, 학원에서 가르쳐주는 것과 비교해서 이게 옳고 그르다거나, "나는 틀렸어." 하는 따위의 자책은 하지 말기를 바란다.

17
주 제시문을 이용한 타 제시문 설명 문제

이번에는 주 제시문을 이용해 다른 제시문을 설명하라는 좀 복잡한 문제 유형
이다. 말로 하니까 복잡하지 실제로 보면 그렇지도 않다.

그럼 이런 유형의 문제 가운데 가장 어려운 것을 풀어보기로 하자.

어려운 것으로 연습하고 나면 쉬운 것은 훨씬 부담이 덜할 테니.

2011 서울대학교 정시 논술고사 ┃ 인문계열

〈문항 1〉

【제시문 1】

(가)

　우리가 어떤 문제에 부딪혔을 때, 정확하고 신뢰할 만한 해결책을 찾
으려면 과학적 사고를 통한 탐구가 필요하다. 과학 탐구 과정의 구성 요
소는 1) 문제를 인식하여 연구 대상을 정하고, 2) 가설을 세운 후, 3) 가

설을 확인하기 위해 실험과 관찰을 수행하고, 4) 실험과 관찰을 통해 얻은 자료를 해석하여, 5) 결론을 도출하는 것이다. 문제를 인식한다는 것은 모든 탐구 활동의 출발점으로서, '왜 그럴까'라는 질문을 던지는 것이다. 문제 인식은 논리적이거나 분석적인 사고 과정을 거치기도 하지만, 현상에 대한 직관적인 인식을 통해 이루어지기도 한다. 가설이란 예상되는 잠정적 결론으로서 검증 가능해야 한다. 실험과 관찰은 문제 및 가설에 부합해야 한다. 실험과 관찰을 통해 얻은 자료에서 어떤 규칙성이나 경향을 찾아내어 명제화하는 것이 자료 해석이다. 결론을 도출한다는 것은 실험 및 관찰 자료를 비교하거나 관련성을 조사하고, 반례 여부를 검증하여 일반화하는 것을 말한다. 모든 탐구 과정이 이 구성 요소들을 모두 갖추고 있지는 않다. 어떤 요소는 생략되거나 중복되기도 하고, 또한 시간에 따라 진행 순서가 달라지기도 한다. 이 과학 탐구 과정은 자연 현상뿐만 아니라, 문제의 성격에 따라서 인간과 사회를 탐구하는 데에도 적용될 수 있다.

(나)

과학적 주제를 탐구하려면 과학적 사고가 바탕이 되어야 하는데, 과학적 사고의 첫째 요소는 기존 지식에 대한 반성이다. 무거운 물체가 가벼운 물체보다 더 빨리 떨어진다는 기존 지식에 대한 반성적 사고가 있었기 때문에 갈릴레이는 무거운 물체와 가벼운 물체가 같은 속도로 떨어진다는 생각을 하게 되었다. 과학적 사고의 둘째 요소는 지식의 정량화이다. 무거운 물체가 가벼운 물체보다 빨리 떨어진다면 막연히 '더 빨리'가 아니라 구체적으로 몇 배 더 빠른지 정량화해 보아야 한다. 예를 들어 가벼운 물체와 무거운 물체를 같이 붙여서 떨어뜨리면 전체 무게는 더 무거워지므로 무거운 물체보다 더 빨리 떨어질 수도 있고, 무거운 물체의 속도보다 가벼운 물체의 속도가 느리기 때문에 더 늦게 떨어진다고 볼 수도 있다. 이렇게 정량화해 보면 무거운 물체가 더 빨리 떨어진다는 생각의 문제점을 알게 된다. 지식을 정량화하기 위해서는 객관적인 측정이 필요하다. 과학적 사고의 셋째 요소는 지식에 대한 실증적 검토이다. 지식은 검증되어야 하며, 실험은 그 검증 과정이다. 무게가 다른 두 물체를 실제로 떨어뜨려 보는 것이 바로 그것이다. 검증이란 예측이 가능한 상황에서만 가능하다. 실제 상황에서는 다양한 변인(變因)이 존재한다. 실험은 이 변인을 인위적으로 통제할 수 있는 상황에서만 가능하다. 이런 의미에서 실험은 관찰과 차이가 있다. 과학적 사고의 넷째 요소는 지식(가설)의 반증 가능성이다. 과학적 명제는 반증이 가능하도록 명료하게 제시되어야 한다. 과학적 사고의 다섯째 요소는 개별 지식을 모아 합리적 체계로 설명하는 것이다.

【제시문 2】

코페르니쿠스가 천문학에 관심을 가졌을 때에는 그리스의 천문학자 프톨레마이오스의 지구 중심 우주론(천동설)이 일반적으로 받아들여지고 있었다. 프톨레마이오스에 의하면, 우주의 중심에 지구가 놓여있고, 가장 바깥에는 우주의 끝인 천구(天球)가 있다. 천구의 안쪽에는 토성, 목성, 화성, 태양, 금성, 수성, 달이 차례로 위치하며, 이것들은 행성의 천구를 따라 완벽한 원운동을 한다. 반면 프톨레마이오스의 천동설이 지배하던 16세기 초 코페르니쿠스는 관측 자료를 수집하여 하늘에 많은 주전원(周轉圓)이 그려져야 하는 복잡한 우주 구조가 신의 섭리와 맞지 않을 것이라고 생각했다. 그는 주전원, 이심원(離心圓)과 같은 장치를 사용하지 않고도 행성들이 완벽한 등속 운동을 하는 우주 구조가 무엇인지 스스로 묻고 나서, "모든 행성은 태양을 중심으로 회전하며, 따라서 태양이 우주의 중심이다"라는 결론을 얻었다. 그러나 코페르니쿠스의 우주 체계는 여전히 행성들의 원운동을 강력히 고수하면서 주전원과 이심원의 개념을 사용하였으며, 우주가 천체들이 동심원처럼 겹겹이 둘러싸고 있는 구조라고 믿었다. 그런데 왜 그의 우주론은 이후 과학혁명기의 다른 과학자들에게 적극적으로 수용되었을까. 그것은 자연에서 단순성과 조화를 중시하는 신플라톤주의적 믿음 때문이었을 것이다.

과학혁명기의 천문학자 티코 브라헤는 프톨레마이오스의 체계가 잘못되었다는 것을 확신하고 있었지만, 그렇다고 코페르니쿠스의 체계를 믿으려 하지는 않았다. 지구의 회전이 물리적으로 불합리할 뿐만 아니라 성서적 믿음과도 맞지 않는다고 생각했기 때문이다. 티코의 우주 구조는 태양을 중심으로 행성들이 회전하고 태양은 지구를 중심으로 회전하는, 지구 중심이면서 동시에 태양 중심인 과도기적 우주론이었다. 그럼에도 불구하고 그는 훌륭한 천문대를 세우고 20년에 걸쳐 매일 밤 행성을 관측하여 그 결과를 축적했다. 그의 사명은 가능한 한 정확하게 자연에 대해 관측하고 실험하는 것이었다. 그러나 그에게는 이론적 통찰력이 결여되어 있었다.

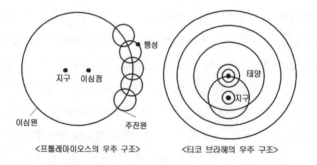

<프톨레마이오스의 우주 구조>　　　<티코 브라헤의 우주 구조>

* 주전원(epicycle): 천구상에서 각 행성이 돌고 있는 일정한 크기의 원(圓) 궤도

* 이심원(eccentric cycle): 주전원의 중심이 돌고 있는 원 궤도

* 이심점: 이심원의 중심으로 태양계의 기하학적 중심에서 약간 벗어난 곳에 위치한 점

이처럼 케플러 이전까지 원은 우주 질서의 기초였으며, 사물은 원주

위를 영원히 회전하고 있었다. 그런데 케플러는 어떻게 그 틀에서 벗어날 수 있었을까. 상상력과 정확한 관찰 자료, 질서와 조화에 대한 깊은 신념을 바탕으로 태양계를 수학적 기초 위에 올려놓은 그의 탐구과정은 어떻게 이루어졌을까.

케플러의 초기 탐구는 코페르니쿠스의 태양 중심적인 우주 체계를 재검토하는 것에서 출발했다. 그에게 코페르니쿠스의 체계는 물리학적이기보다는 종교적으로 중요한 의미를 지니고 있었다. 우주는 바로 그 창조자인 신의 형상을 반영한 것이며, 따라서 가장 빛나는 존재인 태양은 우주의 중심에 위치하고 행성들에게 빛과 열을 흩뿌려서 행성들로 하여금 운동하게 한다고 믿었다. 행성의 공전 주기와 그 거리 역시 코페르니쿠스의 설명을 따라야 이치에 맞다. 태양 중심 체계의 가장 큰 특징은 행성들의 궤도가 모두 조화롭고 수학적으로 균형 있게 잘 만들어져 있다는 것이었다. 다시 말해 지구와 각 행성들 사이의 거리뿐만 아니라, 태양과 각 행성들 사이의 거리가 상대적인 비례 관계를 유지하고 있었던 것이다. 수성은 지구와 태양 사이 거리의 3분의 1, 금성은 3분의 2, 화성은 1.5배, 목성은 5배, 토성은 10배 지점에 위치한다. 그러나 태양 중심 체계를 더욱 자세히 연구하면서 케플러는 코페르니쿠스의 우주론에 불분명한 점들이 있음을 발견했다. 행성들이 무엇 때문에 그처럼 특정한 거리에 위치하는지에 대해 코페르니쿠스는 아무런 근거도 제시하지 않았다. 케플러는 궁금했다. 왜 행성들은 그렇게 특정 거리로 떨어져 있는가? 왜 행성은 반드시 6개인가? 그리고 왜 신은 태양계를 하필 그런 식으로 설계했을까?

1595년 케플러는 이 문제를 해결할 실마리를 발견했다. 일 년 전부터 그라츠 대학에서 수학과 천문학을 가르친 그는 수업 시간에 원에 내접하는 정삼각형을 작도하고 있었다. 그리고 다시 그 정삼각형에 내접하는 원을 그리던 순간 깨달았다. 큰 원과 작은 원의 크기 비례가 토성 궤도와 목성 궤도의 크기 비례와 일치한 것이다. 다시 작은 원에 내접하는 정사각형을 작도한 다음 그 정사각형에 내접하는 원을 그린다면, 그 원들 사이의 비례는 토성과 목성 궤도에 대한 화성 궤도의 상대적인 비례와 일치할 것이다. 그는 어렴풋이 깨닫는다. 그와 같은 기하학적 원리가 모든 행성 궤도 사이의 크기에 대해서도 성립하지는 않을까? 신은 기하학을 원형으로 삼아 우주를 창조하지는 않았을까? 평면 기하학으로는 불충분했다. 입체 기하학을 동원해야 했다. 무엇보다 우주는 3차원이었다. 3차원이라는 사실에 착안해 그는 원 대신 구를, 다각형 대신 정다면체를 가지고 연구에 매진했다. 예로부터 수학자들에게 알려진 정다면체는 정사면체, 정육면체, 정팔면체, 정십이면체, 정이십면체 5개뿐이었다. 이전부터 줄곧 케플러는 행성이 태양에 가까울수록 더 빨리 공전하는 이유가 행성과 태양 사이의 근접성 때문이라고 생각했다. 그 방식은 알 수 없었지만 어쨌든 태양은 행성들을 공전하게 하는 힘의 근원이었을 것이라고 추정했다. 그는 행성의 공전 주기가 태양과 행성의 거리와 관련이 있을 것이라는 물리학적 직관에 근거해 수학 공식화를 시도했다. 그는 여기서 두 가지 사실을 고려해야 했다. 하나는 바로 기하학과 관련된 사항이었다. 태양에서 거리가 멀면 멀수록 공전 궤도는 커지고 공전 주기는 길어진다. 그리고 태양에서 멀어질수록 행성의 공전 속도가 느려진다. 케플러는 이러한 사실들을 고려하여 태양에서 먼 순서대로 행성의 공전 주기는 태양에서 행성까지 거리의 곱절만큼 길어진다는 원리를 이끌어 냈다. 태양까지의 거리 차이에 따른 행성의 속도 변화는 행성 운동에 대한 프톨레마이오스의 모형이나 코페르니쿠스의 모형에서도 다루고 있었던 내용이다. 그러나 어느 쪽도 행성의 속도 변화를 물리학적으로 해석하지는 못하였다. 이처럼 그의 초기 생각은 태양을 중심으로 하는 5개의 다면체가 태양계의 수학적 골격을 형성한다는 것이었다. 수성의 궤도는 정팔면체에 내접해 있고, 그것에 금성의 궤도가 외접해 있는데, 그 궤도는 또 정이십면체에 내접해 있다. 그리고 그것에 지구 궤도가 외접하며 나머지 궤도들도 정십이면체, 정사면체, 정육면체에 내접 또는 외접해 있다. 이런 내용이 담긴 케플러의 《우주의 신비》(1596)는 코페르니쿠스적 우주의 짜임새에 관한 견해이며, 나아가서 기독교와 피타고라스적 종교성의 융합이었다. 케플러는 자신의 상상과 추론이 기존에 알려진 관측 자료와 다르고 이론적으로도 적용되기 어렵다는 것을 바로 알았다. 하지만 놀랍게도 공식을 통해 얻은 행성 사이의 거리는 그가 다면체 가설에서 설정한 거리와 비슷했다. 즉 우주의 구조에 대한 결론은 타당하지 않았지만 그는 실패를 통해 나중에 행성 운동의 법칙으로 귀결될 과학적 단서를 얻었다.

실패에도 불구하고 그는 행성의 움직임에서 조화롭고 기하학적인 비율을 찾는 것이 신을 아는 것이라는 점을 의심하지 않았다. 그러나 그에게는 자신이 설계한 모형을 사실과 부합시키고 입증할 만한 관측 자료가 없었다. 그 자료는 티코 브라헤가 보유하고 있었으며, 케플러는 1600년에 드디어 티코와 만났다. 케플러는 행성이 정말로 태양에서 유래하는 힘에 의해 운동하는 것이라면 그 같은 사실은 행성 운동에 대한 기하학 이론을 통해 증명할 수 있을 것이라 생각하며 티코의 연구에 참가했다. 티코는 케플러에게 고도의 이론화 능력이 있음을 발견하고, 그의 귀중한 관측 결과를 사용하여 티코 학설을 수립하도록 했다. 그러나 1601년에 티코는 사망했고, 케플러는 법정 상속인으로부터 티코의 관측 자료를 인수받았다.

티코가 죽기 전부터 케플러는 화성의 움직임을 이론적으로 연구하고 있었는데, 이 별은 다른 별보다도 원에서 이지러지는 정도가 컸으므로 가장 다루기 힘들었다. 다행스럽게도 이에 관한 티코의 관측 자료는 매우 충실했다. 화성이 지구 바깥의 별 중에서 지구와 가장 가깝고, 아침과 저녁에만 나타나는 금성이나 수성과 달리 태양 빛으로 인해 보이지 않는 일이 없었기 때문이다. 그는 화성에 대한 관측 결과를 통해 지구 궤도 이론에 중대한 변화가 필요하다는 사실을 감지했다. 그는 편지에서 "부족하지만, 나는 화성을 이론적으로 연구하면서 태양을 마치 거울을 들여다보듯 예의 주시하고 있습니다. 화성과 태양 사이의 관계를 나머지 모든 행성에 어떻게 적용해야 할지 알고 있기 때문입니다. 나는 화성을 표본 삼아 나머지 행성 전부를 다루고자 합니다"라고 썼다. 케플러는 두 가지 조건을 가정했으며, 이 가정 덕택에 그는 코페르니쿠스적 사고를 뛰어넘어 뉴턴적 사고에 접근했다.

케플러의 첫 번째 가정은 기하학적인 조건으로서, 지구 공전 궤도면과 화성 공전 궤도면이 태양의 중심에서 교차한다는 것이다. 두 번째는 물리학적인 조건으로서 태양에 행성 운동의 원인이 되는 힘을 부여하는 것이다. 케플러는 태양의 힘과 평형을 이루는 다른 힘을 각 행성에 주고, 태양과 행성이 동등한 상태에서 무한히 투쟁하여 행성의 궤도가 결정되게 했다. 이를 통해 태양의 힘은 거리가 멀어짐에 따라 감소하며, 행성의 속도와 힘의 근원으로부터의 거리 사이에는 반비례 관계가 성립한다고 가정했다. 즉, 행성이 태양으로부터 힘을 얻어 운동하는 것이라면 지구의 공전 운동 역시 다른 행성과 다르지 않을 것이고, 그렇다면 지구 역시 태양과 가까워질수록 빨리 움직이고 멀어질수록 느려질 것이다. 행성 궤도를 유추하려는 물리학적 시도는 드디어 상상을 넘어 확신으로 발전했고, 그의 가설은 적중했다.

《우주의 신비》에서 이미 케플러는 행성의 운동 가설을 밝힌 바 있지만 그는 자신이 세운 공식에 결함이 있음을 깨닫고 있었다. 따라서 그는 행성의 운동 속도는 태양과 행성 사이의 거리에 반비례한다는 간단한 원리를 이용했다. 그러나 태양에 가까워질수록 행성의 공전 속도가 빨라진다는 것을 어떻게 수학적으로 표현할 수 있을까? 이것은 다른 문제였다. 행성은 이심에 중심을 두고 태양 주위를 공전한다. 따라서 태양으로부터 행성까지의 거리는 미세하게 변한다. 케플러는 티코의 수치에 구체적인 몸체를 부여했다. 케플러는 몇 년 동안 이 수치들과 씨름하면서 화성의 비밀을 붙잡으려고 노력했다. 케플러는 궤도의 기하학적 서술과 물리학적 서술을 일치시켜야 한다고 믿었다. 맨 처음 케플러가 사용한 방법은 엄청난 노력을 필요로 했다. 그는 이심원 궤도 둘레를 1도 단위로 쪼개 매 각도마다 화성과 태양 사이의 거리를 계산한 다음, 그 거리의 총합을 이용해 두 지점 간 이동 시간을 측정했다. 태양 반대편의 화성 위치를 나타내는 숫자가 케플러의 출발점이 되었다. 그는 이 수치들을 사용해서 장축의 연장선상에 위치해 있는 항성의 움직임, 장축 위에 있는 태양의 이심적 위치, 반지름 등을 산출했다. 면적의 근사값을 구하는 방법에서도, 산술적인 계산에서도 시행착오가 반복되었다. 그러나 만족할만한 해답은 얻을 수 없었다. 케플러는 말한다. "만약 당신들이 이 지루한 계산법에 진저리가 났다면, 그 계산에 엄청난 시간을 허비하면서 적어도 일흔 번 이상 해야만 했던 나를 생각해 주기 바란다. 내가 화성과 마주치고 나서 순식간에 5년이 흘러버렸다." 수없이 이어진 계산의 결과 화성이 자신의 공전 궤도면을 쓸고 지나간 면적은 거리의 총합과 그 값이 거의 맞아떨어졌다. 비록 평균적인 근사값이지만, 케플러는 같은 단위시간 동안 행성 궤도가 그리는 면적은 동일하다는 원리를 발견했다. 바로 훗날 케플러의 제 2법칙(면적 속도 일정의 법칙 또는 같은 시간에 같은 면적의 법칙)으로 알려진 원리였다. 발견 순서를 따지면 제 2법칙이 다른 법칙들보다 먼저였다. 이 법칙으로 그는 궤도를 통해 행성이 움직이는 속도가 다르다는 것을 증명했다.

그런데 관측된 위치와 이론적으로 예상된 위치 사이에 8분(1도=60분) 정도의 각도가 어긋난다는 것이 발견되었다. 그것은 아주 작은 차이였다. 티코 이전이라면 그것은 발견되지 않았을 것이다. 8분의 각도를 가지고 6년을 힘들게 연구했다는 사실은 케플러가 얼마나 과학적 사고에 투철했는지를 말해 준다. 그런데 바로 이 8분의 오차를 규명하기 위해 케플러는 화성의 궤도가 원이 아니라 다른 형태일 것이라고 생각하기 시작했다.

케플러는 자신이 새로 발견한 법칙을 행성 궤도에 적용했다. 행성 궤도의 중심은 태양계의 중심에서 약간 벗어나 있었다. 즉 태양 역시 행성 공전 궤도의 회전축에서 벗어난 곳에 위치했다. 따라서 새 운동 법칙을 이용해 화성과 태양 사이의 최단거리 지점과 최장거리 지점을 확인하고자 했으며, 그 과정에서 그는 새로운 사실을 발견했다. 그 두 지점을 통과하는 데 화성이 너무 많은 시간을 소비한다는 것이다. 즉 이심원 궤도의 양 끝 지점을 통과하는 화성의 운동 속도가 예상보다 느렸던 것이다. 그렇다면 행성 궤도를 찌그러뜨려 양 옆으로 더 튀어나오게 해야 했다. 그래야 전체적으로 면적과 시간은 동일하게 유지하면서, 양 끝 지점에서 달라진 속도와 시간 값을 설명할 수 있기 때문이다. 케플러는 물리학적 직관을 발휘했다. 행성 궤도는 완벽한 원이 아니라 달걀 모양이어야 했다. 이제 케플러에게 남은 목표는 분명해졌다. 티코가 정확하고 정밀하게 관측한 행성 위치 자료와 일치하는 수학적인 궤도를 찾아내는 일이었다. 그러나 정확히 어떤 모양의 달걀형 궤도가 적당할 것인가? 그런 달걀형 궤도는 어떻게 찾아낼 것인가? 그것은 매우 복잡한 과정이었다. 그 문제를 해결하는 데 케플러는 1604년 한 해를 모두 바쳐야 했다.

이 문제에 대한 해답이 공인되기까지의 과정은 오류의 연속이었다. 스무 가지에 이르는 많은 가설은 입증되지 않았고, 잘못된 계산 방법과 결과도 무수히 반복되었다. 그러던 중 또 하나의 발견에 도달했다. 달걀형과 원 사이에 생긴 초승달 모양의 최대 폭은 반지름의 0.00429배였다. 그는 또 이 측정과는 완전히 독립적으로, 화성에서 태양과 궤도 중심에 그은 선분이 이루는 최대각이 5도 18분이라는 것을 측정했다. 이 각의 시컨트(코사인의 역수) 값이 1.00429라는 것이 그를 놀라게 했다.

이 값은 우연일 리가 없었다. 그러나 안타깝게도 그는 이 관계가 타원을 정의하는 조건의 하나라는 사실을 몰랐기 때문에 계산을 반복했으며, 그 과정에서 타원의 두 초점 중 하나가 태양의 위치와 정확히 일치한다는 사실을 발견했다. 사실 그 타원 궤도는 화성이 자신의 원형 공전 궤도에서 4분의 1 되는 지점에 도달하는 순간 태양에서 떨어진 거리가 얼마인지를 계산하는 과정에서 비롯됐다. 순간적으로 그는 그 거리를 계산할 정밀한 삼각측량법(삼각형의 한 변의 길이와 두 개의 끼인 각을 알면 그 삼각형의 나머지 두 변의 길이를 알 수 있다는 원리를 이용한 측량법)이 존재한다는 사실을 떠올렸다. 거리를 계산해 본 결과, 화성 궤도는 정말로 타원을 그리고 있었다. 더 나아가 그는 화성이 타원 궤도를 도는 동안 태양과 거리가 어떻게 변하는지도 정확히 알아냈다. 그 타원 궤도는 케플러의 오래된 고민, 즉 면적 속도 일정의 법칙에서 근사값의 정밀도를 높이는 문제를 말끔히 해결해 주었다. 순간 생각의 물줄기가 솟구쳤다. 그는 그 순간을 "마치 꿈에서 깨어나 새로운 빛을 보는 것 같았다"라고 썼다. 행성 운동의 제 1법칙이 탄생했던 것이다. 행성의 운동은 태양을 한 초점으로 하는 타원 궤도였던 것이다.

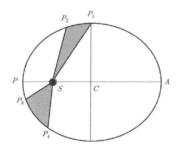

제 1법칙(타원 궤도의 법칙)

행성은 타원의 한 초점에 놓여 있는 태양 주위를 타원 궤도를 그리며 돈다.

제 2법칙(면적 속도 일정의 법칙)

태양과 행성을 연결하는 선은 같은 시간에 같은 면적을 쓸고 지나간다.

앞의 그림처럼 행성은 타원 궤도를 그리며, 타원의 한 초점에 태양(S)이 있다. 타원의 크기는 통상 장축(긴 반지름)의 길이에 따라 결정된다. 다시 말해 장축 $\overline{PA}$의 절반 길이, 즉 $\overline{PC}$의 길이에 따라 결정된다. 그리고 이심률(e)은 중심에서 태양까지의 거리와 중심에서 장축 끝점까지 거리의 비율($\overline{SC}/\overline{PC}$)로 정의된다. 이심률은 장축과 초점 사이 길이의 비로서, 그 값이 0 이면 원, 1 이면 포물선, 1 보다 작으면 타원, 1 보다 크면 쌍곡선이 된다. 그림에서는 실제 행성 궤도보다 이심률을 상당히 과장하여 표시했다. 실제 행성의 궤도는 거의 완벽한 원에 가까운 타원 궤도를 그린다.

케플러의 제 2법칙에 따르면, 단위 시간당 행성이 자신의 공전 궤도면을 쓸고 지나가는 면적은 동일하다. 같은 시간 동안 P_1에서 P_2로 이동하며 그리는 면적은 P_3에서 P_4로 이동하며 그리는 면적과 동일하다는 것이다. 행성과 태양 사이 거리가 짧아지면 속도가 빨라지므로 궤도를 따라 더 먼 거리를 이동한다. 결론적으로 행성의 공전속도는 근일점(近日點, P)에서는 최고 속도에 도달하지만 원일점(遠日點, A)에서는 최저 속도로 떨어진다. 즉, 케플러 식으로 설명한다면 행성은 운동력의 근원인 태양에 가까울수록 속도가 빨라지고 멀어질수록 속도가 느려지는 것이다.

케플러에게 이 두 법칙은 교향악의 멜로디 조각들이었으며, 우주의 기하학적 구조는 아직도 완전히 드러나지 않았다. 그에게 타원이란 결국 원의 대용품이었다. 평면 기하학은 2차원의 물질적 세계를 다룬다. 구의 3차원적 완전성은 삼위일체를 나타낸다. 구의 평면적 단면도는 인간의 이원적 양상(육체와 정신)을 의미한다. 그러므로 우주론에서 케플러는 타원보다 더 깊이 내재한 사물의 근거를 찾으려고 했다. 하나님이 창조한 세계의 조화는 어디에 있을까?

케플러는 행성 사이의 공간을 염두에 두고 두 법칙으로 나타나는 현상의 원인을 규명하고자 했다. 그 한 가지가 행성의 이심률 크기, 즉 '행성 궤도의 중심에서 태양까지의 거리가 얼마만큼 떨어져 있는가'였다. 이심률은 행성이 태양과 가장 가깝게 접근해 있는 근일점, 그리고 가장 멀리 떨어져 있는 원일점으로 결정된다. 다른 한 가지는 행성의 이심률이 각기 다르다는 것이다. 화성은 이심률이 꽤 큰 반면, 금성은 거의 없다. 그는 《우주의 신비》를 썼던 20여 년 전부터 무엇 때문에 행성의 이심률이 다른지 설명하는 데 애를 먹었다. 케플러는 두 번째 현상의 원인을 규명하는 일에 이처럼 많은 시간을 보내야 했다. 그는 태양과 행성 간의 평균 거리와 그 궤도 주기(궤도를 따라 행성이 한 바퀴 도는 데 걸리는 시간) 사이에 놓인 수학적 관계를 알고 싶어 했다.

케플러는 이 질문들에 대한 답이 모두 조화와 깊은 관계가 있을 것이라고 생각했다. 그러나 근일점과 중간 지점, 그리고 원일점을 정확하게 비교해 보아도 조화로운 관계가 드러나지 않았다. 여기서 케플러는 태양에서 바라보는 각 행성의 속도 사이에 조화로운 관계가 있는지 조사해 보았다. 이는 원일점에서 최저 속도, 그리고 근일점에서 최고 속도를 갖는 행성 궤도 운동에서 어떤 관계가 존재한다면 행성이 이심률을 갖는 이유에 대해 설명할 수 있을 것이기 때문이었다. 그리고 이 관계는 두 행성 사이에, 다시 말해 한 행성의 원일점 속도와 다른 행성의 근일점 속도 사이에 있으며, 서로 간에 영향을 받는 행성 간 공간에서 비롯될 것이었다. 이것은 까다로운 문제였다.

케플러는 눈을 가리고 조각 그림 맞추기 놀이를 하는 것처럼 수많은 방식을 시도해 보았다. 행성 주기에서는 조화급수에 따른 규칙성이 발견되지 않았다. 태양으로부터 여러 행성까지의 거리에 어떤 비율이 숨어 있지는 않을까? 그러나 거기에도 답은 없었다. 최대 속력과 최소 속력 사이에, 혹은 평균 속도 사이에 무언가 규칙이 있는 것은 아닐까? 이제 그는 비밀에 조금 접근한 것처럼 느꼈다. 그는 상상력을 발휘했다. 태양을 도는 각 행성의 주기와 거리를 비교했다. 그러자 비로소 그가 평생을 두고 입증하려고 했던 가설이 진실의 모습으로 나타났다. 케플러는 마침내 화성(和聲) 모두를 구체화시키는 배열을 발견했고, 이를 토대로 관찰된 행성의 거리와 이심률의 관계를 밝히는 데 성공했다. 각 행성별로 주기와 거리 사이에 존재하는 상관관계를 20여 년 만에 찾아낸 것이다. 이것이 케플러가 그의 제 3법칙(조화의 법칙)에 도달한 과정이다. 이 법칙은 마침내 그가 찾고 있던 행성의 운동과 거리의 관계, 태양계의 물리적 운동과 기하학적 구조의 관계를 보여주었다. 태양으로부터 행성까지 평균 거리의 세제곱이 행성 공전 주기의 제곱에 비례한다는 것은 의외의 상관관계였다. 되풀이해서 시도하지 않았다면 그것은 결코 발견되지 않았을 것이다.

코페르니쿠스가 행성 궤도의 중심 가까이에 태양을 놓는 것에 그쳤다면, 케플러는 행성의 운동을 설명하기 위해 온갖 종류의 모형을 만들고, 길고 복잡한 계산 과정을 거쳐 비로소 태양이야말로 행성 운동의 동력원이라는 것을 밝혀냈다. 그에게 신이 창조한 우주는 조화였다.

논제 1. 【제시문 2】는 행성의 운행 법칙이 밝혀지는 과정을 보여준다. 행성의 운행 궤도가 원이 아니라 타원이라는 사실이 입증되는 과정을 【제시문 1】 (가)에서 기술된 '과학 탐구 과정'에 따라 재구성해 보시오.

논제 2. 【제시문 1】 (나)에서 기술된 '과학적 사고의 다섯 요소'를 【제시문 2】에서 찾아 설명하시오.

진짜 이 문제는 제시문의 길이만 봐도 정이 뚝 떨어진다.

자신들이 우리나라 최고 대학이라는 자부심을 표현하기 위해서 이런 문제를 냈나 하는 의문이 들 만큼 정말 긴 제시문이다.

그러나 다행스러운 것은 시험 시간이 5시간으로 길다는 것이다. 하지만 방심할 수 없는 게 문제의 깊이나 길이가 장난이 아니라는 사실이다.

그러니 많은 친구들이 지레 겁을 먹을 것은 당연하다.

이렇게 긴 제시문을 읽고 2문제를 풀어야 하다니!

그러나 어쩌랴! 이게 연습문제도 아니고 기출 문제인데.

그렇다면 한번 부딪쳐보자고.

우선 문제를 살펴보자.

> **논제 1.** 【제시문 2】는 행성의 운행 법칙이 밝혀지는 과정을 보여준다. 행성의 운행 궤도가 원이 아니라 타원이라는 사실이 입증되는 과정을 【제시문 1】 (가)에서 기술된 '과학 탐구 과정'에 따라 재구성해 보시오.
>
> **논제 2.** 【제시문 1】 (나)에서 기술된 '과학적 사고의 다섯 요소'를 【제시문 2】에서 찾아 설명하시오.

문제부터 【제시문 1】과 【제시문 2】를 오가고 있다.

"도대체 【제시문 1】을 먼저 읽으라는 거야, 【2】를 읽으라는 거야?" 하는 의문이 드는 것도 사실이다.

솔직히 나는 이 문제 풀고 싶지 않다. 왜? 나는 과학을 무척 싫어하거든.

그럼에도 풀기로 했다. 오직 여러분을 위해서.

이 말은 매우 중요한데, 내가 특별히 희생적인 인간이라서가 아니라 나처럼 과학을 싫어하는 사람도 이 문제를 풀 수 있다면, 고등학교 3년 동안 과학을 배운 여러분이야 누워서 떡 먹기 아니겠는가? 그런 자신감을 불어넣어주기 위해서 내가 먼저 이 문제를 풀어보겠다는 것이다.

자, 그럼 풀어보겠다.

우선 문제(서울대학교는 달라도 뭔가 다르다. 문제라고 하지 않고 논제라고 하는 것을 보니 말이다)를 보면 【제시문 1】과 【2】를 동시에 해석해야 풀 수 있음을 알 수 있다.

그리고 【제시문 1】이 원리를 제시하고 있다면, 제시문 【2】는 이를 바탕으로 실제 상황을 설명하고 있음을 여러분도 알 것이다.

문제에 그렇게 쓰여 있으니 말이다.

잘 이해가 안 가는 친구들을 위해 다시 문제를 살펴보겠다.

논제 1

【제시문 2】는 행성의 운행 법칙이 밝혀지는 과정을 보여준다. 행성의 운행 궤

도가 원이 아니라 타원이라는 사실이 입증되는 과정을 - 아하!【제시문 2】는 행성의 운행 궤도가 타원이라는 사실이 입증되는 과정을 보여주겠구나.

【제시문 1】(가)에서 기술된 '과학 탐구 과정'에 따라 재구성해 보시오. - 아하!【제시문 1】의 (가)는 과학 탐구 과정을 설명하겠구나. 그리고 그 과정이 어떻게 실천되는지【제시문 2】에 나오겠구나.

논제 2

【제시문 1】(나)에서 기술된 '과학적 사고의 다섯 요소'를 - 아하!【제시문 1】의 (나)에는 과학적 사고의 다섯 가지 요소가 기술되어 있겠구나.

【제시문 2】에서 찾아 설명하시오. - 아하!【제시문 2】에는 과학적 사고의 다섯 가지 요소가 어떻게 실천되는지 설명되고 있겠구나.

이렇게 설명해도 모르는 분은 논술 포기하는 편이 낫다.

그렇지 않은가? 그러니까 내 말은 <u>문제를 잘 살펴보면 제시문의 성격이나 내용을 상당 부분 이미 알 수 있다는 말이다.</u>

<u>그래서 문제를 잘 읽는 게 무엇보다 중요하다.</u> 이 내용에 대해서는 앞에서도 여러 번 살펴보았으니 여러분도 잘 알 거라 믿는다.

그럼 다음 단계, 즉 제시문을 읽기로 하겠다.

이【제시문 1】의 (가)를 읽을 때 주의할 사항은 앞에서 살펴본 문제 내용을 떠올리는 것이다.

무엇?

과학 탐구 과정!

【제시문 1】

(가)

우리가 어떤 문제에 부딪혔을 때, 정확하고 신뢰할 만한 해결책을 찾으려면 과학적 사고를 통한 탐구가 필요하다. 과학 탐구 과정의 구성 요소는 1) 문제를 인식하여 연구 대상을 정하고, 2) 가설을 세운 후, 3) 가설을 확인하기 위해 실험과 관찰을 수행하고, 4) 실험과 관찰을 통해 얻은 자료를 해석하여, 5) 결론을 도출하는 것이다. 문제를 인식한다는 것은 모든 탐구 활동의 출발점으로서, '왜 그럴까'라는 질문을 던지는 것이다. 문제 인식은 논리적이거나 분석적인 사고 과정을 거치기도 하지만, 현상에 대한 직관적인 인식을 통해 이루어지기도 한다. 가설이란 예상되는 잠정적 결론으로서 검증 가능해야 한다. 실험과 관찰은 문제 및 가설에 부합해야 한다. 실험과 관찰을 통해 얻은 자료에서 어떤 규칙성이나 경향을 찾아내어 명제화하는 것이 자료 해석이다. 결론을 도출한다는 것은 실험 및 관찰 자료를 비교하거나 관련성을 조사하고, 반례 여부를 검증하여 일반화하는 것을 말한다. 모든 탐구 과정이 이 구성 요소들을 모두 갖추고 있지는 않다. 어떤 요소는 생략되거나 중복되기도 하고, 또한 시간에 따라 진행 순서가 달라지기도 한다. 이 과학 탐구 과정은 자연 현상뿐만 아니라, 문제의 성격에 따라서 인간과 사회를 탐구하는 데에도 적용될 수 있다.

사실 줄을 그을 것도 없을 만큼 이 제시문은 쉽게 이해된다. 앞서 살펴본 것처럼 과학 탐구 과정이 번호에 의해 정리되어 있으니까.

그래도 이를 다시 한 번 정리해볼까.

1) 문제를 인식하여 연구 대상을 결정 – 문제 인식은 "왜 그럴까?"라는 질문을 던지는 것으로, 논리적이거나 분석적인 사고 과정을 거치거나 현상에 대한 직관적인 인식을 통해 이루어지기도 함.

2) 가설 설정 – 가설이란 예산되는 잠정적 결론으로 검증 가능해야 함.

3) 가설 확인을 위해 실험과 관찰을 수행 – 실험과 관찰은 문제 및 가설에 부합해야 함.

4) 실험과 관찰을 통해 얻은 자료를 해석 – 실험과 관찰을 통해 얻은 자료에

서 어떤 규칙성이나 경향을 찾아내어 명제화하는 것이 자료 해석.

5) 결론 도출 - 실험 및 관찰 자료를 비교, 관련성을 조사하고 반례 여부를 검
   증하여 일반화하는 것.

6) 기타 - 모든 탐구 과정이 이 구성 요소들을 모두 갖추고 있지는 않다. 어떤
   요소는 생략되거나 중복되기도 하고, 또한 시간에 따라 진행 순서가 달라
   지기도 한다.

1)에서 5)까지가 과학 탐구 과정이고, 6)은 이에 대한 부연 설명이다. 이 정도
모르는 친구는 없을 것이다.
그럼【제시문 2】에서 행성의 운행 궤도가 타원이라는 사실이 입증되는 과정을
찾기 위해【제시문 1】의 과학 탐구 과정을 정리해보자.

1) 문제를 인식하여 연구 대상을 결정

2) 가설 설정

3) 가설 확인을 위해 실험과 관찰을 수행

4) 실험과 관찰을 통해 얻은 자료를 해석

5) 결론 도출

6) 기타

자, 그럼 위 내용을【제시문 2】에서 찾아보자.

【제시문 2】

코페르니쿠스가 천문학에 관심을 가졌을 때에는 그리스의 천문학자
프톨레마이오스의 지구 중심 우주론(천동설)이 일반적으로 받아들여
지고 있었다. 프톨레마이오스에 의하면, 우주의 중심에 지구가 놓여있
고, 가장 바깥에는 우주의 끝인 천구(天球)가 있다. 천구의 안쪽에는 토
성, 목성, 화성, 태양, 금성, 수성, 달이 차례로 위치하며, 이것들은 행성

의 천구를 따라 완벽한 원운동을 한다. 반면 프톨레마이오스의 천동설이 지배하던 16세기 초 코페르니쿠스는 관측 자료를 수집하여 하늘에 많은 주전원(周轉圓)이 그려져야 하는 복잡한 우주 구조가 신의 섭리와 맞지 않을 것이라고 생각했다. 그는 주전원, 이심원(離心圓)과 같은 장치를 사용하지 않고도 행성들이 완벽한 등속 운동을 하는 우주 구조가 무엇인지 스스로 묻고 나서, "모든 행성은 태양을 중심으로 회전하며, 따라서 태양이 우주의 중심이다"라는 결론을 얻었다. 그러나 코페르니쿠스의 우주 체계는 여전히 행성들의 원운동을 강력히 고수하면서 주전원과 이심원의 개념을 사용하였으며, 우주가 천체들이 동심원처럼 겹겹이 둘러싸고 있는 구조라고 믿었다. 그런데 왜 그의 우주론은 이후 과학혁명기의 다른 과학자들에게 적극적으로 수용되었을까. 그것은 자연에서 단순성과 조화를 중시하는 신플라톤주의적 믿음 때문이었을 것이다.

과학혁명기의 천문학자 티코 브라헤는 프톨레마이오스의 체계가 잘못되었다는 것을 확신하고 있었지만, 그렇다고 코페르니쿠스의 체계를 믿으려 하지는 않았다. 지구의 회전이 물리적으로 불합리할 뿐만 아니라 성서적 믿음과도 맞지 않는다고 생각했기 때문이다. 티코의 우주 구조는 태양을 중심으로 행성들이 회전하고 태양은 지구를 중심으로 회전하는, 지구 중심이면서 동시에 태양 중심인 과도기적 우주론이었다. 그럼에도 불구하고 그는 훌륭한 천문대를 세우고 20년에 걸쳐 매일 밤 행

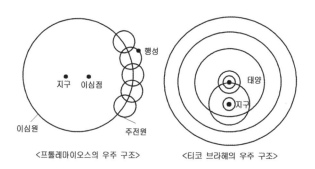

<프톨레마이오스의 우주 구조>   <티코 브라헤의 우주 구조>

성을 관측하여 그 결과를 축적했다. 그의 사명은 가능한 한 정확하게 자연에 대해 관측하고 실험하는 것이었다. 그러나 그에게는 이론적 통찰력이 결여되어 있었다.

* 주전원(epicycle): 천구상에서 각 행성이 돌고 있는 일정한 크기의 원(圓) 궤도
* 이심원(eccentric cycle): 주전원의 중심이 돌고 있는 원 궤도
* 이심점: 이심원의 중심으로 태양계의 기하학적 중심에서 약간 벗어난 곳에 위치
  한 점

이처럼 케플러 이전까지 원은 우주 질서의 기초였으며, 사물은 원주 위를 영원히 회전하고 있었다. 그런데 케플러는 어떻게 그 틀에서 벗어날 수 있었을까. 상상력과 정확한 관찰 자료, 질서와 조화에 대한 깊은 신념을 바탕으로 태양계를 수학적 기초 위에 올려놓은 그의 탐구과정은 어떻게 이루어졌을까.

케플러의 초기 탐구는 코페르니쿠스의 태양 중심적인 우주 체계를 재검토하는 것에서 출발했다. 그에게 코페르니쿠스의 체계는 물리학적이기보다는 종교적으로 중요한 의미를 지니고 있었다. 우주는 바로 그 창조자인 신의 형상을 반영한 것이며, 따라서 가장 빛나는 존재인 태양은 우주의 중심에 위치하고 행성들에게 빛과 열을 흩뿌려서 행성들로 하여금 운동하게 한다고 믿었다. 행성의 공전 주기와 그 거리 역시 코페르니쿠스의 설명을 따라야 이치에 맞다. 태양 중심 체계의 가장 큰 특징은 행성들의 궤도가 모두 조화롭고 수학적으로 균형 있게 잘 만들어져 있다는 것이었다. 다시 말해 지구와 각 행성들 사이의 거리뿐만 아니라, 태양과 각 행성들 사이의 거리가 상대적인 비례 관계를 유지하고 있었던 것이다. 수성은 지구와 태양 사이 거리의 3분의 1, 금성은 3분의 2, 화성은 1.5배, 목성은 5배, 토성은 10배 지점에 위치한다. 그러나 태양 중심 체계를 더욱 자세히 연구하면서 케플러는 코페르니쿠스의 우주론

에 불분명한 점들이 있음을 발견했다. 행성들이 무엇 때문에 그처럼 특정한 거리에 위치하는지에 대해 코페르니쿠스는 아무런 근거도 제시하지 않았다. 케플러는 궁금했다. 왜 행성들은 그렇게 특정 거리로 떨어져 있는가? 왜 행성은 반드시 6개인가? 그리고 왜 신은 태양계를 하필 그런 식으로 설계했을까?

1595년 케플러는 이 문제를 해결할 실마리를 발견했다. 일 년 전부터 그라츠 대학에서 수학과 천문학을 가르친 그는 수업 시간에 원에 내접하는 정삼각형을 작도하고 있었다. 그리고 다시 그 정삼각형에 내접하는 원을 그리던 순간 깨달았다. 큰 원과 작은 원의 크기 비례가 토성 궤도와 목성 궤도의 크기 비례와 일치한 것이다. 다시 작은 원에 내접하는 정삼각형을 작도한 다음 그 정삼각형에 내접하는 원을 그린다면, 그 원들 사이의 비례는 토성과 목성 궤도에 대한 화성 궤도의 상대적인 비례와 일치할 것이다. 그는 어렴풋이 깨닫는다. 그와 같은 기하학적 원리가 모든 행성 궤도 사이의 크기에 대해서도 성립하지는 않을까? 신은 기하학을 원형으로 삼아 우주를 창조하지는 않았을까? 평면 기하학으로는 불충분했다. 입체 기하학을 동원해야 했다. 무엇보다 우주는 3차원이었다. 3차원이라는 사실에 착안해 그는 원 대신 구를, 다각형 대신 정다면체를 가지고 연구에 매진했다. 예로부터 수학자들에게 알려진 정다면체는 정사면체, 정육면체, 정팔면체, 정십이면체, 정이십면체 5개뿐이었다. 이전부터 줄곧 케플러는 행성이 태양에 가까울수록 더 빨리 공전하는 이유가 행성과 태양 사이의 근접성 때문이라고 생각했다. 그 방식은 알 수 없었지만 어쨌든 태양은 행성들을 공전하게 하는 힘의 근원이었을 것이라고 추정했다. 그는 행성의 공전 주기가 태양과 행성의 거리와 관련이 있을 것이라는 물리학적 직관에 근거해 수학 공식화를 시도했다. 그는 여기서 두 가지 사실을 고려해야 했다. 하나는 바로 기하학과 관련된 사항이었다. 태양에서 거리가 멀면 멀수록 공전 궤도는 커지고 공전 주기는 길어진다. 그리고 태양에서 멀어질수록 행성의 공전 속도가 느려진다. 케플러는 이러한 사실들을 고려하여 태양에서 먼 순서 대로 행성의 공전 주기는 태양에서 행성까지 거리의 곱절만큼 길어진다는 원리를 이끌어 냈다. 태양까지의 거리 차이에 따른 행성의 속도 변화는 행성 운동에 대한 프톨레마이오스의 모형이나 코페르니쿠스의 모형에서도 다루고 있었던 내용이다. 그러나 어느 쪽도 행성의 속도 변화를 물리학적으로 해석하지는 못하였다. 이처럼 그의 초기 생각은 태양을 중심으로 하는 5개의 다면체가 태양계의 수학적 골격을 형성한다는 것이었다. 수성의 궤도는 정팔면체에 내접해 있고, 그것에 금성의 궤도가 외접해 있는데, 그 궤도는 또 정이십면체에 내접해 있다. 그리고 그것에 지구 궤도가 외접하며 나머지 궤도들도 정십이면체, 정사면체, 정육면체에 내접 또는 외접해 있다. 이런 내용이 담긴 케플러의《우주의 신비》(1596)는 코페르니쿠스적 우주의 짜임새에 관한 견해이며, 나아가서 기독교와 피타고라스적 종교성의 융합이었다. 케플러는 자신의 상상과 추론이 기존에 알려진 관측 자료와 다르고 이론적으로도 적용되기 어렵다는 것을 바로 알았다. 하지만 놀랍게도 공식을 통해 얻은 행성 사이의 거리는 그가 다면체 가설에서 설정한 거리와 비슷했다. 즉 우주의 구조에 대한 결론은 타당하지 않았지만 그는 실패를 통해 나중에 행성 운동의 법칙으로 귀결될 과학적 단서를 얻었다.

실패에도 불구하고 그는 행성의 움직임에서 조화롭고 기하학적인 비율을 찾는 것이 신을 아는 것이라는 점을 의심하지 않았다. 그러나 그에게는 자신이 설계한 모형을 사실과 부합시키고 입증할 만한 관측 자료가 없었다. 그 자료는 티코 브라헤가 보유하고 있었으며, 케플러는 1600년에 드디어 티코와 만났다. 케플러는 행성이 정말로 태양에서 유래하는 힘에 의해 운동하는 것이라면 그 같은 사실은 행성 운동에 대한 기하학 이론을 통해 증명할 수 있을 것이라 생각하며 티코의 연구에 참가했다. 티코는 케플러에게 고도의 이론화 능력이 있음을 발견하고, 그의 귀중한 관측 결과를 사용하여 티코 학설을 수립하도록 했다. 그러나

1601년에 티코는 사망했고, 케플러는 법정 상속인으로부터 티코의 관측 자료를 인수받았다.

티코가 죽기 전부터 케플러는 화성의 움직임을 이론적으로 연구하고 있었는데, 이 별은 다른 별보다도 원에서 이지러지는 정도가 컸으므로 가장 다루기 힘들었다. 다행스럽게도 이에 관한 티코의 관측 자료는 매우 충실했다. 화성이 지구 바깥의 별 중에서 지구와 가장 가깝고, 아침과 저녁에만 나타나는 금성이나 수성과 달리 태양 빛으로 인해 보이지 않는 일이 없었기 때문이다. 그는 화성에 대한 관측 결과를 통해 지구 궤도 이론에 중대한 변화가 필요하다는 사실을 감지했다. 그는 편지에서 "부족하지만, 나는 화성을 이론적으로 연구하면서 태양을 마치 거울을 들여다보듯 예의 주시하고 있습니다. 화성과 태양 사이의 관계를 나머지 모든 행성에 어떻게 적용해야 할지 알고 있기 때문입니다. 나는 화성을 표본 삼아 나머지 행성 전부를 다루고자 합니다"라고 썼다. 케플러는 두 가지 조건을 가정했으며, 이 가정 덕택에 그는 코페르니쿠스적 사고를 뛰어넘어 뉴턴적 사고에 접근했다.

케플러의 첫 번째 가정은 기하학적인 조건으로서, 지구 공전 궤도면과 화성 공전 궤도면이 태양의 중심에서 교차한다는 것이다. 두 번째는 물리학적인 조건으로서 태양에 행성 운동의 원인이 되는 힘을 부여하는 것이다. 케플러는 태양의 힘과 평형을 이루는 다른 힘을 각 행성에 주고, 태양과 행성이 동등한 상태에서 무한히 투쟁하여 행성의 궤도가 결정되게 했다. 이를 통해 태양의 힘은 거리가 멀어짐에 따라 감소하며, 행성의 속도와 힘의 근원으로부터의 거리 사이에는 반비례 관계가 성립한다고 가정했다. 즉, 행성이 태양으로부터 힘을 얻어 운동하는 것이라면 지구의 공전 운동 역시 다른 행성과 다르지 않을 것이고, 그렇다면 지구 역시 태양과 가까워질수록 빨리 움직이고 멀어질수록 느려질 것이다. 행성 궤도를 유추하려는 물리학적 시도는 드디어 상상을 넘어 확신으로 발전했고, 그의 가설은 적중했다.

《우주의 신비》에서 이미 케플러는 행성의 운동 가설을 밝힌 바 있지만 그는 자신이 세운 공식에 결함이 있음을 깨닫고 있었다. 따라서 그는 행성의 운동 속도는 태양과 행성 사이의 거리에 반비례한다는 간단한 원리를 이용했다. 그러나 태양에 가까워질수록 행성의 공전 속도가 빨라진다는 것을 어떻게 수학적으로 표현할 수 있을까? 이것은 다른 문제였다. 행성은 이심에 중심을 두고 태양 주위를 공전한다. 따라서 태양으로부터 행성까지의 거리는 미세하게 변한다. 케플러는 티코의 수치에 구체적인 몸체를 부여했다. 케플러는 몇 년 동안 이 수치들과 씨름하면서 화성의 비밀을 붙잡으려고 노력했다. 케플러는 궤도의 기하학적 서술과 물리학적 서술을 일치시켜야 한다고 믿었다. 맨 처음 케플러가 사용한 방법은 엄청난 노력을 필요로 했다. 그는 이심원 궤도 둘레를 1도 단위로 쪼개 매 각도마다 화성과 태양 사이의 거리를 계산한 다음, 그 거리의 총합을 이용해 두 지점 간 이동 시간을 측정했다. 태양 반대편의 화성 위치를 나타내는 숫자가 케플러의 출발점이 되었다. 그는 이 수치들을 사용해서 장축의 연장선상에 위치해 있는 항성의 움직임, 장축 위에 있는 태양의 이심적 위치, 반지름 등을 산출했다. 면적의 근사값을 구하는 방법에서도, 산술적인 계산에서도 시행착오가 반복되었다. 그러나 만족할만한 해답은 얻을 수 없었다. 케플러는 말한다. "만약 당신들이 이 지루한 계산법에 진저리가 났다면, 그 계산에 엄청난 시간을 허비하면서 적어도 일흔 번 이상 해야만 했던 나를 생각해 주기 바란다. 내가 화성과 마주치고 나서 순식간에 5년이 흘러버렸다." 수없이 이어진 계산의 결과 화성이 자신의 공전 궤도면을 쓸고 지나간 면적은 거리의 총합과 그 값이 거의 맞아떨어졌다. 비록 평균적인 근사값이지만, 케플러는 같은 단위시간 동안 행성 궤도가 그리는 면적은 동일하다는 원리를 발견했다. 바로 훗날 케플러의 제 2법칙(면적 속도 일정의 법칙 또는 같은 시간에 같은 면적의 법칙)으로 알려진 원리였다. 발견 순서를 따지면 제 2법칙이 다른 법칙들보다 먼저였다. 이 법칙으로 그는 궤도를 통해 행성이 움직이는 속도가 다르다는 것을 증명했다.

그런데 관측된 위치와 이론적으로 예상된 위치 사이에 8분(1도=60분) 정도의 각도가 어긋난다는 것이 발견되었다. 그것은 아주 작은 차이였다. 티코 이전이라면 그것은 발견되지 않았을 것이다. 8분의 각도를 가지고 6년을 힘들게 연구했다는 사실은 케플러가 얼마나 과학적 사고에 투철했는지를 말해 준다. 그런데 바로 이 8분의 오차를 규명하기 위해 케플러는 화성의 궤도가 원이 아니라 다른 형태일 것이라고 생각하기 시작했다.

케플러는 자신이 새로 발견한 법칙을 행성 궤도에 적용했다. 행성 궤도의 중심은 태양계의 중심에서 약간 벗어나 있었다. 즉 태양 역시 행성 공전 궤도의 회전축에서 벗어난 곳에 위치했다. 따라서 새 운동 법칙을 이용해 화성과 태양 사이의 최단거리 지점과 최장거리 지점을 확인하고자 했으며, 그 과정에서 그는 새로운 사실을 발견했다. 그 두 지점을 통과하는 데 화성이 너무 많은 시간을 소비한다는 것이다. 즉 이심원 궤도의 양 끝 지점을 통과하는 화성의 운동 속도가 예상보다 느렸던 것이다. 그렇다면 행성 궤도를 찌그러뜨려 양 옆으로 더 튀어나오게 해야 했다. 그래야 전체적으로 면적과 시간은 동일하게 유지하면서, 양 끝 지점에서 달라진 속도와 시간 값을 설명할 수 있기 때문이다. 케플러는 물리학적 직관을 발휘했다. 행성 궤도는 완벽한 원이 아니라 달걀 모양이어야 했다. 이제 케플러에게 남은 목표는 분명해졌다. 티코가 정확하고 정밀하게 관측한 행성 위치 자료와 일치하는 수학적인 궤도를 찾아내는 일이었다. 그러나 정확히 어떤 모양의 달걀형 궤도가 적당할 것인가? 그런 달걀형 궤도는 어떻게 찾아낼 것인가? 그것은 매우 복잡한 과정이었다. 그 문제를 해결하는 데 케플러는 1604년 한 해를 모두 바쳐야 했다.

이 문제에 대한 해답이 공인되기까지의 과정은 오류의 연속이었다. 스무 가지에 이르는 많은 가설은 입증되지 않았고, 잘못된 계산 방법과 결과도 무수히 반복되었다. 그러던 중 또 하나의 발견에 도달했다. 달걀형과 원 사이에 생긴 초승달 모양의 최대 폭은 반지름의 0.00429배였다. 그는 또 이 측정과는 완전히 독립적으로, 화성에서 태양과 궤도 중심에 그은 선분이 이루는 최대각이 5도 18분이라는 것을 측정했다. 이 각의 시컨트(코사인의 역수) 값이 1.00429라는 것이 그를 놀라게 했다.

이 값은 우연일 리가 없었다. 그러나 안타깝게도 그는 이 관계가 타원을 정의하는 조건의 하나라는 사실을 몰랐기 때문에 계산을 반복했으며, 그 과정에서 타원의 두 초점 중 하나가 태양의 위치와 정확히 일치한다는 사실을 발견했다. 사실 그 타원 궤도는 화성이 자신의 원형 공전 궤도에서 4분의 1 되는 지점에 도달하는 순간 태양에서 떨어진 거리가 얼마인지를 계산하는 과정에서 비롯됐다. 순간적으로 그는 그 거리를 계산할 정밀한 삼각측량법(삼각형의 한 변의 길이와 두 개의 끼인 각을 알면 그 삼각형의 나머지 두 변의 길이를 알 수 있다는 원리를 이용한 측량법)이 존재한다는 사실을 떠올렸다. 거리를 계산해 본 결과, 화성 궤도는 정말로 타원을 그리고 있었다. 더 나아가 그는 화성이 타원 궤도를 도는 동안 태양과 거리가 어떻게 변하는지도 정확히 알아냈다. 그 타원 궤도는 케플러의 오래된 고민, 즉 면적 속도 일정의 법칙에서 근사값의 정밀도를 높이는 문제를 말끔히 해결해 주었다. 순간 생각의 물줄기가 솟구쳤다. 그는 그 순간을 "마치 꿈에서 깨어나 새로운 빛을 보는 것 같았다"라고 썼다. 행성 운동의 제 1법칙이 탄생했던 것이다. 행성의 운동은 태양을 한 초점으로 하는 타원 궤도였던 것이다.

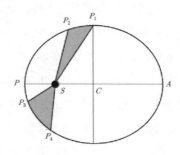

제 1법칙(타원 궤도의 법칙)

행성은 타원의 한 초점에 놓여 있는 태양 주위를 타원 궤도를 그리며 돈다.

제 2법칙(면적 속도 일정의 법칙)

태양과 행성을 연결하는 선은 같은 시간에 같은 면적을 쓸고 지나간다

　앞의 그림처럼 행성은 타원 궤도를 그리며, 타원의 한 초점에 태양 (S)이 있다. 타원의 크기는 통상 장축(긴 반지름)의 길이에 따라 결정된다. 다시 말해 장축 $\overline{PA}$의 절반 길이, 즉 $\overline{PC}$의 길이에 따라 결정된다. 그리고 이심률(e)은 중심에서 태양까지의 거리와 중심에서 장축 끝점까지 거리의 비율($\overline{SC}/\overline{PC}$)로 정의된다. 이심률은 장축과 초점 사이 길이의 비로서, 그 값이 0이면 원, 1이면 포물선, 1보다 작으면 타원, 1보다 크면 쌍곡선이 된다. 그림에서는 실제 행성 궤도보다 이심률을 상당히 과장하여 표시했다. 실제 행성의 궤도는 거의 완벽한 원에 가까운 타원 궤도를 그린다.

　케플러의 제 2법칙에 따르면, 단위 시간당 행성이 자신의 공전 궤도면을 쓸고 지나가는 면적은 동일하다. 같은 시간 동안 P_1에서 P_2로 이동하며 그리는 면적은 P_3에서 P_4로 이동하며 그리는 면적과 동일하다는 것이다. 행성과 태양 사이 거리가 짧아지면 속도가 빨라지므로 궤도를 따라 더 먼 거리를 이동한다. 결론적으로 행성의 공전속도는 근일점(近日點, P)에서는 최고 속도에 도달하지만 원일점(遠日點, A)에서는 최저 속도로 떨어진다. 즉, 케플러 식으로 설명한다면 행성은 운동력의 근원인 태양에 가까울수록 속도가 빨라지고 멀어질수록 속도가 느려지는 것이다.

　케플러에게 이 두 법칙은 교향악의 멜로디 조각들이었으며, 우주의 기하학적 구조는 아직도 완전히 드러나지 않았다. 그에게 타원이란 결국 원의 대용품이었다. 평면 기하학은 2차원의 물질적 세계를 다룬다. 구의 3차원적 완전성은 삼위일체를 나타낸다. 구의 평면적 단면도는 인

간의 이원적 양상(육체와 정신)을 의미한다. 그러므로 우주론에서 케플러는 타원보다 더 깊이 내재한 사물의 근거를 찾으려고 했다. 하나님이 창조한 세계의 조화는 어디에 있을까?

케플러는 행성 사이의 공간을 염두에 두고 두 법칙으로 나타나는 현상의 원인을 규명하고자 했다. 그 한 가지가 행성의 이심률 크기, 즉 '행성 궤도의 중심에서 태양까지의 거리가 얼마만큼 떨어져 있는가'였다. 이심률은 행성이 태양과 가장 가깝게 접근해 있는 근일점, 그리고 가장 멀리 떨어져 있는 원일점으로 결정된다. 다른 한 가지는 행성의 이심률이 각기 다르다는 것이다. 화성은 이심률이 꽤 큰 반면, 금성은 거의 없다. 그는 《우주의 신비》를 썼던 20여 년 전부터 무엇 때문에 행성의 이심률이 다른지 설명하는 데 애를 먹었다. 케플러는 두 번째 현상의 원인을 규명하는 일에 이처럼 많은 시간을 보내야 했다. 그는 태양과 행성 간의 평균 거리와 그 궤도 주기(궤도를 따라 행성이 한 바퀴 도는 데 걸리는 시간) 사이에 놓인 수학적 관계를 알고 싶어 했다.

케플러는 이 질문들에 대한 답이 모두 조화와 깊은 관계가 있을 것이라고 생각했다. 그러나 근일점과 중간 지점, 그리고 원일점을 정확하게 비교해 보아도 조화로운 관계가 드러나지 않았다. 여기서 케플러는 태양에서 바라보는 각 행성의 속도 사이에 조화로운 관계가 있는지 조사해 보았다. 이는 원일점에서 최저 속도, 그리고 근일점에서 최고 속도를 갖는 행성 궤도 운동에서 어떤 관계가 존재한다면 행성이 이심률을 갖는 이유에 대해 설명할 수 있을 것이기 때문이었다. 그리고 이 관계는 두 행성 사이에, 다시 말해 한 행성의 원일점 속도와 다른 행성의 근일점 속도 사이에 있으며, 서로 간에 영향을 받는 행성 간 공간에서 비롯될 것이었다. 이것은 까다로운 문제였다.

케플러는 눈을 가리고 조각 그림 맞추기 놀이를 하는 것처럼 수많은 방식을 시도해 보았다. 행성 주기에서는 조화급수에 따른 규칙성이 발견되지 않았다. 태양으로부터 여러 행성까지의 거리에 어떤 비율이 숨어 있지는 않을까? 그러나 거기에도 답은 없었다. 최대 속력과 최소 속력 사이에, 혹은 평균 속도 사이에 무언가 규칙이 있는 것은 아닐까? 이제 그는 비밀에 조금 접근한 것처럼 느꼈다. 그는 상상력을 발휘했다. 태양을 도는 각 행성의 주기와 거리를 비교했다. 그러자 비로소 그가 평생을 두고 입증하려고 했던 가설이 진실의 모습으로 나타났다. 케플러는 마침내 화성(和聲) 모두를 구체화시키는 배열을 발견했고, 이를 토대로 관찰된 행성의 거리와 이심률의 관계를 밝히는 데 성공했다. 각 행성별로 주기와 거리 사이에 존재하는 상관관계를 20여 년 만에 찾아낸 것이다. 이것이 케플러가 그의 제 3법칙(조화의 법칙)에 도달한 과정이다. 이 법칙은 마침내 그가 찾고 있던 행성의 운동과 거리의 관계, 태양계의 물리적 운동과 기하학적 구조의 관계를 보여주었다. 태양으로부터 행성까지 평균 거리의 세제곱이 행성 공전 주기의 제곱에 비례한다는 것은 의외의 상관관계였다. 되풀이해서 시도하지 않았다면 그것은 결코 발견되지 않았을 것이다.

코페르니쿠스가 행성 궤도의 중심 가까이에 태양을 놓는 것에 그쳤다면, 케플러는 행성의 운동을 설명하기 위해 온갖 종류의 모형을 만들고, 길고 복잡한 계산 과정을 거쳐 비로소 태양이야말로 행성 운동의 동력원이라는 것을 밝혀냈다. 그에게 신이 창조한 우주는 조화였다.

휴, 이제 다 읽고 줄을 그었다. 20분은 족히 걸린 듯하다. 이제까지 이렇게 오래 읽은 적이 없는데. 게다가 아무리 이해해도 모르는 용어들이 난무하고 있어 더욱 어렵다. 예를 들면 '이심원', '장축', '시컨트', '쌍곡선', '근일점', '원일점', '평면기하학', '이심률' 따위의 단어를 나는 모른다. 앞서도 언급한 바 있지만 나는 과학과 수학에 무척 약했다. 게다가 그런 것 공부 안 한 지 40년 가까이 된다. 그러니 여러분 가운데 과학과 수학에 가장 약한 친구보다도 더 약할 것이다. 그런 내가 이 글을 읽고 내용을 이해하고 나아가 앞의 논제에 맞게 답안을 작성해야 한다니!

만일 그럴 수만 있다면 여러분은 정말 쉽게 해낼 수 있지 않을까!

그럼 내가 줄을 그은 부분만 보자.

이번에는 내가 아는 내용을 그은 게 아니라 앞서 살펴본 과학 탐구 과정, 즉

1) 문제를 인식하여 연구 대상을 결정

2) 가설 설정

3) 가설 확인을 위해 실험과 관찰을 수행

4) 실험과 관찰을 통해 얻은 자료를 해석

5) 결론 도출

6) 기타

에 맞추어 줄을 그었다.

그럼 살펴보자.

1) 태양 중심 체계의 가장 큰 특징은 행성들의 궤도가 모두 조화롭고 수학적
   으로 균형 있게 잘 만들어져 있다는 것이었다. 다시 말해 지구와 각 행성들
   사이의 거리뿐만 아니라, 태양과 각 행성들 사이의 거리가 상대적인 비례
   관계를 유지하고 있었던 것이다. 수성은 지구와 태양 사이 거리의 3분의 1,
   금성은 3분의 2, 화성은 1.5배, 목성은 5배, 토성은 10배 지점에 위치한다.
   그러나 태양 중심 체계를 더욱 자세히 연구하면서 케플러는 코페르니쿠스
   의 우주론에 불분명한 점들이 있음을 발견했다. 행성들이 무엇 때문에 그
   처럼 특정한 거리에 위치하는지에 대해 코페르니쿠스는 아무런 근거도 제
   시하지 않았다. 케플러는 궁금했다. 왜 행성들은 그렇게 특정 거리로 떨어
   져 있는가? 왜 행성은 반드시 6개인가? 그리고 왜 신은 태양계를 하필 그런
   식으로 설계했을까?

→ 이 내용은 1단계 : 문제를 인식하여 연구 대상을 정하는 과정이다.

2) 큰 원과 작은 원의 크기 비례가 토성 궤도와 목성 궤도의 크기 비례와 일치한 것이다. 다시 작은 원에 내접하는 정사각형을 작도한 다음 그 정사각형에 내접하는 원을 그린다면, 그 원들 사이의 비례는 토성과 목성 궤도에 대한 화성 궤도의 상대적인 비례와 일치할 것이다.

3) 그와 같은 기하학적 원리가 모든 행성 궤도 사이의 크기에 대해서도 성립하지는 않을까?

4) 그 방식은 알 수 없었지만 어쨌든 태양은 행성들을 공전하게 하는 힘의 근원이었을 것이라고 추정했다. 그는 행성의 공전 주기가 태양과 행성의 거리와 관련이 있을 것이라는 물리학적 직관에 근거해 수학 공식화를 시도했다. 그는 여기서 두 가지 사실을 고려해야 했다. 하나는 바로 기하학과 관련된 사항이었다. 태양에서 거리가 멀면 멀수록 공전 궤도는 커지고 공전 주기는 길어진다. 그리고 태양에서 멀어질수록 행성의 공전 속도가 느려진다. 케플러는 이러한 사실들을 고려하여 태양에서 먼 순서대로 행성의 공전 주기는 태양에서 행성까지 거리의 곱절만큼 길어진다는 원리를 이끌어 냈다.

5) 그의 초기 생각은 태양을 중심으로 하는 5개의 다면체가 태양계의 수학적 골격을 형성한다는 것이었다.

6) 케플러는 자신의 상상과 추론이 기존에 알려진 관측 자료와 다르고 이론적으로도 적용되기 어렵다는 것을 바로 알았다. 하지만 놀랍게도 공식을 통해 얻은 행성 사이의 거리는 그가 다면체 가설에서 설정한 거리와 비슷했다. 즉 우주의 구조에 대한 결론은 타당하지 않았지만 그는 실패를 통해 나중에 행성 운동의 법칙으로 귀결될 과학적 단서를 얻었다.

7) 그러나 그에게는 자신이 설계한 모형을 사실과 부합시키고 입증할 만한 관

측 자료가 없었다.

8) 1601년에 티코는 사망했고, 케플러는 법정 상속인으로부터 티코의 관측 자
료를 인수받았다.

9) 케플러의 첫 번째 가정은 기하학적인 조건으로서, 지구 공전 궤도면과 화성
공전 궤도면이 태양의 중심에서 교차한다는 것이다. 두 번째는 물리학적인
조건으로서 태양에 행성 운동의 원인이 되는 힘을 부여하는 것이다. 케플
러는 태양의 힘과 평형을 이루는 다른 힘을 각 행성에 주고, 태양과 행성이
동등한 상태에서 무한히 투쟁하여 행성의 궤도가 결정되게 했다. 이를 통
해 태양의 힘은 거리가 멀어짐에 따라 감소하며, 행성의 속도와 힘의 근원
으로부터의 거리 사이에는 반비례 관계가 성립한다고 가정했다.

→ 여기까지는 2단계 : 가설을 세우는 과정이다. 그런데 이를 잘 살펴보면,
가설을 세우는 과정이 이중적임을 알 수 있다.

첫 번째 과정은 케플러의 초기 생각으로 2) 큰 원과 작은 원의 크기 비례가 토
성 궤도와 목성 궤도의 크기 비례와 일치한 것이다. 다시 작은 원에 내접하는
정사각형을 작도한 다음 그 정사각형에 내접하는 원을 그린다면, 그 원들 사이
의 비례는 토성과 목성 궤도에 대한 화성 궤도의 상대적인 비례와 일치할 것이
다. 3) 그와 같은 기하학적 원리가 모든 행성 궤도 사이의 크기에 대해서도
성립하지는 않을까? 하는 내용이며, 이에 대해서 그는 다음과 같은 방식으로
결론을 이끌어냈다.
4) 그 방식은 알 수 없었지만 어쨌든 태양은 행성들을 공전하게 하는 힘의 근
원이었을 것이라고 추정했다. 그는 행성의 공전 주기가 태양과 행성의 거
리와 관련이 있을 것이라는 물리학적 직관에 근거해 수학 공식화를 시도했
다. 그는 여기서 두 가지 사실을 고려해야 했다. 하나는 바로 기하학과 관련

된 사항이었다. 태양에서 거리가 멀면 멀수록 공전 궤도는 커지고 공전 주기는 길어진다. 그리고 태양에서 멀어질수록 행성의 공전 속도가 느려진다. 케플러는 이러한 사실들을 고려하여 태양에서 먼 순서대로 행성의 공전 주기는 태양에서 행성까지 거리의 곱절만큼 길어진다는 원리를 이끌어 냈다.

5) 그의 초기 생각은 태양을 중심으로 하는 5개의 다면체가 태양계의 수학적 골격을 형성한다는 것이었다.

그러나 이러한 결론에서 케플러는 다음과 같은 결과를 얻게 된다.

6) 케플러는 자신의 상상과 추론이 기존에 알려진 관측 자료와 다르고 이론적으로도 적용되기 어렵다는 것을 바로 알았다. 하지만 놀랍게도 공식을 통해 얻은 행성 사이의 거리는 그가 다면체 가설에서 설정한 거리와 비슷했다. 즉 우주의 구조에 대한 결론은 타당하지 않았지만 그는 실패를 통해 나중에 행성 운동의 법칙으로 귀결될 과학적 단서를 얻었다.

즉, 자신의 결론이 틀린 것이라는 사실을 알게 된 것이다. 따라서 두 번째 가설을 세울 수밖에 없었다.
그 가설은 티코 브라헤의 관측 자료를 인수받은 후 세워질 수 있었다. 다음 내용이 이를 말해준다.

7) 그러나 그에게는 자신이 설계한 모형을 사실과 부합시키고 입증할 만한 관측 자료가 없었다.

8) 1601년에 티코는 사망했고, 케플러는 법정 상속인으로부터 티코의 관측 자료를 인수받았다.

9) 케플러의 첫 번째 가정은 기하학적인 조건으로서, 지구 공전 궤도면과 화성 공전 궤도면이 태양의 중심에서 교차한다는 것이다. 두 번째는 물리학적인 조건으로서 태양에 행성 운동의 원인이 되는 힘을 부여하는 것이다. 케플러는 태양의 힘과 평형을 이루는 다른 힘을 각 행성에 주고, 태양과 행성이

동등한 상태에서 무한히 투쟁하여 행성의 궤도가 결정되게 했다. 이를 통해 태양의 힘은 거리가 멀어짐에 따라 감소하며, 행성의 속도와 힘의 근원으로부터의 거리 사이에는 반비례 관계가 성립한다고 가정했다.

→ 이것이 새로운 2단계 : 가설을 세우는 과정이다.

그리고 이 가설을 확인하기 위한 구체적인 노력이 시작된다.
그런데 이 다음 단계, 즉 '가설을 확인하기 위해 실험과 관찰을 수행하는 과정'은 케플러가 담당하지 않았다. 그렇다면 누가?

7) 그러나 그에게는 자신이 설계한 모형을 사실과 부합시키고 입증할 만한 관측 자료가 없었다.
8) 1601년에 티코는 사망했고, 케플러는 법정 상속인으로부터 티코의 관측 자료를 인수받았다.
에 나온 것처럼 티코 브라헤가 관측했고, 케플러는 그 자료를 인수받았다.
따라서 케플러의 과학 탐구 과정에서는 3단계, 즉 가설을 확인하기 위해 실험과 관찰을 수행하는 과정이 생략되었다.
그러면 안 되나? 된다. 왜?
【제시문 1】에 이런 내용이 있었으니까.

어떤 요소는 생략되거나 중복되기도 하고, 또한 시간에 따라 진행 순서가 달라지기도 한다.

결국 3단계는 케플러 입장에서는 생략된 것이고, 케플러에 의해 발견된 우주의 체계라는 전 과정에서 본다면 케플러보다 앞선 티코 브라헤에 의해 가장 먼저 실험과 관찰이 이루어진 셈이다. 즉 시간에 따라 진행 순서가 달라진 것이다.

그리하여 케플러는 이를 바탕으로 다음 단계로 나아간다. 4단계!

10) 케플러는 티코의 수치에 구체적인 몸체를 부여했다.

11) 그는 이심원 궤도 둘레를 1도 단위로 쪼개 매 각도마다 화성과 태양 사이의 거리를 계산한 다음, 그 거리의 총합을 이용해 두 지점 간 이동 시간을 측정했다. 태양 반대편의 화성 위치를 나타내는 숫자가 케플러의 출발점이 되었다. 그는 이 수치들을 사용해서 장축의 연장선상에 위치해 있는 항성의 움직임, 장축 위에 있는 태양의 이심적 위치, 반지름 등을 산출했다. 면적의 근사값을 구하는 방법에서도, 산술적인 계산에서도 시행착오가 반복되었다. 그러나 만족할만한 해답은 얻을 수 없었다.

12) 수없이 이어진 계산의 결과 화성이 자신의 공전 궤도면을 쓸고 지나간 면적은 거리의 총합과 그 값이 거의 맞아떨어졌다. 비록 평균적인 근사값이지만, 케플러는 같은 단위시간 동안 행성 궤도가 그리는 면적은 동일하다는 원리를 발견했다. 바로 훗날 케플러의 제 2법칙(면적 속도 일정의 법칙 또는 같은 시간에 같은 면적의 법칙)으로 알려진 원리

13) 그런데 관측된 위치와 이론적으로 예상된 위치 사이에 8분(1도=60분) 정도의 각도가 어긋난다는 것이 발견되었다. 그것은 아주 작은 차이였다.

14) 그런데 바로 이 8분의 오차를 규명하기 위해 케플러는 화성의 궤도가 원이 아니라 다른 형태일 것이라고 생각하기 시작했다.

케플러는 자신이 새로 발견한 법칙을 행성 궤도에 적용했다. 행성 궤도의 중심은 태양계의 중심에서 약간 벗어나 있었다. 즉 태양 역시 행성 공전 궤도의 회전축에서 벗어난 곳에 위치했다. 따라서 새 운동 법칙을 이용해 화성과 태양 사이의 최단거리 지점과 최장거리 지점을 확인하고자 했으며,

그 과정에서 그는 새로운 사실을 발견했다. 그 두 지점을 통과하는 데 화성이 너무 많은 시간을 소비한다는 것이다. 즉 이심원 궤도의 양 끝 지점을 통과하는 화성의 운동 속도가 예상보다 느렸던 것이다. 그렇다면 행성 궤도를 찌그러뜨려 양 옆으로 더 튀어나오게 해야 했다. 그래야 전체적으로 면적과 시간은 동일하게 유지하면서, 양 끝 지점에서 달라진 속도와 시간 값을 설명할 수 있기 때문이다. 케플러는 물리학적 직관을 발휘했다. 행성 궤도는 완벽한 원이 아니라 달걀 모양이어야 했다.

15) 그러던 중 또 하나의 발견에 도달했다. 달걀형과 원 사이에 생긴 초승달 모양의 최대 폭은 반지름의 0.00429배였다. 그는 또 이 측정과는 완전히 독립적으로, 화성에서 태양과 궤도 중심에 그은 선분이 이루는 최대각이 5도 18분이라는 것을 측정했다. 이 각의 시컨트(코사인의 역수) 값이 1.00429라는 것이 그를 놀라게 했다.

→ 4단계 : 실험과 관찰을 통해 얻은 자료를 해석하는 과정이다. 무슨 말인지 자세히는 모르겠지만 케플러는 브라헤의 자료를 해석하는 과정에서 행성 궤도가 이전 과학자들의 생각과는 달리 달걀 모양이라는 결론에 다가가고 있다.

16) 순간적으로 그는 그 거리를 계산할 정밀한 삼각측량법(삼각형의 한 변의 길이와 두 개의 끼인 각을 알면 그 삼각형의 나머지 두 변의 길이를 알 수 있다는 원리를 이용한 측량법)이 존재한다는 사실을 떠올렸다. 거리를 계산해 본 결과, 화성 궤도는 정말로 타원을 그리고 있었다. 더 나아가 그는 화성이 타원 궤도를 도는 동안 태양과 거리가 어떻게 변하는지도 정확히 알아냈다. 그 타원 궤도는 케플러의 오래된 고민, 즉 면적 속도 일정의 법칙에서 근사값의 정밀도를 높이는 문제를 말끔히 해결해 주었다. 순간 생각의 물줄기가 솟구쳤다. 그는 그 순간을 "마치 꿈에서 깨어나 새로운 빛

을 보는 것 같았다"라고 썼다. 행성 운동의 제 1법칙이 탄생했던 것이다. 행성의 운동은 태양을 한 초점으로 하는 타원 궤도였던 것이다.

17) 제 1법칙(타원 궤도의 법칙)

행성은 타원의 한 초점에 놓여 있는 태양 주위를 타원 궤도를 그리며 돈다.

제 2법칙(면적 속도 일정의 법칙)

태양과 행성을 연결하는 선은 같은 시간에 같은 면적을 쓸고 지나간다.

18) 케플러는 행성 사이의 공간을 염두에 두고 두 법칙으로 나타나는 현상의 원인을 규명하고자 했다. 그 한 가지가 행성의 이심률 크기, 즉 '행성 궤도 의 중심에서 태양까지의 거리가 얼마만큼 떨어져 있는가'였다. 이심률은 행성이 태양과 가장 가깝게 접근해 있는 근일점, 그리고 가장 멀리 떨어져 있는 원일점으로 결정된다. 다른 한 가지는 행성의 이심률이 각기 다르다 는 것이다. 화성은 이심률이 꽤 큰 반면, 금성은 거의 없다. 그는《우주의 신비》를 썼던 20여 년 전부터 무엇 때문에 행성의 이심률이 다른지 설명 하는 데 애를 먹었다. 케플러는 두 번째 현상의 원인을 규명하는 일에 이 처럼 많은 시간을 보내야 했다. 그는 태양과 행성 간의 평균 거리와 그 궤 도 주기(궤도를 따라 행성이 한 바퀴 도는 데 걸리는 시간) 사이에 놓인 수학적 관계를 알고 싶어 했다.

19) 최대 속력과 최소 속력 사이에, 혹은 평균 속도 사이에 무언가 규칙이 있 는 것은 아닐까? 이제 그는 비밀에 조금 접근한 것처럼 느꼈다. 그는 상상 력을 발휘했다. 태양을 도는 각 행성의 주기와 거리를 비교했다. 그러자 비로소 그가 평생을 두고 입증하려고 했던 가설이 진실의 모습으로 나타 났다. 케플러는 마침내 화성(和聲) 모두를 구체화시키는 배열을 발견했고, 이를 토대로 관찰된 행성의 거리와 이심률의 관계를 밝히는 데 성공했다. 각 행성별로 주기와 거리 사이에 존재하는 상관관계를 20여 년 만에 찾아

낸 것이다. 이것이 케플러가 그의 제 3법칙(조화의 법칙)에 도달한 과정이다. 이 법칙은 마침내 그가 찾고 있던 행성의 운동과 거리의 관계, 태양계의 물리적 운동과 기하학적 구조의 관계를 보여주었다. 태양으로부터 행성까지 평균 거리의 세제곱이 행성 공전 주기의 제곱에 비례한다는 것은 의외의 상관관계였다.

20) 길고 복잡한 계산 과정을 거쳐 비로소 태양이야말로 행성 운동의 동력원이라는 것을 밝혀냈다.

→ 5단계 : 드디어 마지막 단계인 결론에 도달하였다.

제 1법칙(타원 궤도의 법칙) 행성은 타원의 한 초점에 놓여 있는 태양 주위를 타원 궤도를 그리며 돈다.
제 2법칙(면적 속도 일정의 법칙) 태양과 행성을 연결하는 선은 같은 시간에 같은 면적을 쓸고 지나간다.
제 3법칙(조화의 법칙) 태양으로부터 행성까지 평균 거리의 세제곱이 행성 공전 주기의 제곱에 비례한다.
즉, 케플러의 3법칙이 결론으로 도출된 것이다.

자, 이제 좀 알겠는가? 그 길고 긴 제시문의 내용이 어떻게 흘러왔는지를.
그렇다면 진짜 문제를 풀 시간이 되었다.

그런데 문제를 보니 원고 양이 얼마라는 말이 없네. 그렇다면 쓰고 싶은 대로 쓰라는 말이렷다. 이는 참 합리적인 방식이라는 생각이 든다. 왜? 자신의 주장을 쓰라는 것이 아니라, 정해진 과정이 어떻게 전개되었는지를 쓰라는 것이니, 이미 써야 할 내용은 얼추 정해져 있는 것 아닌가?
그런데 여기에 원고 매수까지 정해주면 글을 쓰는 것 외에 원고 매수 조정까

지 필요할 테니 시간이 촉박할 수도 있고, 자신의 판단을 자유롭게 서술할 수
도 없을 것이다.

그런 면에서 이 문제에 원고 매수 제한이 주어지지 않은 것은 참으로 합리적
으로 보인다.

그럼 실제로 써보자.

논제 1. 【제시문 2】는 행성의 운행 법칙이 밝혀지는 과정을 보여준다. 행성의 운행
궤도가 원이 아니라 타원이라는 사실이 입증되는 과정을 【제시문 1】 (가)에서 기술
된 '과학 탐구 과정'에 따라 재구성해 보시오.

케플러는 그 이전에 코페르니쿠스가 구축한 우주 체계에 대해 의문을
품었는데, 그 의문의 출발점은 코페르니쿠스의 우주론이 과학에 바탕한
것이 아니라 종교적 신념에 바탕한 것이라는 판단에서였다.

그리하여 케플러는 '왜 태양계의 행성들은 특정한 거리로 떨어져 있는
가? 왜 행성은 6개인가? 왜 신은 태양계를 그렇게 설계했을까?' 하는
의문을 설정하고 이를 규명하기로 마음먹었다.

케플러가 의문을 품고 문제 해결에 나설 무렵 대학에서 수학과 천문학을
강의하던 그는 원에 내접하는 정삼각형과 그 정삼각형에 내접하는 원을
그리다가 우연히 두 원 크기의 비례가 토성 궤도와 목성 궤도의 크기 비
례와 일치함을 알게 되었다. 그리고 이를 통해 그는 가설을 세웠다.

그 가설의 기본적인 내용은 태양을 중심으로 하는 5개의 다면체가 태양
계의 수학적 골격을 형성한다는 것이었다.

그러나 그 가설을 증명해 가는 과정에서 자신의 가설에 오류가 있음을
발견하게 되었다. 그리하여 그는 새로운 가설을 세워야 했다. 새로운 가
설은 이미 세상을 떠난 티코 브라헤의 관측 자료를 얻은 후 그 자료의
엄밀한 해석 과정에서 수립할 수 있었는데, 첫 번째 가정은 기하학적 조
건으로 지구 공전 궤도면과 화성 공전 궤도면이 태양의 중심에서 교차

형식별 논술 문제
풀기

한다는 것이고, 두 번째는 물리학적인 조건으로 태양에 행성 운동의 원인이 되는 힘을 부여하는 것이었는데, 이에 따르면 태양의 힘은 거리가 멀어짐에 따라 감소하며, 행성의 속도와 힘의 근원으로부터의 거리 사이에는 반비례 관계가 성립한다는 내용이었다.

물론 케플러의 가설을 확인하는 데 필요한 실험과 관찰은 티코 브라헤의 자료가 대신해 주었지만 그 자료를 해석하는 것은 오로지 그의 몫이었다.

이후 케플러는 후에 케플러의 제2법칙으로 알려지는 '면적 속도 일정의 법칙', 즉 같은 단위시간 동안 행성 궤도가 그리는 면적은 같다는 원리를 먼저 발견한다.

그러나 자신이 발견한 이론이 실제와는 작은 오차를 갖는다는 사실을 다시 발견한다. 그리하여 그 오차가 어떻게 해서 나타났는가를 규명하는 과정에서 케플러는 이전 천문학자들은 상상하지 못한 사실을 확인하게 된다.

그건 바로 행성 궤도가 완벽한 원이 아니라 타원형이 아닐까 하는 상상이었다.

이러한 상상은 막연히 태어난 것이 아니라 자료를 해석하는 과정에서 얻게 된 당연한 귀결이었다.

그 후로도 자신의 생각을 확인하기 위해 끊임없이 자료를 분석한 케플러는 결국 두 가지 법칙을 확인하게 된다. 그건 제1법칙(타원 궤도의 법칙), 즉 행성은 타원의 한 초점에 놓여 있는 태양 주위를 타원 궤도를 그리며 돈다는 것과, 제2법칙(면적 속도 일정의 법칙), 즉 태양과 행성을 연결하는 선은 같은 시간에 같은 면적을 쓸고 지나간다는 것이었다.

그러나 케플러는 이것으로 만족할 수 없었다. 우주 전체가 어떠한 원리에 의해 움직이는지에 대한 의문이 풀리지 않았기 때문이다. 그런 의문은 '하나님이 창조한 세계의 조화는 어디에 있을까?'라는 질문으로 요약될 수 있는데, 이를 규명하기 위해 케플러는 이후 20여 년에 걸친 노력 끝에 각 행성별 주기와 거리 사이에 존재하는 상관관계, 즉 태양으로부터 행성가지 평균 거리의 세제곱이 행성 공전 주기의 제곱에 비례한다는 제3법칙, 즉 조화의 법칙을 발견하게 되었다.

마침내 그가 처음 의문을 품고 연구에 나선 내용을 확인하게 된 것이다. 태양은 행성 운동의 동력원이요, 신이 창조한 우주야말로 조화 그 자체라는 사실이었다.

– 1,670자

여러분 가운데는 내가 쓴 글보다 더 잘 쓴 친구들이 많을 것이다. 그리고 앞에서도 여러 번 반복했지만 내 글이 반드시 옳다고 할 수도 없다.

다만 내가 쓴 글을 읽고 여러분이 참고할 내용이 있다면 이런 것이다.

1. 논제에서 '과학 탐구 과정'에 따라 재구성하라고 해서, 기계적으로 1단계, 2단계 하면서 글을 쓰지 말라는 것이다. 분명히 재구성하라고 했다. 재구성이란 제시문을 나만의 것으로 스스로 소화한 후 새로운 글, 그러니까 본질은 같으나 내용은 축소, 요약 등의 과정을 거친 글로 재탄생시키라는 것이다. 그러므로 이 긴 글을 갑자기 기계적인 문구로 만들면 안 되는 것이다.

2. 글이 결코 단순 요약이 되어서는 안 된다. 글은 기-승-전-결, 즉 읽는 사람을 설득하는 것이라고 앞서 말한 바 있다. 그러니까 이 글도 읽는 사람이 자연스럽게 느낄 수 있도록 물 흐르듯 쓰면 되는 것이다.

3. 위 두 가지 내용을 만족시키기 위해 반드시 필요한 것은? 그렇다. 퇴고다. 쓴 후에는 가능하면 객관적인 시각으로 읽으면서 어색하거나 논리의 비약이라고 느껴지는 부분을 고치는 작업을 반드시 해야 한다. 아무리 완벽한 글을 쓰는 사람도 처음 쓴 글을 빈틈없이 쓰는 건 불가능하다. 하물며 극도로 긴장한 시험장에서 어떻게 완벽한 글을 쓰겠는가. 그러니 꼭 퇴고하라.

자, 그럼 다음 논제를 풀어보자.

논제 2. 【제시문 1】(나)에서 기술된 '과학적 사고의 다섯 요소'를 【제시문 2】에서 찾아 설명하시오.

이번에는 【제시문 1】의 (나)에 나오는 과학적 사고의 다섯 요소를 먼저 찾아야겠다.

그럼 제시문부터 보자.

(나)

　과학적 주제를 탐구하려면 과학적 사고가 바탕이 되어야 하는데, 과학적 사고의 첫째 요소는 기존 지식에 대한 반성이다. 무거운 물체가 가벼운 물체보다 더 빨리 떨어진다는 기존 지식에 대한 반성적 사고가 있었기 때문에 갈릴레이는 무거운 물체와 가벼운 물체가 같은 속도로 떨어진다는 생각을 하게 되었다. 과학적 사고의 둘째 요소는 지식의 정량화이다. 무거운 물체가 가벼운 물체보다 빨리 떨어진다면 막연히 '더 빨리'가 아니라 구체적으로 몇 배 더 빠른지 정량화해 보아야 한다. 예를 들어 가벼운 물체와 무거운 물체를 같이 붙여서 떨어뜨리면 전체 무게는 더 무거워지므로 무거운 물체보다 더 빨리 떨어질 수도 있고, 무거운 물체의 속도보다 가벼운 물체의 속도가 느리기 때문에 더 늦게 떨어진다고 볼 수도 있다. 이렇게 정량화해 보면 무거운 물체가 더 빨리 떨어진다는 생각의 문제점을 알게 된다. 지식을 정량화하기 위해서는 객관적인 측정이 필요하다. 과학적 사고의 셋째 요소는 지식에 대한 실증적 검토이다. 지식은 검증되어야 하며, 실험은 그 검증 과정이다. 무게가 다른 두 물체를 실제로 떨어뜨려 보는 것이 바로 그것이다. 검증이란 예측이 가능한 상황에서만 가능하다. 실제 상황에서는 다양한 변인(變因)이 존재한다. 실험은 이 변인을 인위적으로 통제할 수 있는 상황에서만 가능하다. 이런 의미에서 실험은 관찰과 차이가 있다. 과학적 사고의 넷째 요소는 지식(가설)의 반증 가능성이다. 과학적 명제는 반증이 가능하도록 명료하게 제시되어야 한다. 과학적 사고의 다섯째 요소는 개별지식을 모아 합리적 체계로 설명하는 것이다.

읽어보니 간단하기 짝이 없다. 다섯 가지 과학적 사고를 친절하게도 잘 알려주고 있으니 말이다. 그렇다면 이런 문제가 쉬울까?

그렇지 않다.

제시문이 어려우면 문제가 쉽고, 제시문이 쉬우면 문제가 어렵다. 반대로 문제가 어려우면 제시문이 쉬운 것이 일반적이다.

다시 말하지만 논술 시험은 고등학생, 즉 여러분 같은 친구들을 대상으로 하는 것이다. 따라서 모든 논술 문제가 일정 수준의 난이도를 가지고 있을 뿐 아니라 그 난이도의 편차가 그리 심하지 않다는 사실, 반드시 기억하라.

자, 위 제시문에서 제시한 과학적 사고의 다섯 가지 요소를 정리해보자.

1) 과학적 사고의 첫째 요소는 기존 지식에 대한 반성이다.
2) 과학적 사고의 둘째 요소는 지식의 정량화이다.
3) 과학적 사고의 셋째 요소는 지식에 대한 실증적 검토이다.
4) 과학적 사고의 넷째 요소는 지식(가설)의 반증 가능성이다.
5) 과학적 사고의 다섯째 요소는 개별지식을 모아 합리적 체계로 설명하는 것.

제시문에는 이에 대한 부연설명도 있다. 그렇다면 시간이 충분한 경우 부연설명도 읽어가면서 요소들에 대해 자세히 알아보는 것도 나쁘지 않을 것이다. 그러나 시간이 충분치 않다면 그냥 넘어가도 문제가 없다.

다시 한 번 반복하지만 논술 시험은 이해하는 시험이 아니라 글쓰기 시험이다. 따라서 가능하면 글쓰기에 주력해야 한다. 하물며 이 시험은 글쓰기의 비중이 훨씬 크다. 제시문 이해할 것이 뭐가 있단 말인가. 그러니 이런 문제일수록 글쓰기에 집중해야 한다.

그러나 글을 쓰기 전에 우선 해야 할 일은 다시 그 길고 긴 제시문에서 위에서 언급한 과학적 사고의 요소를 찾는 것이다. 그렇다면 다시 그 제시문을 읽어야 한다는 말? 아니다. 그럴 필요 없이 줄 그어 요약한 것만 읽어도 충분하다. 만일 그를 통해 해답을 찾아낼 수 없을 경우에만 본문으로 돌아가 해당 부분을 자세히 읽어보면 된다.

과학적 사고의 첫째 요소는 기존 지식에 대한 반성이다. 케플러는 코페르니쿠스의 우주론에 불분명한 점들을 발견했을 뿐 아니라 코페르니쿠스는 자신의 이론에 대해 아무런 근거도 제시하지 않았다. 케플러는 이러한 지식에 대한 반성과 의문으로부터 자신의 연구를 시작하였다.

그리고 자신의 연구를 과학적으로 진행시키면서 자신의 상상과 추론을 뒷받침할 수 있도록 티코 브라헤의 자료를 분석했을 뿐 아니라 그 자료에 구체적인 생명력을 불어넣었다. 이는 수많은 측정과 계산이라는 지식의 정량화를 통해 가능했다. 그리고 그 과정에서 훗날 케플러의 제2법칙이라고 불리는 내용을 확인할 수 있었다.

그러나 이렇게 정량화된 지식이라고 해서 온전히 과학적 근거를 갖는 것은 아니었다. 정량화된 지식을 케플러는 실증적으로 검토하기 시작했다. 그리고 그 과정에서 정량화된 지식과 실제 현상 사이에 차이가 있음을 확인할 수 있었다. 이는 화성의 공전 활동을 측정하는 과정에서 확인된 것으로, 이렇게 드러난 차이를 통해 케플러는 행성 궤도가 과거 지식이 알려준 것처럼 완전한 원을 이루는 것이 아니라 달걀 모양을 이룬다는 사실을 밝혀내기에 이르렀다.

이후 케플러는 자신이 발견한 내용을 누구나 알 수 있도록 분명하게 정리하기에 이른다. 이는 자신이 발견한 법칙에 대한 반증이 누구에 의해

서건 이루어질 수 있도록 하는 것으로, 과학이란 끊임없이 증명되고 보완됨으로써 새로운 과학적 진보를 이룰 수 있어야 하기 때문이다.

마침내 케플러는 자신이 개별적으로 확인한 지식들을 모아 세 개의 법칙을 완성하기에 이르렀다. 그리고 이를 통해 행성의 운동과 거리의 관계, 태양계의 물리적 운동과 기하학적 구조의 관계를 밝혀냄과 아울러 이 모든 운동이 서로 조화를 이루고 있으며, 태양이 행성 운동의 동력원이라는 종합적 결론에 도달할 수 있게 되었다.

즉 케플러는 태양계가 어떻게 운용되는지 합리적으로 정리, 설명할 수 있게 된 것이다.

— 940자

이게 내가 쓴 답안이다.

역시 부족하다는 느낌을 지울 수가 없다. 그러나 그 짧은 시간에 이 정도 정리할 수만 있다면 되는 것 아닐까.

여러분도 자신이 작성한 답안에 대해 늘 확신을 갖기 바란다.

써놓고, 아니 쓰면서 끊임없이 불안해하면 절대 안 된다. 그러면 당연히 전체 글에 자신감이 결여되게 되고, 결국 글이 논리적 완결성을 잃게 되기 쉽기 때문이다.

반대로 확신을 갖고 쓰게 되면 주저하지 않기 때문에 빨리 쓸 수 있을 뿐아니라 전체 글에 논리적 완결성이 형성되기 마련이다.

물론 그 글의 논지가 출제자의 의도에서 약간 벗어날 수 있다. 그러나 의도에서 벗어났다고 해도 자기 확신이 있는 글은 평가자를 설득할 수 있다. 게다가 의도에서 벗어난 글을 불안해하면서 쓴다고 더 잘 써질까? 그럴 리는만무하다.

따라서 어느 경우에건 글의 논지를 결정한 후에는 머뭇거리거나 의문을 품을 필요가 없다. 확신을 가지고 밀고 나가라.

이렇게 해서 길고도 긴 서울대 논술 문제의 여행을 끝냈다. 목적지에 도착해 보니 허탈하기도 하다. 그러나 이 여행의 과정에서 여러분은 많은 것을 얻었을 것이다.

그 얻은 것이 눈에 보이지 않는다고 해도 이미 여러분 머릿속에서는 많은 것들이 작동하기 시작했음을 의심치 않는다.

논술 공부는 그런 것이다. 자신도 모르는 사이에 머릿속에 문장을 이해하는 방식이 자리 잡고, 글의 논리적 구조를 구축하는 능력을 키우는 것.

그러니 논술 공부를 하면서 절대 조급하거나 눈에 보이는 무언가를 얻으려고 하지 마라.

논술에 빠져서 헤매지 마라.

논술을 객관적으로 대하면서 호랑이라고 여겨라.

호랑이에 물려가도 정신만 차리면 호랑이를 동물원 우리 안에 갇힌 존재로 여길 수 있다.

그러나 논술에 빠져버리면 호랑이에 물려가 이내 죽고 만다.

수많은 친구들이 논술의 제시문, 문제에 빠져 정신이 혼미해진다는 사실을 나는 잘 알고 있다.

절대 그러면 안 된다.

문제건, 제시문이건, 한 발 물러나서 객관적으로 볼 수 있도록 해야 한다.

내게 어려운 문제는 다른 친구들에게도 어렵다는 사실, 아니 출제위원도, 평가위원도 어려워한다는 사실, 절대 잊지 마라.

18
자기주장 쓰기 문제

이번에는 자기주장을 쓰는 문제를 풀어볼 것이다.

자기주장을 쓰는 문제야말로 논술의 핵심인데, 이는 문제를 이해하고 그에 대한 비판과 대안을 가진 사람만이 가능한 것이다. 그리고 이런 문제가 궁극적으로 우리나라 입학시험이 나아가야 할 방향이다.

그런데 이런 문제야말로 해답이 없다. 내 주장을 쓰라는데 무슨 해답?

그렇다고 해서 아무렇게나 써도 된다는 말은 아니다.

자신의 주장을 내세울 때 가장 중요한 것이 무엇일까?

그건 합리적 근거에 바탕해야 한다는 것이다.

주장을 내세우는 것의 목적이 상대방을 설득하기 위해서이기 때문이다.

주장만 있을 뿐 근거가 없다면 상대방을 설득하는 것은 불가능하다. 따라서 자기주장을 할 때는 반드시 논리적 근거, 합리성이 바탕에 깔려야 함을 잊어서는 안 된다.

그래서 답이 없는 자기주장 쓰기 문제가 오히려 더 어려울 수 있다는 사실, 잊지 말기를 바라며 문제를 풀어보자.

고려대학교 2010학년도 수시 논술 인문계

2009년 11월 21일

아래의 제시문을 읽고 논제에 답하시오.

---

(1)

인간의 모든 행위와 선택은 어떤 좋음을 목표로 하는 것 같다. 그래서 세상 만물이 좋음을 추구한다는 규정은 온당하다. 좋음은 분야에 따라 각기 다른 양상을 띤다. 의술이 추구하는 좋음과 병법이 추구하는 좋음이 다르듯 기술마다 고유한 좋음이 존재한다. 각각의 좋음이란 그것을 위해 행위와 선택이 수행되는 것을 일컫는다. 가령 의술의 좋음은 건강이고 병법의 좋음은 승리이며 건축술의 좋음은 집이다. 분야마다 다른 행위와 선택을 통해 추구되는 목적이 곧 좋음이다. 인간은 그 목적을 이루고자 노력한다. 따라서 좋음은 행위로 성취되는 모든 목적일 것이다. 그런데 목적은 여러 가지이고 그중 어떤 목적은 다른 목적을 위해 선택된다. 따라서 모든 목적이 다 완전할 수 없지만 최상의 좋음은 분명 완전한 그 무엇이다. 만일 어떤 하나만이 완전하다면 그 하나가 우리가 찾는 것이겠다. 여럿이 완전하다면, 그것들 중 가장 완전한 것이 우리가 찾는 것이겠다.

우리는 그 자체로 추구되는 것이 다른 것 때문에 추구되는 것보다 완전하다고 말한다. 따라서 언제나 그 자체로 선택될 뿐 결코 다른 것 때문에 선택되지 않는 것이 완전하다. 그 무엇보다도 행복이 그렇게 완전한 것으로 보인다. 우리는 행복을 언제나 그 자체 때문에 선택하지 다른 무엇 때문에 선택하지 않는다. 인간의 기능을 이성에 따른 영혼의 활동이라고 한다면, 인간적인 좋음은 훌륭함에 따른 영혼의 활동이고, 그 활동 자체가 곧 행복이다.

물론 행복은 외적인 좋음도 필요로 한다. 일정한 뒷받침이 없으면 고귀한 일을 행하기가 아예 불가능하거나 용이하지 않기 때문이다. 이를

테면 좋은 태생, 훌륭한 자식, 준수한 용모와 같은 요소가 결핍되면 지극한 복에 흠집이 나기도 한다. 행복에는 그런 요소들이 더해져야 할 것처럼 보인다. 그래서 행운이 행복과 동일시되기도 한다.

행복은 배움, 익힘 등과 같은 인간의 활동을 통해 획득되는가, 아니면 신적인 운명이나 우연에 의해 생겨나는가? 신들이 인간에게 선물을 준다고 한다면, 행복 또한 신들의 선물일 수 있다. 그러나 행복이 신들의 선물이 아니고 모종의 배움이나 익힘을 통해 생긴다 하더라도, 그것은 여전히 인간 안의 신적인 것들 중 으뜸일 것이다. 행복은 훌륭함에 따른 인간 영혼의 활동이므로 인간의 행위로 성취되거나 소유될 수 있는 것이어야 한다. 소나 말은 결코 행복할 수 없다. 동물은 행복을 추구하는 활동에 참여할 수 없기 때문이다. 어린이 또한 행복한 사람이 아니다. 어린이는 나이가 어려서 아직 그러한 활동을 할 수 없기 때문이다. 어린이가 행복하다고 말한다면 그것은 미래의 행복에 대한 희망을 말한 것일 뿐이다.

행복하려면 완전한 훌륭함뿐 아니라 완전한 생애도 갖추어야 한다고 말하는 사람들도 있다. 일생 동안 많은 변화와 갖가지 우연이 생길 수 있다. 예를 들어 트로이아 전쟁의 프리아모스처럼 가장 성공적으로 살던 사람도 노년에 엄청난 불행에 빠진다. 그렇다면 인간들 중 누구도 살아 있는 동안에는 행복하다고 말할 수 없고, 솔론의 말처럼 삶의 끝을 보아야만 하는가? 인간은 죽은 다음에야 행복해질 수 있는가? 물론 솔론이 한 말의 본뜻은 인간은 죽어서야 비로소 온갖 악과 불운에서 벗어날 수 있다는 것이다. 그렇다 해도 논란의 소지가 여전히 남는다. 자손들의 번성과 불운처럼 죽은 사람에게도 좋은 일과 나쁜 일이 생길 수 있다. 어떤 사람이 노년에 이르기까지 지극히 복되게 살고 이치에 맞게 삶을 마감했다 하더라도 그의 자손들과 관련해서는 여전히 많은 우여곡절이 일어날 수 있다. 그 자손들 중 일부가 좋은 사람으로서 가치 있는 삶을 누려도 다른 일부는 그와 반대되는 처지에 놓일 수 있다. 만약 죽은 사람까지 자손들의 이 같은 우여곡절에 함께 휘말려 어떤 때는 행복하다가 어떤 때는 도로 비참하게 된다면, 이는 납득하기 어렵다. 그렇다고 후손들의 일이 조상에게 아무 영향을 미치지 않는다고 해도 이 역시 납득하기 어렵다. 어떤 사람의 주변을 돌고 도는 갖가지 운수 때문에 행복한 사람이 이내 비참한 사람이 되어버린다면, 그는 필경 '기반이 취약한 사람'에 지나지 않을 것이다.

운에 따라 인간의 행복 여부를 판단해도 좋을까? 인간이 운에 의해 잘되고 잘못되는 것이 아니라, 다만 운이 인간적 삶에 더해질 뿐이다. 훌륭함에 따르는 활동이 행복이고, 그 반대의 활동은 분명 불행을 불러온다. 그러나 추가되면 좋을 것이 추가되지 않는다 하여 행복이 흔들리지는 않는다. 인간이 성취할 수 있는 것들 중 훌륭함에 따르는 활동만큼 안정성을 갖는 것은 없다. 그 활동은 학문적 인식보다 더 지속적인 것으로 보인다. 지극히 복된 사람들은 그 활동을 누리며 가장 연속적으로 그들의 삶을 이어간다. 그러한 활동에 대한 망각은 그래서 거의 일어나지 않는다.

사실 많은 일이 우연에 따라 일어나며 일의 크기에도 차이가 있다. 작은 행운은 작은 불운과 마찬가지로 삶의 균형을 깨뜨리지 않는다. 좋은 쪽으로 큰 일이 많이 일어난다면 더 큰 복을 누리는 삶이 될 것이다. 그 일들이 삶을 아름답게 꾸며주기 때문이다. 반면 나쁜 쪽으로 큰 일이 많이 일어난다면 지극한 복을 짓눌러 상하게 한다. 그 일들이 삶에 고통을 불러오고 많은 활동들을 방해하기 때문이다.

그러나 본성이 고귀한 사람은 그러한 불운들을 침착하게 견딘다. 그가 고통에 무뎌서가 아니라 고결하고 의연한 성품의 소유자이기에 그럴 수 있다. 인간의 삶에서 훌륭함을 따라가는 영혼의 활동이 결정적인 것이라면, 지극히 복된 사람들 중 누구도 비참하게 되지는 않을 것이다. 그는 모든 운을 품위 있게 견디고 어떤 상황에서도 할 수 있는 한 가장 훌륭한 행위를 할 것이기 때문이다. 마치 훌륭한 장군이 주어진 부대를 전략적으로 가장 적절하게 꾸려가고, 좋은 제화공이 자기가 가진 가죽으로 가장 훌륭한 구두를 만들어 내는 것처럼 말이다. 그러므로 행복한 사람은, 물론 프리아모스가 당한 것과 같은 비운이 덮친다면야 지극히 복될 수는 없겠지만, 결코 비참하게 되지는 않는다. 행복한 사람은 실로 쉽게 변하지 않는다. 운수는 이리저리 몰아치며 변화무쌍한 얼굴을 드러내지만, 완전한 훌륭함에 따라 활동하는 사람은 늘 그의 삶에서 가장 좋은 것만을 추구하기 때문이다. 그런 사람이 특정한 기간만이 아니라 그의 온 생애에 걸쳐 행복하다.

(2)

추첨은 켄투리아회와 민중의회에서 누가 첫 번째로 투표하는지와 어떤 투표가 먼저 계산되는지를 결정하는 데 쓰였다. 켄투리아회는 5개의 계급에서 뽑힌 193개의 백인대(百人隊, 투표의 단위)로 구성되었다. 기원전 3세기 말, 추첨을 통해 '우선투표 백인대'를 뽑는 관습이 정착되었다. 첫 번째로 투표할 백인대를 의미하는 우선투표 백인대는 상위계급 가운데 하나인 70개의 일급보병 백인대 중에서 추첨으로 뽑혔다. 그 추첨의 결과는 신의 계시로 여겨졌고, 나아가 이 백인대가 투표하는 것 역시 종교적 의미를 가졌다. 우선투표 백인대의 투표는 최종적 결과를 미리 알려 준다는 의미를 가졌을 뿐 아니라, 그 뒤에 투표하는 백인대들의 선택까지도 규정하는 것으로 간주되었다. 결국 추첨은 우선투표 백인대의 투표 행위에 종교적 가치를 부여함과 동시에, 투표 과정에서의 의견 불일치 혹은 경쟁을 피하게 하거나 완화시켰다. 왜냐하면 추첨은 적어도 계시적이고, 중립적이며, 불편부당한 무엇을 따른 것처럼 인정되었기 때문이다.

추첨은 민중의회에서도 사용되었다. 법률 제정이나 재판을 위한 민중의회의 모임에서, 각 부족들은 차례차례 투표했다. 어떤 부족이 가장 먼저 투표할지는 추첨을 통해 결정되었고, 이에 따라 나머지 부족들의 투표 순서도 결정되었다. 제일 먼저 투표하는 부족에게는 '첫 번째'라는 이름이 붙여졌는데, 이는 어떤 점에서는 켄투리아회의 우선투표 백인대에 상응한다. 각 부족의 투표 결과는 그 부족이 투표를 행하자마자 발표되었으며, 그 동안에도 다른 부족들의 투표는 계속되었다. 법안의 통과나 판결을 위한 과반수가 확보되자마자 투표는 종결되었다. 결과적으로 민중의회의 추첨은 켄투리아회의 추첨과 동일한 효과를 가졌다. 추첨의 종교적 성격과 중립성은 표가 첫 번째 투표 쪽으로 결집되도록 도왔으며, 투표를 하지 못한 부족들로 하여금 그 결과를 좀 더 쉽게 받아들일 수 있게 했다.

(3)

운은 선택적 운과 비선택적 운으로 나뉠 수 있다. 선택적 운은 숙고와 계산을 거친 모험의 결과에 관련된다. 가령 주식 투자에서처럼 피할 수 있는 위험을 감수함으로써 수익을 거두거나 손실을 입는 경우가 선택적 운에 해당된다. 비선택적 운은 예측이 불가능하여 피할 수 없는 결과에 관련된다. 불의의 교통사고를 당하거나 맑은 날 길을 걷다가 벼락을 맞는 경우가 비선택적 운에 해당된다. 사람마다 서로 다른 선택적 운 때문에 수입의 차이가 생기고 그로써 재산이 증감한다면 그것을 불공평하다고 할 수 있을까? 어떤 농부가 실패할 위험이 크지만 성공적으로 수확했을 경우 고수익이 보장된 작물을 심었고, 다른 농부는 안전한 수확이 가능한 작물을 심었다고 하자. 그리고 전자의 농부는 나쁜 날씨에 대비해서 보험에 들거나 들지 않을 수 있다고 하자. 그 경우 농부는 자신의 선택에 대한 대가를 지불해야 한다. 안전을 지향하는 선택은 위험을 무릅쓰는 선택보다 더 큰 소득의 가능성을 포기하는 것이다. 따라서 농부가 선택한 작물의 종류와 보험 가입의 여부에 따라 사후적으로 발생하는 소득의 차이를 인정하지 않을 이유는 없다.

그러나 비선택적 운이 초래한 결과는 선택적 운의 결과와 다르게 이해해야 한다. 매우 유사한 조건 속에서 살던 두 사람 중 하나가 갑자기 맹인이 된 경우를 생각해보자. 그 경우 맹인이 된 쪽이 애초에 위험을 감수하는 선택을 했다고 규정하면서 두 사람 사이에 생긴 수입의 차이를 인정하는 것은 온당치 못하다. 왜냐하면 맹인이 되는 것은 그 당사자의 선택과 무관하기 때문이다.

이상적인 상황에서는 보험 가입의 가능성을 통해 비선택적 운을 선택적 운으로 전환시킬 수 있다. 맹인이 될 가능성을 동등하게 지닌 두 사람이 그러한 가능성을 저마다 충분히 인식한다고 전제하고서 그들에게 보험에 가입할 기회가 똑같이 제공된다고 가정해보자. 그러한 가정 하에서 한 사람은 보험에 들고 다른 한 사람은 보험에 들지 않는 경우가 생길 수 있다. 전자는 안전을 보장 받기 위해 비용을 지불한 셈이고 후자는 위험을 기꺼이 감수하는 선택을 한 셈이다. 그 경우 두 사람 모두 눈이 머는 최악의 사태가 발생한다면 그 어떤 온정주의적 관점을 도입하지 않고서는 자원 배분의 공평성을 주장하기 어렵다. 다시 말해 보험 가입자로부터 보험 미가입자에게 소득을 이전시키는 보상 방식을 주장하기 어렵다는 것이다. 비록 두 사람이 비선택적으로 악운을 겪게 되지만, 보험에 가입할 수 있는 상황이 양자 간의 소득 격차를 선택적 운에서 비롯된 것이 되도록 한다. 따라서 선택적 운에서 비롯한 결과를 교란시킬 근거가 없다는 기존의 주장은 여전히 성립한다. 그러한 주장은 앞에서 설정한 가정 하의 모든 경우에 합당하다. 동일한 위험에 당면한 사람들이 보험을 선택할 수 있다는 가정 하에서 선택의 결과는 분배의 공평성에 아무런 문제를 야기하지 않는다.

그러나 현실은 가정과 다르다. 모든 사람이 동일한 재앙의 위험 속에서 사는 것은 아니다. 선천적으로 장애를 갖고 태어나는 사람이 있는가 하면 사회인으로 충분히 성장하기 전에 장애가 온 사람도 있다. 그들은 보험에 들 자금을 마련하기 전에 장애인이 되었다. 게다가 장애가 있는 사람은 보험에 들 수조차 없다. 장애를 가지게 될 가능성이 큰 사람들에게도 보험에 들 기회가 동등하게 주어지지 않는다. 보험 가입을 원하는 사람의 유전적 가족력까지 조사하는 보험회사는 그런 사람들에게 더 높은 보험료를 요구할 것이다. 재앙의 위험이 모두에게 동일하다고 가정한 보험의 상황은 현실에서 제기되는 공평성의 문제에 대해 좋은 지침을 제공한다. 사람들이 동등한 조건에서 보험을 들 경우에 누렸을 혜택을 전제하고 그 조건에 사람들을 위치시키는 복지체계를 통해 공평성은 확보될 수 있다. 사회가 그 구성원들을 진정으로 공평하게 배려하려면 동등하게 조성된 조건 속에서 그들이 할 수 있었을 선택을 고려해야 한다는 것이다.

(4)

그렇게 해야 마땅해서 그렇게 하는 것은 의(義)이고, 그렇게 하지 않았는데도 그렇게 되는 것은 명(命)이다. 성인(聖人)은 의를 따르면 명이 자연히 그 가운데 있고, 군자는 의를 행함으로써 명에 순응하며, 보통 이상의 사람은 명이 있음을 앎으로써 의에 따라 행할 것을 결단하고, 보통 이하의 사람은 명이 있음도 모르고 의를 행함도 없다. 그러므로 명을 모르고서 의를 편안하게 행할 수 있는 자는 드물고, 의에 이르지 않고 명을 편안하게 받아들일 수 있는 자는 없다.

명에 대해서는 언급할 것 없을 때가 있으나, 의는 어떤 상황에서든 반드시 행해야 한다. 예컨대 효성스럽게 어버이를 섬겨야 함에 있어서 그 명이 어떤지 물을 것이 없고, 충성을 다해 임금을 섬겨야 함에 있어서 그 명이 어떤지 물을 것이 없으며, 경건하게 자신의 인격을 수양해야 함에 있어서 그 명이 어떤지 물을 것이 없고, 부지런히 덕행을 쌓아야 함에 있어서 그 명이 어떤지 물을 것이 없는 것이다. 이처럼 명에 대해서 언급할 것 없을 때가 있지만, 명을 말하지 않을 수 없을 때도 있다. 예컨대 곤궁함과 영달함은 명에 달려 있으니 자기 뜻대로 구할 수 없고, 죽고 사는 것은 명에 달려 있으니 자기 뜻대로 죽음을 피할 수 없으며, 귀하고 천한 것은 명에 달려 있으니 자기 뜻대로 좌우할 수 없고, 가난하고 부유함 역시 명에 달려 있으니 자기 뜻대로 도모할 수 없는 것이다.

명은 성현의 마음을 흔들리게 할 수 있는 것은 아니지만 보통 사람을 그것으로 격려할 수는 있으며, 일상적인 일을 처리할 수 있는 것은 아니지만 화복(禍福)을 그것으로 단정할 수는 있다. 명이 인위적으로 어떻게 할 수 없는 것임을 안다면 내가 그것에 대해 잔꾀를 부릴 것이 없고, 명이 의도적으로 계획할 수 없는 것임을 안다면 내가 그것에 대해 마음 쓸 것이 없다. 어깨를 움츠리고 아첨하는 웃음을 흘리며 부귀를 취하는 자가 있는가 하면, 의를 견지하고 고난의 길을 걷다가 죽어간 자도 있다. 그러나 부귀해질 때가 이르면 도를 굳게 지키는 자도 영달한 자리에 오르게 되고, 죽을 수밖에 없는 운을 만나면 살기 위해 아무리 수치스러운 짓을 마다하지 않는다고 해서 모두 목숨을 보전할 수 있는 것은 아니다. 명이란 본디 이와 같아서 그것을 뜻대로 바꿀 수 없다. 사람이 참으로 명이 이러함을 분명하게 알고 독실하게 믿는다면, 어느 누가 이익을 구하는 데에만 온 마음을 쏟고 의에 어긋나는 수치스러운 짓을 하면서까지 구차하게 목숨을 부지하려 하겠는가? 그러므로 보통 사람에게 의를 따라 행해야 함을 가르치는 데 있어서, 명이 있다는 것은 크게 도움이 된다.

명이 없다는 주장이 제기되고부터 명이 있음을 믿지 않는 사람이 많아졌다. 그러자 순박함은 사라지고 임기응변의 꾀만 늘어나 하늘의 도리는 허망해지고 사람의 일은 혼탁해져서, 벼슬자리나 구하고 잇속만 차리며 구차하게 목숨을 탐하고 죽음을 두려워하는 무리들이 불어나 천하가 어지러워졌다. 이것이 바로 명이 없다는 주장으로 인해 생긴 폐해이다. 명이 없이도 의를 따르는 삶을 살 수 있는 사람은 오직 군자뿐이다.

(5)

다음 세 가지 요인이 개인의 후생수준을 결정하는 경우를 고려하자.

첫째는 개인적 배경의 차이에서 오는 '배경자원'의 수준(x)이고, 둘째는 정부로부터 배분되는 '복지자원'의 수준(y)이며, 셋째는 개인의 '노력수준'(z)이다. 최종적인 후생수준(u)은 배경자원과 복지자원의 합에 노력수준을 곱한 값이라고 하자. 즉, $u = (x+y)z$.

한 국가의 국민이 다음과 같이 구성되어 있다고 가정하자.

배경자원이 1이고 노력수준이 1인 사람들이 25% (집단1)
배경자원이 1이고 노력수준이 3인 사람들이 25% (집단2)
배경자원이 3이고 노력수준이 1인 사람들이 25% (집단3)
배경자원이 3이고 노력수준이 3인 사람들이 25% (집단4)

또한 정부는 개개인의 배경자원과 노력수준을 고려하여 복지자원을 배분할 수 있고, 이렇게 배분될 총 복지자원의 크기는 고정되어 있으며, 만약 정부가 복지자원을 모든 국민들에게 균등하게 배분한다면 국민 일인당 4의 복지자원을 받게 된다고 가정하자.

배경자원은 개인이 선택할 수 없는 것이고 제시문 (3)의 '비선택적 운'에 해당한다. 공평성의 관점에서는 이러한 비선택적 운으로 인한 후생 격차를 없앨 것을 요구하지만, 노력수준과 같이 개인이 선택한 결과로 발생하는 후생 격차의 교정을 요구하지는 않는다. 한편, 공리주의적 관점에서는 복지자원의 배분을 통하여 모든 국민의 후생수준의 총합을 높일 것을 요구한다.

Ⅰ. (1)을 500자 내외로 요약하시오. (20점)

Ⅱ. '운의 사회적 의미'라는 관점에서 (2)와 (3)을 비교하고, 이를 참고하여 (4)의 주장을 논평하시오. 그리고 '운'에 대한 자신의 견해를 밝히시오. (50점)

Ⅲ. (5)에서 정부가 취할 분배정책과 관련하여 아래의 세 제안이 있을 수 있다.

제안 A: 개인이 사용할 배경자원과 복지자원의 합($x+y$)이 사람들 사이에 균등하게 되도록 복지자원이 배분되어야 한다.

제안 B: 노력수준이 같은 사람들 사이에 배경자원의 차이로 인한 후생격차가 발생하지 않도록 하되, 노력수준이 다른 사람들 사이에 후생격차가 극대화되도록 복지자원이 배분되어야 한다.

제안 C: 모든 국민의 후생수준의 총합이 극대화되도록 복지자원이 배분되어야 한다.

각 제안 하에서 집단별로 1인당 배분될 복지자원의 크기를 구하고, (5)에 나타난 공평성의 관점과 공리주의적 관점에서 세 제안을 비교하시오. (30점)

〈유의사항〉

1. 답안에 자신을 드러내는 표현을 쓰지 말 것.
2. 답안에 제목을 달지 말 것.
3. 제시문의 문장을 그대로 옮겨 쓰지 말 것.
4. 분량은 띄어쓰기를 포함하여, I은 500자(±50자), II는 1,400자(±100자)가 되게 할 것. III은 제공된 답안지 내에서 자수에 제한 없이 쓸 수 있음.

위 제시문과 관련해서 출제된 문제는 3문제, 주어진 시간은 180분이다. 따라서 산술적으로는 한 문제에 한 시간을 쓸 수 있는데, 배점을 보면 두 번째 문제, 즉 우리가 중점을 두고 풀고자 하는 문제의 배점이 50점, 즉 전체의 절반이다. 따라서 이 문제에 90분을 쓰는 것이 합리적일 것이다. 게다가 두 번째 문제는 1,400자(±100자)로 써야 하니 다른 문제와는 비교할 수 없을 만큼 길게 써야 한다.

앞서 설명한 것처럼 자기주장을 쓰는 문제는 그 어떤 문제보다 글쓰기에 중점을 두어야 한다는 사실, 잊지 말자.

자, 그럼 푸는 김에 세 문제 다 풀어보자.

세 문제를 다 풀어보는 까닭은 이 문제 안에 자기주장을 쓰는 문제 외에 혼합형 문제도 포함되어 있기 때문이다.

사실 혼합형 문제는 위에서 살펴본 문제들에 끼어 있는 경우가 많다. 그런 까닭에 특별히 따로 살펴보지 않겠다.

이 문제에는 혼합형 문제와 더불어 계산 문제도 포함되어 있으니 다 풀어 보면 여러분의 자신감도 그만큼 배가될 것이다.

우선 문제를 살펴보자.

> Ⅰ. (1)을 500자 내외로 요약하시오. (20점)

이건 제시문 (1)을 요약하는 것이군. 그럼 줄 그으면서 읽으면 되겠군!

> Ⅱ. '운의 사회적 의미'라는 관점에서 (2)와 (3)을 비교하고, 이를 참고하여 (4)의 주장을 논평하시오. 그리고 '운'에 대한 자신의 견해를 밝히시오. (50점)

이건 '운의 사회적 의미'라는 관점에서 제시문 (2)와 (3)을 비교하면 되겠군. 그렇다면 두 제시문은 주제가 '운의 사회적 의미'이고 관점은 분명 다르겠군.

그런 후 제시문 (4)를 논평하라고? 그럼 제시문 (4)도 주제는 '운의 사회적 의미'일 것이고.

그걸 마친 후에는 '운'에 대한 내 견해를 밝히면 되겠구나.

나는 '운'에 대해 어떤 생각을 가지고 있지? 생각 좀 해봐야지.

> Ⅲ. (5)에서 정부가 취할 분배정책과 관련하여 아래의 세 제안이 있을 수 있다.
>
> 제안 A: 개인이 사용할 배경자원과 복지자원의 합($x+y$)이 사람들 사이에 균등하게 되도록 복지자원이 배분되어야 한다.
>
> 제안 B: 노력수준이 같은 사람들 사이에 배경자원의 차이로 인한 후생격차가 발생하지

않도록 하되, 노력수준이 다른 사람들 사이에 후생격차가 극대화되도록 복지자원이 배분되어야 한다.

제안 C: 모든 국민의 후생수준의 총합이 극대화되도록 복지자원이 배분되어야 한다.

각 제안 하에서 집단별로 1인당 배분될 복지자원의 크기를 구하고, (5)에 나타난 공평성의 관점과 공리주의적 관점에서 세 제안을 비교하시오. (30점)

이 문제는 정말 복잡하네!

그런데 예측해본다면, 정부의 분배정책에 대한 이야기인데 아마도 앞서 살펴본 '운의 사회적 의미'와 연관이 있을 듯싶구나. 분배가 어떻게 이루어지느냐에 따라 받는 사람은 '운'이라고 여길 수도 있고 '합리적'이라고 느낄 수도 있을 테니까.

그럼 그 내용을 살펴볼까.

이것이 내가 문제를 살펴본 소감이다.

여러분도 문제를 살펴볼 때는 나처럼 문제를 해석하는 게 필요하다. 이렇게 생각해가면서 문제를 살펴보면, 재미도 있고 제시문을 읽을 때도 일정한 기준을 가지고 읽을 수 있지 않겠는가. 그럼 당연히 제시문을 이해하는 데도 도움이 될 것이고.

그럼 문제 I을 풀어보기로 하자.

이번 장의 목적은 자기주장을 쓰는 문제 해결이다. 따라서 문제 I, 즉 요약하는 문제는 여러분이 풀어보기를 바란다.

나도 풀어보겠다. 그런 다음 여러분의 것과 내 것을 비교해보자.

요약하는 문제는 앞에서 많이 다루었기 때문에 여기서 다시 상세한 설명을 하지 않겠다.

모든 인간이 행복을 추구하는 까닭은 행복이란 것이 그 자체로서 완전한 것이기 때문이다. 완전하다는 것은 다른 어떤 것도 보완될 필요가 없는 좋음이다. 한편 행복은 외적인 조건의 완전함도 필요로 하기에 행운이라고 불리기도 한다.

그렇다면 행복은 어떻게 성취될 수 있을까? 행복은 인간 영혼이 활동한 결과이기 때문에 그런 활동을 능동적으로 실행에 옮길 수 있는 인간만이 행복을 성취할 수 있다.

행복하기 위해서는 생애 또한 완전해야 한다는 주장도 있다. 또 운이란 것도 인간의 행복에 영향을 미친다고 보기도 한다.

그러나 행복이란 인간의 훌륭한 활동이 가져오는 것일 뿐 불운이나 고통, 운 따위는 부수적인 것에 불과한 것이다. 행복한 이의 삶을 결정짓는 것은 훌륭한 영혼의 활동일 뿐 운에 의해 좌우되는 변화무쌍한 현실이 아니기 때문이다. 그러기에 행복한 사람은 불변일 뿐 아니라 전 생애에 걸쳐 행복하다. 행복을 가져다주는 훌륭한 활동은 스스로의 활동일 뿐 수동적으로 주어지는 요인이 아니기 때문이다.

― 500자

다음에는 본격적으로 자기주장을 펼치는 문제를 살펴보자.

II. '운의 사회적 의미'라는 관점에서 (2)와 (3)을 비교하고, 이를 참고하여 (4)의 주장을 논평하시오. 그리고 '운'에 대한 자신의 견해를 밝히시오. (50점)

그러기 위해서는 제시문 (2)와 (3)을 먼저 살펴보고, 이를 바탕으로 제시문 (4)를 보아야 할 것이다.

(2)

추첨은 켄투리아회와 민중의회에서 누가 첫 번째로 투표하는지와 어떤 투표가 먼저 계산되는지를 결정하는 데 쓰였다. 켄투리아회는 5개의 계급에서 뽑힌 193개의 백인대(百人隊, 투표의 단위)로 구성되었다. 기원전 3세기 말, 추첨을 통해 '우선투표 백인대'를 뽑는 관습이 정착되었다. 첫 번째로 투표할 백인대를 의미하는 우선투표 백인대는 상위계급 가운데 하나인 70개의 일급보병 백인대 중에서 추첨으로 뽑혔다. 그 추첨의 결과는 신의 계시로 여겨졌고, 나아가 이 백인대가 투표하는 것 역시 종교적 의미를 가졌다. 우선투표 백인대의 투표는 최종적 결과를 미리 알려 준다는 의미를 가졌을 뿐 아니라, 그 뒤에 투표하는 백인대들의 선택까지도 규정하는 것으로 간주되었다. 결국 추첨은 우선투표 백인대의 투표 행위에 종교적 가치를 부여함과 동시에, 투표 과정에서의 의견 불일치 혹은 경쟁을 피하게 하거나 완화시켰다. 왜냐하면 추첨은 적어도 계시적이고, 중립적이며, 불편부당한 무엇을 따른 것처럼 인정되었기 때문이다.

추첨은 민중의회에서도 사용되었다. 법률 제정이나 재판을 위한 민중의회의 모임에서, 각 부족들은 차례차례 투표했다. 어떤 부족이 가장 먼저 투표할지는 추첨을 통해 결정되었고, 이에 따라 나머지 부족들의 투표 순서도 결정되었다. 제일 먼저 투표하는 부족에게는 '첫 번째'라는 이름이 붙여졌는데, 이는 어떤 점에서는 켄투리아회의 우선투표 백인대에 상응한다. 각 부족의 투표 결과는 그 부족이 투표를 행하자마자 발표되었으며, 그 동안에도 다른 부족들의 투표는 계속되었다. 법안의 통과나 판결을 위한 과반수가 확보되자마자 투표는 종결되었다. 결과적으로 민중의회의 추첨은 켄투리아회의 추첨과 동일한 효과를 가졌다. 추첨의 종교적 성격과 중립성은 표가 첫 번째 투표 쪽으로 결집되도록 도왔으며, 투표를 하지 못한 부족들로 하여금 그 결과를 좀 더 쉽게 받아들일 수 있게 했다.

(3)

운은 선택적 운과 비선택적 운으로 나뉠 수 있다. 선택적 운은 숙고와 계산을 거친 모험의 결과에 관련된다. 가령 주식 투자에서처럼 피할 수 있는 위험을 감수함으로써 수익을 거두거나 손실을 입는 경우가 선택적 운에 해당된다. 비선택적 운은 예측이 불가능하여 피할 수 없는 결과에 관련된다. 불의의 교통사고를 당하거나 맑은 날 길을 걷다가 벼락을 맞는 경우가 비선택적 운에 해당된다. 사람마다 서로 다른 선택적 운 때문에 수입의 차이가 생기고 그로써 재산이 증감한다면 그것을 불공평하다고 할 수 있을까? 어떤 농부가 실패할 위험이 크지만 성공적으로 수확했을 경우 고수익이 보장된 작물을 심었고, 다른 농부는 안전한 수확이 가능한 작물을 심었다고 하자. 그리고 전자의 농부는 나쁜 날씨에 대비해서 보험에 들거나 들지 않을 수 있다고 하자. 그 경우 농부는 자신의 선택에 대한 대가를 지불해야 한다. 안전을 지향하는 선택은 위험을 무릅쓰는 선택보다 더 큰 소득의 가능성을 포기하는 것이다. 따라서 농부가 선택한 작물의 종류와 보험 가입의 여부에 따라 사후적으로 발생하는 소득의 차이를 인정하지 않을 이유는 없다.

그러나 비선택적 운이 초래한 결과는 선택적 운의 결과와 다르게 이해해야 한다. 매우 유사한 조건 속에서 살던 두 사람 중 하나가 갑자기 맹인이 된 경우를 생각해보자. 그 경우 맹인이 된 쪽이 애초에 위험을 감수하는 선택을 했다고 규정하면서 두 사람 사이에 생긴 수입의 차이를 인정하는 것은 온당치 못하다. 왜냐하면 맹인이 되는 것은 그 당사자의 선택과 무관하기 때문이다.

이상적인 상황에서는 보험 가입의 가능성을 통해 비선택적 운을 선택적 운으로 전환시킬 수 있다. 맹인이 될 가능성을 동등하게 지닌 두 사람이 그러한 가능성을 저마다 충분히 인식한다고 전제하고서 그들에게 보험에 가입할 기회가 똑같이 제공된다고 가정해보자. 그러한 가정 하에서 한 사람은 보험에 들고 다른 한 사람은 보험에 들지 않는 경우가 생길 수 있다. 전자는 안전을 보장 받기 위해 비용을 지불한 셈이고 후자는 위험을 기꺼이 감수하는 선택을 한 셈이다. 그 경우 두 사람 모두 눈이 머는 최악의 사태가 발생한다면 그 어떤 온정주의적 관점을 도입하지 않고서는 자원 배분의 공평성을 주장하기 어렵다. 다시 말해 보험 가입자로부터 보험 미가입자에게 소득을 이전시키는 보상 방식을 주장하기 어렵다는 것이다. 비록 두 사람이 비선택적으로 악운을 겪게 되지만, 보험에 가입할 수 있는 상황이 양자 간의 소득 격차를 선택적 운에서 비롯된 것이 되도록 한다. 따라서 선택적 운에서 비롯한 결과를 교란시킬 근거가 없다는 기존의 주장은 여전히 성립한다. 그러한 주장은 앞에서 설정한 가정 하의 모든 경우에 합당하다. 동일한 위험에 당면한 사람들이 보험을 선택할 수 있다는 가정 하에서 선택의 결과는 분배의 공평성에 아무런 문제를 야기하지 않는다.

그러나 현실은 가정과 다르다. 모든 사람이 동일한 재앙의 위험 속에서 사는 것은 아니다. 선천적으로 장애를 갖고 태어나는 사람이 있는가 하면 사회인으로 충분히 성장하기 전에 장애가 온 사람도 있다. 그들은 보험에 들 자금을 마련하기 전에 장애인이 되었다. 게다가 장애가 있는 사람은 보험에 들 수조차 없다. 장애를 가지게 될 가능성이 큰 사람들에게도 보험에 들 기회가 동등하게 주어지지 않는다. 보험 가입을 원하는 사람의 유전적 가족력까지 조사하는 보험회사는 그런 사람들에게 더 높은 보험료를 요구할 것이다. 재앙의 위험이 모두에게 동일하다고 가정한 보험의 상황은 현실에서 제기되는 공평성의 문제에 대해 좋은 지침을 제공한다. 사람들이 동등한 조건에서 보험을 들 경우에 누렸을 혜택을 전제하고 그 조건에 사람들을 위치시키는 복지체계를 통해 공평성은 확보될 수 있다. 사회가 그 구성원들을 진정으로 공평하게 배려하려면 동등하게 조성된 조건 속에서 그들이 할 수 있었을 선택을 고려해야 한다는 것이다.

두 제시문을 읽어보고 줄까지 그었다. 여러분은 어떻게 읽었는가? 나는 참으로 재미있게 읽었다. 그리고 새로운 사실까지 알게 되어 정말 기뻤다.

그렇다. 논술시험은 힘겹고 지겨운 것만은 결코 아니다. 우리에게 새로운 지식을 알려주고 우리의 사고와 상상력을 확장시켜주는 역할도 하는 것이다.

제시문 (2)를 읽어본 결과, 기원전 3세기 말의 켄투리아회와 민중의회에서는 추첨이라는 온전히 운에 의해 작동되는 결과를 신의 계시니 종교적 의미니 하는 것으로 받아들여 모든 사회 구성원들이 그 결과에 이의를 달지 않고 수용하였다.

사실 이 글만 읽어보면 켄투리아회와 민중의회의 작동 방식이 그럴듯하게 여겨진다. 그러나 오늘날 민주주의 사회 구성원으로서 합리성의 관점에서 평가한다면 이야말로 비합리적인 결정이라 할 것이다.

반면에 제시문 (3)은 사회 구성원들의 소득 불평등과 분배의 불공정성을 합리성으로 치장하는 현실을 지적하고 있다. 이상적인 상황을 가정한 후 그 결과 나타나는 소득 불평등과 분배의 불공정성을 합리적이라고 주장하는 것은 현실과 이상의 차이를 고려하지 않은 것으로, 참으로 공정한 사회를 만들기 위해서는 구성원들 모두를 동등한 조건에서 그들이 스스로 자신의 삶을 선택할 수 있도록 만들어야 한다고 주장한다. 물론 이를 설명하기 위해 선택적 운과 비선택적 운이라는 두 가지 유형의 운을 언급하고 있는데, 이 글의 핵심은 비선택적 운, 즉 켄투리아회의 추첨과 같은 경우를 현대 사회에 적용시킨 것이다.

가만, 이렇게 쓰고 보니 문제를 푼 듯하네. 사실 나는 그저 위 제시문의 내용이 참신해서 설명했을 뿐인데 말이다.

문제가 '운의 사회적 의미'라는 관점에서 (2)와 (3)을 비교하라는 것이니, 위 글에 이 정도만 덧붙이면 될 듯싶다.

즉 "제시문 (2)가 사회가 운으로 인해 나타나는 결과에 정당성을 부여함으로써 운을 수용하고 운의 결과에 모두가 승복하는 현상을 설명하고 있는 데 반해, 제시문 (3)은 결과에 모든 구성원들이 승복하는 공정한 사회를 이루기 위해서는 구체적인 현실 속에서 벌어지는 상황이 합리적이고 공정하게 주어져야 함을 밝히고 있다. 따라서 제시문 (3)에 따르면 운, 그 가운데서도 당사자의 선택이 개입할 여지가 없는 비선택적 운이 사회적으로 수용될 수 없는 조건임은 당연하다. 즉 비선택적 운이 사회적으로 수용될 만큼 의미를 갖기 위해서는 모든 사회 구성원들이 동등한 조건 속에서 선택할 수 있는 여건을 마련해야 한다."

다음에는 (4)의 주장을 논평할 차례다. 그럼 읽어보아야겠지.

(4)

그렇게 해야 마땅해서 그렇게 하는 것은 의(義)이고, 그렇게 하지 않았는데도 그렇게 되는 것은 명(命)이다. 성인(聖人)은 의를 따르면 명이 자연히 그 가운데 있고, 군자는 의를 행함으로써 명에 순응하며, 보통 이상의 사람은 명이 있음을 앎으로써 의에 따라 행할 것을 결단하고, 보통 이하의 사람은 명이 있음도 모르고 의를 행함도 없다. 그러므로 명을 모르고서 의를 편안하게 행할 수 있는 자는 드물고, 의에 이르지 않고 명을 편안하게 받아들일 수 있는 자는 없다.

명에 대해서는 언급할 것 없을 때가 있으나, 의는 어떤 상황에서든 반드시 행해야 한다. 예컨대 효성스럽게 어버이를 섬겨야 함에 있어서 그 명이 어떤지 물을 것이 없고, 충성을 다해 임금을 섬겨야 함에 있어서 그 명이 어떤지 물을 것이 없으며, 경건하게 자신의 인격을 수양해야 함에 있어서 그 명이 어떤지 물을 것이 없고, 부지런히 덕행을 쌓아야 함에 있어서 그 명이 어떤지 물을 것이 없는 것이다. 이처럼 명에 대해서 언급할 것 없을 때가 있지만, 명을 말하지 않을 수 없을 때도 있다. 예컨대 곤궁함과 영달함은 명에 달려 있으니 자기 뜻대로 구할 수 없고, 죽고 사는 것은 명에 달려 있으니 자기 뜻대로 죽음을 피할 수 없으며, 귀하고 천한 것은 명에 달려 있으니 자기 뜻대로 좌우할 수 없고, 가난한

고 부유함 역시 명에 달려 있으니 자기 뜻대로 도모할 수 없는 것이다.

명은 성현의 마음을 흔들리게 할 수 있는 것은 아니지만 보통 사람을 그것으로 격려할 수는 있으며, 일상적인 일을 처리할 수 있는 것은 아니지만 화복(禍福)을 그것으로 단정할 수는 있다. 명이 인위적으로 어떻게 할 수 없는 것임을 안다면 내가 그것에 대해 잔꾀를 부릴 것이 없고, 명이 의도적으로 계획할 수 없는 것임을 안다면 내가 그것에 대해 마음 쓸 것이 없다. 어깨를 움츠리고 아첨하는 웃음을 흘리며 부귀를 취하는 자가 있는가 하면, 의를 견지하고 고난의 길을 걷다가 죽어간 자도 있다. 그러나 부귀해질 때가 이르면 도를 굳게 지키는 자도 영달한 자리에 오르게 되고, 죽을 수밖에 없는 운을 만나면 살기 위해 아무리 수치스러운 짓을 마다하지 않는다고 해서 모두 목숨을 보전할 수 있는 것은 아니다. 명이란 본디 이와 같아서 그것을 뜻대로 바꿀 수 없다. 사람이 참으로 명이 이러함을 분명하게 알고 독실하게 믿는다면, 어느 누가 이익을 구하는 데에만 온 마음을 쏟고 의에 어긋나는 수치스러운 짓을 하면서까지 구차하게 목숨을 부지하려 하겠는가? 그러므로 보통 사람에게 의를 따라 행해야 함을 가르치는 데 있어서, 명이 있다는 것은 크게 도움이 된다.

명이 없다는 주장이 제기되고부터 명이 있음을 믿지 않는 사람이 많아졌다. 그러자 순박함은 사라지고 임기응변의 꾀만 늘어나 하늘의 도리는 허망해지고 사람의 일은 혼탁해져서, 벼슬자리나 구하고 잇속만 차리며 구차하게 목숨을 탐하고 죽음을 두려워하는 무리들이 불어나 천하가 어지러워졌다. 이것이 바로 명이 없다는 주장으로 인해 생긴 폐해이다. 명이 없이도 의를 따르는 삶을 살 수 있는 사람은 오직 군자뿐이다.

이 글을 읽은 내 느낌을 말하라고 한다면, 나는 이 글이 '운'이라는 개념에서 제시문 (2)와 (3)과 일맥상통한다고 생각하지 않는다. 즉 제시문 (4)에서는

'명命'을 앞의 제시문들이 언급한 '운'에 일치시키고 있는데, 이렇게 적용시키기에는 무리가 있다는 말이다.

제시문 (4)를 유심히 읽어보면, 명命이란 것은 내가 줄을 그은 것처럼 '명이 인위적으로 어떻게 할 수 없는 것'일 뿐 아니라 '명이란 본디 이와 같아서 그것을 뜻대로 바꿀 수 없다.' 이 표현만 보면 명命은 곧 운과 일맥상통하다고 여길지 모른다. 그러나 동양 사상에서 말하는 명命이란 단순히 복권 추첨과 같이 내가 통제할 수 없는 힘에 의해 결정된다는 의미가 아니다.

명命이란 게 그런 의미라면 '명이 없다는 주장이 제기되고부터 명이 있음을 믿지 않는 사람이 많아졌다. 그러자 순박함은 사라지고 임기응변의 꾀만 늘어나 하늘의 도리는 허망해지고 사람의 일은 혼탁해져서, 벼슬자리나 구하고 잇속만 차리며 구차하게 목숨을 탐하고 죽음을 두려워하는 무리들이 불어나 천하가 어지러워졌다. 이것이 바로 명이 없다는 주장으로 인해 생긴 폐해이다.'라는 문장은 도대체 무슨 뜻일까? 우연히 이루어지는, 즉 추첨 같은 것이 없다면 사람들의 삶은 혼탁해지고 천하가 어지러워진단 말인가? 이런 궤변이 동양사상의 핵심이라고?

위에서 말하는 명命이란 인간의 힘으로 어쩔 수 없지만 결국 인간 삶과 우주 만물의 핵심을 이루는 질서라고 보는 것이 옳을 것이다. '그렇게 하지 않았는데도 그렇게 되는 것은 명命이다.'라거나, '곤궁함과 영달함은 명에 달려 있으니 자기 뜻대로 구할 수 없고, 죽고 사는 것은 명에 달려 있으니 자기 뜻대로 죽음을 피할 수 없으며, 귀하고 천한 것은 명에 달려 있으니 자기 뜻대로 좌우할 수 없고, 가난하고 부유함 역시 명에 달려 있으니 자기 뜻대로 도모할 수 없는 것이다.'라는 표현, 그 외에도 '명이 인위적으로 어떻게 할 수 없는 것'이라는 표현 등에서 알 수 있듯이 이는 인간의 힘과 선택을 넘어서지만 그렇다고 우연이라는 말은 결코 아니다. 동양사상에는 우연에 기대는 일이 없다. 하물며 서양사상에서 상정한 절대자, 즉 인간의 의사와는 무관하게 결정하는 존재조차 용납하지 않는 것이 동양사상이다. 동양사상의 핵심은 논리에 있다. 명命 또한 보이지 않는 논리, 인간이 통제할 수 없는 운명이라는 의미이다.

만일 이 문제를 동양철학을 열심히 공부한 친구들이 보았다면 엄청난 혼란에 빠질 것이라고 나는 판단한다. 그러나 어쩌랴? 이미 엎질러진 물인데, 그러니 일단 문제를 푸는 데 집중할 수밖에.

그래서 나는 이렇게 썼다.

제시문 (2)에 따르면, 기원전 3세기 말의 켄투리아회와 민중의회에서는 추첨이라는 온전히 운에 의해 작동되는 결과를 신의 계시니 종교적 의미니 하는 것으로 받아들여 모든 사회 구성원들이 그 결과에 이의를 달지 않고 수용하였다. 이는 의견 수렴 과정이 합리적으로 작동하기 힘든 상황에서 모든 구성원들의 동의를 얻기에 유용한 수단이라 할 수 있다. 그러나 민주주의라고 하는 합리적 의견 수렴 과정이 정립된 현대 사회에서는 이런 방식의 문제 해결에 동의하기 어렵다. 이러한 점은 제시문 (3)에서도 나타나는데, 사회 구성원들의 소득 불평등과 분배의 불공정성을 합리성으로 치장하는 현실을 지적하고 있다. 즉, 구성원 모두가 동의하는 공정한 사회의 전제 조건으로 모든 구성원이 동등한 조건에서 스스로 자신의 삶을 선택할 수 있도록 만들어야 한다는 것이다.

결론적으로, 제시문 (2)가 사회가 운으로 인해 나타나는 결과에 정당성을 부여함으로써 운을 수용하고 운의 결과에 모두가 승복하는 현상을 설명하고 있는 데 반해, 제시문 (3)은 결과에 모든 구성원들이 승복하는 공정한 사회를 이루기 위해서는 구체적인 현실 속에서 벌어지는 상황이 합리적이고 공정하여야 함을 밝히고 있다. 따라서 제시문 (3)에 따르면 운, 그 가운데서도 당사자의 선택이 개입할 여지가 없는 비선택적 운이 사회적으로 수용될 수 없는 조건임은 당연하다. - 제시문 (2)와 (3)의 비교

위에서 살펴본 두 가지 사례에 비추어 제시문 (4)를 해석한다면 다음과 같다. 즉 사회 구성원 스스로 선택하고 결정할 수 없는 길흉화복의 존재를 무시하는 순간 인간은 눈에 보이지 않는 것, 인위적으로 조작할 수

없는 것에 대해서 인정하지 않게 되고, 인간 스스로 모든 것을 결정할 수 있다는 오만에 빠지고 얄팍한 재주를 부리게 된다. 그리고 이는 결과적으로 인간을 둘러싸고 일어날 수밖에 없는 해석 불가능한 상황을 수용하지 않음으로써 성인군자를 제외한 일반 사람들은 천박한 이익을 탐하고 눈에 보이는 것에 탐닉하는 혼란을 야기한다는 것이다. - 제시문 (4)의 주장에 대한 논평

그러나 오늘날 사회는 갈수록 수많은 이익집단이 개별적 활동에 나서고, 시민들 또한 각기 다른 의견과 이해관계를 가지고 적극적으로 자신의 주장을 표출하는 민주사회이다. 따라서 운이나 명이라 불리는 존재, 즉 구성원의 의지로 어쩔 수 없는 존재에 대해서 어떤 이의도 제기하지 못한 채 마치 종교의 절대자를 수용하듯 받아들이라는 주장은 현대 사회에 적용시키기 어려울 것이다.

특히 혼란스러운 상황을 틈타 온갖 방식의 비합리적인 방식으로 자본주의하에서 일확천금을 노리는 방식이 구현되는 이 시대에 운이라는 것에 한 치의 정당성이라도 부여하는 순간, 민주 사회를 유지하던 합리성과 건전성은 무너질 수 있다. 따라서 인간이 통제 불가능한 영역이 있다 해도 그것을 무조건적으로 수용하고 그것에 정당성을 부여하는 것은 허용되어서는 안 될 것이다. - 운에 대한 자신의 견해

- 1,387자

내가 쓴 답은 이렇다.

여러분 또한 답안을 작성해보라. 그리고 이를 시중에 나와 있는 다른 참고서들과 비교해보기도 하고, 선생님들과 상의도 해보라.

나는 내 답이 반드시 옳다고 주장할 의도는 추호도 없다.

다만 나는 여러분과 같은 시간 동안 같은 만큼만 고민하고 답안을 작성하였음을 다시 한 번 말한다. 오랜 시간 고민하고 연구한 끝에 작성한 답안이 옳을지 모른다.

그러나 여러분이 논술 시험장에서 소요할 수 있는 시간은 내가 답안을 작성한 시간보다 조금 많거나 비슷할 것이다.

따라서 여러분은 좋은 참고서가 보여주는 완벽한 답안을 작성하기 위해 노력하거나, 그 답안을 보고 "왜 나는 이렇게 못 쓸까?" 또는 "나도 이렇게 쓰기 위해 열심히 노력해야지." 하면 안 된다.

그런 태도는 신기루를 보고 사막을 건너는 것과 마찬가지다. 전문가가 열 시간 동안 고민한 끝에 작성한 답안을 여러분은 절대 작성할 수 없다.

그러니 실제 시험장에 들어간 것처럼 연습하고, 그런 답안을 작성하는 훈련을 해야 한다. 그 수준이면 충분하다. 아무리 뛰어난 작가, 논설위원이라 할지라도 논술 시험장에 들어가면 두세 시간 만에 답안을 작성해야 한다.

그러니 다시 한 번 말한다.

기죽지 마라.

너무 높은 산을 오르려 애쓰지 마라.

여러분이 쓰는 것이 최고다. 여러분보다 더 잘 쓸 친구, 별로 없다.

이번에는 마지막 문제를 살펴보자.

사실 나는 이런 문제는 더더욱 못 푼다. 그럼에도 한번 풀어보겠다. 벌써 머리가 지끈지끈하기는 하다. 그렇지만 여러분을 위해서라면 뭘 못할까.

자, 우선 문제를 읽어보겠다.

---

(5)

다음 세 가지 요인이 개인의 후생수준을 결정하는 경우를 고려하자. 첫째는 개인적 배경의 차이에서 오는 '배경자원'의 수준(x)이고, 둘째는 정부로부터 배분되는 '복지자원'의 수준(y)이며, 셋째는 개인의 '노력수준'(z)이다. 최종적인 후생수준(u)은 배경자원과 복지자원의 합에 노력수준을 곱한 값이라고 하자. 즉, $u = (x + y)z$.

한 국가의 국민이 다음과 같이 구성되어 있다고 가정하자.

배경자원이 1이고 노력수준이 1인 사람들이 25% (집단1)
배경자원이 1이고 노력수준이 3인 사람들이 25% (집단2)
배경자원이 3이고 노력수준이 1인 사람들이 25% (집단3)
배경자원이 3이고 노력수준이 3인 사람들이 25% (집단4)

또한 정부는 개개인의 배경자원과 노력수준을 고려하여 복지자원을 배분할 수 있고, 이렇게 배분될 총 복지자원의 크기는 고정되어 있으며, 만약 정부가 복지자원을 모든 국민들에게 균등하게 배분한다면 국민 일인당 4의 복지자원을 받게 된다고 가정하자.

배경자원은 개인이 선택할 수 없는 것이고 제시문 (3)의 '비선택적 운'에 해당한다. 공평성의 관점에서는 이러한 비선택적 운으로 인한 후생 격차를 없앨 것을 요구하지만, 노력수준과 같이 개인이 선택한 결과로 발생하는 후생 격차의 교정을 요구하지는 않는다. 한편, 공리주의적 관점에서는 복지자원의 배분을 통하여 모든 국민의 후생수준의 총합을 높일 것을 요구한다.

솔직히 무슨 말인지 하나도 모르겠다.

무슨 말이에요? 여러분에게 묻고 싶다.

다시 한 번 찬찬히 읽어보았다.

그런데 기호로 써 있으니 더 어렵다. 그래서 한글로 옮겨보았다.

최종적 후생수준 = (배경자원+복지자원)×개인의 노력수준

맞지? 와우!

그럼 다음 단계.

집단 1에서 4까지는 모두 25%니까 집단 크기가 똑같다는 말이겠군.
그럼 이런 식이 성립하겠구나.

배경자원이 1이고 노력수준이 1인 집단1의 최종적 후생수준 = $(1+y) \times 1$
배경자원이 1이고 노력수준이 3인 집단2의 최종적 후생수준 = $(1+y) \times 3$
배경자원이 3이고 노력수준이 1인 집단3의 최종적 후생수준 = $(3+y) \times 1$
배경자원이 3이고 노력수준이 3인 집단4의 최종적 후생수준 = $(3+y) \times 3$

이 식에 따르면 집단 4에 속한 사람들의 후생수준이 가장 높을 것은 뻔하군.
자, 그럼 문제를 다시 한 번 살펴볼까.

> **Ⅲ. (5)에서 정부가 취할 분배정책과 관련하여 아래의 세 제안이 있을 수 있다.**
> 제안 A: 개인이 사용할 배경자원과 복지자원의 합($x+y$)이 사람들 사이에 균등하게
> 되도록 복지자원이 배분되어야 한다.
> 제안 B: 노력수준이 같은 사람들 사이에 배경자원의 차이로 인한 후생격차가 발생하지
> 않도록 하되, 노력수준이 다른 사람들 사이에 후생격차가 극대화되도록 복지자원이 배
> 분되어야 한다.
> 제안 C: 모든 국민의 후생수준의 총합이 극대화되도록 복지자원이 배분되어야 한다.
>
> **각 제안 하에서 집단별로 1인당 배분될 복지자원의 크기를 구하고, (5)에 나타
> 난 공평성의 관점과 공리주의적 관점에서 세 제안을 비교하시오. (30점)**

으하하!
드디어 알았다.
제안 A와 제안 B, 제안 C는 결국 최종적 후생수준을 계산해내는 것이군.

그리고 제안 A는 각 집단에 속한 사람들의 $x + y$가 균등하도록 복지자원이 배분되어야 한다는 말이고.

반면에 제안 B는 노력수준, 즉 z가 같은 사람들 사이에는 후생수준이 같아야 한다는 말이군. 그럼 집단 1과 집단 3, 집단 2와 집단 4 사이에는 후생수준의 차이가 있어서는 안 된다는 말씀! 반면에 노력수준이 다른 사람들 사이에는 후생수준의 격차가 극대화되어야 한다는 말씀! 그렇다면 집단 1과 3, 집단 2와 4 사이에 후생수준의 차이가 가장 크게 y값이 정해져야 한다는 말이로군.

마지막으로 제안 C는 모든 국민의 후생수준의 합계가 극대화되어야 한다는 말이니까 모든 복지자원이 노력수준이 가장 큰 집단에 집중되어야 할 것은 당연지사! 그러나 '공평성의 관점에서는 이러한 비선택적 운으로 인한 후생 격차를 없앨 것을 요구하지만'이라는 문제의 표현에 유의해야 한다. 즉, 노력수준이 같은 집단 사이에는 후생 격차를 없애야 한다는 말씀! 이건 문제를 푸는 데 무척 중요하다.

자, 그럼 문제를 본격적으로 풀어보자.

우선 각 집단에 속한 사람들의 $x + y$가 균등하도록 복지자원이 배분되어야 한다는 제안 A를 계산해보자.

내가 풀 정도니 여러분은 누워서 떡먹기겠다.

집단 1의 최종적 후생수준 = (배경자원 1+복지자원 y)×1
집단 2의 최종적 후생수준 = (배경자원 1+복지자원 y)×3
집단 3의 최종적 후생수준 = (배경자원 3+복지자원 y)×1
집단 4의 최종적 후생수준 = (배경자원 3+복지자원 y)×3

그런데 복지자원 y의 총합은 16. 왜?

'만약 정부가 복지자원을 모든 국민들에게 균등하게 배분한다면 국민 일인당

4의 복지자원을 받게 된다고 가정하자.'라는 문구가 문제에 있으니까.

그래서 위의 y에 들어갈 숫자는 다음과 같다.

집단 1과 2에는 5, 집단 3과 4에는 3.

그럼 집단 1과 2의 $x+y = 6$. 집단 3과 4의 $x+y = 6$.

결국 모든 집단의 배경자원+복지자원의 크기가 6으로 같으므로, 제안 A의 조건을 충족시킨다.

이번에는 제안 B를 풀어보자.

제안 B는 노력수준, 즉 z가 같은 사람들 사이에는 후생수준이 같아야 한다는 말이군. 그럼 집단 1과 집단 3, 집단 2와 집단 4 사이에는 후생수준의 차이가 있어서는 안 된다는 말씀! 반면에 노력수준이 다른 사람들 사이에는 후생수준의 격차가 극대화되어야 한다는 말씀! 그렇다면 집단 1과 3, 집단 2와 4 사이에 후생수준의 차이가 가장 크게 y값이 정해져야 한다는 말이다.

이 조건에 맞추어 내가 계산한 결과는 이렇다.

집단 1의 최종적 후생수준 = (배경자원 1+복지자원 3)×1 = 4

집단 2의 최종적 후생수준 = (배경자원 1+복지자원 7)×3 = 24

집단 3의 최종적 후생수준 = (배경자원 3+복지자원 1)×1 = 4

집단 4의 최종적 후생수준 = (배경자원 3+복지자원 5)×3 = 24

복지자원을 집단 1부터 3, 7, 1, 5로 배분하면 집단 1과 집단 3의 후생수준은 4, 집단 2와 4의 후생수준은 24.

마지막으로 제안 C는 모든 국민의 후생수준의 합계가 극대화되어야 한다는 말이니까 모든 복지자원이 노력수준이 가장 큰 집단에 집중되어야 할 것은 당연지사!

그래서 답은 이렇다.

> 집단 1의 최종적 후생수준 = (배경자원 1+복지자원 0)×1 = 1
> 집단 2의 최종적 후생수준 = (배경자원 1+복지자원 9)×3 = 30
> 집단 3의 최종적 후생수준 = (배경자원 3+복지자원 0)×1 = 3
> 집단 4의 최종적 후생수준 = (배경자원 3+복지자원 7)×3 = 30

결국 국민 모두의 후생수준의 합계가 64가 되는 게 극대화되는 숫자인데, 이때 유의해야 할 사항이 바로 '공평성의 관점에서는 이러한 비선택적 운으로 인한 후생 격차를 없앨 것을 요구하지만'이라는 구절이다. 이 구절이 없으면 집단 2와 집단 4 가운데 한 곳에 복지자원의 총합인 16을 모두 배분해도 총계는 64로 같다. 그러나 위 구절 때문에 집단 2와 집단 4의 후생수준은 같아야 한다. 그래서 집단 2에는 9의 복지자원을, 집단 4에는 7의 복지자원을 배분한 것이다. 반면에 위 구절에도 불구하고 집단 1과 집단 3 사이에는 노력수준이 같아도 후생수준이 같을 필요가 없다. 왜냐하면 '노력수준과 같이 개인이 선택한 결과로 발생하는 후생 격차의 교정을 요구하지는 않는다.'는 구절이 뒤이어 나오므로. 결국 노력수준이 부족한 경우에는 후생 격차의 교정을 필요로 하지 않으므로 집단 1과 3 사이에는 후생 격차가 있어도 무방한 것이다.

이로써 문제 III의 첫 번째 질문 1인당 배분될 복지자원의 크기는 해결되었다.
이번에는 두 번째 질문이다.

> **(5)에 나타난 공평성의 관점과 공리주의적 관점에서 세 제안을 비교하시오.**
> **(30점)**

문제를 읽고 내가 쓴 답안은 다음과 같다. 답안의 길이에는 제한을 두지 않았기 때문에 내 마음대로 썼다.

여러분이 쓴 답안과 비교해보자.

제안 A와 B는 공평성의 관점에서 복지자원을 배분한 것이다. 그러나 방식에서는 약간의 차이가 있는데 제안 A는 배경자원과 복지자원의 합을 균등하게 보장해줌으로써 오직 노력의 차이에 의해 후생수준이 결정되도록 하였다. 그 결과 노력수준이 같은 집단 1과 3은 후생수준이 6으로 같지만 노력수준이 높은 집단 2와 4의 후생수준 18에 비하면 1/3 수준에 머물고 있다.

한편 제안 B는 노력수준이 같은 경우에는 후생수준 또한 같도록 정부에서 복지자원을 배분한 경우이다. 반면에 노력수준이 다른 경우에는 후생수준의 격차가 극대화하도록 복지자원을 배분한 결과, 후생수준이 가장 낮은 집단과 가장 높은 집단 사이에는 20의 격차가 발생하였다. 이는 제안 A에 비해 훨씬 높은 격차이다. 따라서 같은 공평성의 관점에서 자원을 배분한다 해도 기준을 어디에 두느냐에 따라 결과는 사뭇 다르게 나타남을 알 수 있다.

이에 반해 제안 C는 공리주의적 관점에서 복지자원을 배분함으로써 국민 모두의 후생수준의 총합은 높지만 개인 사이의 후생수준 차이는 매우 크게 나타났다.

결국 세 제안을 비교한다면 국민 전체의 후생수준은 공리주의적으로 배분했을 때 총계 64로 가장 큰 반면 공평성을 정책의 최우선순위에 놓은 제안 A의 경우에는 후생수준 총합이 48에 머물렀다.

반면에 두 가지 제안의 중도적 입장을 취한 제안 B는 후생수준의 총합이 56을 기록하였다. 이를 통해 우리는 국민 후생수준의 총합을 극대화하는 정책과 국민 사이에 공평성을 중시하는 정책 사이에 존재하는 장단점을 확인할 수 있다.

그러나 한 나라, 그리고 국민의 요구와 사회적 위상이 어떤가에 따라 추구되어야 할 가치에는 차이가 있을 것이 분명하므로 후생수준의 총합

을 극대화하는 정책이 무조건 옳고, 그렇지 않은 정책은 그르다는 주장
은 설득력이 없다. 결국 국민을 대상으로 한 정책은 국민 모두의 만족과
동의를 얻을 수 있는 수준에서 결정하는 것이 사회의 안정과 발전을 위
해 바람직하다 할 것이다.

이 책에서 부족한 점은 도표를 이용한
문제풀이다.
그런데 도표를 이용한 문제풀이는 엄밀한
의미에서 논술, 즉 글쓰기가 아니다.
그 문제는 앞의 논술 문제를 풀 수 있는
친구라면 누구나 풀 수 있을 것이다.
반대로 앞의 문제를 제대로 못 푸는
친구는 뒤의 문제들도 풀기 힘들 것이다.
그래서 대부분의 논술 참고서들이 도표를
이용한 문제들을 다루지 않는 것이다. 나
또한 마찬가지 이유로 다루지 않았다.
마지막에 수학과 관련된 문제 하나를 푼
것은 그런 문제가 얼마나 앞의 문제와
연관이 있고, 따라서 논술 문제를 푼
친구들에게는 별 문제가 안 된다는 사실을
알려주고자 했기 때문이다.

19
절대 논술에 겁먹지 마라

휴, 이렇게 해서 모든 문제를 풀어보았다.

그리고 내 논술 강의도 끝이 났다.

그럼 내 강의를 들어본 여러분 생각은 어떠한가?

아직도 논술이 뭔지 영 감이 안 잡히는가?

그럼 미안하다! 나도 더 이상은 어쩔 수 없다.

그런 친구들에게 해줄 말은 하나밖에 없다.

"조금 일찍부터 책 읽는 훈련을 할걸. 지금 와서는 어쩔 수가 없네. 나는 더 이상 해줄 게 없으니 논술학원의 지원을 요청할 것!"

반대로 논술에 대해 뭔가 감이 잡힌 친구가 있다면 나로서는 정말 큰 기쁨이다.

여러분의 기쁨이 곧 내 기쁨이란 말이다.

이 책에서 부족한 점은 도표를 이용한 문제풀이다.

그런데 도표를 이용한 문제풀이는 엄밀한 의미에서 논술, 즉 글쓰기가 아니다.

그 문제는 앞의 논술 문제를 풀 수 있는 친구라면 누구나 풀 수 있을 것이다. 반대로 앞의 문제를 제대로 못 푸는 친구는 뒤의 문제들도 풀기 힘들 것이다. 그래서 대부분의 논술 참고서들이 도표를 이용한 문제들을 다루지 않는 것이다. 나 또한 마찬가지 이유로 다루지 않았다.

마지막에 수학과 관련된 문제 하나를 푼 것은 그런 문제가 얼마나 앞의 문제와 연관이 있고, 따라서 논술 문제를 푼 친구들에게는 별 문제가 안 된다는 사실을 알려주고자 했기 때문이다.

다시 한 번 여러분에게 부탁한다.

절대, 절대! 논술 시험에 겁먹지 마라.
여러분이 모르는 문제는 다른 친구도 모른다.
그리고 비싼 과외 받았다고 해서 논술 잘 푼다는 보장, 절대 없다.

나처럼 가난하며 시골 출신이라 해도 평소에 신문 열심히 보고, 세상 돌아가는 방식에 나름대로 판단하고 생각하며 살아온 친구라면 다른 친구들, 즉 집안 좋고 돈 엄청 많으며 새벽부터 한밤중까지 학원에 과외에 뺑뺑이 도는 친구들한테 결코 뒤지지 않는 게 논술 시험이다.
절대 걱정 마라.
대신 족집게 강사 찾아 3만 리 헤매지 마라. 논술에는 그런 것 없다.
여러분이 자신감을 가지고 자신의 뜻을 단호하게 펼쳐 보일 때 채점을 담당하는 교수님들도 감동한다.

여러분의 앞날에 기쁨과 자신감, 그리고 이웃에 대한 사랑과 사회에 정의를 세우고자 하는 굳은 의지가 함께하길 진심으로 바란다.

자기소개서도 글쓰기다!

부록

사실 자기소개서 쓰는 계절이 다가오면 온 세상이 자기소개서 이야기로 넘쳐난다. 뉴스에서는 자기소개서 대필업소의 불법성을 취재하고 인터넷에서는 자기소개서 대필 사이트가 넘쳐난다. 그분이라? 어설픈 학교에서는 자기소개서의 대필을 노골적으로 유도하고, 학원들은 이때를 놓칠세라 돈 받고 젊은이들의 미래를 능락한다. 이래서야 되겠는가?

안 된다, 절대 안 된다.

도대체 자기소개서 한 장 써주는 데 얼마라느니 하는 말이 어떻게 공공연히 돈단 말인가? 그렇게 돈 주고 자기소개서 써서 대학 간 젊은이가 건강한 사고와 정의롭고 합리적인 세상을 만들기 위해 노력하겠는가? 절ㅡ대 만 할 것이다. 아니, 그런 세상은커녕 부정하고 비합리적인 세상을 만든 후 그 사회에서 온갖 불법, 탈법적 방법을 동원해 자신의 이익만을 추구하려고 할 것이다.

01
자기소개서도 논술이다!

자기소개서 쓰는 계절이 다가오면 온 세상이 자기소개서 이야기로 넘쳐난다. 뉴스에서는 자기소개서 대필업소의 불법성을 취재하고, 인터넷에서는 자기소개서 대필 사이트가 넘쳐난다. 그뿐이랴? 어설픈 학교에서는 자기소개서의 대필을 노골적으로 유도하고, 학원들은 이때를 놓칠세라 돈 받고 젊은이들의 미래를 농락한다.

이래서야 되겠는가?

안 된다. 절대 안 된다.

도대체 자기소개서 한 장 써주는 데 얼마라느니 하는 말이 어떻게 공공연히 돈단 말인가? 그렇게 돈 주고 자기소개서 써서 대학 간 젊은이가 건강한 사고와 정의롭고 합리적인 세상을 만들기 위해 노력하겠는가? 절~대 안 할 것이다. 아니, 그런 세상은커녕 부정하고 비합리적인 세상을 만든 후 그 사회에서 온갖 불법, 탈법적 방법을 동원해 자신의 이익만을 추구하려고 할 것이다.

그러나 다행스러운 것은 이렇게 돈 주고 쓴 자기소개서는 대부분 낙방할 것이라는 사실이다.

왜?

자기소개서를 읽는 평가관들은 대부분 한 사람이 수도 없이 많은 글을 읽는다. 게다가 컴퓨터에서는 자기소개서 표절 여부를 확인하는 프로그램까지 작동한다.

그런데 자기가 누구인지도 모르는 사람이 쓴 자기소개서가 어떻게 평가관의 눈과 마음을 사로잡겠는가?

그런데도 우리 친구들은 자기소개서 때문에 모진 고통을 겪는 게 현실이다.

그러나 이 글을 읽는 순간 걱정은 싹 사라질 것이다.

사실 나는 논술로 어린 친구들을 감동시키기 전에 자기소개서로 수많은 친구들로부터 식사와 간식을 대접받은 사람이다.

"그것도 불법 아니에요?"

"아니다. 왜냐하면 나는 돈을 대가로 자기소개서를 써준 적도 없을뿐더러 기본적으로 그 친구들이 쓴 자기소개서를 약간 봐주었을 뿐이란 말이다."

그리고 솔직히 말하자.

자기소개서를 온전히 자기 혼자 써서 담임선생님이나 주위 분들, 이를테면 부모님이나 형제, 자매, 친척, 친구, 아니면 동네 오빠나 언니, 학원 선생님, 과외 선생님 등에게도 보여드리지 않고 직접 제출하는 친구가 있는가? 있다면 그 친구는 참으로 오만한 친구다.

적어도 자기가 쓴 글을 다른 사람을 통해 한 번쯤은 평가를 받는 게 겸손한 사람의 도리지, 자기 인생이 걸린 글을 자기 혼자 쓴 다음 누구에게도 보여주지 않고 내다니!

나는 오늘날까지 꽤 많은 친구들의 자기소개서를 검토해주었고, 그 가운데 많은 친구들이 좋은 결과를 얻어 빵이나 케이크, 저녁식사를 얻어먹은 적이 있는데, 단 한 번도 소설을 쓴 적이 없다.

소설!

말 그대로 있지도 않은 이야기를 거짓으로 만들어 멋대로 쓰도록 지도하지 않았단 말이다. 오히려 거짓을 쓴 친구들을 불러 이렇게 나무랐다.

"야, 네가 소설가냐? 이런 말도 안 되는 거짓 글을 쓰면 교수님이 속을 것 같냐?

다들 너처럼 거짓으로 쓰기 때문에 거짓은 한눈에 알아보시지.

왜? 네 수준이 소설가 수준이 안 되기 때문에 너희들이 만드는 거짓은 다 그만그만하거든.

그래서 자기는 거짓으로 멋지게 썼다고 생각하지만 전문가가 보면 금세 알아버려. 절대 안 속아.

네가 소설가보다 더 잘 쓸 수 있다면 모를까, 그렇지 않으면 거짓인 거 다 들통 나.

그러니 거짓말은 절대 쓰지 마라, 알겠니?"

그렇다면 어떻게 자기소개서를 썼기에 주위 사람들이 그렇게 내게 자기소개서를 가지고 달려오는 걸까?

궁금하지 않니?

자, 그럼 지금부터 자기소개서 쓰는 법을 살펴보기로 하자.

대신 다른 친구들에게는 절대 비밀을 지킬 것!

02
자기소개서 7계명

1) 솔직하게 써라

앞서 말했듯이 솔직하게 쓰는 것이 자기소개서 쓰기의 기본이자 결론이다. 이
것 지키지 않는 친구는 절대 자기소개서로 상대방을 설득하지 못한다.

1년에 한 대학에 제출되는 자기소개서는 수만 장, 많으면 십만 장을 넘을 수도
있다. 그런데 그 가운데 90% 이상이 거짓을 말한다. 그러니 어찌 평가관이 거
짓된 것들을 찾아내지 못하겠는가. 보나마나 거짓말을 하는 친구들은 비슷한
거짓말을 할 텐데. 예를 들면 자기가 리더십이 있다거나 가족이 화목하다거나
부모님께서 어려서부터 성실함을 가르쳐주셨다거나, 학원이나 과외의 도움 안
받고 혼자 교과서만 보고 열심히 공부했다거나, 친구들 인생 상담은 도맡아 한
다거나 하는 따위 말이다.

그런 것 여러분이 아무리 써도 믿지 않는다. 그것이 설령 진실이라 하더라도
쓰지 마라. 그런 구태의연한 내용으로 상대방에게 자신을 소개할 수 있다고 생
각하지 말라는 말이다.

그런 말 있지 않은가?

"진실만이 상대를 감동시킬 수 있다."

이 말을 기억하라. 뒤에 자기소개서 쓰는 법을 알려줄 때 이 말이 얼마나 큰 힘
을 발휘하는지 알게 될 것이다.

2) 형식에 너무 얽매이지 마라

각 대학의 자기소개서 양식을 보면 이런저런 내용을 어떻게 쓰라는 지침이 적
혀 있다.
예를 들어보겠다.

> 1. 위의 세 가지 활동 중, 자신에게 가장 의미 있다고 생각되는 활동 하나를 선택하여
> 활동의 동기, 과정 및 결과, 자신에게 미친 영향 등을 구체적으로 기술하세요. (띄어쓰
> 기 포함 700자 이내)
> 2. 고등학교 생활 중 (1)배려와 나눔, (2)협력과 갈등관리를 실천한 사례를 각각 들고,
> 그 과정을 통하여 배우고 느낀 점을 구체적으로 기술하세요. (띄어쓰기 포함 1,000자
> 이내)
> 3. 지원 분야와 자신이 어떤 면(흥미, 적성, 소질 등)에서 부합한다고 생각하는 지를 기
> 술하고, 지원을 위한 준비과정과, 향후 포부에 대해 기술하세요. (띄어쓰기 포함 1,000
> 자 이내)

위 내용은 2013년도 고려대학교 자기소개서 양식에 있는 것이다.
그래서 위 지시 사항을 읽은 친구들은 1번의 경우, 가장 의미 있는 활동 하나
를 찾아서 동기, 과정, 결과, 영향 순서에 입각해서 무엇이 동기고 무엇이 과정

이며 무엇이 결과고, 그로부터 어떤 영향을 받았다는 식으로 쓴다.

이렇게 자기소개서를 쓰는 친구들은 지시사항에 맞추어 쓰지 않았다가는 큰일이라도 날 것처럼 여긴다. 당연하다. 태어나서 처음 써보는 자기소개서인데 당연히 학교에서 요구하는 것에 맞추지 않으면 큰일이 날 것 같을 것이다. 그러나 글이란 어떤 글이건 마찬가지다.

글은 자연스러워야 한다. 그런데 형식에 얽매이다 보면 자연스러움을 잃고 어색해진다. 누가 봐도 기계적으로 보인다. 그러면 이미 실패다.

논술에서도 학교에서 이렇고 저렇고 하는 분석이나, 학습서들이 알려주는 분석과 글쓰기에서 꼭 필요한 요소가 어쩌고저쩌고 하는 것 생각하다가는 글 못쓴다.

자기소개서도 마찬가지다. 내 삶을, 나라는 사람을, 생전 단 한 번도 본 적 없는 사람에게 소개하는데 형식에 맞추어 소개해서야 어찌 상대방의 마음을 움직이겠는가.

내 민낯, 벌거벗은 얼굴을 보여주어야 한다. 그래야 상대방이 나를 기억한다. 성형한 얼굴이 아니라 진짜 얼굴 말이다.

3) 읽는 사람 편에서 써라

나는 젊어서부터 자기소개서를 수도 없이 읽어왔다. 회사를 다닐 때는 입사지원자들의 자기소개서를 읽었고, 회사를 운영하면서는 직원을 뽑을 때 자기소개서를 읽어야 했다. 특히 출판사에 지원하는 친구들의 자기소개서는 다른 직종에 비해 수준이 훨씬 높다. 당연하지 않은가? 글을 다루는 직종이니까. 게다가 내 딸이 대학에 지원하게 된 것을 계기로 대학 자기소개서라는 것을 처음

접했는데, 그 자기소개서가 딸의 고등학교에서 유명해지면서 다른 친구들 것들도 읽고 봐주어야 했다.

그러니 얼마나 많은 종류의 얼마나 많은 사람의 것을 읽어보았겠는가.

그런데 그 많은 자기소개서를 읽을 때마다 느끼는 것이 의문이 있다.

"이 친구들은 왜 읽는 사람을 생각하지 않지?"

여러분도 두 손을 가슴에 얹고 생각해보라.

'내가 정말 읽는 사람을 생각하면서 글을 썼는지, 아니면 그냥 내가 쓰고 싶은 대로 썼는지.'

대부분의 친구들은 이렇게 말할 것이다.

"제가 저에 대해 쓰면 그게 읽는 사람을 생각하는 것 아닌가요?"

"자기소개서라는 것이 나를 소개하는 것이잖아요. 그럼 그 자체가 상대방에게 나를 소개하는 것이니까 읽는 사람을 위해 쓰는 건데 무슨 말씀이세요?"

맞다. 대부분 사람들이 이렇게 생각한다.

그런데 잘 생각해보면, 읽는 사람 입장에서 글을 쓴 적이 있는가 다시 한 번 생각해보라는 말이다. 그냥 그렇게 쓰면 될 것이라는 타성에 젖어 쓰지는 않았는지.

나는 글을 쓸 때 반드시 상대방이 글을 읽는다는 상상을 하며 쓴다.

그럼 어떤 일이 벌어지는지 아는가?

이렇다.

(가)

우리 학교에는 각 반에 장애가 있는 친구가 한 명씩 배정되어 있는데, 일부 수업은 저희와 함께 듣고 나머지는 특수학급에서 학습합니다. 그런데 저희 반 장애우는 평소에 씻지 않아 심한 냄새 때문에 반 아이들과 갈등을 겪고 있었습니다. 담임선생님께서 특수학급 선생님께 부탁도 드려봤지만 개선되지 않았습니다. 그러던 중 장애친구와 비장애친구가 짝을 이루어 참가하는 캠프가 열렸습니다. 반장인 저는 반의 갈등 상황을 해결하는 데 도움이 될까 하여 참가 신청을 하였습니다. 캠프에 참가하는 날, 저는 그 친구와 거리를 좁히기 위해 노력했습니다. 그러나 쉽지 않았습니다. 평소에 겪는 차별대우 때문일 것이라고 이해는 했지만 힘든 것은 마찬가지였습니다. 캠프에 도착한 후 저는 먼저 세면장으로 향했습니다. 그곳에서도 친구는 평소처럼 씻으려고 하지 않았습니다. 저는 먼저 씻은 후 거울을 보면서 "야, 이제야 좀 예뻐졌네." 하며, 친구에게 "너도 씻으면 정말 예뻐질 거야." 라고 말했습니다. 그러자 그때까지 아무 대꾸가 없던 친구가 웃음을 지으며 세면대로 다가왔습니다. 저는 그 친구와 함께 씻었고 친구는 만족한 표정을 지었습니다. 그 후 저희 둘은 캠프에서 많은 대화를 나누면서 훨씬 가까워졌습니다. 특히 모든 면에서 소극적이던 친구가 제게 먼저 말을 건네고, 장기자랑 시간에는 제 손을 끌고 나가 함께 춤을 추자고 할 때는 가슴마저 벅차오름을 느꼈습니다.

언젠가 교문 앞에서 초등학교 아이 하나가 길을 잃고 우는 모습을 본 적이 있습니다. 저는 그 아이를 달래 집까지 데려다주면서 여러 이야기를 나누게 되었습니다. 알고 보니 그 아이는 어려운 가정형편 상 한 지역공부방에서 공부하고 있었습니다. 그 일을 계기로 그곳에서 봉사활동을 시작했습니다. 저도 학생이지만 제 도움을 받은 어린 친구들이 하나 둘 학습에 관심과 흥미를 갖게 되는 모습을 보는 것은 참 즐거운 경험이었습니다. 안타깝게도 재정문제로 인해 이곳이 문을 닫는데, 언젠가는 이런 시설들이 어려움 없이 운영되는 사회를 꿈꾸어봅니다.

(나)

우리 학교에는 각 반에 장애가 있는 친구가 한 명씩 배정되어 있는데, 일부 수업은 저희와 함께 듣고 나머지는 특수학급에서 학습합니다. 그런데 저희 반 장애우는 평소에 씻지 않아 심한 냄새 때문에 반 아이들과 갈등을 겪고 있었습니다. 담임선생님께서 특수학급 선생님께 부탁도 드려봤지만 개선되지 않았습니다.

그러던 중 장애친구와 비장애친구가 짝을 이루어 참가하는 캠프가 열렸습니다. 반장인 저는 반의 갈등 상황을 해결하는 데 도움이 될까 하여 참가 신청을 하였습니다.

캠프에 참가하는 날, 저는 그 친구와 거리를 좁히기 위해 노력했습니다. 그러나 쉽지 않았습니다. 평소에 겪는 차별대우 때문일 것이라고 이해는 했지만 힘든 것은 마찬가지였습니다.

캠프에 도착한 후 저는 먼저 세면장으로 향했습니다. 그곳에서도 친구는 평소처럼 씻으려고 하지 않았습니다. 저는 먼저 씻은 후 거울을 보면서 "야, 이제야 좀 예뻐졌네." 하며, 친구에게 "너도 씻으면 정말 예뻐질 거야." 라고 말했습니다. 그러자 그때까지 아무 대꾸가 없던 친구가 웃음을 지으며 세면대로 다가왔습니다.

저는 그 친구와 함께 씻었고 친구는 만족한 표정을 지었습니다. 그 후 저희 둘은 캠프에서 많은 대화를 나누면서 훨씬 가까워졌습니다. 특히 모든 면에서 소극적이던 친구가 제게 먼저 말을 건네고, 장기자랑 시간에는 제 손을 끌고 나가 함께 춤을 추자고 할 때는 가슴마저 벅차오름을 느꼈습니다.

언젠가 교문 앞에서 초등학교 아이 하나가 길을 잃고 우는 모습을 본 적이 있습니다. 저는 그 아이를 달래 집까지 데려다주면서 여러 이야기를 나누게 되었습니다. 알고 보니 그 아이는 어려운 가정형편 상 한 지역공부방에서 공부하고 있었습니다. 그 일을 계기로 그곳에서 봉사활동을 시작했습니다.

저도 학생이지만 제 도움을 받은 어린 친구들이 하나 둘 학습에 관심과 흥미를 갖게 되는 모습을 보는 것은 참 즐거운 경험이었습니다. 안타깝게도 재정문제로 인해 이곳이 문을 닫았는데, 언젠가는 이런 시설들이 어려움 없이 운영되는 사회를 꿈꾸어봅니다.

위 양식은 2013년 고려대학교 자기소개서 견본이다.

(가)와 (나)의 차이를 알겠는가?

똑같은 내용이니 읽을 필요는 없다. 그냥 한눈에 (가)와 (나)를 보고 차이점을 찾아보라.

찾았는가?

찾은 친구들도 있을 것이고, 못 찾은 친구들도 있을 것이다.

못 찾은 친구들은 (가)와 (나)의 글이 끝나는 오른쪽을 보라.

어떤가?

<u>(가)는 왼쪽에서 오른쪽 끝까지 가득 채워 글을 쓴 반면,
(나)는 오른쪽 부분에서 줄 바꾸기를 자주 했다.</u>

여러분 눈에 어떤 글이 더 잘 읽히는가?

이상한 친구가 아니라면 (나)가 훨씬 잘 읽힐 것이다.

그런데 글을 쓰는 친구들 가운데 (나)처럼 쓰는 친구들, 내 경험으로는 거의 없다.

그 까닭을 물어보면 한결같이 이렇게 말한다.

"가득 채워야 성실하게 쓴 거잖아요."

"뒤를 비우면 뭔가 열심히 쓰지 않은 느낌을 가질 것 같아요."

그럼 내가 다시 묻는다.

"그럼 너는 둘 가운데 어떤 걸 읽고 싶니?"

그럼 한결같은 대답이 온다.

"저는 (나)와 같은 게 좋죠."

그렇다. 누구든지 (나)와 같이 여백이 좀 있는 글을 읽고 싶지 (가)처럼 빼곡이 쓴 글을 읽고 싶은 사람은 없다.

물론 이런 친구도 있다.

"가득 채워야 내용을 하나라도 더 넣지요."

맞다. 좋은 내용이 많으면 하나라도 더 넣는 게 좋다.

<u>그러나 아무리 좋은 내용이 많아도 읽지 않으면 무슨 소용이람!</u>

게다가 넣을 수 없을 만큼 훌륭한 일을 많이 한 친구 별로 없다. 왜?

요즘 친구들 삶이란 게 대부분 흡사하다. 밤 10시까지 학교 오가고, 집은 대부분 아파트. 밖에서 활동하는 것이라는 게 대부분 학교에서 행하는 봉사활동, 과외활동이고, 좀 사는 친구들은 해외 연수 등이다.

그런데 뭘 그리 남보다 뛰어난 경험이 많단 말인가.

그러니 너무 욕심 내지 말아야 한다.

위에서 보여준 형식 외에도 여러 면에서 여러분은 자기 위주로 글을 쓰고 있다. 그러니 앞으로 내가 알려주는 사례를 통해 배워야 한다. 뭘?

<u>"글은 읽는 사람을 염두에 두고 써야 한다."</u>

읽는 사람을 염두에 두지 않고 쓰는 글은 일기밖에 없다.

4) 구체적으로 써라

구체적으로 쓴다는 것은 무슨 말일까?

사례 · 사건 · 상황 · 현실 따위를 구체적으로 써야 한단 말이다. 그리고 그 구체적 상황을 통해 자신을 소개하는 것이 중요하다.

"당연한 거 아니에요? 예를 들면 친구들이 나에게 와서 카운슬링을 받고 싶어하기 때문에 내가 리더십이 있는 거고요. 내가 3년 내내 반장으로 선출되었다는 것 또한 내 리더십을 보여주는 구체적인 사례잖아요."

"맞아요. 제가 ○○보육원에 가서 매주 봉사활동을 하면서 그 과정에서 장애우 친구들과 교감을 이루고 그들로부터 배운 점이 많아서 변화했다는 것이야말로 구체적인 사례잖아요."

땡!!!

이런 건 구체적인 사례가 아니란다.

"그럼 뭐가 구체적인 사례예요?"

예를 들어보자.

보육원에 가서 봉사활동을 한 것은 구체적인 사례가 아니라 경험일 뿐이다. 그리고 그 경험은 여러분 아니라도 대한민국 고등학생이라면 대부분이 한다. 왜? 대학 갈 때 자기소개서에 써야 하고, 생활기록부에 써야 하니까. 그리고 운이 좋거나 백이 있으면 표창장 같은 것도 받을 수 있고. 사실 백(이런 말 여러분은 모를 텐데, 부모 잘 만난 아이들이 이런저런 편법으로 표창장 받는 것)을 써서 표창장 받아 대학 가는 친구들도 있는 모양인데, 대학 가면 뭐하노? 좋~ 다고 소고기 사묵겠지, 소고기 사묵으면 뭐하겠노? 수입소고기라 광우병 걸리 겠지. 아, 이게 아니다.

여하튼 편법으로 대학 가면 편법적 인간이 되는 것은 불문가지不問可知, 즉 묻지 않아도 알 수 있다.

그러니까 구체적인 사례란 정말 나만의 경험을 뜻한다.

그리고 이런 나만의 경험은 절대 거짓일 수가 없으니 1번의 솔직히 쓰라는 말과도 통한다.

이것도 나중에 사례를 보여주겠다.

5) 노골적으로 아부하지 마라

이런 친구들 너무 많다.

무슨 말이냐고?

예를 들면 이런 거다.

"고려대학교의 교훈인 자유, 정의, 진리를 추구하는 고대인으로서 고대의 교육 목적인 국가와 인류사회 발전에 필요한 인재로 태어날 것을 굳게 다짐합니다."

"연세 이념인 기독교의 가르침을 바탕으로 진리와 자유의 정신에 따라 사회의
지도자로 굳건히 뿌리내리는 인물로 성장할 수 있도록 기회를 주십시오."

뭐 이런 말이다. 이건 내가 그냥 예를 들어본 것이다. 사실 자기소개서를 읽다
보면 이런 글이 많아도 너~무 많다.

기독교 학교의 경우에는 온갖 기독교 이야기와 자기가 모태신앙인으로서 얼
마나 교회 생활에 충실했는지, 또 다른 종교의 경우도 마찬가지다. 학교의 건
학 이념이나 교훈 등을 인용해 쓰는 경우 또한 부지기수다.

그런데 이와 관련해 한 가지 보여줄 것이 있다. 앞서 논술편에 나온 문제 가운
데 한 제시문이다.

새로운 종교를 창설하려는 여러 번의 시도가 실패로 끝난 것은 상당
히 이른 시기에도 그리스인들이 높은 수준의 문화를 지니고 있었다는
것을 말해준다. 이것은 또한 그리스에는 이미 일찍부터 신앙과 희망이
라는 단 하나의 처방으로 치유될 수 없는 다양한 고통을 지닌 다양한 개
인들이 존재했다는 것을 말해준다. 피타고라스, 플라톤, 엠페도클레스
그리고 이들보다 훨씬 이전의 오르페우스교의 열광자들이 새로운 종교
를 세우고자 했다. 앞의 두 사람은 진정으로 종교 창시자의 영혼과 재능
을 지니고 있어, 이들이 실패했다는 것은 실로 놀라운 일이 아닐 수 없
다. 이들은 그저 종파들을 만들어 내는 데 그치고 말았던 것이다. 한 민
족 전체의 종교개혁이 실패하고 종파들만이 머리를 들면, 언제나 우리
는 그 민족이 이미 자체 내에 다양성을 지니고 있으며 거친 무리 본능
이나 윤리적 관습에서 벗어나기 시작한 것이라고 추론해 볼 수 있다. 이
러한 의미심장한 동요 상태를 사람들은 흔히 윤리의 타락이나 부패라고
비난하지만, 실제로 이것은 알이 성숙하여 껍질이 깨질 때가 가까워졌
다는 것을 알려준다. 루터의 종교개혁이 북유럽에서 성공했다는 것은,
북유럽이 남유럽에 비해 뒤처져 있었으며, 상당 부분 같은 유형과 같은

색깔의 욕구를 지니고 있었다는 것을 보여준다. 한 개인이나 그 개인의 새로운 사상이 보편적이고 절대적으로 작용하면, 이는 그 영향을 받는 대중들이 그만큼 천편일률적이고 저급하다는 것을 의미한다. 반면 그에 대한 반작용은, 만족되고 관철되어야 할 반대의 요구들이 그만큼 많다는 것을 알려준다. 거꾸로 힘과 지배욕이 매우 강한 천성을 지닌 인물이 단지 종파에 국한된 미약한 결과를 낳는 데 그치는 경우, 이로부터 그 문화의 수준이 매우 높다는 것을 추론해낼 수 있다. 이는 예술과 인식의 영역에도 적용될 수 있다.

– 2012년 연세대학교 사회계열 논술 입학시험 문제 가운데 발췌

위 글을 읽어보라. 내용이 무언가?

첫 줄이 이렇다.

"새로운 종교를 창설하려는 여러 번의 시도가 실패로 끝난 것은 상당히 이른 시기에도 그리스인들이 높은 수준의 문화를 지니고 있었다는 것을 말해준다."

그러니까 한마디로 종교가 창설되고 활발한 활동을 할 수 있다는 것은 그 사회 구성원들의 문화 수준이 낮은 수준이라는 말과 같지 않은가?

이 글이 함의含意하는 내용은 여러분에게 많은 것을 시사해준다. 여러분이 진정으로 지성의 전당인 대학생이 되고자 한다면 이 글 하나를 통해서 대학생이란 어떤 존재인가, 지성인이 된다는 것이 어떤 일인가, 그리고 한 개인으로서 독자적인 사고를 하고 창조적인 인간으로 성장한다는 것이 무엇인지 알 수 있을 것이다.

여러분이 잘 알다시피 연세대학교는 기독교 정신에 입각해 설립된 대학이다. 이걸 모르는 사람은 거의 없다.

그런 까닭에 연세대학교에 지원하는 학생들은 기독교와 관련된 내용에 대해

서 예민해지는 게 일반적이다. 자신이 기독교인이면 그 사실을 드러내고자 노력할 것이고, 반대로 불교나 다른 종교를 믿는 경우에는 이 사실이 드러나지 않는 게 나을 거라고 조심한다. 그뿐이랴, 연세대학교 입학과 관련된 모든 활동에서 기독교에 반하는 내용이나 활동은 자신에게 피해를 줄 것이라고 여길 것이다.

그러나 절대 그런 일 없다. 교회를 다닌다고 해서 가산점을 받을 일도 없고, 절을 다닌다고 해서 감점을 당하는 일도 없을 것이다. 또한 연세대학교라고 해서 종교를 폄하하는 글은 절대 출제되지 않을 것이라 믿거나 종교를 숭배하는 글이 많이 출제될 것이라고 믿는 것 또한 모두 손해일 뿐이다.

즉 이런 편견을 갖는 바탕에는 대학교가 자신들의 신념이나 주장을 널리 퍼뜨리기 위해 학문을 활용할 것이라는 생각이 자리한다.

그러나 대학은 그런 곳이 아니다. 더욱이 우리나라의 유수한 대학들 가운데 그런 대학은 없다고 단언해도 좋다.

그런 식으로 지성에 대해 편견과 편파성을 가진 대학, 그런 교수가 다수를 차지하는 대학은 결코 우리나라를 대표하는 대학으로 성장할 수 없다.

위 글만 보아도 금세 알 수 있지 않은가!

만일 기독교에 광신적인 태도를 가진 친구가 연세대학교 논술 시험에 지원했다면 위 제시문을 보고 어떤 심경이었을까?

문제를 풀기도 전에 자신의 내면에서 혼란이 일어났을 것이다. 당연히 이런 혼란은 문제 해결에 장애 요인이 되었을 것이고.

그러나 이런 문제는 대학의 잘못이 아니라 그 친구의 잘못이다. 그 친구는 지성의 세계로 나아가고자 하는 것이 아니라 자신의 종교적 신념만을 고집하거나 대학을 지성이 아니라 기술과 자격, 아니면 스펙이나 간판 정도로 생각한 것이 분명하다.

알겠는가?

대학은 지성의 전당이다. 세상이 잘못되어 대학을 졸업장 따는 곳, 스펙 쌓는 곳으로 여기는 사람이 꽤 많지만 절대 그런 곳이 아니다. 그리고 대학에서 여러분을 기다리고 계신 교수님들 대부분은 이 잘못된 세상에서도 대학 본연의 목적, 즉 진리 추구를 통해 인류 문명과 지성을 한 단계 성장시키고자 하는 사명감을 간직한 분들이다.

따라서 그런 분들이 위에서 언급한 바와 같이 얄팍한 수에 넘어갈 리는 절대 없다. 그러니 그런 식의 아첨, 아부를 통해 대학에 입학하려는 태도는 일찌감치 버리는 것이 좋다.

대학은 오직 지성만을 지고至高의 가치로 여긴다는 사실, 절대 잊지 말라.

6) 상황에 따라 써라

아마 여러분 가운데 많은 친구들이 몇 개 대학, 몇 개 학과에 지원할 것이다. 그리고 그때마다 학교에서 요구하는 자기소개서를 써서 제출할 것이다.

그런데 이 과정에서 상황 파악을 잘못하면 안 된다. 즉 자신이 지원하는 대학과 학과의 특성에 따라 자기소개서를 써야 한다.

이에 대해서도 많은 친구들이 반론을 제기할 것이다.

"당연한 것 아닌가요? 그 학교가 요구하는 내용이 각기 다를 뿐 아니라 학과도 다른데 같은 내용의 자기소개서를 제출하는 사람이 어디 있어요?"

내가 그 정도 모를 것 같은가?

그럼 묻겠다.

"자유전공학부에는 어떤 분야에 관심 있는 친구들이 지원하지?"

"자유전공학부는 말 그대로 자유전공, 즉 후에 자신이 원하는 분야를 선택할 수 있으니까 누구든 지원할 수 있는 것 아닌가요?"

과연 그럴까?

그럼 다음 내용을 보아라.

1. 서울대학교 자유전공학부 소개문

자유전공학부의 **교육목표**

변화의 시대를 이끄는 창의적이고 자율적인 인재 양성을 목표로 2009
학년도에 신설된 자유전공학부의 교육은 폭넓고 깊이 있는 기초 교육
을 강화하고 학생 적성에 맞추어 설계되는 교과과정의 이수를 통하여
포괄적 사고와 문제 해결 능력을 길러주어, 인류 공동체에 기여할 수
있는 리더를 양성하고자 하는 교육목표를 가지고 운영되고 있습니다.

자유전공학부의 **특징**

서울대학교 자유전공학부의 가장 큰 특징은 자유로운 전공 선택이 가
능하다는 것입니다. 학칙에서 제한하고 있는 일부 전공(입시 안내문
에 제시되어 있음)을 제외하면 모든 전공의 선택이 가능하며, 새로운
전공을 만들어서 학위를 받을 수도 있습니다. 이러한 다양성이 실제로
실현되기 위해서는 학생들의 기초 학업 능력이 강화되어야 하기 때문
에 여러가지 새로운 교육을 시행하고 있으며, 다양한 비교과 교육 프
로그램도 제공하고 있습니다.

2. 연세대학교 자유전공학부 소개문

자유전공 학생은 학부대학 소속으로 입학한 후 전공신청요건을 충
족하는 2학년부터 교육학부를 제외한 인문사회계열 모든 전공 중 희
망하는 전공을 선택해 진입할 수 있습니다. 자유전공은 다양한 학문
과 전공을 융합할 수 있는 개방적, 창의적인 사고력과 건전한 공동체
적 윤리와 도덕, 그리고 가치관을 지닌 인재를 양성하는 것을 교육 목

적으로 합니다. 학생이 자신의 적성과 능력에 부합하는 전공과 진로를 충분히 탐색한 후 전공 소속으로 학업을 마칠 수 있도록 전공교수와 학사지도교수가 면담을 통해 학생을 직접 지도합니다.

3. 고려대학교 자유전공학부 소개문

공적 리더의 기본을 설계하는 맞춤형 융합전공

자유전공학부는 공적 영역의 리더를 양성하는 기능을 담당하고 공직으로의 진출 또는 로스쿨 진학을 목표로 하는 학생들에게 도움을 주고자 2009년 출범하였습니다.

현대사회는 특정 전공의 전문성뿐만이 아니라 여러 전공에 관한 복합적 전문성을 요구하고 있습니다. 자유전공은 이러한 사회적 수요에 대응하여 여러 학문분야의 교과목을 선별하여 자유로이 설계한 전공, 즉 융합전공(Multidisciplinary Studies)을 말합니다.

자유전공학부는 학생들이 각자의 적성이나 진로에 맞추어 전공을 설계 하고 선택할 수 있도록 합니다. 공적 리더를 지향한다면 법률적 기초지식이 필수이므로 이를 기본적으로 함양하도록 하며, 각 분야에서 요구되는 품성, 소양, 전문지식 등을 쌓도록 독려합니다.

과거 법과대학은 국가시험 등을 통해 국가 · 사회의 많은 리더들을 배출 한 바 있으며, 그 노하우는 그대로 자유전공학부에 전수되어 있습니다. 따라서 공직 진출을 꿈꾸는 이들에겐 최적의 학부라 할 수 있습니다. 또한 법학전문대학원의 교수진 전원이 지도교수로 관여하기 때문에 장차 법률가가 되려는 목표를 가진 이들에게도 역시 최상의 환경을 제공하고 있습니다.

4. 이화여자대학교 스크랜튼학부 소개문

본교는 21세기 지식기반사회를 선도할 각 분야의 전문 인력을 양성하고 미래의 연구, 전문인력이 되고자 하는 우수한 학생을 선발하기 위해 스크랜튼학부를 개설하였습니다. 스크랜튼학부 학생은 특정 전공 영역 없이 자유전공으로 입학하여 다양한 분야를 공부한 후에 자신의 주전공을 결정합니다. 아울러 스크랜튼학부 학생은 필수적으로 주전공 이외에 Honors Program의 일환으로 자기설계전공을 이수함으로써 기초학문분야, 융합학문분야 및 전문분야 진출을 위한 다양한 지식과 소양을 쌓을 수 있는 맞춤 교육의 기회를 제공받습니다.

위에 열거한 몇 개 대학의 경우만 놓고 보더라도 각 대학이 자유전공학부를 바라보는 시각이 똑같지 않음을 쉽게 알 수 있을 것이다.

실제로 내게 자문을 요청한 학생의 경우, 한 대학의 자유전공학부를 지원하면서 자신이 철학과 인문학에 관심이 있다고 하였는데, 내가 확인 바로는 그 대학의 자유전공학부는 법을 전공하고자 하는 친구들을 모집할 뿐 아니라 소속 교수 또한 대부분 법을 전공한 분들이었다.

이렇게 각 대학마다 대학별, 전공별, 소속 교수별 특징이 다른 상황에서 막연히 전공이 같으면 내용도 같겠지 여기는 것은 본인이 성실하지 못하다는 증거일 뿐이다.

또 다른 특징 가운데 하나는 여성 교수가 주를 이루는 대학이나 학과와 그렇지 않은 학과 사이에는 차이가 있다는 사실이다.

여기서 내가 말하는 것은 여성 교수와 남성 교수의 차이를 언급하는 것이 아니다.

여성 교수가 주를 이루는 학문 분야와 그렇지 않은 분야 사이의 차이를 언급하는 것이다.

예를 들면 공대에 속한 여성 교수는 남성 교수와 아무런 차이가 없다.

그러나 간호학과에 속한 여성 교수는 다른 과의 남성 교수와 차이가 분명 있
다는 것이 내 판단이다. 그런 경우에는 자기소개서의 내용과 외양 또한 달라야
한다.

이렇게 상황에 따라 다르게 써야 하는 것이 자기소개서라는 사실, 반드시 기억
해야 한다.

7) 당당하게 써라

이 계명은 앞서 5)번에 언급한 '노골적으로 아부하지 마라.'와 통한다고 할 수
있지만 본질적으로는 통하는 것이 아니다.

아부하는 것은 상대방이 분명히 있고, 그 상대방의 상황에 맞추어 자기를 꾸미
는 것이라면, 당당하지 못한 것은 추상적인 상대방을 향해 비굴해지는 것을 말
한다.

즉 무조건적으로 나는 학생이고, 상대방은 교수님이니까 굽신거려야 한다고
여기지 말라는 것이다.

나는 자기소개서를 봐줄 때마다 친구들에게 이런 말을 한다.

"존댓말을 할 수도 있고, 반말을 할 수도 있다."

그럼 친구들은 깜짝 놀란다.

"네? 그럼 반말로 쓴단 말이에요?"

"왜 못 하니? 너와 교수 사이에는 개별적 인격체로서의 관계가 형성되어 있을
뿐이다. 게다가 지금 너를 소개하는 것이 누구를 상대로 소개하는지 아니? 아
무도 모르잖아. 학교에서 자기소개서 쓰는 양식을 소개하면서 '이건 학생들보
다 높은 지위에 계신 교수님들이 보실 것이다.'라고 하지 않았잖아. 그러니까

반말로 쓸 상황이면 반말로 쓸 수도 있단 말이야."

여러분은 이런 말을 들어본 적이 별로 없을 것이다.

그러나 나는 반말로 쓴 자기소개서가 더 많았다.

하물며 내 딸이 자기소개서를 쓸 때도 반말로 썼다.

이쯤에서 내가 왜 자기소개서에 관심을 갖게 되었는지 알려주어야겠다.

내 딸이 대학 원서를 쓸 무렵이었다. 우리 집이 Y대 바로 옆에 위치한 까닭에 어려서부터 그 대학에 가는 것을 목표로 한 아이가 수시 원서를 쓰겠다고 했다. 그렇지만 나는 별로 기대를 하지 않았다. 학원도 다닌 적이 없고 특별히 수시를 위해서 여러 준비, 이를테면 경시대회니 표창장이니 과외활동이니 하는 것을 받거나 나가거나 해본 적이 없어서 가능하지 않다고 여겼기 때문이다.

그런데 자기 엄마와 아이, 둘이서 열심히 준비를 하는 것이었다. 나는 그러나 말거나 신경도 안 썼다.

그러던 어느 날 열심히 잠을 자고 있는데 갑자기 집사람이 나를 깨웠다.

"아니, 아이가 내일 원서 접수해야 하는데 글 쓴다는 아빠가 이렇게 잠만 자요? 자기소개서라도 한번 봐주지 않고."

나는 잠잘 때 깨우는 것을 정말 싫어하는데, 그날은 어쩔 수 없이 일어났다. 이튿날 아침에 제출해야 한다는데, 그때가 밤 12시가 넘었을 때니 할 말이 없었다. 잠결에 일어난 나는 아이가 써놓은 자기소개서를 컴퓨터 화면에서 처음 보았다.

그날 밤 Y대학교의 자기소개서라는 형식을 처음 본 것이다. 그리고 아이가 혼자 써놓은 내용도 처음 보았다.

그래서 한 시간 정도 읽어보고 손을 좀 봐주었다.

그 내용 가운데 일부가 이 내용이다.

"김연진(가명), 5등급. 조금 더 분발하도록!"

초등학교 이래 중학교까지 체육시간만 되면 들어왔던 이야기였다. 다른 아이들보다 일찍 학교에 들어간 나는 체력이 약했고, 학과 시험에서는 단 몇 점을 위해 엄청난 노력을 기울여야 했지만 15~20점을 체육에서 잃고 나면 허탈하기 그지없었다. 이럴수록 "나는 안돼." 라는 생각과 함께 하는 일마다 자신감이 없어졌다. 결국 체육 점수 때문에 고등학교 입시에서 낙방하고 나서는 체육이란 단어는 나에게서 멀어지기에 이르렀다.

그렇게 체육을 멀리하며 고등학교 2학년이 되었다. 그러던 어느 날, 부쩍 살이 오른 내 몸을 발견하게 되었다. 어느새 외모에 신경을 쓰기 시작한 친구들 또한 요가다 운동기구다 다이어트다 하며 몸매 관리에 나서고 있었다. 그런데 그날따라 체육시간에 스트레칭을 하는 게 아닌가. 이건 텔레비전에서 늘 몸매 관리와 다이어트에 필요한 운동이라고 주장하던 것인데. 게다가 줄넘기까지. '아하! 체육이란 게 나를 괴롭히기 위한 과목이 아니었구나.' 그날부터 나는 체육시간만 되면 함께 몸매 관리에 나서자고 친구들을 격려해 가며 열심히 했다. 공을 드리블하는 것도 몸을 유연하게 만들어 허리 살을 빼주는 듯했다. 그렇게 한두 달이 지나고 1학기 실기 시험인 줄넘기와 농구, 그리고 2학기 실기 시험인 체력장 등을 보게 되자 나의 노력이 빛을 발하기 시작했다.

"김연진, 1등급!" 한 번도 받아보지 못한 체력장 1등급을 이제 다 커서 아무도 체육을 거들떠보지 않는 나이에 이루고 만 것이다.

'한번 마음먹고 끝까지 노력하면 뭐든지 할 수 있다!' 라는 것을 느끼고, 또 웃을 나의 모습을 상상하며 오늘도 열심히 달리고 있다.

위 내용은 사생활 보호를 위해 내용을 수정한 것이다.

그러나 큰 부분에서는 별 차이가 없다.

위 내용을 본 친구들은 몇 가지 점에서 놀라움을 발견했을 것이다.

첫째, 반말 투 글쓰기.

두 번째, 첫 문장에서 대화체로 시작하는 것.

세 번째, 상당히 긴 문장이 말하고 있는 것이 고작 체육시간에 관한 단 하나의 일화라는 것.

그런데 앞서 말했듯이 내 딸은 수시입학을 준비하는 다른 친구들과는 달리 아무런 준비를 하지 않았다. 그래서인지 이튿날 원서를 접수하고(2006년에는 인터넷 접수 대신 직접 접수가 원칙이었다) 온 딸아이 엄마가 풀이 죽은 채 말했다.

"안 되겠어."

"왜?"

"다른 아이들은 생활기록부하고 자기소개서 외에 책 한 권 분량이나 되는 자료를 첨부했더라고."

"뭔 자료?"

"경시대회 상장부터 시작해서 학교장 추천서에, 무슨 자료가 그렇게 많은지. 하물며 자기가 만든 책자를 가지고 온 아이도 있더라고."

"거 봐. 내가 안 된다고 했잖아. 괜히 고생만 했네. 떨어지면 아이만 좌절할 텐데."

나는 준비하지 않으면 안 되는 게 세상 이치라고 여기는 사람이라 별로 충격도 받지 않았다.

그런데 며칠 후 놀라운 일이 벌어졌다. 내 딸이 합격했다는 것이다. 그리고 학교가 발칵 뒤집혔다고 했다. 그러면서 아이가 그날 그 순간 집으로 왔다.

아이들이 공부에 방해된다고 집에 가라고 했다는 것이다.

그렇게 해서 내 딸은 Y대 수시에 합격했다.

그런데 일은 그 후에 터졌다.

학교에서 내 딸이 합격한 까닭을 찾기 시작한 것이다. 물론 내신은 꽤 좋았지만 Y대를 갈 만큼 좋지도 않았고, 수시 지원자들이 준비하는 교내외 수상 실적이니 뭐 이런 것 하나 없는데, 어떻게 된 건지 의아했기 때문이라고 했다.

그렇게 연구한 끝에 내린 결론은 이것이었다.

"자기소개서 때문이래, 아빠."

내가 한 시간 봐준 자기소개서. 그것도 대부분이 아이 혼자 쓴 것이고, 내가 봐준 부분은 극히 일부분인 자기소개서 때문에 합격했다고 결론을 내렸다는 것이다.

여러분이 봐도 그런가?

위 자기소개서를 보면 그런 느낌이 드는가?

잘 모를 것이다.

그럼 내가 다시 묻겠다.

"위 자기소개서를 읽는 사람 입장에서 첫 문장을 읽고 난 심경이 어땠을까?

"김연진, 5등급. 조금 더 분발하도록!"

이 첫 문장 말이다.

아마 이 문장을 보고 다음 문장이 궁금하지 않은 사람은 거의 없을 것이다.

그리고 다음 문장을 궁금하게 여겼다면 이 글은 이미 성공한 것이다. 왜?

다음 문장과 비교해보라.

제가 중학교 3학년 때의 일이었습니다.

궁금한가?

이렇게 시작하는 자기소개서는 무수히 많다.

제가 어렸을 때의 일이었습니다.

제가 고등학교에 입학할 무렵이었습니다.

저는 고등학교에 입학하면서부터 체육에 관심을 갖기 시작했습니다.

이런 식의 구태의연한 방식으로 시작하는 것은 낙방으로 가는 지름길이다.

앞서도 언급한 적이 있다.

322

자기소개서를 읽는 분들은 한 분이 수십 통에서 수백 통을 읽는다고. 그런데
여러분이 아무 생각 없이 자기자랑을 늘어놓은 내용을 끝까지 읽을 거라고 생
각하나? 여러분 같으면 앞에서 본 듯한 글을 열심히 읽겠는가? 나라도 안 읽
겠다. 그래서 내가 앞에서 말했잖은가.

읽는 사람 입장에서 쓰라고.

첫 문장이 대화체? 이것도 신기한데 게다가 반말 투 문장이라니!

거기다가 모두들 자기가 전공과 관련해서 얼마나 열심히, 그리고 적성이 뛰어
난지(내 딸은 공대에 지원했다) 자랑을 늘어놓기에도 난이 부족하다고 여기는
판에 체육 이야기, 게다가 다이어트를 위해서라니.
그러나 바로 이런 점이 읽는 사람의 마음을 사로잡는 것이다.

> 고등학생 시절 자신이 겪었던 가장 큰 위기 혹은 좌절 상황을 설명하고, 그 상황을 극
> 복하기 위한 과정에서의 자신의 감정과 노력을 기술하십시오.

위 글은 위 지시사항에 따라 쓴 내용이다.
그런데 위 글에 등장하는 위기는 고등학교 때 이야기도 아니고 대단한 위기나
좌절 상황도 없다. 게다가 이런 내용을 지시사항에 따라 일목요연하게 정리한
글도 아니다.
그럼 어떤 글?
그냥 자연스럽고도 편하게, 자기가 겪은 경험의 구체적인 내용을 썼을 뿐이다.
그러다 보니 읽는 사람도 당연히 자연스럽고 편히 읽는 것이다.

<u>글은 그렇게 쓰는 것이다.</u>
<u>당당하고 자신 있게.</u>

그렇게 쓰면 편히 써지고, 읽는 사람 또한 편히 읽게 된다.

자, 그럼 지금까지 살펴본 자기소개서 쓰기 7계명을 다시 한 번 되살려보자.

1) 솔직하게 쓰기
2) 형식에 너무 얽매이지 마라
3) 읽는 사람 편에서 써라
4) 구체적으로 써라
5) 노골적으로 아부하지 마라
6) 상황에 따라 써라
7) 당당하게 써라

기억하는가?
기억하지 못해도 괜찮다. 내가 보여주는 몇 편의 자기소개서를 보다 보면 위 내용이 머릿속에 들어올 테니까.

03
자기소개서, 한번 써보자고!

지금부터는 본격적으로 자기소개서를 한번 써보겠다.

본격적인 자기소개서 쓰기에 들어가기 앞서 앞에서 하던 이야기를 마무리하 겠다.

내 딸의 학교에서 "김연진이 자기소개서 때문에 합격했단다. 그런데 그 아버 지가 봐줬단다."라는 소문이 퍼졌다. 나는 그런 사실도 전혀 모르고 있었다.

그러던 어느 날이었다.

"아빠, 친구가 자기가 쓴 자기소개서 한번 봐줄 수 있느냐고 하는데?"

그때서야 나는 알았다. 학교에서 소문이 났다는 사실을.

사실 내 딸 자기소개서도 내가 봐준 부분은 극히 일부에 불과한데 다른 친구 들 것 봐주는 게 뭐 어려우랴?

그래서 봐주겠다고 했다.

그럼 내가 딸아이 자기소개서에서 손을 본 부분은 과연 어디일까?

이는 여러분에게도 결정적인 부분이 될 테니 잘 기억해야 한다.

우선 앞에 쓴 7계명에 맞추어 쓰는 것은 기본이다. 나는 이렇게 쓴 글에 맵시를 더하는 정도만 했을 뿐이다. 그러니 극히 일부만 손을 보았을 뿐이라는 말이다.

첫째, 모든 글은 첫줄에서 승부가 난다.
첫줄에서 읽는 사람, 즉 독자가 되었건 평가자가 되었건 보는 이의 눈길을 끌지 못하면 그 글은 실패한 것이다. 따라서 첫줄을 잘 쓰는 것은 내용을 잘 쓰는 것 이상으로 중요하다.

둘째, 읽는 사람의 호기심을 자극해야 한다.
이는 내용면에서뿐 아니라 형식면에서도 그러하다. 위 글에서 첫줄은 읽는 사람의 호기심을 자극할 뿐 아니라 형식면에서도 자기소개서에서는 잘 사용하지 않는 겹따옴표를 사용함으로써 신선함을 안겨주었다.

내가 내 딸의 자기소개서에서 손을 본 것은 이 두 가지뿐이었다.

여러분이 잘 알다시피 대학교의 자기소개서는 몇 가지 분야를 써야 한다.
그렇다면 위에서 내가 말한 내용을 상기해보자.
모든 글은 첫줄에서 승부가 난다고 했으니, 첫 항목 첫 줄이 가장 중요하다.
또 호기심을 자극해야 한다고 했으니 내용과 형식면에서 자신만의 글을 써야 함은 말할 나위도 없다.
그러나 더욱 중요한 것이 있다.
이 책에서 내가 보여주는 자기소개서는 이미 신선한 것이 아니다.
책으로 나왔으니 이미 이 내용은 새로운 것도 아니고, 이렇게 쓰면 다른 친구들과 같은 내용, 같은 형식이 되어 다시 낙방의 고배를 들게 될 것이다.
그러니 여러분은 내가 소개하는 자기소개서를 참고만 해야 한다.
사실 앞에서 언급한 자기소개서 7계명만 제대로 지키면 참고할 필요도 없다.

그렇지만 여러분이 워낙 자기소개서 때문에 고생하고, 또 형편없는 사람들이 자기소개서 써준다며 돈 버는 것이 한심해 알려주는 것이니 절대 남에게 맡기지 말고 자기 힘으로 쓰기 바란다.

자, 그럼 내가 손을 봐준 자기소개서 몇 편을 살펴보기로 한다.

이 글들은 주인공 친구들의 사생활 보호를 위하고, 여러분이 무턱대고 베끼는 것을 방지하기 위해 일정 부분 손을 보았음을 알려둔다.

1. 남들보다 뛰어나다고 생각하는 자신의 장점(특성 혹은 능력)과 보완·발전시켜야 할 단점(특성 혹은 능력)에 대하여 기술하십시오(자신의 장점을 발휘할 수 있었던 사례와, 단점을 극복하기 위해 기울인 노력이 있다면 구체적으로 설명하십시오).

나는 소위 강남 학군 출신이다. 세상의 평에 따른다면 지역을 가득 채우고 있는 학원과 독서실과 안락한 환경을 누리며 정성스런 부모님의 지원을 받아 대학 입시를 준비해야 한다. 그러나 나는 그러한 일과는 아무런 관련이 없었다. 그런 상황이 아니었으니까.

결국 우리 가족은 강북으로 쫓기듯 다시 이사를 해야만 했다. 그러나 나는 꿋꿋이 살아남았다. 어려운 가정 형편에도 아랑곳하지 않고 3수생의 신분을 유지하고 있으니 효녀도 아니요, 성실한 사람이 아님은 당연하다.

그러나 나는 내 의지대로 살고 싶었다. 비록 현실은 나를 외면하고 도와주지 않을지 모르지만 그 때문에 내가 꿈꾸는 삶을 포기하고 싶지는 않았다. 그래서 내가 원하는 대학이 아니면 마지못한 심정으로 가고 싶지 않았다. 내 성적표는 암울하다. 아마 그 성적표를 보시는 많은 분들은 "아니, 이런 성적으로…" 하고 말을 잊으실지도 모르겠다.

(중략)

솔직히 말하자면 공부에 전념할 수 있었던 기간에는 그 어떤 친구에게도 지지 않을 만큼 열심이었다고 자부한다. 그러나 그런 기간은 너무 짧았다. 현실은 나에게 공부에 전념하도록 허락하지 않았다. 그렇다고 해서 내 성적이 온전히 상황 탓이라고 말하지는 않겠다. 그러나 내가 최선을 다했느냐고 누군가 묻는다면 나는 이렇게 말할 것이다.

"최선이란 없다. 끝나고 나면 언제나 후회가 남기 마련이다. 그러나 나는 내 삶에 책임질 만큼은 최선을 다했다."

그렇다, 나의 고교 시절은 어떻게 지나갔는지도 모를 만큼 풍랑 속에 던져진 난파선처럼 이곳저곳으로 흘러갔다. 그러면 어떠랴? 지금도 나의 꿈을 간직하고 반드시 이루려는 의지는 꺾이지 않았는데.

위 글은 본래 글을 쓴 친구가 3수생이었다. 그리고 그만큼 절실했을 뿐 아니라 글도 잘 썼다. 그래서 내가 한 일이라고는 별로 없었다.

그러나 읽는 사람들은 이렇게 말할 수도 있다.

"이건 학생이 쓰기에는 너무 잘 썼는데요?"

내가 봐도 그렇다.

그런데 앞서 내가 말한 바 있다.

최인호는 고작 18살에 대한민국을 뒤흔들 만큼 뛰어난 작품을 발표해서 세상을 놀라게 했다.

황석영도 마찬가지다.

이창호는 채 열 살도 되지 않아서 역사에 남을 바둑 기보를 남겼다.

여러분은 늘 못할 것이라고 여기는 것은 어른들 시각이다.

그리고 여러분을 어린아이로, 아무것도 모르는 아이로, 자신감도 없고 해낼 자신도 없는 청춘으로 여겨서 고작 하는 일이 "아프니까 청춘이란다. 그러니 그냥 받아들여라." 하고 아이 취급하는 어른들 때문에 여러분은 여러분 내면에 감추어진 잠재력을 발휘하지 못하는 것이다.

04
네 안에 감추어진 능력을 캐내라!

오늘 나는 대학을 그만둔다, 아니 거부한다.

오늘 나는 대학을 그만둔다. G(글로벌)세대로 '빛나거나' 88만원 세대로 '빚내거나' 그 양극화의 틈새에서 불안한 줄다리기를 하는 20대, 뭔가 잘못된 것 같지만 어쩔 수 없다는 불안에 앞만 보고 달려야 하는 20대. 우리들의 다른 길은 이거밖에 없다는 마지막 믿음으로 이제 나의 이야기를 시작하겠다.

나는 25년간 긴 트랙을 질주해왔다.
친구들을 넘어뜨린 것을 기뻐하면서 나를 앞질러 가는 친구들에 불안해하면서.
그렇게 '명문대 입학'이라는 첫 관문을 통과했다.
그런데 이상하다.

더 거세게 채찍질해 봐도 다리 힘이 빠지고 심장이 뛰지 않는다.

지금 나는 멈춰 서서 이 트랙을 바라보고 있다.

저 끝에는 무엇이 있을까?

취업이라는 두 번째 관문을 통과시켜줄 자격증 꾸러미가 보인다.

다시 새로운 자격증을 향한 경쟁이 시작될 것이다.

이제야 나는 알아차렸다. 내가 달리고 있는 곳이 끝이 없는 트랙임을.

이제 나의 적들의 이야기를 시작했다.

이름만 남은 '자격증 장사 브로커'가 된 대학. 그것이 이 시대 대학의 진실이다.

국가와 대학은 자본과 대기업의 '인간 제품'을 조달하는 하청업체가 되었다.

기업은 더 비싼 가격표를 가진 자만이 접근할 수 있도록 온갖 새로운 자격증을 요구한다.

10년을 채 써먹을 수 없어 낡아 버려지고 우리들은 또 대학원에, 유학에 돌입한다.

'세계를 무대로 너의 능력만큼 자유하리라'는 자유의 시대는 곧 자격증의 시대가 되어 버렸다. 졸업장도 없는 인생이, 자격증도 없는 인생 무엇을 할 수 있는가?

큰 배움 없는 '大學 없는 대학'에서 우리 20대는 '적자세대'가 돼 부모 앞에 죄송하다.

젊은 놈이 제 손으로 자기 밥을 벌지 못해 무력하다.

스무 살이 되어서도 꿈을 찾는 게 꿈이어서 억울하다.

언제까지 쫓아가야 하는지 불안하기만 하다.

나는 대학과 기업과 국가, 그들의 큰 탓을 묻는다.

그러나 동시에 내 작은 탓을 묻는다.

이 사태에 가장 위악僞惡한 것 중 하나가 졸업장 인생인 나.

나 자신임을 고백할 수밖에 없다.

그리하여 나는 오늘 대학을 거부한다.

더 많이 쌓기만 하다가 내 삶이 시들어버리기 전에 쓸모 있는 상품으로 '간택'되지 않고 인간의 길을 '선택'하기 위해.

이제 나에겐 이것들을 가질 자유보다는 이것들로부터의 자유가 더 필요하다.

나는 길을 잃을 것이고 상처받을 것이다.

그러나 그것만이 삶이기에 생각한 대로 말하고 말한 대로 행동하고 행동한 대로 살아내겠다는 용기를 내린다.

이제 대학과 자본의 이 거대한 탑에서 내 몫의 돌맹이 하나가 빠진다.

탑은 끄떡없을 것이다.

하지만 대학을 버리고 진정한 大學生의 첫발을 내딛는 한 인간이 태어난다.

내가 거부한 것들과의 다음 싸움을 앞두고 말한다.

그래, "누가 더 강한지 두고 볼 일이다"

— 자발적 퇴교를 앞둔 고려대학교 경영학과 3학년 김예슬

이 글은 내가 대한민국 사회에서 가장 뛰어나다고 할 만한 글로 역사에 길이 남을 것이라고 확신하는 〈오늘 나는 대학을 그만둔다, 아니 거부한다〉는 글로, 이 글을 쓴 김예슬이란 친구는 2010년 당시 고려대학교 경영학과 3학년이었다.

여러분은 위 글을 읽고 어떤 생각이 떠오르는가?

"나도 지금은 저런 글 못 쓰지만 대학에 가서 3년 동안 공부하고 배우면 쓸 수 있어요." 하고 생각하는 친구는 잘못 생각해도 한참 잘못 생각한 것이다.

여러분의 글솜씨는 여러분의 논술고사 실력과 마찬가지로 한두 해 만에 쑥쑥 자라는 것이 아니다. 김예슬 친구의 글쓰기 실력은 확인하지 않아도 이미 오래 전에 형성된 것이 분명하다.

그렇다고 해서 여러분이 김예슬 친구만큼 글을 못 쓸 거라는 말이 아니다.

여러분 가운데 많은 친구들이 저만큼 쓸 수 있을 것이라고 나는 믿는다.
다만 여러분은 그럴 만한 용기, 의지, 절실함이 없을 뿐이다.

저런 글을 써야 할 이유도 없고 의지도 없기 때문에 자신의 내면 속에서 한참 자라고 있는 능력을 발휘하지 못하는 것이다.

그러니 여러분이 해야 할 일은 논술학원 선생님에게 돈 주고 자기소개서를 부탁하거나, 인터넷을 뒤져서 누가 잘 써줄 수 있을까를 찾는 일이 아니라 자기 내면에 감추어져 있는 능력을 발휘하는 것이다.

그리고 그 능력은 여러분이 절실하면 할수록, 용기를 내면 낼수록, 의지를 다지면 다질수록 더 크게 발휘될 것이다.

참고로 위 글을 쓴 김예슬이라는 친구가 쓴 얇은 책인 《김예슬 선언, 오늘 나는 대학을 그만둔다, 아니 거부한다》를 꼭 읽어볼 것을 권한다.

이 책에는 위 글뿐 아니라 김예슬이라고 하는 여러분과 같은 시대를 사는 젊은이의 생각과 꿈, 행동하는 용기, 그리고 무엇보다도 세상을 바라보는 새로운 시각과 글쓰기를 보여준다는 면에서 여러분의 사고의 틀을 넓혀줄 것이다.

사고의 틀을 넓혀주는 게 뭐 그리 중요하냐고?

그것보다 중요한 것이 없다는 사실을 아직도 모르면 심각하다.

현재 여러분의 머릿속을 지배하고 있는 사고의 틀은 학교에서, 학원에서, 참고서에서 정해준 것으로 짜 맞추어져 있어, 논술 시험에서 자기주장을 펼치건, 자기소개서에서 자신의 꿈과 삶을 기술하건, 면접관 앞에서 자신의 뜻을 펼치건, 입학사정관 앞에서 자신의 삶에 대해 당당히 의견을 개진하건 상대방을 설득하기 힘들다.

그렇기 때문에 <u>그 무엇보다 중요한 것은 지금 당장 여러분의 굳은 머릿속에 충격을 가해 여러분의 상상력과 창의력, 비판력을 대류권에서 성층권으로, 나아가 무한한 우주로 펼치는 것이다.</u>

그렇게만 한다면 여러분의 글쓰기, 면접 능력은 여러분이 상상할 수 없을 만큼 <u>크게 성장할 것이다.</u>

다시 한 번 말하지만 논술이건, 자기소개서건, 면접이건, 입학사정관이건 모든 것이 여러분만의 생각, 여러분만의 삶, 여러분만의 꿈, 여러분만의 경험을 요구하는 것이다.

남이 준 것, 배운 것, 틀에 짜 맞춘 것은 절대 여러분을 더 나은 세상으로 이끌지 못한다.

넓게 보고 높게 보는 사람만이 자신의 꿈을 실천에 옮길 수 있음을 꼭 명심
하라.

05
구체적인 경험이 호기심을 불러일으킨다

3. **아래 주제 중 하나를 선택**하여 □ 안에 ∨표를 한 후, 그 주제에 맞게 자유롭게 기술하십시오.

□   자신의 삶에 영향을 미친 가장 중요한 사건이나 경험을 설명하고, 그것이 자신의 가치관 혹은 인생관에 어떠한 영향을 주었는지를 기술하십시오.

☑   고등학생 시절 자신이 겪었던 가장 큰 위기 혹은 좌절 상황을 설명하고, 그 상황을 극복하기 위한 과정에서의 자신의 감정과 노력을 기술하십시오.

□   고등학생 시절 자신이 가장 관심을 기울였던 사회 문제가 무엇인지 설명하고, 그 문제의 해결을 위해 자신이 앞으로 기여할 수 있는 방법은 무엇이라고 생각하는지를 구체적으로 기술하십시오.

"짐을 싸자." 들어오신 아버지께서 다짜고짜 말씀하셨다. "예?" "이 집을 내주게 되었어." 평소에는 웃음기를 잃지 않는 아버지께서 담담하게 이야기하시는 동안 나와 우리 가족 모두는 이 상황을 어떻게 받아들여야 할지 몰라 엉거주춤하게 서 있을 뿐이었다.

우리 가족의 힘겨운 삶은 이렇게 시작되었고, 나의 삶 또한 180도 바뀌게 되었다. 작은 회사를 운영하시던 아버지께서는 IMF 사태를 겪으면서 큰 타격을 입으셨는데, 그 후로 점차 악화되다가 급기야는 전셋집을 내주어야 하는 처지에까지 이르신 것이었다. 그 결과 우리는 강남 한 귀퉁이에 있는 지하 셋집으로 몰려나야 했다.

(후략)

위 글도 앞의 3수생 친구가 쓴 것이다.

여러분이 읽어도 감동스럽지 않은가?

이런 글을 쓸 수 있다면 대학 입시에서 설사 성공하지 못해도 삶에서는 성공할 수밖에 없다. 지금 이 친구는 국내 유수의 은행에 입사해서 부모님께 효도하고 있다. 대학에 들어가서도 어려운 가정환경 때문에 어학연수니 배낭여행이니 어느 것 하나 경험하지 않고도 당당히 은행에 정규직으로 입사하였다.

세상은 그런 것이다. 한 가지 일을 보면 열 가지를 알 수 있다.

흐르는 물을 보면 이 물이 가다가 말라버릴 것인지 바다까지 흘러 더 넓은 세상으로 나아갈 것인지 예측 가능하다.

1. 남들보다 뛰어나다고 생각하는 자신의 장점(특성 혹은 능력)과 보완·발전시켜야 할 단점(특성 혹은 능력)에 대하여 기술하십시오(자신의 장점을 발휘할 수 있었던 사례와, 단점을 극복하기 위해 기울인 노력이 있다면 구체적으로 설명하십시오).

"네 이름도 '성경'이니?" "응, 그런데?…" "반가워, 나도 '성경'이야."

이렇게 해서 우연히 백일장 곁에 앉은 친구와의 만남이 시작되었습니다. 그렇게 먼저 한 마디 건넸던 것이 다리가 되어 오늘까지 친구와의 만남이 계속되고 있습니다. 기차 속에서 우연히 만난 아주머니와 나이를 넘은 친구가 되어 종착역까지 수다를 떤 것도, 친구들과 길을 가다 길을 묻는 분을 목적지까지 모셔다 드린 것도 제 성격 탓인 듯합니다.

사람 만나는 것이 즐겁고 그 사람들과 살아가는 이야기, 생각을 주고받는 과정에서 즐거움을 느끼기도 하지만 얻는 것 또한 무척 많음을 확인할 수 있었습니다.

(중략)

그런데 이런 경험은 저를 낙관주의자보다는 중립주의자 또는 회의주의에 빠지게 하기도 합니다. 알고 보면 절대적으로 옳은 것도 그른 것도 없다는 생각에 빠지게 되니까요. 그렇다고 비관주의자가 되지는 않는데 이는 아마도 제 믿음 때문일 것입니다. 결국은 선이 악을 이기리라는 확고한 신념을 잃은 적은 없었으니까요. 그러나 지나치게 신중하여 결단을 내리지 못하고 우물쭈물하다가 놓친 기회가 있는 것 또한 사실입니다. 그렇지만 역시 인간은 장점과 단점을 모두 갖추고 있는 존재이자, 부족한 점을 채워 나가기 위해 배우고 또 배우는 것이라는 생각이 저에게 힘을 줍니다.

위 글을 보면 지시사항이 다음과 같다.

> 1. 남들보다 뛰어나다고 생각하는 자신의 장점(특성 혹은 능력)과 보완 · 발전시켜야 할 단점(특성 혹은 능력)에 대하여 기술하십시오(자신의 장점을 발휘할 수 있었던 사례와, 단점을 극복하기 위해 기울인 노력이 있다면 구체적으로 설명하십시오).

따라서 위 지시사항에 너무 집착하다 보면 앞서도 언급한 바 있듯이 자신의 장점과 단점을 구분해서 쓰려고 하게 되고, 그 과정에서 다시 장점을 발휘할

수 있었던 사례, 단점을 보완하기 위해 기울인 노력을 쓰려고 애를 쓰기 마련
이다.

그렇지만 위 글을 보면 그런 방식에 맞추려는 노력을 기울이지 않았음을 쉽게
알 수 있을 것이다.

다시 한 번 말하지만 형식에 맞춘 글, 그 과정에서 발생하는 어색함 따위는
결코 평가자를 감동시키지 못한다.

그러니 기억해야 할 점은, 무슨 내용을 쓰라는 건지 핵심을 확인하는 것이
다. 그런 다음에는 자연스럽게 자신만의 경험, 생각, 행동을 쓰면 된다.

누구 입장에서? 읽는 사람 입장에서.

위 글도 첫 줄에서 이미 읽는 사람의 호기심을 획득하는 데 성공했다.

"네 이름도 '성경'이니?" "응, 그런데?…" "반가워, 나도 '성경'이야."

이 첫 줄을 통해 여러분은 호기심을 느낄 것이다. 다음에 무슨 내용이 나올지
궁금하니까.

여러분도 이렇게 쓸 수 있다. 다만 이렇게 쓰기 위해서 해야 할 일이 있다.

자신의 삶을 어린 시절부터 어제까지 꼼꼼히 되돌아보는 것이다.

하다못해 오늘 아침에 무슨 일이 있었는지까지 되돌아보아야 한다. 그 과정
에서 오직 나만의 경험이 탄생하는 것이다. 그리고 그걸 솔직하게 표현하는
노력이 필요한 것이다.

앞에서 살펴본 모든 글들이 다 글 쓰는 친구들의 삶에서 겪은 경험임을 여러
분은 쉽게 알았을 것이다. 그리고 그 경험은 다른 친구들이 학교생활에서 찾
아내는 도식적인 경험이 아니라 자신의 민낯을 드러내는 아픈 경험일 수도 있
고, 특이한 경험일 수도 있음을 확인했을 것이다.

앞서 자기소개서 7계명에서 4) 구체적으로 써라를 언급한 바 있다. 그러면서 여러분 대부분이 쓰는 것은 구체적인 것이 아니라고 말한 바 있다.

내가 이렇게 말한 데는 다 까닭이 있는데, 대부분의 친구들이 쓴 내용을 보면 이른바 스펙 쌓기 위해 한 경험들을 구체적으로 기술하였다.

그러나 그런 내용은 구체적인 사건이 아니라 경험일 뿐이다.

구체적인 사건을 써야 여러분만의 글이 될 수 있다.

위 글들을 읽어본 느낌이 어떤가?

누군가 보기에는 정말 사소한 일이다. 그러나 그런 일이 여러분을 지구상에 유일한 하나의 인간으로 만들어준다.

봉사활동이니 해외 연수니 하는 거창한 일을 한 사람은 여러분 아니라도 무수히 많다.

그러나 하수구를 고치고, 지붕에서 물이 새는 순간을 경험한 사람은 오직 여러분 한 사람뿐이다. 친구의 카운슬러가 되어준 사람은 수도 없이 많지만, 친구를 왕따 시킨 후 그 친구의 아픔을 보면서 희희낙락한 사람은 여러분밖에 없다. 그 경험을 통해 거듭 태어난 삶, 그것이 여러분을 소개하는 솔직한 글이 되는 것이다. 그리고 그런 고백이 글 읽는 사람을 감동시킨다.

다시 한 번 강조한다.

자신을 드러내는 데 주저하면 안 된다. 왜?

자기소개서를 써야 하니까.

자기소개서는 자기광고서가 아니다.

자기가 얼마나 잘났는지 광고하는 자기소개서를 쓰는 친구들이 많아도 너~무 많은데, 여러분 같으면 상대방이 "저는 정말 잘났답니다." 하는 글을 읽고 싶은가?

절대 읽고 싶지 않을 것이다.

그런데 왜 그런 글들을 쓰는지 알다가도 모를 일이다.

앞에 예를 든 글들은 모두 내 손을 조금씩 거쳐간 글이다. 다만 내용을 약간씩 바꿨다고 앞서 말한 바 있다.

그런데 이런 경우 내가 지키는 원칙이 몇 개 있다.

첫째, 돈 받고 써주는 일은 절대 없다.

하늘이 두 쪽 나도 없었고, 앞으로도 그런 일은 하지 않을 것이다. 그러니 이 책 읽고 내게 도움을 청하는 친구가 없길 바란다. 들어주지도 않을 뿐더러 이 책 읽고 그대로 쓰면 나보다 더 잘 쓸 수 있을 테니까.

둘째, 반드시 그 친구를 만나서 한두 시간, 필요하면 더 긴 시간을 만나 이야기를 나눈다.

왜? 글을 쓸 만한 소재, 경험을 찾아낼 수 있도록 도움을 주기 위해서다.

사실 이런 도움을 주지 않으면 자신이 어떤 경험을 쌓아왔는지조차 모르는 친구들이 태반이다. 그럴 수밖에 없다. 여러분의 고등학교 생활은 오직 공부하는 것밖에 없었으니까.

그러나 나와 이야기를 나누어본 친구들은 한 시간이면 충분히 자기를 솔직히 드러낼 자신만의 경험을 다 기억해냈다.

"저희 할머니께서 편찮으셔서 누워계시거든요. 그런데 할머니께서 너는 이런 사람이 되거라, 하고 말씀해주시곤 해요."

이런 이야기를 듣는 순간, 나는 알아챈다.

"아, 이 친구는 할머니 이야기만 써도 자기소개서는 합격이겠다."

그런데 이런 경험이 얼마나 소중한 것인지 여러분 자신도 잘 모른다.

이 사소한 경험이 여러분의 삶을 바꾼다는 사실을 결코 잊지 말라.

다음에 그런 글을 더 보자.

4. 아래 주제 중 하나를 선택하여 □ 안에 ∨표를 한 후, 그 주제에 맞게 자유롭게
기술하십시오.

□   가장 감명 깊게 읽은 책(1~3권)에 대하여 감명 받은 개인적인 이유를 요
점적으로 기술하십시오.

☑   자신이 가장 소중하게 생각하는 고등학생 시절의 지적 성취 경험에 대해
서 설명하십시오. 단, 시험 성적 이나 석차 등을 나열하기보다는 자신의 창의적
인 학습 활동 내용 및 과정 등을 중심으로 기술하십시오.

□   전공 선택에 영향을 미친 중요한 경험(인물, 사건, 서적 등)을 구체적으로
기술하십시오.

과학이란 과목은 정말 재미있다. 특히 화학과 생물의 논리는 나를 사로
잡기에 충분하다. "희정아, 넌 정말 대단하다. 아빠는 한 문제도 풀지 못
하는 과학문제를 어떻게 그리 잘 해결하니?" 평생을 책 속에 파묻혀 사
시는 아버지께서는 틈만 나면 이렇게 말씀하셨다. 그러던 1학년 4월의
과학시간이었다. "과학의 달을 맞아 우리 학교에서도 과학 독후감대회
와 과학 만화대회를 개최키로 하였다. 이번 시간에는 대회 출품작을 만
들어 내거라." 나는 무엇을 할까 고민하였다. 중학교 때 백일장에서 상
도 받아보고 역사 만화 그리기 대회에서 대상을 받은 적도 있었기에 모
두 해볼 만했다.

그러나 그날 갑자기 아버지 생각이 떠올랐다. '그래, 과학이 너무 어려
운 사람들을 위해 재미있게 이야기해볼까.' 그렇게 생각한 나는 시간에
따른 돌의 형성 과정을 만화로 표현했다. 물론 만화나 그림을 제대로 배
워본 적이 없었기에 나의 그림은 이상하기 그지없다. 어떻게 그려야 똑

바로 서 있는 사람을 그릴 수 있는지도 모르고 다양한 표정을 나타낼 줄
도 모른다. 그렇지만 내가 전하고자 하는 내용을 체계적으로 전할 수 있
다면 좋을 것이라는 생각만으로 만화를 그렸다. 그렇게 금세 한 시간이
흘렀다. 그리고 그 일을 까마득히 잊을 무렵이었다. "김희정, 네 만화가
이번 과학 만화대회에서 우리학교 최우수상에 선정되었다." 그렇게 해
서 나는 학교에서 최고의 만화가가 되었다.

나는 그 일을 겪으면서 꿈을 하나 갖게 되었다. 대학에 입학하고 나면
중·고등학교에서 배우는 과학을 만화로 그리는 것이다. 많은 친구들이
과학의 기초적인 개념을 이해하지 못해 고통받는 모습을 보았기 때문이
다. 만화라는 것이 꼭 그림을 잘 그리는 사람만의 전유물은 아닐 테니까
말이다.

위 글도 지시사항에 충실하다고 말하기는 힘들다.

그렇지만 읽는 사람 입장에서 생각한다면 자유롭고 읽기 쉽지 않은가?

06
실패가 더 설득적이다

"엄마, 저 이번에 회장 선거에 출마해보려고 해요."

고등학교에 진학한 후 며칠 동안 고민한 끝에 저는 결심을 마치고 어머니께 이렇게 말씀을 드렸습니다.

"너 정말 할 수 있겠니? 그러다 떨어지면 견디지 못할 텐데."

제가 얼마나 소심하고 대인기피증까지 있는지 아는 어머니께서는 걱정하셨습니다. 그만큼 저는 중학교까지 내성적이고 소심하게 살았습니다. 그러나 고등학교에 진학하면서 저의 성품을 고치지 않으면 더 넓은 세상으로 나아갈수록 힘든 삶을 살게 될 것이라고 여겼습니다. 그렇게 생각하니 더 이상 과거처럼 살아서는 안 되겠다고 결심했고, 과거에는 상상도 할 수 없었던 회장 선거에 출마하기로 다짐한 것입니다.

결과는 당연히 낙선이었습니다. 그러나 그 선거 이후 저는 정보부장이 되었습니다. 제가 처음으로 맡은 직책이었습니다.

그 후 저는 친구들은 물론 가족들조차 놀랄 만큼 변하기 시작했습니다.

무언가에 도전해보면 그것을 이루지 못한다 해도 도전한 만큼 성과를
거둘 수 있음을 깨달았기 때문입니다.

이후 저는 교외활동에도 적극적으로 나서기 시작했습니다. 소심하기 그
지없던 제가 앞장서자 다른 친구들도 저를 따라 적극적으로 나서기 시
작했습니다.

(후략)

위 글은 자신의 성공 사례가 아니라 실패 사례를 통해 자신을 드러내는 방식
을 취하였다. 사실 회장 한 이야기는 채점관도 너무 많이 들었을 것이다. 그런
데 위 글에서 이 친구는 회장 선거에서 떨어진 경험을 쓰고 있다. 그런 경험을
어떻게 쓰지? 하는 친구들도 많을 것이다. 그러나 이런 사소한 경험이 상대방
을 감동시킨다. 회장이 되어 학교를 잘 이끌어갔다는 리더십 이야기는 너무 많
이 들어서 지겨울 정도다. 그러나 떨어진 이야기를 듣기는 쉽지 않다.

그럼에도 우리는 자기소개서에 자신의 뛰어난 점을 쓰는 데는 익숙하지만
자신의 부족한 점, 실패 사례, 못난 점을 드러내는 데는 인색하다.

그렇다면 우리는 왜 대학에 가는가?

졸업장 따러?

남이 가니까?

그것도 아니면 워낙 뛰어나서?

아니다.

대학에 가는 까닭은 우리가 부족하기 때문이다.

아직도 배워야 할 것이 많고, 성공보다는 실패에 익숙하며, 세상을 보는 눈이
좁기 때문이다.

그래서 그 모든 부족함을 채우기 위해 대학에 가는 것이다.

<u>그런데 왜 우리는 자기소개에서 "제가 얼마나 잘났는지 아세요?" 하고 너
스레를 떠는 것일까?</u>

그리고 그 글을 본 채점관들께서는 우리를 어떻게 판단할까?

"그래, 너 잘났으니 우리 학교에 들어와서 마음껏 잘난 모습을 보여라."라고
하실까?

난 그렇게 생각하지 않는다.

"넌 그렇게 잘났으니 내가 뭘 가르치겠니? 그러니 다른 곳을 알아보거라." 하
지 않으실까?

자기소개서는 우리가 무엇이 부족하고 무엇을 더 배워야 하는지를 드러내
는 고백서가 되어야 한다.

겸손하지 않은 친구를 좋아하는 사람은 없다.

겸손해야 가르치는 사람도 신이 나지 않겠는가?

그러니 내 실패야말로 상대방을 설득하는 지름길임을 명심해야 한다.

다음 글들을 보면 왜 실패가 소중한 경험인지 알 수 있을 것이다.

☑ 자신에게 가장 큰 영감을 준 것(사람, 사물, 사건 등)은 무엇이며, 그것이
자신의 삶에 어떠한 영향을 주었는지 기술하세요.

☐ 자신의 강점과 약점은 무엇이며, 강점이 가장 잘 드러났던 사례를 기술하
세요.

☐ 현재 자신이 학업 이외에 가장 관심이 있는 것은 무엇이며, 왜 관심이 있
는지 기술하세요.

저는 아버지를 떠올리지 않고는 제 삶을 설계할 수 없습니다. 아버지께
서 특별히 뛰어나신 분이기 때문이라기보다는 오히려 그 반대지요.

제가 어려서부터 여러 사업에서 실패하신 아버지께서는 결국 사회의 가
장 낮은 곳에 머무르셔야 했고, 어머니 또한 가정을 꾸려나가기 위해 일

을 시작하셨습니다. 그로 인해 저는 부모님과 떨어져 어린 시절을 지내야 하는 개인적 아픔도 겪었습니다.

그런데 저를 정말 고통스럽게 만든 것은 바로 아버지께서 겪는 고통이었습니다. 아버지께서는 고된 일로 인해 겪는 고통보다, 일을 마친 후 정당한 대가를 받지 못하는 현실로 인해 늘 시달리셨습니다. 사회에서 힘없는 서민들은 부당한 처우를 비일비재하게 겪어야 하지만 그 누구도 힘없는 사람들을 위해 나서지 않았습니다.

그럼에도 이런 고통을 겪는 부모님을 도와주는 곳은 드물었고, 어렵게 도움을 받는다 해도 실질적으로 해결되는 경우 또한 드물었습니다. 결국 힘이 없는 사람은 자신들이 받아야 할 당연한 권리조차 누리기 힘들다는 사실을 깨달은 저는 이런 이웃들을 위해 제 삶을 바치기로 결심했습니다.

(중략)

저는 부모님께서 겪으신 부조리 때문에 분노하지 않습니다. 분노하는 사람은 합리적인 개선책을 생각하기보다는 눈앞의 부조리를 해결하기 위해 싸움에 나설 것입니다. 그러한 삶도 가치 있는 것임에는 분명할 것입니다. 그러나 저는 더욱 근본적인 방법을 찾아 나서고자 합니다. 그 길만이 모든 사람이 평화롭게 살아갈 수 있는 길이라 여기기 때문입니다.

여러분은 위 친구처럼 솔직하게 자신을 드러낼 수 있는가?

그렇다면 좋은 글을 쓸 수 있다.

만일 위 친구처럼 쓸 수 없다면 여러분의 자기소개서는 상대방을 감동시키지 못한다.

내가 소개하는 글들을 보면서 여러분이 느껴야 할 사실은 단 하나다.

다시 한 번 말한다.

<u>자기소개서에 자기의 잘난 것을 쓰는 대신 못난 것을 써라.
그게 상대방을 감동시킨다.</u>

궁금하면 여러분 부모님께 여쭤보거라.
"엄마, 아빠! 친구가 성공했을 때 함께 기뻐하는 것이 쉬워요, 친구가 슬픈 일을 당했을 때 함께 슬퍼하는 것이 쉬워요?"

만일 부모님이 성공했을 때 함께 기뻐하는 것이 쉽다고 말씀하시면, "아, 우리 부모님은 인간이 아니라 신이구나." 하고 생각해라.
보통 사람은 남들 잘된 것을 기뻐하기보다 남들 힘든 것을 함께 아파하는 게 더 쉽다.
입학사정관도, 평가교수님도 마찬가지다.
여러분이나 부모님이나 교수님이나 모두 똑같은 인간이다. 여러분 마음이 교수님 마음이고 평가관 마음이다. 그 엄연한 사실을 잊지 마라.

저희 집에는 방이 3개 있습니다. 부모님과 형, 그리고 저와 남동생 다섯 명이 이곳에서 살고 있습니다. 방 하나는 온갖 잡동사니를 넣어두는 곳이니 결국 다섯 식구가 두 개의 방에서 사는 셈입니다. 부모님 방을 제외하면 남는 방은 하나입니다. 이 방의 주인은 저보다 두 살 위인 형님이고, 저와 동생은 가끔 이 방을 사용할 뿐입니다.
(중략)
아버님의 사업 실패 이후 부모님께서는 늘 새벽에 나가서 밤늦게 귀가하셨습니다. 부모님이 안 계신 동안 집안의 가장은 형이었습니다. 형은 맏아들이자 가장으로서 자신의 책임을 다하겠다는 듯 저와 동생에게 늘 엄격했고 권위를 내세웠습니다. 초등학교 시절에 하품을 한다고 형에게 혼난 기억이 지금도 남아 있습니다.
'형은 이기적이고 폭력적이기 때문에 내가 당하는 것이다.' 그 무렵 제

머릿속을 떠나지 않는 생각이었습니다. 결국 저는 형으로부터 벗어날 수 있는 탈출구를 간절히 원했고, 그 유일한 길은 공부밖에는 없었습니다. 저는 공부하는 동안만은 형에 대해 당당했고, 그 점을 깨닫게 되자 더욱 공부에 몰두하였습니다. 그러자 저에게 큰 변화가 생겼습니다. 중학교에 진학하고부터 제 성적은 크게 상승했고 장학금까지 받기에 이른 것입니다. 그러자 형도 절 인정할 수밖에 없었고, 그때부터 제 생활은 안정을 되찾았습니다.

(중략)

위 글도 참으로 솔직하지 않은가?

여러분도 이제 점점 솔직한 글쓰기가 뭔지 알 것이다. 그리고 이런 솔직한 글쓰기는 누구나 가능하다는 사실을 깨달았을 것이다.

그건 경제적으로 부유하건 어렵건, 잘생겼건 못생겼건, 공부를 잘하건 못하건 모두들 자기만의 경험과 환경을 가지고 있기 때문이다.

그러니 먼 데서 해답을 찾으려 하지 마라.

가장 가까운 곳에 해답이 있다.

여러분의 하루하루 삶, 여러분이 살아가는 환경, 지금 이 순간이 여러분을 나타내는 데 가장 중요한 것이다.

거창한 것을 찾으려 하지 마라.

1. 지원동기와 진로계획을 중심으로 ○○대학교가 지원자를 선발해야 하는 이유를 기술하여 주십시오.

▶ 띄어쓰기를 포함하여 1,000자 이내로 작성해야 합니다.

"현정아, 이기론, 이통기국론, 이기호발론이 뭐니? 그 말이 그 말 같아."

윤리 시간만 되면 친구들은 어려워했습니다. 이황과 이이가 등장하면 더욱 그랬죠. 그런데 저는 이론들 간의 차이를 알면 알수록 더 흥미로웠습니다. 그래서 친구들에게 그 차이를 설명해주면 머리를 탁 쳤습니다. 또 윤리를 무조건 암기하는 친구들에게, "암기만 하면 암기한 키워드가 등장하지 않으면 문제를 풀기 어려워." 하고 설명해주면 무척 좋아했습니다.

(중략)

그러자 초등학교부터 부모님과 떨어져 시골 할머니 댁에서 살던 제가 겪은 경험이 떠올랐습니다. 할머니께서는 이름도 쓰지 못하는 문맹이셨고, 공부하지 못한 것에 대해 늘 후회를 하셨습니다. 그래서 저는 《기초 한글》이라는 책으로 할머니와 한글 공부를 시작했습니다. 그렇게 저와 할머니는 한글 공부에 열중했고, 할머니께서 직접 이름을 쓰시던 날 얼마나 행복해하셨는지 지금도 잊지 못합니다.

그날 저는 사람들에게 가르침을 전하고 그것이 성과로 이어질 때 느끼는 성취감을 알게 되었습니다. 이것이 제가 교사라는 성스러운 일에 평생을 바치겠다고 결심한 까닭입니다. 그리고 더 나은 사회의 철학을 마련할 인재를 키워내는 데 제 삶을 바칠 것입니다. 우리 사회에 굵은 획을 그어온 역사를 가진 ○○대학교에서.

여러분이 자기소개서에서 언급하는 소재 가운데 가장 많은 것이 친구들과의 관계를 통해 자신의 리더십이나 능력을 나타내는 것이다.

그런데 이때도 뻔한 것, 이를테면 직책을 드러내는 것, 또는 추상적으로 자신의 리더십이 얼마나 뛰어난지를 쓰는 것은 아무 효과를 보지 못한다.

위 글을 보면, 정말 이 친구가 학교생활에서 겪은 경험이라는 사실을 누구나 알 수 있을 만큼 구체적이다.

이 또한 솔직하게 쓴 결과인데, 이런 식으로 자신의 장점을 드러내는 것은 멋지지 않은가?

이제 마무리할 때가 되었다

자기소개서를 가지고 책 한 권을 쓸 수도 있다. 그러나 그렇게 하면 독자 가운데 아직도 본질을 파악하지 못한 몇몇 친구가 그 책에 나오는 온갖 자료를 가지고 또다시 거짓된 자기소개서 한 편을 만들 우려가 있다.

그래서 이 정도로 마무리하겠다.

다시 한 번 강조하지만 자기소개서는 자기를 소개하는 것이지, 자기의 장점만, 잘난 점만, 또는 자기 자신과 관련이 없는 "자상한 부모님", "화목한 우리 가정", "나를 늘 따르는 친구들"을 소개하는 것이 아니다.

그러니 자기 자신을 솔직히, 못난 점은 못났다고, 잘난 점은 잘났다고, 부족한 점은 부족하다고 쓰기 바란다.

앞서 내가 언급한 내용만 유념해서 쓴다면 "화목한 가정"에 태어난 것보다 "궁핍하고 고통스러운 나날을 보내야 하는 가정"에서 태어난 것이 더 감동적인 자기소개서로 이어질 수 있고, "반장과 회장에 선출되어 리더십을 발휘하여 학교의 명예를 드높인 것"보다 "단 한 번도 선생님의 주목을 받은 적도 없고, 친구들 사이에 주인공이 되어본 적도 없는 평범하고도 부족한 학교생활"이 더 소중한 경험일 수도 있다.

명심하라!

자기소개서는
읽는 사람을 감동시키기 위해,
평가하는 교수들이 "얘는 가르칠 만한데." 하는 판단을 내리도록,
누가 보아도 "얘는 인간적으로 쓸 만해." 하고 고개를 끄덕이도록,
잘나고 넘치는 것이 아니라 부족하고 모자라서 누구든 도와주고 싶도록
쓰는 편이 낫다.

제발 잘난 체하지 말고, 그러면서도 비굴하게 아부하지 말며, 추상적으로 구름

잡는 이야기 대신 구체적인 자신만의 경험을 써라.

그럼 글을 잘 쓰고 못 쓰고를 떠나 누구라도 여러분의 삶에 감동하고 인정하게 될 것이다.

여러분의 건투를 빈다.